伪造淑女

法拉栗 著

上册

青岛出版集团 | 青岛出版社

图书在版编目（CIP）数据

伪造淑女/法拉栗著. —青岛：青岛出版社，2024. 3
ISBN 978-7-5736-1525-1

Ⅰ. ①伪… Ⅱ. ①法… Ⅲ. ①长篇小说—中国—当代 Ⅳ. ①I247. 5

中国国家版本馆CIP数据核字（2023）第181051号

WEIZAO SHUNÜ

书　　名 伪造淑女
作　　者 法拉栗
出版发行 青岛出版社（青岛市崂山区海尔路182号）
本社网址 http://www.qdpub.com
邮购电话 18613853563
责任编辑 郭红霞
特约编辑 崔　悦
校　　对 郭金乔
装帧设计 蒋　晴
照　　排 梁　霞
印　　刷 三河市良远印务有限公司
出版日期 2024年3月第1版　2024年3月第1次印刷
开　　本 32开（880mm×1230mm）
印　　张 16
字　　数 430千
书　　号 ISBN 978-7-5736-1525-1
定　　价 65.00元（全2册）

编校印装质量、盗版监督服务电话 4006532017 0532-68068050

我以后不能叫你老婆了，
老婆老婆老婆老婆老婆。

『你结婚了？』他看着她和别人的结婚证，失了魂一般开口，『你结婚了，那我怎么办？』
『我来迟了吗？』他怔怔地问，拿着婚戒盒的手缓缓落下。

目录

上册

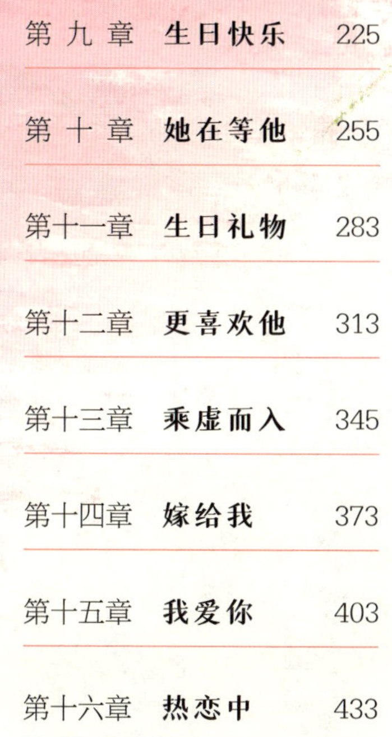

下册

My Brave Lady
柏泽清："如果我没出现，你会吻他？"
林颂音："你为什么要在意这件事？"

第一章 改造游戏

林颂音，女，二十二岁，江市人，截至目前储蓄卡内的总资产没达到四位数。

她有一个质朴且不算特别的愿望——拥有花不完的钱。

虽然林颂音几年如一日地许着这个不变的生日愿望，但她没有想过，这个愿望会在今年实现。

下午五点半，商场里的一家奶茶店内。

林颂音在休息室里换掉身上的工作服，和同事打了一个招呼。

“那我先下班啦，拜拜。”

她今天上早班，从早上一直忙到现在。这时，林颂音大概怎么也没有想到，今天是她最后一次来这家奶茶店里打工。

林颂音抱着头盔走出商场，接触到室外的空气，裸露在外的皮肤上顿时起了一层鸡皮疙瘩。

“好冷……”她将脖子缩进衣领里。才到十一月的下旬，她已经将衣柜里的棉服拿出来穿，今年江市的秋天似乎格外短。

她张望着找自己的小电驴。目光不经意间扫到停在路边的一辆黑车，林颂音忍不住多看了它两眼。

这辆车太扎眼了，连她这种对车一无所知的人也能一眼认出来，眼前的这辆车似乎就是在言情小说里出现过很多次的加长版林肯汽车。

林颂音坐上自己的电驴，心底涌起一股心酸，挡风被只能遮住一点儿寒风，她不知道自己什么时候才能买得起一辆十多万元的小轿车。她最后又瞟了一眼那辆车，才骑着自己的车离开。

此时，坐在加长林肯的驾驶座上的人注视着林颂音离开的方向，对着电话那头的人毕恭毕敬地说了一句："已经见到她了，好的，我明白。"

挂掉电话后，他将车发动，跟了上去。

在接连一周的大雨后，江市街边的法国梧桐树的叶子早已变得稀疏，偶尔有一只小鸟落在潮湿枯败的树枝上，只是很快就消失在树影里。电瓶车的车胎碾过覆在地面上的层层落叶，制造出沉闷的声响。

林颂音想起天气预报说过，受冷空气的影响，过几天江市就会下大雪。

雪是她小时候很向往的东西，不过现在她想到那种白花花的玩意儿就会有些烦躁，谁知道到时候地面会不会变得很滑……

再过一个十字路口就要到家了，林颂音过马路的时候不经意地望了一眼后视镜，突然发现那辆加长林肯就跟在自己身后的不远处。她没有把这当回事。但将车停在小区的门口后，她准备去驿站取快递，看到那辆车也停了下来。

不怪林颂音觉得诡异——这辆车和这条萧条的街实在是格格不入。

但这些事都和她没什么关系，她正要收回目光，就看到车门被推开。

紧接着，一个西装革履的中年男人从车上下来，径直走向了她。

林颂音站在原地，满脸疑惑，双手也因为不安而无意识地攥紧。

她确定自己一直遵纪守法，已经还完这个月的信用卡账单，年初时也已经还上了之前在姥姥生病时欠下的钱。

等等……难道是因为花呗的账单？看着面前的这个人，短短的几秒内，林颂音已经想出了几百种不好的可能性。

来人看出她眼底的防备，露出一个温和的笑容。

他递过来一张名片，随后对她开口。

“别担心，林小姐，我不是坏人。”

神情还没变，林颂音就听到他说出了一串三流言情小说的作者都不好意思写出来的台词。

“我是易讯科技的 CEO（首席执行官）易竞先生的私人助理和法律顾问——吴非。我找你，是因为你其实是易先生流落在外的女儿。”

许许多多的人都做过一夜暴富的梦，林颂音也不例外。不过，她倒是没想到这一天来得这么早。

眼前的这个男人还在说着话——她的亲生父亲易竞得知了她的母亲林筝早已去世的事，十分心痛，不忍心让她一个人继续留在这种地方受罪。只不过他因为工作的事宜还留在国外，所以让他的私人助理吴非将她接回去。

但凡有点儿智商的人遇到这种事都会考虑一下事情的真伪，不过林颂音完全没有这样想。

林颂音曾经在很小的时候根据自己发现的线索偷偷摸摸地找到了易竞的家。她把那天记得很清楚，因为那天是她十周岁的生日。就在那天，她有幸目睹了易竞和家人共享天伦之乐的画面。

她到现在还记得，他家别墅的花园里真热闹，许多人聚在一起给一个男孩子过生日，林颂音还从没有见过那么大、那么好看的蛋糕，一看就觉得它很昂贵。只不过，那天的最后她像小偷一般灰溜溜地离开了。

林颂音将思绪从久远却清晰的记忆里抽出来，再抬起头时，便将所有的情绪隐藏起来，面上流露出十万分讶异和动容的表情。

“你说的话……是真的吗？爸爸没有忘记我？”

哕，林颂音差点儿吐出来。如果不是担心眼泪落在脸上会结成冰，她大概可以挤出一滴眼泪。

不过林颂音才不会相信对方说的易竞不忍心看她受罪的鬼话。

他这时候找回她，打的到底是什么主意？

就这样，林颂音装作一个不谙世事的少女，跟着助理回了易家。

一周后，御林别墅内。

此时此刻，窗外飘着雪花。

室内每一个角落里的暖气都开得很足，林颂音尽情地享受着温暖的室温，再也不用因为电费的问题而舍不得开空调。

从她住进这栋别墅里开始，她的生活品质就有了质的飞跃。

助理在接回她的当天，就替易竞把一张不需要她考虑额度的卡转交给她。林颂音想装装样子，矜持两天，一直忍着冲动，没有使用卡。

易竞终于给她打来越洋电话。

电话里，他连一点儿父女俩刚相认的生分都没有。

他不失温和地斥责道："怎么不花爸爸的钱？"

他的语气里有满满的亲昵。

"那是您辛辛苦苦地赚来的钱，我不想乱花。"她用怯生生的声音说。

易竞的声音变得格外慈爱，没讲几句话，易竞就让她辞掉现在的工作。

"你好好地休息一下，有爸爸在，未来有更好的生活在等着你，我会好好地补偿你。"

林颂音有坚强的肠胃，所以忍住了呕吐的冲动。她见鬼说鬼话，随口应着，两个人到最后都很默契地没有提及易家其他的人。

挂掉电话后，林颂音终于愉快地一键下单，买了淘宝购物车里的东西。

她将自己从前想买却因为囊中羞涩没有买的衣服全部买下。她饿了，米其林大厨就专门为她准备美食，她晚上就躺在人造的温泉里看星星。她想象中的现代公主的生活也不过如此了。

不过林颂音一直很清醒，天上不会无缘无故地掉馅饼，易竞也不可能突然有了人性。他将她找回来一定是有什么目的，只是她现在过的生活再差也不会差过从前的生活了。

林颂音乐观地想，被他利用前，还是多薅点儿羊毛好了，及时行乐才是真理。

只是天不遂人愿，这样的好日子很快打了折扣。

三天前，在林颂音刚刷卡买下一颗红宝石后，易竞的电话也打了过来，她吓了一跳，以为他要斥责她花钱大手大脚。

好在易竞要说的不是这种事，但事情也没有好到哪里去。

他找来了一个值得信赖的人帮助她，顺便让那人照顾她。

林颂音闻言满脸疑惑，易竞在说什么鬼话？他要找人把她改造成一个淑女？她又看了看食指上的宝石，宝石都失去了光泽。

他是不是有什么疾病？钱太多他没地方花？这都是什么年代了，他还有这么多封建思想？

她虽然是这么想的，但是刚过上不愁吃喝的生活，不想因为不服从管教被一脚踢开，只能佯装配合他。

她耐着性子，听电话那头的易竞接着说鬼话。

“我请了泽清来教你，爸爸从小看着他长大。泽清下午就会到家里，你要好好地听他的话。”

“那我叫他什么？”林颂音问。

易竞顿了顿，说：“你就叫他柏先生吧。”

事实证明，易竞看好的人一定和林颂音八字不合，也是，正经人谁会来干这种事呢？

短短的两天里，她已经厌烦“柏先生”三个字了。

帮佣刘妈见咬着嘴唇的林颂音并没有喝桌上的茶，正准备把杯子收走，转头望向落地窗，一个身姿颀长的男人撑着一把黑色的伞，缓缓地走进花园里。

“柏先生来了，今天来得真早。”

林颂音听到这句话，整个人无精打采地瘫在椅子上。

他又来了，这么大的雪都没能降低他的积极性吗？这种日子到底什么时候结束？

昨天夜里，江市下了今年的第一场雪，雪预告着冬天的到来。

今天的室外温度是本月里最低的，已达到零下，而柏泽清依然只穿着一件深灰色的长款大衣，走在银白色的花园里显得更加冷峻。

刘妈年近六十，但爱美是天性，她每一次见到柏先生都觉得他赏心悦目。

林颂音就不同了，斜眼望过去，看到他在这么冷的天气里竟然还敞怀穿大衣，这位天神大概以为自己是在走秀呢，真是哪里都是他的舞台呀……

柏泽清一进门，就看见林颂音低头坐在餐厅里，她的脸和他昨天见到的不同，红得就像是被整个蜂群蜇过。

不过他们还没有熟到可以交流这些事的程度，于是他什么也没有问。

他将伞放在玄关的抽屉里，与刘妈打了一个招呼后，就面向林颂音。

“今天不讲饭桌礼仪，你跟我上二楼。”

说完，他潇洒地转身，朝楼梯走去。

他绝对是故意的，林颂音瞪着他的背影，“啪”的一下推开椅子，几步走到刘妈的身边，接过她的手里还冒着热气的姜茶，一口气喝完姜茶。

刘妈被她一连串的动作吓了一跳，身后传来低沉严肃的声音。

“我记得我和你说过，喝水不该这么喝。”

林颂音直接将空杯子放在茶水台上，一脸挑衅地看着他。她就这样喝水，怎么了？

柏泽清的那双幽深的眼睛就这样盯着林颂音。半晌，他才说：“幼稚。”

说完，他头也不回地上楼去了。

林颂音盯着那个高傲到做作的背影，真想踹他两脚。

在见到这位柏先生之前，林颂音确定自己是想给对方留下一个好印象的。

两天前，她记得自己对他笑得格外甜美，这对林颂音来说并不算难事，只是生存的经验而已。只是可惜，对方不吃这一套，他的眼底毫无温度的笑意让林颂音觉得自己好像一个马戏团里的猴子。

她不禁想：她这种私生女在他的眼里，大概就像初进大观园的刘姥姥吧。

不得不说，人与人之间的磁场真是奇妙，林颂音第一次见到刘妈时，就知道自己一定会喜欢她。

而柏泽清……

林颂音只要接连两天想起他是怎么借“改造”这件事来折腾她的，气都快气死了。

“好啦，你怎么这么不开心？柏先生虽然看着冷淡，但是并不是难相处的人，我还从没见过谁认识他之后不喜欢他呢。”

刘妈看着眼前的这张年轻而充满朝气的脸庞，很难不想到在英国留学的孙女，于是心也变得柔软。刘妈试图安慰林颂音，不过也得承认，她说的最后一句话很有睁着眼说瞎话的意思……

柏先生平日里总是不苟言笑。他待人虽然可以称得上温和，但那双没什么笑意的双眼总是让人觉得有距离感，不敢接近他的人大概不在少数……

林颂音自然不想让刘妈做他的拥趸。通常情况下，她不会在不熟悉的人面前轻易地暴露真实的自己，但刘妈总让她想起自己已经过世的外婆，妈妈因为交通事故而意外去世后，一直都是外婆在带她。

她知道柏泽清大概已经到了楼上，并不会听到她的声音，忍不住凑过去和刘妈说话。

她刻意压低了声音说：“我现在看到他就好烦，他接连两天教我喝水，喝水有什么好教的？结果他还说我仰头的角度不对、握杯子的力道不对、留下的指纹不好看……刘妈你说，指纹是我可以控制的吗？他还让我喝了十几杯水……你不要再被他的那张脸骗了。”

林颂音压根儿不能回忆这些事。只要想起那个男人，她整个人都上火。

刘妈笑着拍了拍她的背：“多喝水也不是坏事呀。”

林颂音昨天傍晚去做了医美激光手术，现在还不能化妆，整张脸红扑扑的，在刘妈的眼里显得更加纯真。

她才二十岁出头，还年轻呢。

得到了刘妈的安抚后，林颂音心不甘情不愿地上楼，柏先生停在三楼那里等她。

据刘妈说，这栋别墅是易竞在发迹的那一年买下的，两年前，易家的人又换了新的住处，这里就一直空着。

不用和易家其他的人一起住，林颂音乐得轻松。

柏泽清走到门口，这一次倒没忘记要做一个绅士。

他推开门，目光停留在她的身上。他示意她先进去。

林颂音进了房间后，环顾四周，书房好大，整整两面墙的书架上都摆满了书。

她一看到书就头疼，于是拉开身边的一把椅子坐下。

坐下的瞬间，她就猜到身后的男人又有话要说了。

“我拉椅子的动作已经很轻了。”她都不知道自己哪里又做错了。

柏泽清神色淡然地注视着她，半晌才说：“你应该等待同行的男士替你拉开座椅。”

万一这位男士是断臂的杨过呢？林颂音忍住冲动，没有回嘴，从椅子上站起身，把椅子直接推了回去。

偌大的书房里，只有这张会议桌下没有铺毛毯，椅子腿摩擦地面的声音刺耳，柏泽清忍不住皱起了眉。

他什么也没说，两步走到前面，静静地拖开一把椅子：“坐。”

随后，他径直走向林颂音对面的位子。

“看着我。”柏泽清十指交叉，把手摆放在桌上，平静地开口，“我想，不管是你的老师，还是我，都没有教过你用鼻子看人。”

他今天戴着无边框的眼镜，镜片和金属的镜架折射出锐利的光。

林颂音感受到了来自他的视线的压迫。只是，她才不要平白无故地被他教训，反正他也不喜欢自己，那她也懒得装了。

“别冤枉我，你的鼻子才长在了头顶上。”她梗着脖子说。

柏泽清的表情没有什么变化，他说：“我今年二十五岁，至今为止，你是第一个告知我原来我还有面部畸形的问题的人。”

林颂音瞪他，他连一句话也不让着女生，还好意思说自己是绅士？他二十五岁了，不陪着女朋友，每天跑来做这种无聊又讨人嫌的事，她也不知道他是不是有钱收。

柏泽清像是被她奓毛的样子逗笑，过了一会儿放软了语气，随口说道：“你把眼睛瞪得这么大，不会觉得累吗？”

林颂音知道这是他偃旗息鼓的信号，也懒得再和他犟嘴。

“我的眼睛本来就大。”她才没有瞪他。

“嗯，我知道。”柏泽清说这句话的时候，语气很随意，但是林颂音感觉得到，他正审视着她的眼睛。

林颂音比他小几岁。虽然她以前打工赚钱时和各种各样的人打过交道，但她被这样盯着看，还是会感到不自在。

这是完全没有必要的，因为每一个见过林颂音的人都说她有一双很美的眼睛。

林颂音随她的妈妈，眼睛从出生起就很大，茶色的瞳孔就像是琥珀落在清澈见底的泉水里。她的眼尾微微上挑，下眼睑的线条圆润柔和，眼睛灵动得像狐狸。

但是自我感觉再良好的人，也耐不住被人这样盯着看。

半晌，林颂音的身体不自在地动了动，她问：“你干吗这样看着我？”

柏泽清收回目光，开始进入正题，沉声问：“假如有男士邀请你去参加一场酒会，你会怎样回应他？”

面对突如其来的问题，林颂音下意识地有了反应。

“他长得帅吗？个子多高？和他一起去参加酒会的话，我需要喝酒吗？其实说实话，我的酒量很一般。”

她态度诚恳地回答完，发现柏先生正面无表情地看着她。

“是你问我，我才这样回答的！”

柏泽清深吸一口气，再看向她时眼里透着无奈。

“那就请你在回答前用一用脖子上的那颗漂亮的脑袋，脑袋是用来思考的，不是让你每天想着怎么惹我生气的。”柏泽清想不通他为什么会把宝贵的时间浪费在这种事情上。

林颂音本来想发作，只是想到他说自己的脑袋漂亮，虚荣心得到了充分的满足，瞬间没了火气。

算了，他夸我漂亮啊。

“那你也有点儿太容易生气了。”她说。

“同样的问题，我已经问了你三次。”

柏泽清靠回椅背上，冷冷地看着她。

林颂音小声反驳：“你上一次问的是舞会，上上一次问的是音乐会吧？问题哪里一样了？”

柏泽清认输，头也不抬地说：“你出去，半个小时后再到这里来找我。”

“小学的老师都不体罚学生了。”林颂音对他无理取闹的行为难以置信。

柏泽清低下头，半晌，深深地吸了一口气。

“你不是没吃早餐吗？去吃早餐。”他努力地保持风度。

林颂音脸上的表情瞬间变得别扭，他说话难道不能说清楚？他非要把别人变成傻瓜。

“我不饿。”

柏泽清站起身，将目光投向窗外，外面白茫茫的一片。

“你确定？我不确定今天有没有时间吃午餐。”

他还没有讲完话，身后的人已经动作极快地站起身，虽然起身的动静大了些，但这次她倒是没有忘记将座椅推回原地。

柏泽清望着窗外的雪花，雪花薄而脆弱，一片一片地覆在窗户上，转瞬消失。

他想：一周前，不会有人相信他将会这样度过假期——他被迫在这里和一个不按套路出牌的小女孩玩改造淑女的游戏。

柏泽清是普济医药集团的首席运营官，兼任副总裁，没有假期地为公司工作了四百八十天。

他没有凭借《劳动法》将公司告到劳动仲裁部门去，因为CEO是他的父亲。

在完成几个进军西北的扶贫项目之后，父亲好心地给他在年前放了两个月的假。

不过柏泽清的闲暇生活很简单。几年前他考了私人飞机的驾照，不忙的时候会在境内玩一玩。比起和别人聚会，他更喜欢一个人待着。

就在他正为旅行做准备时，易竞的一个电话打断了他的出行计划。

易叔叔和柏泽清的爸爸是几十年的好友，二十年前，在柏家遭遇严重的经济危机时，是易叔叔帮助他们家渡过了难关。

柏泽清即使从出生起就在港城上学，远不如他的两位哥哥在家里待得久，也知道易叔叔是爸爸最重要的朋友。

在接到易叔叔打来的电话并得知他找到了他的亲生女儿时，柏泽清有一瞬间的沉默。

易竞有一个女儿，她叫易舒语，比柏泽清小几岁，和他一样在港城出生。

而易叔叔找到的这个女儿叫林颂音。

柏泽清对别人家的私事并不好奇。但他也听得出，易叔叔说的这个女儿大概是他在外的私生女，现在阿姨因为身体不适，被送到挪威疗养，易竞才敢把女儿带回来，只是柏泽清并不知道易叔叔打这个电话的用意。

“泽清，叔叔的这个女儿从小没有和我生活在一起，性格可能有些粗野，举止上不了台面，但现在叔叔还在国外，也不方便让更多人知道她的身份，只能麻烦你。”

柏泽清全程皱着眉头听易竞说完这番话，没有说话。易竞要麻烦他做什么？

易叔叔请求他在三个月内让林颂音的行为举止尽可能地变得优雅。易竞的语气很迫切，柏泽清无论认为这件事有多荒诞和无意义，一想到易竞曾经对他家在经济上的帮助，就无法推拒……

他最后思考良久，只能硬着头皮应下来。

易竞将二女儿的情况简单地告诉柏泽清后，希望他就把林颂音当成亲妹妹管教。

亲妹妹？柏泽清那时还不知道等待他的会是这样的“亲妹妹”。

半个小时后，柏泽清看着吃饱喝足的林颂音，沉默片刻，开口问道：“你的英语水平怎么样？”

他的这个问题让她眼底的防备再一次出现，她问：“问这个干吗？”

“大学的英语六级过了吗？”

“就算过了六级，我也不一定会讲的。”林颂音目光闪烁地说。

柏泽清了然地点了点头：“那就是没过。”

林颂音一脸愤恨地瞪着他，他抓着机会就想嘲笑她，她明明过了四级……

“你每天可以看一看这本书，我会检查的。”柏泽清递给她一本高中生的英语词汇表。

林颂音只能把它接过来。检查……他这是当老师当上瘾了，还是有什么调教别人的梦想？

下一秒，柏泽清指了指右边的书架，沉声说："从今天开始，每天上午的十点到中午十二点是你的阅读时间，你可以从那里任意挑一本书读。"

林颂音难以置信。

"阅读时间？你在开玩笑吗？我高考以后就再也没看过书了。"如果用来消磨时光的三流言情读物不算书的话。

林颂音因为太过无语，不想看他的脸，于是盯着他的手。她发现他的手指修长，他没有戴任何饰品，双手骨节分明，指甲被剪得短短的，整洁干净。

她正发着呆，耳边又传来他那讨人厌的声音。

"嗯，我看得出来，所以你现在开始看书。你需要通过阅读积累一些东西。"

说完，柏泽清也不管林颂音有什么反应，自顾自地从书架上随手抽了一本书，坐在对面看起书来。

林颂音低头一看，桌上还有一个薄薄的本子。

她拿过本子翻了一下："这是什么？"

她将本子拿在手里晃了晃。

柏泽清头也没抬地说："这是用来摘抄和写读后感的本子，我忘了说，每天中午十二点你都要交给我一份读后感，字数大于八百字就好。"

"你上辈子是语文老师吗？"林颂音上学的时候最讨厌写作文了。

"你如果多读一些书，就不会说出这么唯心主义的话。根本没有什么'上辈子'。"

柏泽清的声音听着不失愉快，林颂音强忍冲动才没把手里的本子砸过去。

她认命地起身，去书架上找书，一排排地看过去，发现书全是历史和地理类的。就在快死心的时候，她看到最下面有一整排的童话故事书。

林颂音不是什么有童心的人，但至少这些书还能让她看下去。她看了一行字，这一天明明刚刚开始，但对她来说已经结束了。

抬眼看到对面的那个悠然自得的男人，林颂音只觉得他面目可憎。

这个早上，林颂音努力地搜寻高中时做阅读理解的记忆，挤牙膏似的愣是写出了八百字的读后感。她每写一段读后感，就数数字数，生怕多写一个字吃亏。

她把本子递给柏泽清后，他只看了一眼，便说道："下午需要加一节练字课。"

林颂音心想：他懂什么？他连中文行楷都看不出来！

下楼后，林颂音发现刘妈已经准备好一桌菜，桌上摆着一只喜庆的火鸡。

火鸡闻起来很香，她希望这位柏先生识相点儿，赶紧走人。

谁知刘妈却笑着说："柏先生中午在这里吃饭吧，我去拿一套餐具。"

林颂音真怕他为了让她消化不良而留下。

"不用，我中午和人约好了吃饭，就不打扰你们了。"

林颂音喜笑颜开，说："慢走不送。"

柏泽清淡淡地看她一眼："下午两点见。"

柏泽清一走，林颂音看到桌上的餐具只有一刀一叉，这让她怎么吃饭？

"刘妈，能不能给我拿一双筷子呀？勺子也可以。"林颂音不会使用刀叉。

刘妈摇头："这是柏先生给你布置的作业。"

林颂音一脸疑惑，人都走了，还这么阴魂不散？

"刘妈，你长得那么像我的姥姥，就不能向着我一点儿吗？"

刘妈对着这么一个可人儿的小女孩，也只能狠下心肠。

"不可以。"

最后，林颂音只好拿着刀剐鸡，刘妈见她费劲地用着刀叉，忍不住像哄小孩一般哄她。

"你多练习就会习惯了，不然，下次别人约你去高级的西餐厅，你怎么办？"

林颂音一脸怨念地回答："我就立刻问服务员能不能给我拿一双筷子，一家高级的店如果连筷子都没有，那离倒闭也不远了。"

刘妈："……"

下午一点五十分，林颂音透过窗户看到了柏先生的车。

她脚踩长筒靴，裹着刚从M家买来的经典款棕色大衣出了门。

下午天空难得放晴了，紫外线指数高达九级，林颂音做了医美手术，脸不能被晒，于是她全副武装地出了门。

不知道他现在是不是要带她去什么书法大师的家里练字。

想到被柏泽清要猴一样对待，林颂音只能安慰自己，发了财，是该付出点儿代价。

她走到车后，先看了一眼车牌。她并不知道标志是一只鹰的车是什么车，但一看它的外观就知道这辆车不会便宜。

林颂音站在副驾驶座的门前，等待那个做作的绅士给她开门。

只是，她半天也没见人下来。

她冻得要死，忍不住拉开了副驾驶的门。

"我等你展现绅士风度了，是你没给我开门。"她不想让他又找到机会找碴儿。

柏泽清像是这时才注意到她，从上而下地在林颂音的身上打量了一番，最后露出一个略带歉意的微笑。

"抱歉，我刚刚以为是易叔家的Louis跑到这里打雪仗来了。"见林颂音面露迷惑的神色，他耐心地解释，"哦，你可能还不知道，

Louis 是易叔叔家的拉布拉多犬，今年八岁，很喜欢雪。”

林颂音闻言气得发抖，只想立刻抓起一把雪，把雪砸到这个“衣冠禽兽”的脸上。

见林颂音变得气急败坏，柏泽清适时地安静了。他自己都有一瞬间的困惑。他做事一向稳重，到底为什么会对着林颂音做出这样幼稚的行径？

坐上车后，林颂音将脸上的口罩拉到下颌处，把遮阳帽也摘下放在腿上，打算从此刻开始装哑巴。

柏泽清看她像是气得不轻，按了一个按钮，将她身上的帽子塞进了一个空出来的柜子里。

他提醒她：“系安全带。”

林颂音是很遵守交通规则的，妈妈当年出的车祸带给她不少阴影。不过她很少坐在副驾驶的位置，在背后摸来摸去也没找到身后的安全带。

她不知道突然按到什么键，座椅突然往后移动，开始给她按摩……

林颂音被这突如其来的按摩吓了一跳，几年没有这么尴尬过了。

她挣扎着坐起身，下一秒又陷进座椅里，出声的时候哭腔都出来了：“你管管你的车！”

柏泽清也没有料到这一出，看她的脸涨得通红，随手按了一下按钮，座椅又恢复如初。

他望向后视镜，用右手指了指她的肩膀处，林颂音才发现原来安全带已经非常人性化地来到了她的肩膀处……

林颂音只觉得这辆车和它的主人一样讨厌！

一刻钟后，柏泽清将车停在一个商业圈的地下停车场里。

林颂音跟在他的身后进了电梯，走了一段路后，才发现他要去的是一家书店。他是上午还没看够书吗？她无法理解。

于是，她就像游魂一样跟着他。

她根本没有耐心待在这种陶冶情操的地方，买一杯最普通的咖啡就要花三十块钱。林颂音更愿意在家里喝速溶咖啡，反正尝不出任何味道的差别。

过了好一会儿，她看到柏先生已经拿着几本书还有两个盒子去收银台前付款了。

他让她花时间来陪他买书，林颂音幽怨地看着他。

站在出口等他出来的时候，她才发现柏泽清还站在原位，他看着她，目光的意思倒像是“你站在那里做什么”。

“你买完书了，还不走吗？”林颂音走过去。

“谁说我们要走？”

谁跟你是“我们”？我就算跟 Louis 是“我们”，也不要跟你是“我们”！

可是识时务者为俊杰，易竞那个老东西把她交给他，她也只能听他的了。

两个人来到消费入座的区域，上一个离开的人没有把椅子放回原位，林颂音也就这样坐下。

柏泽清问她：“你要喝点儿什么吗？”

“不用，我们到底要干吗？”

柏泽清对她的急性子习以为常，从纸袋里抽出两本册子。

林颂音一看书皮上的几个大字：中小学生规范书写字帖。

她的太阳穴跳了一下，拳头也随之变硬了。

她再看向坐在对面的人，他正慢条斯理地拧开刚刚买的钢笔，打开蓝色的墨水瓶。吸好水后，他把笔尖朝向自己，将笔递了过来。

林颂音就这样看了他几秒，最后接过笔。

“放松拳头，记住自己的手里握的是笔，不是匕首。”

林颂音真想拿笔去戳他的嘴。

“腰背挺直，肩往下沉。”

他刻意压低的声音从对面传到林颂音的耳朵里，她承认，第一次听到他的声音时，她确实觉得他的声音很好听。只是，此刻她只觉得唐僧都没这么烦人……

她翻开册子，开始埋头写“一”。

就在快认不得“一”字的时候，她又听到他低沉的声音。

“把腿放下来，不准跷二郎腿。”

林颂音听到他命令似的口吻就觉得讨厌，一边放下腿，一边还忍不住问：“你的梦想不会是当健身房的教练或什么体态老师吧？！”

柏泽清神情未变地说：“可能吧，不过从下周开始，你每天都会有体态课。”

…………

书店的老板在泡花茶，空气里有若有若无的香味。室内的温度适宜，林颂音练了一会儿字后，发现心似乎真的静下来了，也不再想着和他作对。

没过一会儿，茶香还有奶油的香甜就充斥在她的鼻腔里，林颂音一抬头，才发现这张方桌的桌面上除了书还多了许多东西。

柏泽清正握着一个比她的拳头还小的杯子，不知道在喝什么东西，而桌上还有一壶花茶，她还是认识里面的黑枸杞和玫瑰花的。

旁边有几个用碟子装着的小份甜品，林颂音嗜甜，看了看那个目光依然停留在书上的男人，他是什么时候买的这些东西？

“我吃这个啦。”说完，她旁若无人地拿走一盒提拉米苏，尝了一小口，表情瞬间因为味蕾得到了满足而变得松弛。

再抬起头，她纠结了一会儿，怕吵到周围的人，小声说：“免得你一会儿又怪我不懂礼貌用语，我说‘谢谢’了。”

她从鼻腔里挤出一句“谢谢”，好像圆满地完成了任务。柏泽清盯着她沾着奶油的嘴唇，蹙着眉头移开了目光。

“吃东西和说话，选一样做就好。”

林颂音闻言皱了皱鼻子。但她大概知道吃人家的嘴软，也没说什么。

林颂音喝了一杯茶后，以为还要再练一会儿字，就看见柏先生正盯着她，最后他从胸前的西装口袋里掏出一方手帕递过来。

原来小说里的那些男主角用手帕不用面巾纸是真的。

“你是在装模作样，还是平常确实都在用手帕呢？”

林颂音握着手帕，还是忍不住问道。

柏泽清闻言，脸又变黑了一点儿。

“这是什么问题？”

“我是真的好奇，你们用完了手帕之后把它放在哪里？还有，你每天早上都会带一张崭新的手帕，手帕就像婴儿的尿不湿一样，是一次性的还是说你当天晚上会把它洗干净？”

问完，林颂音凑向前，眼睛晶亮地望着柏泽清，目光中充满了探寻的意味。这一刻，她就像是已经忘记了这几天的不愉快，对他的探究欲高过一切。

柏泽清定定地看了她一会儿，最后用食指抵在她的眉间，将她凑过来的脸缓缓地推回去。

“我拒绝回答你的这一串毫无意义的问题。把东西收好，走了。”

说完，他起身离开，留下林颂音一个人收拾残局。

林颂音提着一个塑料袋追到电梯口的时候，柏泽清正等在外面，没进电梯，但她真是忍不住指责他的冲动。

“我爸让你来改造我，结果什么活儿都是我——”

她还没有讲完抱怨的话，柏泽清已经接过她手里的东西，把手放在她的背后虚托住她，示意她进电梯。

林颂音莫名其妙地望他一眼，不过瞬间懂了，电梯里有其他人，他果然又开始演戏了。

真是一个戏精，他那么有钱，为什么不投资一部剧去演男主角？

傍晚，柏泽清将林颂音送到家后就走了。

林颂音因为吃了太多甜食，并不饿，在一楼的人造温泉里泡了一会儿。

出来后，她看自己的脸已经没那么红了。她来到这个家，变得有钱以后，这一周里竟然都在装乖乖女，一点儿夜生活都没有。

晚上，在柏泽清送她回来的路上，林颂音看到离别墅不远的地方有一条商业街，街上全是酒吧，她当时就有些心动。

她还从来没去过酒吧呢！

等刘妈回房间后，林颂音鬼鬼祟祟地出门找车，司机在江市人气最高的酒吧——Hyperfox 的门口将她放下了。

独自来这种地方，林颂音不是不紧张，但好奇心胜过一切。而且她并不是没有防备心的小女孩，于是裹紧身上的大衣，装成熟客走进去。

现在是晚上八点，场子还没有完全热起来，但这里作为江市最出名的酒吧也已经足够热闹。

这里和林颂音想象中的酒吧有些不同，装潢可以称得上豪华气派。林颂音找人给她开了一个卡座，导购员递过来一张表，她分不清那些都是什么酒，就随手指了一下。

舞台很大，霓虹灯耀眼，林颂音看到舞池里聚集了越来越多的人。

音乐震天响，林颂音并不讨厌这样的环境，只是周围的烟味很重，而且她初到一个陌生的环境里，还有些放不开手脚。

酒被端上来后，她很有数地小口抿着酒。

它真够难喝的。

不过多年的贫穷生活让她即使一朝变富也做不到浪费东西，她靠在沙发的靠背上，偶尔抿一口酒。

周围的人在划拳、摇骰子，干什么的都有。

这应该不是林颂音自恋，几杯酒入喉后，她感觉周围有几个男人不时朝她看过来，一个女人独自坐在卡座上喝酒，这种画面确实不常见。

她决定，假如有人搭讪且足够礼貌的话，她可以请他们喝酒，不然也太浪费酒了。

就在林颂音在酒精和霓虹灯的作用下有些头晕、准备离开的时候，一个男人端着一杯酒走到她的面前。

“我看你一个人，你要不要过去和我们一起玩？”

舞池里的人已经越来越嗨，林颂音凑近他才听清他说了什么话。不过聚光灯并没有在他的头顶停留，她看不清他的长相。

林颂音正准备说话，身后出现了一个此时此刻绝不可能出现在这里的低沉男声。

“她不会跟你走。”

林颂音听到这个声音，吓得酒都要醒了，条件反射地把跷起的二郎腿放了下来。

…………

她睁大眼睛，回过头，幽暗的光线里，柏泽清就站在几步之外。他神情冷淡，和这个酒吧的一切都显得那么格格不入。

而前来和她搭讪的男生上下打量了一下柏泽清，大概误以为他们是闹别扭的情侣了，最后什么也没说，笑着退开了。

等林颂音回过头，人家早就跑远了。

“别看了，人已经走了。”冷淡的男声传进林颂音的耳朵里，同时，沙发上多了一个人。

因为酒精的关系，林颂音的反应有些迟钝。她都忘了去计较柏泽清为什么会出现在这里。

“你坐下的话，就得出开卡座的钱。”林颂音没想到卡座竟然这么贵。

柏泽清沉默，并没有理她，不知道在看什么。

林颂音见有认识的人在，不再紧绷神经，也不再急着回家，开始有一口没一口地消灭没喝完的酒。

过了好一会儿，见他不说话，林颂音将脸凑过来，这才想起来指责他。只不过眼前有三张他的脸在晃，她不知道应该看哪一张脸。

酒劲好像真有点儿上来了……

“啊，对了，你怎么会来这里？不可能是碰巧吧。”

柏泽清一言不发。

林颂音不高兴了。

“我和你说话，你怎么都不看人家？还有，你怎么可以跟踪我？现在已经是放学的时间，你是变态吗？”因为喝了酒，林颂音不像白天那么咄咄逼人。

柏泽清轻轻地拍掉她就快戳到自己的眼睛的手指，终于出声：“跟踪？变态？”

他真是要被气笑了。

林颂音摸了摸自己的手，茫然地眨了眨眼睛，很快就有了一脸怒容，只是看起来实在没有什么震慑力。

“你竟然打我，我要告诉你的爸妈，你打我的手！”

柏泽清看她一眼，嗤笑出声：“小学生。”

“你造我的谣，我大学毕业了，你说我只有小学的学历，我会告你诽谤的。我马上就找律师写律师函。”她振振有词地说道。

柏泽清懒得理醉鬼，端起她的酒杯，看了一眼杯里的酒。

“你只有这点儿酒量，也敢一个人来这种地方？”他说，声音很冷。

林颂音觉得他说这句话是担心她会出事，于是起了玩闹的心思。她忘记告诉他了，其实他刚刚来的时候她已经准备走了。要不是他横插一脚，她现在可能都回到家里睡下了。

她像在说一个只能给他听的秘密一般，贴近他的耳朵，用手碰了碰他的耳垂，悄声说道：

“真没想到，你竟然这么担心我吗？”

柏泽清因为耳朵旁突如其来的热源，不自在地往旁边挪了一步，林颂音没了依靠，差点儿倒在他的身上。

“我担心你？”柏泽清听着她那像在调情的声音，看见她双眼失焦，她认得出他是谁吗？

他冷着脸说道：“如果不是因为你的父亲，我根本不会出现在这里。”

柏泽清懒得再浪费时间和她说废话，这里的烟味熏得他耐心全无。

“你还能不能起来？我送你回去。”

林颂音听到他提起易竞，忍不住翻了一个白眼。她会不知道他出现在这里是因为易竞吗？无趣。

“可是剩下的酒怎么办？”

柏泽清真是无话可说了，拉起她的手腕就走。

林颂音被他拉着，走得歪七扭八，斑斓的灯光下，有一个宽厚的背影在她的面前晃来晃去，她很想爬上去。她每次看国宝爬树的视频都很想试一试爬树，好奇那会是什么感觉，可惜没有爪子。

她这样想，于是真的这样做了。

柏泽清本来还在架着她往出口的方向走，结果下一秒，怀里的这个女人像猴子爬树一样死乞白赖地往他的背上爬。

…………

即使在如此黑的环境里，柏泽清依然为此感到羞愤，最好没有第二个人发现这一幕。

最后，他没有办法，只能像抓猫一样捏着她的颈部。

“好了，你别借酒发疯。”柏泽清沉声说。

他刚捏住她的脖颈，林颂音就用一只手揽住了他的脖子，将脸亲昵地贴在他的颈窝处。

“别动，这样好舒服。”

柏泽清僵在原地。

林颂音不住地用脑袋蹭着柏泽清的喉结，直到在柏泽清的怀里找到了一个舒适的姿势，才安静下来。

一米开外的门口，Hyperfox 的老板韩润在和几个外地的商人谈合作的项目，这几个商人投其所好，送了他的女朋友许多礼物才促成了这次见面。

外地的商人正在给韩润点着烟，注意到一直没什么表情的韩润像是看到了什么人。韩润一瞬间收起了笑容，匆匆地向不远处的一个高大的男人走过去。

"哥？"韩润在柏泽清的面前停下，都以为他看错人了，问，"你来这里怎么不和我说一声？"

柏泽清听到了韩润的声音后，有一瞬间的尴尬。

韩润是他的高中学弟，这是韩润的酒吧，他们遇上彼此也不意外。只是一对上韩润暧昧的目光，柏泽清就知道他的脑子里现在指不定在想什么。

柏泽清深吸一口气，只是捏着醉鬼的脖子将她的脸抬起来，决定速战速决。

"记清楚这张脸了吗？"

韩润忍住冲动，没开手机的手电筒，点点头："我记清楚了，闭着眼也看得出来这是一个美女。"

柏泽清只当没听见他的话，说："以后你只要在这里看到她，立刻——"

话音未落，韩润自以为和他达成了默契，咧嘴笑着抢答说："立刻叫嫂子，是不是？"

柏泽清这一刻也免不了困惑，这一晚都遇到了一些什么人物？

"你在胡说什么？"

这种环境、怀里的人，每一样事物都让他无比头疼，他说："我是让你记住这张脸，以后你见到她，不准再把她放进来。"

"为什么？"这下轮到韩润不懂了。

柏泽清看到韩润的身后还有几个人在大眼瞪小眼，他们似乎在等韩润，于是柏泽清长话短说。

“因为她是未成年人，你下次再放她进来，我只能拨打投诉电话，你也不想这样吧？”

说完，他拖着怀里的醉鬼走了。

韩润看着他略显狼狈的背影，觉得活得久什么都能看到了，柏泽清这样一个从来不近女色的人，有一天竟然和女人一起出现在酒吧这种地方！而且这两个人的身体紧贴着，肢体接触这么亲密，这真是大新闻……

“你胡说八道，我早就成年了。”被拖到室外，林颂音冷得往柏泽清的怀里缩，不满地替自己澄清事实。

“你给我闭嘴。”柏泽清终于将她塞到后座上。

回到驾驶座上后，他低头整理被她蹭皱的衣服，这个晚上简直荒谬。

如果不是刘妈给他打电话说在监控里看到林颂音“心事重重”地出门，担心她出事，又不方便把此事告知易竞，他决计不会出现在这里。

柏泽清从来不觉得自己是什么善良的人，这一切都是他的完美主义和强迫症在作祟，他更加确信自己就不该应下这一件差事。

“和醉鬼说话真是鸡同鸭讲。”柏泽清抬手松了松领带，蹙眉说道。

林颂音闻言就要一屁股坐起来，因为醉意，她的眼里有一片水光。

柏泽清看着后视镜里扭动着的人，懒得说话。

他努力地让自己冷静下来，将车发动。

车汇入无尽的车流中，柏泽清极力地克制着自己，才没将后座上的那个因为醉意时不时地发出断断续续的呻吟声的人丢出去。

这一刻，柏泽清不知道的是：这个夜晚远没有这样结束。

第二章 从不嫉妒

林颂音醒来的时候，太阳穴有些疼。

她揉了揉眼睛，发现身上盖着一件长长的外套，上面有柏泽清特有的气息，让人很有安全感，她下意识地将脑袋往那件温暖的外套里缩了缩。

不对劲，她猛地睁开眼睛，发现入眼一片黑暗。

她抬起手在墙上摸了一会儿，才松了一口气。

这是她的那个便宜爹的房子。

只是身上的这件外套明显不是自己的。

她按了按太阳穴，脑海里浮现出昨晚的画面。

那种喝了一点儿酒醒来就什么都不记得的情况只有在无脑的电视剧里才会出现，林颂音记得很清楚，昨晚自己在酒吧里偶遇了柏泽清，那就肯定是他送她回来的了。

那她就没什么好担心的了。这样想着，林颂音对于自己对他的信任也感到费解。

她光脚下了床，拉开窗帘才发现天刚亮，她的脑袋昏昏沉沉的。想到昨晚大概又在柏泽清的面前丢人了，她不是不尴尬。不过这两天也习惯了丢人了，她竟然感到一阵释然。

昨晚她其实酒喝得不算多，竟然会晕成那个鬼样子。但一向自我保护意识极强的林颂音也知道，后来自己多喝了几杯酒是因为遇到了熟人。

熟人？她能这样定义柏泽清吗？

真神奇，他们明明才认识了几天，她到底哪里来的胆子这样做？她用力地拍了自己两巴掌，清醒一点儿！

反正睡不着回笼觉了，林颂音觉得肚子里空空的，想去楼下找点儿东西吃。

她看了看身上皱成一团的裙子，换上睡衣才下了楼。

她还没打完一个完整的哈欠，就看到刘妈从厨房里探出头来。

“你醒了？快来喝一碗解酒茶。”

林颂音尴尬地笑了笑，看来她喝酒的事被刘妈知道了。

她三步并作两步地下了楼，端起杯子，先喝了一口茶，发现味道不错。

于是她讨好地问：“过了一夜再喝解酒茶还有用吗？”

结果刘妈看了她一眼，说：“昨晚我就给你煮了一碗茶，茶愣是被你全洒在柏先生的身上了。”

林颂音闻言，差点儿把嘴里的那口茶喷出来。

“我不信。”林颂音放下罪恶的解酒茶，不受控制地摆出一张臭脸。

“昨晚，柏先生带着喝醉的你回来了，结果你死死地拽着他的外套，说外套是你的，怎么也不松手，还说他是偷衣贼。那柏先生只能把外套脱下来给你，我给你倒了一碗解酒茶，你也不知道怎么回事，非要柏先生先喝一口茶试毒，最后把整碗茶都洒在人家的身上了，就这样，还是他把你抱上楼的。小林哪，你以后真要对他客气一点儿呢。”

刘妈说完这一席话，林颂音仿佛回到了昨晚。苍天，她都干了什么事？

她摸了摸头，“呵呵”地傻笑着：“怪不得我的头有点儿疼，不会是昨晚被他打的吧？”

刘妈瞪她：“瞎说，柏先生可不是那样的人。就这样，昨晚还是他把你抱上楼的。”

刘妈看她一脸恍惚，也打住了话头："你去餐厅里坐着，我把早餐给你端过去，一会儿别让柏先生等你。"

天哪，还有比在一个人的面前社死后还要和这个人继续见面更让人尴尬的事吗？

林颂音吃完饭，又在花园里转了一圈，直到九点都没等到人。

她的心里不由得浮现出一个想法，会不会是昨晚她把他惹恼了，所以他不来了呢？

不过她没好意思把这个念头告诉刘妈，决定等柏泽清等到九点半，如果九点半他还是没有出现，那她的悲剧时光应该就可以画上一个完美的句号了。

她专门从手机里找到了精准到秒的北京时间。时间显示九点半的瞬间，她喜不自胜地在花园里蹦了一下，准备回房间。

"见到我，你这么高兴？"

听到身后的这道低沉得有些沙哑的男声，林颂音感到头皮一麻，还是回了头。

"早上好。"

不过林颂音一看他今天的装束，确实有点儿惊讶，昨天下雪，他穿得那么少，今天升温，他却穿高领的毛衣？

他才这点儿年纪就那么不抗寒……

进去后，柏泽清这次倒是没有脱掉身上的外套，而是像往常一样和刘妈打了一个招呼，就往楼上走了。

刘妈知道这是他们阅读的时间，于是说："我马上给你们端一些水果还有茶水上去，你们有什么想吃的吗？"

林颂音一边跟着柏泽清上楼一边回头，随口说："有草莓吗？没有的话，水蜜桃或者车厘子也可以。"

林颂音有点儿想吃草莓，但不确定什么季节有草莓，于是又随便地说了一种其他水果。

她的话音刚落，走在她前面的柏泽清突然回了头，林颂音吓了一跳。

他的眼底意味不明，仿佛她是什么可怕的人似的……她一时也感到非常莫名其妙。

“我说错话了吗？这个季节里没有草莓吗？”林颂音是憋不住话的性子，还是忍不住问了出来。

结果柏泽清只是目光复杂地看她一眼，就收回了目光。

他装神弄鬼！要不是昨晚确实做了一些难以启齿的事，她才不会这样忍气吞声。

两个人走到昨天读书的私人阅览室里，林颂音正在等待柏泽清安排自己看什么书，就看到他走到一旁轻声咳了咳。

他真是体弱多病。

“我今天看什么书？”

她和他一起走到书架处。

柏泽清随手从中间抽了一本书给她，然后又从底层的书架上找到了一本厚厚的书给她。

林颂音刚想说她怎么看得过来两本书，就看清楚第二本书是什么了。

《中学生常用字字典》。

林颂音瞪他，他真是做点儿事都居心叵测。

柏泽清像是没注意到她的目光，一脸平和地说：“抱歉，我昨天考虑得不够周到，你遇到认不出的字可以用这本字典查。”

林颂音看到他那张平静的脸就讨厌，晃了晃手里的手机。

“不好意思，我们这代人现在查字都用手机。”

说完，她觉得自己成功地将了他一军，心满意足地把两本书接了过来。

她正准备回到位置上老老实实地看书，视线一转，柏泽清也正好在抬头挑他自己看的书，而他脖颈上的某样东西瞬间吸引了她的目光。

柏泽清的喉结上有一块拇指大小的痕迹。

任谁都看得出那是吻痕哪。

怪不得他今早放了她半个小时的鸽子呢，敢情他是和别人卿卿我我去了。

林颂音想到昨天在酒吧里遇见了他，可能他并不是为了接她，说不定……

一时间，柏泽清的形象在她的心里一落千丈。当然，本来他的形象也没好到哪里去。

“其实我对你的私事是没权说什么的，但你为了这点儿事让别人等上半天就不太好了吧？”

林颂音用一种“你已经脏了”的眼神看着柏泽清，不忘露出狡黠的笑容，说：“而且，你到底懂不懂？光有钱是不够的，贞洁才是你作为男人最好的嫁妆。”

她说完话，正准备转身，就看到柏泽清的那双深沉的眼睛里此时此刻流露出一种很……微妙的笑意。

他今天的声音格外低沉，鼻音有些重。

柏泽清一字一顿地说：“这怎么会是我的私事呢？”

林颂音看到他的嘴角微微地勾起，精神也高度集中起来，他的心理素质也太好了吧，他都这样了还好意思来挑衅她？怪不得人家都说男人的脸皮厚着呢。

柏泽清微笑着，注视着她，拉了拉遮住脖颈的衣领。

林颂音看着他的动作，只想说一句“不知廉耻”。

这笑容是引以为傲还是什么意思？他在炫耀？她真该把刘妈拉过来，让刘妈看看他的真面目。

柏泽清无视她不满的目光，指了指脖子上的那个红印，终于淡淡地出声：“你不记得了？”

“你身上的东西，我怎么可能记得？”

林颂音反应不过来了，柏泽清在乱讲什么呀？这和她有什么关系？

柏泽清收起本就没什么温度的笑容，说："昨天晚上，你说不能白白地占我的便宜，要报答我送你上楼的善举，一定要送我一样东西，强买强卖，我拒绝都拒绝不了。"

林颂音听到这里已经眉头紧锁，内心开启十级戒备，柏泽清的声音还在继续。

"你问我喜不喜欢草莓，我告诉你这个季节没有草莓。于是你说没关系，可以亲手给我种。然后你扒着我的脖子，在这里……"

说到这里，柏泽清面无表情地指着自己的喉结上罪恶的"草莓"。

林颂音难以想象那幅画面，张了张嘴，却实在不知道说什么好，这真是尴尬他妈给尴尬开门——尴尬到家了！

她试图垂死挣扎，说："我没有。如果我做出……你说的这种事，刘妈怎么可能不告诉我？而且我一介弱质女流怎么可能强行在你的身上种'草莓'？你想推开我不是很容易吗？"说不定就是他自己不守男德，还想拖她下水……

柏泽清就这样看她一眼，半晌才说："刘妈当然不会告诉你。因为她根本没有看到这一幕。"

这件事发生在他将她抱进卧室里并放到床上时……她趁他毫无准备的时候，紧紧地环住他的脖子，就这样贴了过来……

林颂音见他只回了一句话就陷入了沉默，感到怪异。

"你怎么不说话了？"

柏泽清的神情已经恢复如常。

"你想听我说什么？还有，你以为我今早是去做什么了？托你的福，我去了医院。"

林颂音凭直觉认为他想借机羞辱自己，说："行，就算你说的话是真的，那你被我'那个'了一口，有必要去医院消毒吗？这么夸张？"

毕竟是她有错在先，林颂音说话也不再硬气……

柏泽清早已无话可说，昨晚，他的外套被这个女人强行霸占，身上的衬衫也被她用茶水浇透了，还有他的脖子也被她弄出了这样的痕迹……

走出别墅的门，柏泽清感到一阵彻骨的凉意。十一月的天气里，他就这样被冻着了。

他几年没有发过烧了，今天却挂了一早上的吊瓶。药瓶里的水一滴一滴地滴下来的时候，他忍不住怀疑林颂音昨晚是在故意装疯卖傻折腾他。

柏泽清看着面前的这个蛮不讲理的人，冷笑了一声，口不择言地道："我何止是去消毒？我是去打狂犬疫苗了。"

"你……"

刘妈上来送水果的时候，看到的就是两人大眼瞪小眼的画面。

林颂音不是不心虚，低头走到一边，拿起一本书看。

她多么希望雪能下得大一点儿，雪能直接把她活埋是最好的，如果不行，来一个雷把她劈了也行。

柏泽清不至于把他"失贞"的事告诉刘妈或者老东西吧，那样她还怎么做人呢？不知道真相的人还以为她垂涎他……

林颂音从没觉得时间这么难熬过。

好在柏泽清并没有开口。他接过刘妈的姜茶，将衣领又往上拉了拉，沉默地喝起茶来。

刘妈走后，林颂音即使再不情愿，也只能选择主动地伸出示好的橄榄枝。她可不想让别人知道这件事。

她迟疑着开口："那反正事情已经发生了，大不了，我宣布你还是纯洁的，你并不会因为我的一颗'草莓'而发生任何改变，好了吧？"

说完，她心不甘情不愿地小声补充了一句："Sorry（对不起）。"

柏泽清就这样冷淡地注视着她："你真善良。"

“不然我该怎么做？”林颂音见他这副表情，没辙了，破罐子破摔地拉下自己的衣领，“你要是这么介意的话，大不了把它还给我？要吗？你要吗？”

她又不是故意那样做的，而且根本都不记得那件事。为了自己不记得的事道歉，她还觉得委屈呢……

她说完这句话之后，柏泽清愣住，目光不自然地落在林颂音的脖颈处。他过了十几秒才僵硬地收回目光。

“别胡说了，把衣服穿好，看书。”

林颂音翻开了书，但一个字也看不进去，这件事算解决了吗？

林颂音真想不通自己怎么会在酒后对他做出这种事。

她在这里想得脸一阵红一阵白的，对面一点儿动静也没有。

林颂音忍了好一会儿，朝对面看过去，这才发现柏泽清坐在对面睡着了。

林颂音看过几本言情小说，大多数男主角都是醒来时很难相处，但睡相比较平易近人。

但不知道为什么，她觉得柏泽清闭上眼之后整个人看起来好像更淡漠了。

他清醒的时候，面对别人偶尔还有淡淡的笑容，闭上眼睛之后倒是做真实的自己了。

林颂音盯着他看了一会儿，又不小心瞟到他被高领的毛衣遮住的脖子。从这个角度看去，她怎么好像还看到他的颈侧有一个……牙印？

林颂音睁大了眼睛，这个牙印不会也是她啃的吧？但是，这种事好像也只可能是她干的了……

她做贼心虚地埋下头看书，真想喊一声“救命”。算了，林颂音自我安慰道：既然柏泽清刚刚没提这件事，肯定以后也不会再提了，她还是装作不知道好了。

十二点的时候，柏泽清终于醒了。

林颂音也小睡了一会儿。

“咯……咯。”

低哑的咳嗽声将林颂音唤醒，她也不知道自己怎么会如此心大，竟然还睡得着。

两个人的目光在空中对上，随后又快速地分开。

林颂音很少在白天做梦。但不知道是不是因为刚刚得知了一些让她难以接受的事，她只睡了一小会儿，竟然也做了梦，梦里似乎再现了昨晚的一些画面：她在柏泽清将她放到床上的时候搂住他，在仅能看到他滚动的喉结时贴近那里，最后两个人在床上紧挨着。即将和他分开前，她就像是咬住草莓最甜美的那个尖端一般咬了他一口。

林颂音想到梦里的种种情景，像是发了高烧，脸顿时变烫了。太羞耻了……她低着头摸了摸自己的脸，想象，这全都是她的想象而已，兴许昨晚的画面并不是这样。

此刻，林颂音的脑子乱成了糨糊，各种不合时宜的画面在里面乱飞，好在柏泽清打断了这一切。

“今晚把读后感发到我的邮箱里。”柏泽清低下头，将桌上的书合上。

林颂音本来以为自己会逃过一劫，但现在做什么都比回忆昨晚的事要好。她毫不迟疑地接过他递过来的名片。

这一次，刘妈要留柏泽清吃午餐，林颂音像是一个聋哑人，对此毫无反应。

好在柏泽清依然拒绝：“我有点儿感冒，下一次吧。”

说完他又转头看向林颂音：“下午两点，去车上找我。”

林颂音“哦”了一声，不知道下午又要干吗。如果可以选择，她真希望今天不必再和他见面……

“我们要去哪里呢？”

下午两点，林颂音靠在柏泽清的座椅上，直视前方问道。

柏泽清扫了她一眼，淡淡地开口："去买你的衣服。"

林颂音侧头看他，努力地把目光控制在柏泽清的衣领以上的部分……

"可是我这两天已经买了很多衣服了，还有，你刚刚的眼神是什么意思？难道我身上的这件衣服不好看吗？"

柏泽清显然并不打算回答这个问题。

下了车后，林颂音只好跟着他走进了世贸商厦，乘扶梯上楼，仰起头望向二楼的那些品牌店，依稀认出了几个知名艺人常穿的品牌——她刷手机的时候曾经看过推送的文章。

柏泽清走进一家s开头的品牌店，店员见到他之后立刻热情地迎上来。

"先生，请问是给您的女朋友买衣服吗？"

柏泽清闻言皱了一下眉头。林颂音自然没有忽略他的这种反应，抢先一步回答："我们不是那种关系。"

他以为只有他看不上她吗？她也看不上他。她不满地瞥了他一眼。

柏泽清没有接她的话，径直往店里走，对店员指了指三套连衣裙："麻烦你，要她能穿的码。"

林颂音站在他的旁边，只觉得这一刻好熟悉呀。她虽然没经历过这种事，可是看过不少。

这不就是偶像剧里最爱演的情节吗？霸道总裁带着土包子灰姑娘试衣服，想改造她。只是她没有想到，柏泽清竟然也会有这个爱好。

柏泽清像是察觉了她的眼神，这时也垂眸望向她。

"你盯着我做什么？去试衣服。"

林颂音眨了眨眼睛，只能配合他去玩这个换装游戏。

第一件白色的连衣裙比较修身，店员帮着她拉好拉链。

林颂音从试衣间里出来，发现柏泽清非常没有男主角的自我修养，他的眼里一片深沉，什么情绪也没有，她想从他的眼神里看出什么惊艳的神色是不可能的。

她望向镜子，试图去体会楚雨荨第一次被端木带着逛美特斯邦威的感觉。只可惜，站在镜子前，她觉得自己和往常没什么差别……

只不过，林颂音还没来得及发表感想，柏泽清就把一条裙子丢给她，衣服瞬间遮住了她的肩膀。他说："这件留下，你去试下一件衣服。"

…………

林颂音一共试了五套衣服，挺喜欢其中的三条裙子。

她正准备回更衣室把身上的衣服换下来，柏泽清在她的身后叫住她。

"你把这件衣服穿在身上就好。买单。"

林颂音听到他说"买单"，倏地抬起头，就从试衣镜里看到柏泽清对店员招了一下手。

他这是要送给她衣服?

"可是，你要把这几件衣服都买了吗？这太破费了吧。"

林颂音没有占他的便宜的想法。但她又担心送几件衣服是有钱人之间的基本操作，担心如果自己表现得过于惊讶只会暴露出没见过世面的模样，于是只好故作平静地问他。

她想起刚刚在里面试衣服时，由于好奇看了一下衣服的吊牌，一件剪裁简单的裙子的价格竟然上了五位数……她严重怀疑她过去的二十年里穿的衣服加起来都没有这么贵。

柏泽清盯着她看了几秒，出声说："不破费，你自己去结账。"

林颂音瞬间变得坦然。她就知道事情会是这样！而且，她怎么忘记自己现在是有卡的人了？虽然这是易竞的钱。

她拖着步子往前走，看店员在将裙子一条条地叠好放进纸袋里，觉得自己买多了。林颂音靠在柜台上，支起了下巴，分神思考着：

不知道老东西看到账单会不会生气。

她从口袋里找到那张卡，正要把它递给店员，就看到店员面露不解的神色。

“不用的，那位先生在您试衣服的时候已经付好钱了。”店员说着，拿起桌上的一张崭新的会员卡，“他在卡里充了二十万块钱，卡里还有一点儿余额，您可以给我留一下联系方式，等到下个月店里上新款服装的时候，我们会联系您。”

林颂音迷茫地接过卡，又回头望了一眼不远处的柏泽清，他正背对着她站在门外。不知道他在跟谁打电话，林颂音只能看到他的背影。

“搞什么呀？”她收回目光，准备去抱那些衣服。

店员笑得亲切极了：“不用的，我们会在明天中午前将衣服送上门，您稍等一下，我把您身上的这件衣服的吊牌剪一下。”

林颂音站在那里任人摆布，看着柏泽清在门外等待她的背影，觉得这个人……让人理解不了。

搞定一切后，她什么衣服也没拿，走到他的身边站定，只是抬头看着他。

柏泽清和她对视，一言未发，半晌也只是对她伸出手。

林颂音没理解他是什么意思，也迟疑地把手伸出来，在他始终未变的眼神下握住他的手掌，轻轻地晃了一下他的手就松开了。

“谢谢你的衣服？”林颂音也不知道一个得体的淑女在这时是不是应该这样做，柏泽清好像还没教到这里。

柏泽清像是也没有料到她的反应，顿了两秒才开口问道：“你在做什么？”

林颂音没看错他眼底的戏谑。果不其然，下一秒她就看到他的脸上又露出了面对她时才会有的笑容。

笑容很淡，但是带着打趣的意味。

“你误会了，我是让你把钱还给我。”

林颂音闻言，倒没有太大的反应，只是“哦”了一声，又低头去掏口袋里的那张会员卡，还掏出了易竞给她的卡。

“这张卡里还有钱，还有这几件衣服一共多少钱？我怎么把钱转给你呢？”

柏泽清完全没有想到林颂音竟然当真了，易家和他家是世交，他为易叔叔的女儿买几件衣服实在算不得什么事。

门口的镜子里还倒映着他没来得及收敛的笑容，他不知道原来自己现在是这样的表情。

他沉默了片刻，想不通自己怎么总是无聊到去和林颂音开玩笑。柏泽清的手下意识地靠近了衣领，就算易叔叔嘱托他照看好林颂音，他也该和她保持一点儿距离，避免像昨晚那样的事发生。

柏泽清收敛了笑容，不露痕迹地向后退了一步，和林颂音拉开一段距离，正色道：“钱先欠着，我送你回去，书法老师也快到了。”

柏泽清上一秒还在开玩笑，下一秒就又变脸了，林颂音不知道这是为什么。

不过她才懒得跟他计较，这个阴晴不定的人……

柏泽清把林颂音送到家的时候，还没到四点。

他走前才告知她，四点会有书法老师来教她写字，她自然拒绝不了……

来人是一个六十岁的爷爷，林颂音见到他就想起了自己高中的教导主任，听他说话都发怵，而且，对方要是直接教她练字倒还好，可是他愣是把书法相关的知识都说了一遍。

这不由得让她想起小时候上音乐课的经历。她觉得老师教唱歌很有趣，但一上乐理课就困得打哈欠。

听这些知识点，林颂音真是宁愿和柏泽清待在一起了……

林颂音分神地想：她来到这个家里已经这么多天，她的那个便宜爹只给她打过几通电话，这和她想象中的情节不太一致。她也不知道他到底打的是什么算盘，他总不可能真的是上了年纪想做慈善，想为自己积点儿阴德？她真希望他能早点儿把条件列出来，这样也能让她放下心。

柏泽清知道易竞打的是什么主意吗？她甚至有点儿想去问问他。

晚上，林颂音老老实实地在家里吃饭，刘妈在她的身旁转悠了两圈，最后还是忍不住开了口。

“小林，你今晚不会再出门吧？”

林颂音心头一跳，难道她的脑门儿上写着“我要出门”这几个字？

不知道是不是她闪烁的目光泄露了她的心思，刘妈为难地说道：“昨晚你喝了酒，还好遇到了柏先生，他专门提醒我，让我不要把这件事告诉你的父亲，你今晚还是不要出门了吧。”

林颂音注意到了刘妈关切的目光。她其实没有让老人担心自己的习惯，只能点头说“好”。

算了，今天就先不出门了，不过她本来也没想今晚再去酒吧，烟味熏得她的喉咙到现在还有些干涩。

她刚刚只是在手机上搜了搜附近帅哥最多的大学是哪一所，打算穿得美丽点儿，去偶遇一下大学生。

看来她只能暂时打消这个念头，先老实地待两天再行动也不迟。

其实，自从毕了业，林颂音就没有这么频繁地见过什么人了。

她只频繁地见过刘妈和柏泽清。

晚上睡觉前，林颂音才想起来，还没完成要给柏泽清的作业……

谁能想到，她都已经大学毕业了，还要过这种交作业的生活。

她找到柏泽清的名片，又回到书房里开始编读后感，快到十一点时才勉强编完作文。

她拍好照片准备把它发过去的时候，才想起自己只有一个 QQ 邮箱，顿时有点儿尴尬。林颂音不知道时至今日她面对柏泽清时，怎么还会有这种包袱……

这根本没必要，她想也没想地把照片发了过去，一共发了十张照片。

“柏老师，我怕你看不清楚，就多拍了几张照片。”

发完照片，她把手机捧在手里，等着柏泽清的回复，只是手机屏幕半天也没有再亮一下。

林颂音蹙起眉头，这个讨厌鬼真是一点儿礼貌都没有，连一句“收到”都不知道回复吗？

此时此刻，柏泽清刚刚在家中的健身室里做完一小时运动，用左手拿毛巾擦着额头上的汗，用右手拿着手机回复一些工作上的信息。

手机屏幕的最上方跳出一封陌生的邮箱发来的邮件，他本来想要忽视它，但很快想到了什么，又将它点开。

柏泽清放缓左手擦汗的动作，一字一句地看着林颂音发来的读后感。他猜都猜得到事情会是这样。

他点击“回复邮件”的那一栏，用右手敲击着手机上的键盘。

“这个时间，你应该在睡觉。”

他敲下句号的瞬间，一滴汗水从他的下颌上顺着颈侧缓缓地落下，柏泽清正准备将邮件发出去，脖颈处传来轻微但又无法忽略的刺痛感。

柏泽清不知道疼痛来自哪里，低头看向手机上的发件人，才想起疼痛极有可能来自她昨晚留下的牙印。牙印还没结痂，明明昨晚根本没渗出血。

她知道她到底多用力地咬了他吗？柏泽清摸了摸伤口，手指在回复栏上悬了片刻。最后他还是沉默地将屏幕上的字一个一个地删掉，只回了三个字。

“收到了。”

柏泽清退出邮箱的页面。他不必像完成他的工作一般过于投入地完成易叔叔交代的这件事，毕竟已经在她的身上投入了过多的注意力。

他想起过几日要去一趟法国。他不在这里，林颂音大概会很开心吧？

林颂音收到回复的时候，真想夸自己聪明。她什么时候这么了解他了？她竟然猜得到他的回复。

无趣。

她并没有把这个小插曲当回事，只是目光落在了手里的这张名片上。

普济医疗集团？好耳熟。

林颂音知道江市的每三百平方米的地域上就有一家普济大药房，难道普济大药房就是他们家的？

也不知道他们的员工买药是不是能享受折扣。

林颂音又看了一眼职位，他是副总裁兼 COO？

她没想到柏泽清竟然是副总裁……副总裁都像他一样，每天这么闲？

而且，她只知道 CEO，从来没听说过 COO。林颂音去网上搜了一下，看完简介，还是没有看懂那个概念……

没有自由的夜生活，林颂音深感无聊，只能打开手机刷起微博来，这是她睡前的一个习惯。

她不追星，最近也没有追剧，看了一眼热搜，只觉得没意思。

手指停在搜索栏上，她面无表情地搜了一下易竞的名字，一无所获。然后，她鬼使神差地在微博上搜了柏泽清的名字。

林颂音本来觉得大概也搜不到什么东西，他的名字并不大众，而且他又不是什么名人。

没想到页面上还真跳出来几条资讯。

林颂音粗略地看过去，看起来资讯大多是关于他和别人聚餐的，内容无外乎都是夸他长得英俊，他虽然话少，但是为人大方，吃饭时总是第一个买单。林颂音撇了撇嘴。

她偶尔能看到几张别人和柏泽清的合照，这样看着他倒是挺正经的。

不过还有人说他一如既往地信奉柏拉图哲学？

林颂音看到这里有些不明白，而且不止一个人这么说。

什么叫“不愧是柏拉图先生”？“柏拉图”什么时候能被用来形容人了？

是她孤陋寡闻了吗？林颂音的好奇心被勾了起来。她如果和柏泽清关系好的话，就可以直接问当事人了。林颂音深感遗憾地关掉页面。

退出微博后，她又去浏览器上搜索了“什么样的人会被别人叫柏拉图先生”。

随后，她看到了对柏拉图生平的介绍，甚至还看到了柏拉图的老师苏格拉底的资料……

林颂音觉得自己实在是有毛病，才会大晚上不睡觉做这种事。

她决心关掉手机，忘记和自己毫无关系的人，进入睡眠状态。

通常来讲，林颂音对别人的好奇心消失得很快，但是第二天早上，她依然清楚地记得“柏拉图先生”这件事，因为这着实令人费解。而且她现在暂时不需要为自己的生计发愁了，也不知道还可以去想什么事。

吃早餐的时候，林颂音望了一眼门口，他还没来。林颂音终于还是忍不住出声询问刘妈。

“刘妈，你知道有人叫柏泽清‘柏拉图先生’吗？”

刘妈先是没反应过来，听懂她的话后，捂嘴笑出声来了。

“有人在你的面前这么叫他了？”

林颂音没想到刘妈的反应会是这样的，摇了摇头：“你知道这件事？他们为什么这么叫他呢？”

刘妈将桌上的花瓶外面的一片落叶放进垃圾桶里，想了想才说道：“这都是他们年轻人开玩笑呗，他们说柏先生从来不和异性有肢体接触，他也不谈恋爱。之前我听他的妈妈说有人追求他，到最后女孩子连他的手都没有碰过。后来人家女孩子放弃了，说如果和他在一起估计要谈一辈子的柏拉图恋爱了。本来他们都是私下这么叫他的，有人当面开玩笑了吗？”

林颂音闻言很是震惊，说：“他要是姓柳的话，就该叫柳下惠了吧？”

刘妈本来因为她的这句话笑了，后来又收起了笑容，叹了一口气：“柏先生什么都让人放心，就是对谈恋爱这件事一点儿也不积极，这个小伙子长得多好哇。”

林颂音早就看出了刘妈是柏泽清的潜在粉丝，也不再说什么。只是，她注意到刘妈有些欲言又止。

“刘妈，你有话就说，千万不要为难自己。”林颂音一脸恳切地说。

“今天早上吧，我看到他的脖子上……”刘妈摸了摸脖子，并不知道自己该不该开口。她眼尖，在柏先生走的时候一眼就注意到了他脖子上的痕迹，那种形状的痕迹怎么看都像吻痕，而且还算新鲜……

但刘妈又转念一想，也不一定，那也可能是蚊子叮的呢？结果她下一秒就看到了旁边的牙印……

“算了，这都是别人家的事。”刘妈毕竟年纪不小了，也不像林颂音这种小女孩一样什么话都好意思往外讲，所以及时地打住话头。

林颂音这时也沉默了。

怪就怪她太聪明了。一听到“脖子”两个字，她立刻敏感地捕捉到了刘妈本来想说的事，好心虚。

本来她已经打算把那个“草莓”事件当作意外，忘记它……

既然刘妈不说了，“蚊子”自然也不好意思说什么了。

就在此时，事件中的男主角适时地出现在了门口。

“所以，我的脸上有什么吸引你的东西？”

在两个人面对面地看书的时候，柏泽清终于忍不住沉声问。

他本来不想跟林颂音多计较，但是她时不时地用探寻的眼神看他，她的眼神实在是让他无法忽视。

被抓包的林颂音显然并不知道什么是含蓄，开始光明正大地打量起他来。

这是他让她问的，可不是她非要问的。

林颂音顿了顿，还是直接问道："我其实就是有点儿好奇，别人叫你'柏拉图先生'是因为你和女生的接触很柏拉图吗？"

柏泽清听了她的这个问题，表情也有一瞬间的愣怔。

"这是什么问题？"

林颂音以为他会恼羞成怒，结果注意到柏泽清一脸淡然。

"为什么呢？"她问，一脸求知若渴的模样。

柏泽清淡淡地看她一眼："没有为什么，还有这是我的隐私，我没必要向你交代。"

林颂音理解的隐私和柏泽清表达的隐私确实不太一样了。

听到这两个字，她就下意识地以为柏泽清真有什么问题。

"所以，你真有不能和外人道的问题？"她刻意压低声音说，但又确实强调了某两个字。

柏泽清盯着这张充满求知欲的脸，面上依旧没有什么表情。按理说，他应该反感她的话。但新奇的是，他没觉得反感。

他十指交叉，不动声色地问："你看起来很高兴？"

林颂音收敛了自己面上的喜色，摇了摇头："我只是很同情你。"

原来他不是不喜欢女人，而是有问题，白瞎这一张脸和身材了。

柏泽清扯了扯嘴角，继续看自己的书。

"收起你的表情，你还当真了？"他平静地下了结论，"你在我的身上不会体会到能令你感到新奇愉快的戏码。"

林颂音随口问道："可是，天底下有不好色的人吗？"

柏泽清叹了一口气，连他自己都惊叹他对着林颂音竟然有这样的耐心。

“这是每个人的选择问题，有人在交往期间对肢体接触的需求很大，有的人没有需求，仅此而已。”

“那假如对方就是想要和你牵手、和你拥抱呢？”

柏泽清承认他被她问倒了。

他皱着眉头，半晌没有出声。

林颂音没等到他的回答，继续问：“而且，就没有什么人让你见到她就很想拥抱她、整天和她待在一起吗？”

“没有。”柏泽清想也没想就回答，“我是成年人。”

他没有这么不成熟的爱好。

林颂音不以为然。她也成年了，他只比她大三岁，怎么就装出这么老成的模样？

“这跟成不成年没关系。”她摇了摇头，还想说点儿什么，就被柏泽清残忍地打断。

“好了，今日的自由讨论时间结束，如果你再说下去，我想你会很愿意写一份以‘关于在约会中如何表现’为研究主题的论文。”

林颂音握拳：“跟你在一起就好无聊。”

她有理由怀疑，柏泽清过于禁欲，体内没有分泌足够的多巴胺和内啡肽，才让他如此不近人情的。她真希望他赶紧交一个女朋友，这样就能分散一下他花在她身上的时间。

柏泽清闻言，有几秒钟没有说话。

“那你应该会很高兴，”柏泽清低声说，“再过几天，你有一段时间不用再见我了。”

“真的吗？为什么？”林颂音听到柏泽清的话，先是不假思索地问出口，反应过来后才后知后觉地欣喜起来。

这实在是一件很值得高兴的事，不是吗？她总算有一段时间不用屈服于柏泽清的淫威之下了。

柏泽清抬眼看她，神情淡漠如常。

"我要去一趟法国。"

林颂音本来眼睛亮亮的，还沉浸在兴奋中，但是很快心底就传来一阵艳羡。

她真羡慕柏泽清，他想出国就出国，这可能是他们这样的人的生活里实在不值一提的小事，就像他们买衣服时从不需要装作不经意地去偷看衣服的价格，机票的钱也从不在他们的考虑范围内。

林颂音酸涩地想起她到现在连省都没有出过。

曾经，她的妈妈也说过，等到她再大一点儿，就带着她跟姥姥一起去海南过寒假，江市的冬天总是很湿冷。只是林颂音没能等到那一天。

林颂音真不知道自己有什么问题。从前过得再苦，她都很少回忆这些事。偏偏现在不用再考虑生计的问题时，她总是频繁地想起妈妈还有姥姥。

林颂音甩掉这些想法，望向柏泽清："那你要出国潇洒的话，我是不是可以放一个小假啦？"

说出这句话的时候，林颂音相信自己面上的笑容没有造假。

只是，柏泽清打破了她的美好想象。

"可能吗？"柏泽清的声音无波无澜，带着林颂音熟悉的冷淡。

"你照旧上该上的课，老师会直接联系你。"柏泽清补充道。

林颂音顿时心生不满，整天练字还不如面对着他。

"我到底为什么要练字呀？我又不会给谁写信，谁能看到我的字？"她垂下眼帘，心不在焉地说。

柏泽清知道她只是在抱怨，并没有回应她的话。他知道，反正他说什么话她都不会听。

一贯如此。

柏泽清说得没有错，接下来的两天里，林颂音确实没有再见到他。

只是，不用听他不冷不热的"管教"，好像并没有林颂音想象中的那样快乐，因为即使他不出现，她每天的时间也被安排得明明白白……

十一月二十八日下午，林颂音上完令她狂打哈欠的练字课后，又被易竞家的司机送去上体态课。

林颂音不知道为什么自己才二十岁出头，骨头就能硬到这种地步……她拉筋拉得想要短暂地去世。

最后躺下冥想的时候，林颂音几乎沾上瑜伽垫就要睡着了。

她半睡半醒间，那边传来了沉稳的叩门声。林颂音疲惫地睁开眼睛。

她望向门口，一个修长挺拔的身影就站在那里，林颂音还有些不敢相信自己的眼睛。

她依旧保持着躺在瑜伽垫上的姿势，迷茫地眨了眨眼睛。在确信自己没有看错人以后，她为他出现在这里想到了理由。

“你是明天去法国，现在来跟我道别的吗？”林颂音看着来人，问话的声音还带着运动后的倦怠，音量也比平常小许多。

柏泽清站在门口，对她的姿势还有问题都始料未及，过了几秒也只是简单地说：“不是。体态课结束了吗？”

林颂音迟钝地点了点头，带着一脸疑惑回答他：“结束了，但我还要去换一下衣服。”

看来他找自己有别的事情？他总不会是现在还要送她去上其他课吧……

“你不要告诉我你专门来这里就是为了送我去上别的课，我下午还有别的安排，不要……”

林颂音今早被安排去学习打高尔夫球，她之前从没接触过高尔夫球，一开始也很有兴趣，只是现在，她的胳膊上的肌肉在隐隐作痛。

“不是，到车上再说。”柏泽清依旧身姿笔挺地立在那里，面上没有什么多余的表情。

“那好吧。”

林颂音换好衣服出来，用双手摸了摸脸，试图给自己因为运动还在发烫的脸降温。

和教她体态的老师打完招呼以后，林颂音跟着柏泽清往出口走。

林颂音来的这家私人舞蹈室在商厦的五层，扶梯的对面就是电影院。

林颂音很久没有看过电影了，于是往那里一瞟，离她最近的海报看起来很有质感，不过这部电影好像并不是最近上映的，影院的人只是单纯地把海报放在影院外展示而已。

林颂音好奇心重，随手搜了一下电影的影评。

柏泽清走到扶梯前，明显感觉到身后的林颂音放缓了脚步。

他回过头，就看到她原本还算寻常的表情被一种嫌恶的表情代替。

“你在做什么？扶好。”柏泽清不知道她这时感到不快又是因为谁，这总不会是因为他。

他的本意是提醒林颂音不要在扶梯上看手机，但话音落在林颂音的耳朵里，她只以为柏泽清在好奇她在做什么。

“我在搜那部电影的影评。”林颂音依然维持着不太满意的表情。

商场里很吵，她见自己和柏泽清离得有些远，觉得他可能根本听不见自己说话，于是又下了一级台阶，和柏泽清紧挨着。他们只是这样站着，好像还是他高一点儿，明明她也有一米六五的。

“你怎么这么高？你是不是不止一米八五？”林颂音瞟了他一眼后问道，但是对答案并不好奇。

柏泽清微微地回过头，就看到她的脑袋很自然地向自己探了探。

商场里的暖气开得很足，即使是这样，柏泽清也能感觉到耳边吹来的温热的风。

他将头不着痕迹地往右侧偏了偏，林颂音并没有发现他细微的动作，只是下一秒也跟着他往右边凑了凑。

柏泽清只好认命地在原地站定。

“你说，为什么导演总是很爱拍男人出轨的情节，还说这就是艺术呢？”林颂音站在柏泽清的身后愤愤不平地吐槽道，既然出轨是艺术的话，为什么他们不多拍点儿女人出轨的情节？

她说话时又飞速地扫了一眼剧情，男主角为了赚到足够多的钱和自己的青梅竹马结婚，于是去外地打工，却爱上了同是异乡人的女主角。

林颂音对柏泽清说出这句话，其实并没有想得到什么回应。她之前在奶茶店里打工，也见识了很多人，听说了很多故事。

她知道，绝大多数的男人对于自己出轨的态度总是稀松平常的，但如果女人也犯了天下男人都会犯的错，那就活该被严惩。更令林颂音费解的是，很多女人竟然也这样想。

“我很少看电影。”柏泽清回答道。

“那假如你是男主角的话，你会选择女主角还是在老家等待你的青梅竹马？”林颂音随口问道。

两个人下了电梯后，一同往车库走去。

“这样的设想没有意义。”

“你们男人是不是都爱这么说话？”

“就一个问题，你也可以叽叽歪歪地把它搞得这么复杂。”

林颂音对于柏泽清的回应显得很有怨言，问：“那我换一个问题，如果你未来的妻子出轨的话，你会怎么样？”

地库里很暗，柏泽清本来在按照记忆里停放车的位置找车，听到这里无可奈何地低头。看起来，她又开始追问他了。

只是柏泽清没想到，自己真的因为她的话而思考起这个问题来。

过了许久，他斟酌着回答道：“如果你一定要问的话，那我的答案是：我不是特别介意。”

“你不介意什么？”林颂音也在四处张望，寻找柏泽清的那辆车，“不介意你的老婆出轨？看，那是不是你的车？”

林颂音正要往边上走，又被柏泽清拉住大衣的袖子扯了回来。

“不是那里，你跟着我就好。”柏泽清很快松开了手，思索着说，“人很难控制感情，我想，如果她遇到了真爱，并且对我坦诚，我应该会选择祝福她。”

柏泽清知道自己并没有说谎，这是他的真心话。

他按了一下车钥匙，不远处有车灯在闪，他们找到车了。

林颂音听到了柏泽清的回答，震惊得半晌都说不出话来，他的思维是正常人的思维吗？

“你不会嫉妒那个男人吗？你对你的伴侣都没有占有欲吗？”

这像话吗？

柏泽清想象了一番，发觉自己并没有什么感觉。

他打开车门，示意林颂音进去。

嫉妒？他从不嫉妒。

“人是自由的个体。”

柏泽清自认为还没有霸道到想控制对方的身心的程度。他也没有剥夺任何人追求真爱的权利，不是吗？

林颂音感到大开眼界。每一次和柏泽清聊天，她都觉得又认识了人类。

“你们是不是思想都这么奇怪？我听说有些人私底下都是各玩各的。”坐进车内，林颂音舒适地靠在座椅上，折腾了一天，终于可以休息了。

“你是想说开放式婚姻？”柏泽清侧头瞥她一眼，又收回目光。

“对，所以你以后也会那样吗？不要说什么不会预设之类的话。”

“不。”

如果有一天他选择了婚姻，会选择忠实于对方。但人只能要求自己，无法约束别人。

“所以，就算你的老婆爱上别的男人，你也不会伤心生气咯。”

“你好像很希望我被人背叛。”柏泽清不知道他们到底是怎么在这个话题上纠缠到现在的。

“你真奇怪，”林颂音一脸困惑地注视他，“我从来没见过你这样的男人，你连老婆出轨都可以理解。”

林颂音的声音越来越小，她想起自己看过的一些电影。

“你知不知道，一般像你这样无欲无求的人呢，在悬疑电影里都是大大大反派，表面看起来是无害的冰山，但是其实骨子里都坏得很。”

柏泽清听见她越说越离谱儿……

“好了，不要对我有这么多好奇心。”

“我对你才不好奇！你整天就跟我的监护人一样，谁要好奇你？”林颂音像是猫咪被踩到了尾巴，瞬间靠回靠背上。她只是每天只接触各种各样的老师，好久没有跟人聊天了。

“等你的爸爸回来，你就不必忍受我了。”柏泽清轻描淡写地说道。

“谁说的？你不是要去法国吗？我马上就不用忍受你了。”林颂音说，“对了，你还没说今天来这里干吗呢。”

柏泽清这时才想起他今天出现在林颂音的面前的目的。

“我来通知你一个不幸的消息，短期内，你似乎摆脱不了我了。”柏泽清将车发动，一脸平静地说，“你父亲的意思是，你最好跟着我去法国。”

第三章 你长大了

林颂音本来还靠在靠背上，还想找一下柏泽清车上的那个自动按摩的按钮，闻言连忙转头望向他。

“啊？他要我跟你去法国吗？为什么？”

柏泽清开着车，直视着前方，想起昨晚他曾给易竞打电话。

柏泽清母亲的生日在十二月十八日，她最喜欢的画家爱德华·马奈的画作将在十二月七日于法国里昂进行拍卖。

柏泽清很早就计划拍下一幅画，把画作为生日礼物送给她。

再加上，柏泽清是在法国度过的大学时光，有一段时间没有去那里了。难得有假期，他想在那里待上一周。

柏泽清在给易竞打这通电话之前，自认为已经做了他能做的一切。即便接下来不在江市，他也已经提前为林颂音安排好了各项事宜，这似乎让人无从指摘。

只是柏泽清刚在电话里提出他即将去法国待上一段时间的事，就听到易竞静默了几秒后才开口。

“你的阿姨不知道是不是听到了什么闲言碎语，说这几天准备回国一趟。”易竞暂时还没有让她们碰面的想法，这件事至少得等他回国以后再说，他说，“我正打算让那个孩子避一避。”

柏泽清本来神情自然地听着易竞的话，听到这里，不自觉地皱起眉头。

避一避。

这样的字眼让他下意识地抵触，就好像……林颂音是什么见不得人的存在。

他认为自己此刻感到不适是因为厌恶易竞的行为。

即便易竞是他的长辈。

既然这样，当初易竞为什么要和她母亲生下她？现在他又为什么要找回她？

但其实，这一切都和他无关。

“泽清，不麻烦的话，就让她跟着你去法国好了，叔叔回国以后一定会好好地感谢你的。你不用时时带着她，我记得法国到处都是博物馆，你可以找一个导游带她多去看看画展，也让她增长一点儿见识，让她不至于肚里空空，免得她到时候一面对你和舒语这样的人就又露馅了，哈哈，是不是？”易竞说到最后，甚至玩笑式地笑了笑。

柏泽清在电话的这端冷着脸，不明白易竞是怎么做到可以这么堂而皇之地和他说这些话的。

许久后，柏泽清得到了答案。

因为他们都是男人，即使差着辈分，易竞也认为男人帮男人保守这样的秘密是秘而不宣的事。

柏泽清沉默许久，最后也只答了一个字。

“好。”

挂掉电话后，柏泽清冷眼望着已经黑屏的手机，扯了扯嘴角。

看来他没有自己想象中的那样漠然。

就像他在少年的时期里曾无心地喂养过街边的一只流浪的小猫，后来柏泽清再次偶然地经过那条街时，心底也会产生一丝淡淡的牵挂。

这并没有什么意义。

耳边传来林颂音“叽叽喳喳”的声音：“你怎么又不说话了？其实我还没出过国，法国是不是很美？你怎么会这么好心，愿意带我去？”

林颂音再望向窗外，感觉自己仿佛已经在法国了。

柏泽清回忆起昨晚易竞说的“避一避”，顿了顿后，无所谓地回答道：“你不是说我的骨子里坏得很吗？我当然是因为不想放过你才带你去法国的。”

林颂音闻言仔细地端详着他的脸，一脸怀疑地凑近柏泽清，试图分析出他此时此刻到底在想什么。

“你挡着我看倒车镜了。”柏泽清用左手谨慎地握着方向盘，依旧直视前方，伸出右手，推开林颂音越凑越近的脸。

林颂音识趣地靠向座椅，用手撑住下巴，就这样看着柏泽清，故作欣赏地说：“哇，你这是在单手开车吗？”

她不知道自己心情好的时候其实很明显，就比如现在。

柏泽清听出她语气里的逗弄，若无其事地又将右手放回了方向盘上。

林颂音遗憾地说：“你真无趣。”

“我想，我们都不是第一天知道这一点。”

十一月二十九日的早上九点，柏泽清时隔几日再次来到了御林别墅里。

这还是他第一次来这里，楼下只有刘妈一个人。

他往餐桌那里望了一眼，那里没有人。

“她还没起床？”柏泽清在问出这句话的时候有几秒钟的犹豫。通常情况下，他不会这样用人称代词来指代一个人，这个字实在过于暧昧。

只是他张开嘴才意识到，自己竟然叫不出口再寻常不过的“林小姐”。他叫她“林颂音”似乎又不是那么礼貌，也不能叫她“小林”抑或是“颂音”，他们之间实在没有亲密到这种程度。

刘妈正要给他倒茶，听到了他的问题，顿时反应过来。

“小林吗？她很早就起来了，听说自己也要去法国，昨晚回来后高兴坏了，一直在问我法国冷不冷、要不要带厚衣服呢。不过她好像一直在找身份证，柏先生，你一会儿是要带她去办理护照吗？”

柏泽清示意刘妈不用为他准备茶，说：“嗯，她还没有找到身份证？”

“不然你上去看看吧。”

柏泽清没有说话，只是在楼下静待了一会儿，腕表上的指针已经停在了九点半的位置，他依然没有见到林颂音。

“我上去看看。”他沉声说道。

来到二楼以后，柏泽清停在林颂音的卧室门口。

卧室的门半掩着，柏泽清没有进去的打算。

“刘妈，那个谁，柏拉图来了吗？他是不是在那里催我了？”

林颂音听到脚步声，以为是刘妈上来找她了。她说出“柏拉图”三个字的时候带着调笑的意味，就好像这是她和刘妈私下的小默契。

柏泽清清了清嗓子：“让你失望了，‘那个谁’没有催你。”

林颂音闻言只是愣了一秒，并没有感觉到尴尬。

还好她没说什么过分的话。当然了，她也不可能说什么过分的话，毕竟刘妈可是柏泽清的隐藏粉丝……

“你在外面做什么？”林颂音还在费力地找着身份证，昨晚柏泽清把她送回家时，告诉她明天办理护照需要带一些东西，其中最重要的就是身份证了。

“我在想，你能找身份证找到什么时候。”柏泽清背靠着墙壁，低垂着视线，平静地看向脚下地板的纹理。

“我也不知道……我记得我把身份证带过来了，但就是找不到它了。”

“你回忆一下上一次见到它是什么时候。”

“我知道呀，但就是想不起来嘛。”她一边找身份证，一边还要分心回应柏泽清。

她看了一眼屋外，不知道柏泽清站在哪里，不解地问：

“你非要站在门口吗？我还要大声讲话，你才能听见。你不能进来说话吗？你又不是没进来过……”

林颂音刚刚说完这句话，瞬间就闭紧了嘴巴。

屋外也短暂地陷入了沉默。

林颂音轻咳了一声，只当什么事也没发生过。

大约过了一分钟，平缓的脚步声再度响起。

本就没有关紧的门被人从外面轻轻地推开。

林颂音过了好一会儿才回过头，就看到柏泽清今天又穿着一身黑色的衣服来了。

他穿着黑色的长款大衣、深灰色的西装，里面还有一件黑色的高领毛衣。

不知道的人还以为他马上要带着她去参加什么葬礼，林颂音发觉从她认识柏泽清到现在，就没见他穿过正装以外的衣服……他双手抱臂地半倚在门框上，神色自若，看起来并没有受林颂音提到的那一夜的影响。

“你给派出所打电话挂失一下身份证，以免它被别人盗用。”

又是这种命令人做事的口气……

林颂音轻飘飘地瞪了他一眼后，还是打了电话。

她打电话的时候，柏泽清依然维持着那样的姿势，在门口静静地听着。他发觉林颂音在和别人说话的时候其实语气很好，她甚至可以说得上是温柔。但在她和他对话的时候，他莫名其妙地想到了一个词：牙尖嘴利。

这本应该是一个贬义词的。

柏泽清就这样不远不近地注视着坐在床边、好脾气地跟电话那端的人说话的林颂音，不知道自己在想什么。

把电话挂断后，林颂音立刻转头面向柏泽清，柏泽清先是移开了落在她身上的目光，才又漫不经心地望向她。

“对方怎么说？”

林颂音露出了一个很孩子气的笑容，就好像小孩子赢了什么了不得的比赛。

“告诉你，现在丢了身份证不用挂失，也没人可以用我的卡借贷什么的，因为有人脸识别的功能，你不知道了吧？”

柏泽清看着她，点了点头。

“看起来，丢掉身份证让你知道了一点儿没什么用的知识，你感到很自得。”

说完，他注意到林颂音不高兴地噘起了嘴巴。

“别噘嘴了，”柏泽清盯着她翘起的嘴唇，几秒后，收回了目光，“找到你的户口簿，我带你去补办身份证。”

“但是，我的户口簿在我原来住的家里，我并没有把它带过来。”

“把地址发给我，我跟着导航走。”

柏泽清说完这句话以后，惊觉自己在这个久违的假期里真是除了休息什么事都做了。

到底为什么会有这么多的麻烦？

林颂音坐上柏泽清的车后，还是不太能理解他的做法。

“我其实感觉很奇怪。”林颂音歪着头看向坐在自己身边的男人。

“奇怪什么？”

“你真的还要陪着我办身份证吗？这种事我自己就可以做的，而且你明明根本就不是那种人。”

“哪种人？”柏泽清希望自己没有摆出“愿闻其详”的样子。

“虽然所有人都说你很绅士，实际上你也确实是这么做的，但是，我觉得你和所有人都很有距离感。”

“还有呢？”柏泽清知道自己如果足够理智就不应该再配合地回应下去，想着只是教养让他无法不回应她，说，“林心理医生。”

“喂。”林颂音不满地瞟了他一眼。

柏泽清的脸上还是那副不冷不热的神情。但是他知道自己现在的心情并不差。

“你不是在对我进行诊断吗？可以继续。”

“我觉得你好像并不关心任何人，但是，你又……”林颂音说到这里，又不知道该怎么说下去了。

柏泽清专注地看着不远处的红灯，有那么半分钟没说话。

“但是，你觉得我又特别关注你？”

“你不可以觉得我自作多情，”心底的想法就这样被说出来，林颂音有一瞬间的不好意思，说，“你确实很奇怪。”

“所以，你觉得我对你很好？”柏泽清不知道红灯的时间怎么如此漫长。他开车时很少有脾气，只是这时难得有些没耐心了，问：“难道没有别的人对你好？”

“才不是！有很多人对我好！”

“嗯，我相信。”

林颂音说完这句话，把头往边上一扭，摆出一副不肯再理他的架势。

车内再度变得寂静。

绿灯亮了，柏泽清的心情随之趋于平和。

林颂音在五楼停下脚步，就看到门上被贴了很多乱七八糟的传单。她刚打开门，门缝处就掉落了许多小卡片……

她猜测柏泽清大约从来没见过这样的阵仗，越发怀疑自己怎么会一时头脑发热把他带回来看笑话……

“你进来就好，不用换鞋。”

“嗯。”

林颂音找到水壶，仔仔细细地把里面的水垢冲洗掉，烧了一壶水。随后，她不知道又从哪个犄角旮旯里找到一包速溶咖啡。

柏泽清站在客厅里，不知道该做些什么，就看到她像土拨鼠一般在并不大的空间里四处跑动。

很快，林颂音踢过来一个被她擦干净的凳子，将手里的速溶咖啡递到柏泽清的手里。

“你想喝咖啡的话就自己泡，其实我一直觉得咖啡好像都是一个味道的。我去找户口簿。”

“去吧。”柏泽清接过来咖啡，想了想，又将这包速溶咖啡放进了大衣的口袋里。

林颂音在卧室里找东西，柏泽清独自停留在客厅里，随意地扫视了一圈，极力地克制住心底的那股想要替她清扫房间的冲动。

柏泽清甚至找不到一块落脚的地方。

他看着林颂音四处找户口簿的样子，过了许久，终于按捺不住地起了身。他决定至少把客厅里的那张书桌还有书桌旁的书柜收拾一下，说不定她的户口簿就在那里面。

柏泽清将地上的遥控器还有各种小票捡起来。

他正准备起身，就看到书桌下还有一个本子。

柏泽清将它抽出来，才发现这个桌子的桌脚不平，这个本子大概是被用来垫桌脚的。

他不知道自己现在是不是应该将它放回原地，就见里面掉落出一张泛黄的活页纸。

这是一张很有年代感的纸，纸的边缘已经卷起来了。

只是在这张纸的最上方，几个已经不是那么清晰的字很快吸引了柏泽清的注意——“四（2）班，林颂音”。

这是四年级的林颂音写的作文，柏泽清注视着那稚嫩的字体，静静地想。

他其实没有偷窥别人隐私的爱好。但是不知道为什么，这一刻，他还是往下看了。

“我是一个不懂事的孩子，只知道向父母提要求，却从来不知道感恩。

“我还记得去年夏天我特别想吃西瓜，于是和爸爸撒娇，爸爸明明很累，最后还是为了让我开心答应了。

“他骑着自行车出去给我买西瓜。只是，他刚离开没多久，天空就变了脸，霎时狂风大作，雨水敲打着窗户。

“我在家里开始担心起为我买西瓜的爸爸来。

“他骑车，并没有带伞，不知道会被淋成什么样？窗外是震耳的雷声，我站在窗边，担心极了。

“很快，我透过模糊的窗户，看到狂风中有一个人从远处跑过来，那正是我的爸爸！他整个人被雨淋透了，不过，我并没有看到西瓜。

“一阵敲门声响起，我打开门，看到爸爸一脸笑容，他像变魔术一般，从衣服的外套里拿出一个西瓜。

“他将西瓜保护得很好，尽管雨水已经将他的全身淋湿。我抬起头，看到雨水滑过他脸上一道道的皱纹，还看到了他泛白的鬓角，不禁流下了眼泪。

“他一脸慈爱地对我说：‘乖女儿，不是想吃西瓜吗？快吃吧。’

“我想，那是我吃过的最美味的西瓜，因为它带着幸福的味道。”

柏泽清就这样维持着这个姿势看完了这张纸上的内容，不知道什么时候露出了淡淡的微笑。

柏泽清站起身，将口袋里的手帕拿出来，轻柔地擦拭着纸上的灰尘。

找到户口簿的林颂音走到柏泽清的面前，就看到他的唇边还没收起的笑容，好奇地问：“你又在这里拿你的宝贝手帕擦什么呢？”

柏泽清还没有回答，手里的纸就被林颂音拿了过去。

她的脸上本来还带着找到户口簿的笑意，但她看了一眼这张纸后，笑意尽数地消散了。

这一刻，她握着这张年代久远的纸，只感觉自己好像再一次回到了小时候，回到了过去的很多个令她难堪的瞬间里。

林颂音从没有和妈妈提起过一件事。

有一次，班里的同学来到她家，和她一起做作业。

她们上楼的时候，住在对门的叔叔正好下楼，很温柔地跟她们打了招呼。

后来，同学发现她的爸爸一直没有出现，便问：“刚刚我们上楼时碰到的是你的爸爸吗？”

小小的林颂音不知道自己是出于什么心理，才迟疑着点了一下头的。

“怪不得呢，我就觉得你们很像。”

林颂音闻言，愣了很久，最后艰难地笑了一下。

等到晚上，她将几位同学送下楼，却碰到了接自己的女儿回家的邻居叔叔。林颂音心虚地将头埋得很低……

从那一天起，班里就没有什么人主动地和林颂音说话了，因为她是小小年纪就爱说谎的林颂音。

…………

此时此刻，林颂音抬起头，努力地挤出一脸无所谓的表情，甚至耸了耸肩。

“你想笑可以笑的，谁让我连写作文都在骗人？我明明没有爸爸还撒谎，你这么想笑，可以笑出声的。”

林颂音不知道为什么自己的声音还是会颤抖。她已经不再年少，其实早就不在乎这种事了。

她用力地将手里的作文纸揉成一团，然后转身把它丢进地上的垃圾桶里。

不知道是不是因为手有点儿抖，即使离垃圾桶这么近，她也没能把纸团扔进去。

林颂音盯了那个纸团几秒，最后无力地蹲下身来。

“好烦，只有这点儿距离都扔不进去。”她蹲在地上，低着头想要捡起那团纸，试图在外人的面前托住她的那点儿可怜的自尊。

只是很快，林颂音感觉到眼前有一片阴影。

下一秒，她感觉到额头上落下一只手掌。

这只手掌不同于妈妈的手掌，很宽大，也很温热。随后，柏泽清动作很轻地摸了摸她的脑袋。

很久没有人这样摸她的头了，林颂音感到喉咙里传来一阵涩意，有点儿想妈妈了。

“抱歉，我不该没经过你的同意就看你从前写的作文。”柏泽清目光复杂地注视着她，许久才出声。

他的声音难得有些温柔，温柔到林颂音忍不住想要看他。

她仰起头，就看到柏泽清膝盖微弯地半蹲在她的面前。

迎上柏泽清深沉的目光，林颂音只觉得他的目光里有她理解不了的东西。

她想说点儿什么话，想说不需要你可怜我，说我没有爸爸也过得很好。但她试着张嘴，发现喉咙的酸胀感让她什么话也说不出口。

柏泽清的手依旧停留在她的额前，林颂音就这样无声地凝视着他。

“我笑是因为，你不需要用衣服挡住西瓜，西瓜被淋湿也没关系，你擦一擦它就好。”柏泽清轻声说道。

林颂音就这样眼睛一眨不眨地注视着他，最后也只是躲避着他的目光，别扭地说：“老师和我说过了，我早就知道了。后来我再写作文时就写我爸给我买炸酱面了。”

“嗯，那很好，”柏泽清轻笑着点了一下头，“你长大了。”

林颂音因为他的话抬眼看向他，四目相对，没有人再说话了。

空气中寂静无声，柏泽清注视着那双泛着水光的眼睛，想要伸手去擦拭那里面盛着的泪水时，突然想起林颂音说的话。

或许林颂音没说错，他对待所有人都温和。这看似很好，只是无差别的温和实则是一种冷漠。

她不该是那个特例的。

许久后，在林颂音茫然的目光中，柏泽清回神一般移开目光。

他低垂着眼帘，看着地上已经被林颂音揉成一团的纸。

“要扔掉吗？”他指着它低声问道。

林颂音本来还在用探寻的眼神看着他，这时愣愣地点点头。

她不知道，为什么从柏泽清的眼里看不到一点儿嘲讽呢？她以为他一定会笑她的。

明明不久前，从柏泽清在御林别墅里见到她起，他就是高高在上的。

她一点儿也搞不懂他。

柏泽清没再说话，只是将地上的纸团拾起，把它扔进了林颂音身后的垃圾桶里。

柏泽清站起身后，将仍蹲在地上的林颂音也拉了起来。

他的掌心和她隔着衣服的手腕只有短短两秒钟的接触。

两个人就这样站在这个许久没被打扫过的布满灰尘的狭小客厅内，没有人说话。

林颂音也不知道现在应该做点儿什么，飞快地抬头看了一眼柏泽清后，又低头去摸自己有点儿皱的羽绒服。

“你找到户口簿了？”

头顶传来柏泽清低沉的声音。

“找到了。”

林颂音从来不知道，原来他们也可以这样心平气和地对话。

真奇怪。

林颂音吸了吸鼻子，觉得这都怪柏泽清。他为什么要摸她的头？她也不知道他有没有洗手。

放在以往，她一定要针对他洗没洗手的问题为难他一下。只是林颂音垂下目光，盯着柏泽清骨节分明的手看了一会儿，最后还是什么也没有说。

柏泽清要在十二月四日乘航班去法国。

林颂音是在十二月二日下午拿到的去法国的护照，那天柏泽清似乎申请了加急办理护照，效率果然超出她的预期。

她将薄薄的护照本拿在手里翻了好一会儿，发现他果然也已经把她去法国的签证办下来了。林颂音都不知道柏泽清是怎么在这么短的时间里做完这些事的。

她现在收到了护照，要和柏泽清说一声吗？

林颂音还记得，那天柏泽清带着她办完各项事宜，开车将她送回家时，似乎嘱咐过她收到护照后告诉他一声。

想到这里，林颂音又回想起那天下午的情景，两个人明明已经乘车到了御林别墅的门口，柏泽清也没有打开车锁。

“接下来的几天里，我要处理一些事，暂时不会来这里。”

“哦。”

他顿了片刻后，继续说：“你不用准备太多行李，到那里买东西就可以。你这几天不要乱出门，好好地上课。”

柏泽清说话的时候并没有看她。

林颂音揪着自己的羽绒服上冒出来的细小羽毛，不知道柏泽清为什么在扮演她的监护人的这条路上越发入戏了。

她小声嘟囔着：“你不说我也知道的。而且，你前几天没来这里，我晚上也没有乱跑呀。”

“那很好，不然刘妈会担心的。”

林颂音撇了撇嘴：“知道。”

“你的护照办好后，工作人员会把它直接寄给我，因为你还需要办理签证。”

“时间这么短，来得及吗？”

“来得及，签证办下来后我会直接把护照寄给你，你收到它后记得告诉我。”

两个人大眼瞪小眼了几秒后，柏泽清终于将车门解锁：“那，再见。”

…………

时隔几日后，林颂音已经不记得当时车内的氛围是什么样的，只是觉得得把收到护照的事告诉柏泽清。

只是她刚拿出手机，手机屏幕适时地亮了。

心里一动，林颂音才发现来电的是易竞……

他怎么隔三岔五地骚扰她？而且她没听他提起过一件有用的事，他真烦人。

“女儿，最近泽清都带你做什么事啦？”

“他带我办理护照了。”林颂音觉得自己回答得好像没问题，不过易竞半天没有说话。

许久后，易竞才说：“我知道，你一定不理解爸爸为什么这么着急让你有所改变。”

心里的雷达一响，林颂音意识到终于等到了这一刻。

她保持着冷静，用一种天真的语气说道：“我是有一点儿好奇呢，但知道爸爸总不会害我。”

易竞回答得倒是很快：“这是自然，你相信爸爸，爸爸只会做为你好的事。”

林颂音对此不是很在意。

“是有什么我不知道的事吗？”她关切地问。

她的声音做作得连她都有点儿受不了。

易竞却答非所问地说：“小林，你现在交男朋友了吗？”

林颂音听到电话那端的背景音里似乎有不少外国人在说英文，听到这个问题，下意识地回答道：“没有。”

“好，你现在也不该和从前的那些人有联系。你和他们不一样。”

林颂音听了他的话，感到一阵反胃，你很高贵吗？她很想问他，但嘴上还是回答：“我知道。”

“爸爸给你找了一门很好的婚事。”说完，易竞久久地沉默，似乎在等待林颂音的反应。

林颂音承认自己虽然有心理准备，但这时依然很震惊。

“是很好的婚事吗？”林颂音真的很想相信他，只是第一时间想到——这样的好事怎么会发生在她的身上？

林颂音冷冷地看着木地板，又不是不知道易竞是有正经的女儿的。

易竞自然知晓她的想法，倒是不担心，直言道："爸爸也知道自己亏欠你太多，从前不方便将你带回来，现在有了机会，也只想把最好的机会留给你。你一定要争气，我会把你的身份好好地包装一下，到时候，只要你过了他的父母那一关，你的人生就永远不一样了。"

林颂音收起唇角的冷笑，昧着良心说："谢谢爸爸。"

易竞承认他时隔数年才将林颂音找回来，是存在一点儿利用她的念头。但如果不是因为林颂音确实是他的女儿，她根本不会有这样的机会从麻雀变成凤凰。

比起利用她，他更倾向于认为这是一桩互利共赢的交易。

如果不是一年前他决策失误，投入大量的资金将自己看好的自动汽车的人工识别系统投资到海外的市场中，而国外的市场并不买账，导致他做出来第一个产品就血亏、连成本都赚不回来，事情本不会这么复杂……

易迅科技的资金链完全断裂，易竞完全没有想到国内缺乏生产经营的资金，而余下的产品也只能让公司支撑两个月。

虽然这些消息早在第一时间就被在国外的他封锁了，易竞也让人做了假的财务报表上报，但真相还是被许氏集团的人发现了。

许氏的老板许昌鸿是出了名的暴发户。

他提出要收购易迅，一开始说的是只收购易竞的公司。结果他们进行第二次线上洽谈的时候，他就开始狮子大开口，说要将易竞的公司连同名下的产业都收购了，易竞又怎么可能甘心？

不承想，事情柳暗花明，许昌鸿提出可以接受两家联姻，那么易迅科技的债务自然由许氏负责偿还，同时，许氏还会提供一个亿的周转资金。

两年前，许家就提出过让许昌鸿的儿子和易竞的女儿做朋友的事，但那时易竞拒绝了。

舒语是不可能答应的，易竞不敢忘记他第一次和女儿随口提起这件事时她可怕的回应。

易竞知道，她说不定真的干得出来那种可怕的事。他在那天以后甚至没有再在家里吃过饭，那是他教育出来的好女儿……

现在，公司的情况是这样的，他没有了拒绝要求的底气。这时，他忽然想到了自己的另一个女儿。

既然许家打了和他家联姻的主意，又没说要和易竞的哪个女儿联姻，易竞只好让林颂音试试。

易竞知道，人的本性很贪婪。他从来没想过林颂音会拒绝这个提议。

人都是由奢入俭难的。

再者，这并不是在害她，易竞感到心安理得。

挂掉易竞的电话以后，其实林颂音没什么特别的感觉，甚至感到一阵莫名其妙的平静。

虽然她差不多只信易竞百分之二十的话，不过，他急切地找柏泽清改造她的动机也总算浮出水面了。

林颂音想到柏泽清，思绪一瞬间飘远了。

林颂音低下头看着自己的手机，才看到自己的眉头此时蹙着。她不在意地笑笑，转念一想，自己干吗要在意这件事，他知不知道重要吗？

林颂音清楚地明白：易竞让她而不是他的那个女儿去联姻，肯定不是想把好事留给她。大概是他的那个女儿看不上男方，所以易竞才想到了她吧。

林颂音没觉得不平衡，人各有命。知道了易竞的目的，她整个人反倒变得轻松起来。

总之，她是绝对不会让自己吃男人的亏的。

林颂音不知道自己今晚为什么会久违地梦到妈妈。

林颂音无措地站在原地，不敢靠近妈妈，但妈妈只是用小时候很少对她流露出的疼爱的眼神看着她，很轻地摸了摸她的头……

醒来以后，林颂音一上午都没有精神。她才想起一件事，好像很久没有去看望妈妈和姥姥了。

其实，住进易家以后，林颂音想过要去看看她们，但还是没有去。

她不知道，妈妈和姥姥是会为她高兴还是失望。

不过，明天她就要出国了。

第一次去那么远的地方，临走前，林颂音还是想和她们说说话。

下午，林颂音上完体态课，在回去的路上，看到车窗外没有雪也没有雨。

她就这样看了好一会儿，才对司机说想到附近的商场里转转，想买一些出国要用到的东西。

“好，那我就在停车场里等着。”

“不用，我和人约好了吃晚饭。”林颂音撒了一个小谎。

“是和柏先生吃饭吗？”

林颂音愣了几秒后，点了点头。

“对。”

她只是不想让易竞知道自己去墓地的事。

司机一听说她是和柏先生吃饭，脸上的表情瞬间变得松弛。她和柏先生吃饭的话，他就完全不用担心了。

林颂音在商场入口的花店里买了两束包装精美的花后，打车去了墓园。

这是江市极为普通的墓园，妈妈去世的时候，林颂音还小，这些事都是姥姥操办的。

等到外婆去世的时候，她正好上高三，已经可以相当熟练地操持这一切了。

两座墓碑离得很近，正好可以陪伴彼此。只是后来，林颂音没有上很好的大学，所以一直不好意思来看她们。

一转眼，原来这么多年过去了。

墓碑的周围杂草丛生，林颂音连一只活的蚂蚁都看不见，内心五味杂陈：不知道这里是不是江市最寂静的地方？

林颂音将两束花分别放到两座墓碑前，又回到妈妈的碑前坐下。

从前，如果她就这样大大咧咧地坐在脏兮兮的地上，妈妈是一定会用鸡毛掸子抽她的，但掸子总是轻飘飘地落下，妈妈从来不会真的让她觉得疼。

不过，现在妈妈早就管不到她了。

“花好看吗？我用老东西的钱买的。”林颂音用小时候常用的叛逆语气说道，好像是在故意惹人生气，“你以前不是很有自尊吗？你不肯用他的钱，我才不要和你一样。”

“我明天要去法国了，和一个……非常自大的讨厌鬼。算了，不说他了，他不重要。不过，我听说那里的香水都打折，它们都很便宜呢，你如果有什么喜欢的味道，今晚就给我托梦吧。”

林筝从前很是节约，从来没用过香水这样的东西，就连护肤品也总是买超市里打折的。

“听我的话，你别给老东西省钱啦，把想要的东西都告诉我哦。”林颂音孩子气地笑着说。

说完，她又不说话了，只是靠着妈妈的墓碑静静地坐着。

林颂音昨夜做了很多梦，睡得不是很好，不过也没有想到自己竟然心大到在这里睡着了……

她睁开眼的时候，天都已经黑透了。

她下午来到墓园的时候，见手机只剩下百分之五的电量，担心回去的时候没办法打车，于是及时开了飞行模式。

现在她再一看时间，已经八点半了，而手机的电量也只剩下百分之二。

林颂音站起身，承认自己有些害怕，毕竟这里不是什么寻常的地方。但她一想到身边就是妈妈和姥姥，又松了一口气。

"我走啦，等我带礼物来看你们哦。"林颂音厚着脸皮对她们说道。

只是除了杂草被风吹拂的沙沙声，什么声音也没有。

林颂音摸着黑走出墓园。一路上，她其实害怕得身上起了鸡皮疙瘩，但一直念着"妈妈"和"姥姥"这两个词，给自己力量。

走出来以后，林颂音犹豫了几秒，不敢贸然打开手机的流量。

流量耗电实在太快了，她怕她再打开打车的软件时，手机已经自动关机了。

林颂音打算再往远处走一段，到有灯的地方再打车试试。在那里，司机接单的可能性还大一点儿。

但显然，林颂音走了一路，有一种预感，这里荒凉到她见到鬼的概率比见到车的概率还大一些。

林颂音的方向感不算强，而且现在的天空黑得透透的。

但她也只能硬着头皮继续往前走，希望能快点儿遇到一家店，哪怕是遇到寿衣店也行啊。

不知道是不是因为刚刚一直在墓碑前坐着，林颂音只觉得自己的手很冷，脚也冷。

而且，她好饿呀。

她开始怪自己为什么不给手机充好电再来这里，天这样黑，这里又这么偏僻，真的会有车经过吗？

林颂音不知道自己就这样走了多久，久到已经冻得没知觉了，终于看到隐隐约约的光亮。

耳边是呼啸的寒风，林颂音看着那点儿光亮，都要哭了。

她的腿快要冻僵了，只是林颂音还没放松神经，就听到身后不知道从哪个方向传来一阵脚步声。

可是没有人出声。

一只野猫一下子从树的旁边蹿过，林颂音的心都提到了嗓子眼儿。她等待着猫消失在视野里，可身后的脚步声没有停下。

林颂音不敢去想那个人到底是什么人。身后的脚步声与自己慌乱的脚步声不同，很沉稳。

这个脚步声在黑夜里听起来格外可怖。

林颂音把双手攥得很紧，第一时间想起的是这几年来接连不断的社会新闻……

如果这个人是一个坏人，她会不会就要在这个墓园里丧命了？

她在这里死去，会不会有人说谁让她一个年轻的女人大晚上来墓园，这不是活该吗？

寒风凛冽，直往她的身体里灌，林颂音好想跑，但发觉自己腿软得一点儿力气都没有。

今天甚至还是她的生理期……

但她还是大步地跑了起来，只是身后那个人的步伐更快……

就在她精神紧绷、后背已经被汗打湿的时候，那个脚步声就在离她一步之遥的地方消失了。

身后有人大力地扯住她的胳膊，将她拉向他。

"林颂音！"

这个低沉的声音在黑夜里响起时，林颂音怔怔地站在原地，被人拉着转过身。

饥饿、寒冷和无尽的恐惧让她的反应变得迟钝，心脏快速地跳到极限后，瞬间停跳了一拍。

"柏……泽清？"

她就像被钉在原地一般，睁大眼睛，用力地呼吸。腹腔中灌进不知道多少冷气，她连眼睛都不敢眨一下。

柏泽清手中的手电筒对着地面发出不算暗淡的光，但林颂音依旧看他看得并不真切。

她从没想象过他会出现在这里，而他此时就站在她的眼前。

只是他现在和从前的那副总是游刃有余的样子完全不同，脸上布满了阴沉。

林颂音能感觉到此时此刻柏泽清的胸腔也在起伏着。

“你是怎么找到——”

她还没有说完话，就被他冷着脸打断。

“你既然带着手机，就应该知道要接电话。”

林颂音被他的样子吓到，他攥她的胳膊攥得好用力，林颂音甚至感觉到疼了。

但她还是解释道：“我的手机要没电了，所以我开了飞行——”

“我和你说过的话就像你耳边的风，你知不知道因为你的手机没电，刘妈急得像热锅上的蚂蚁？我有没有让你不要乱跑、上完课直接回家？你跟司机说和我一起吃晚饭，我会约你到这种地方来吗？手机快没电了，你不会给我打电话？这里这么偏僻，你一个人逗留到现在，不知道别人会担心你是不是？”

柏泽清的手依旧紧紧地箍住她的胳膊，他知道她现在一定很疼，但无法控制自己。

林颂音始终仰着头看他，她的身体还在颤抖。她从来不知道柏泽清还可以这么说话。

她因为他的反应而发蒙，张了张嘴，却只是发出一点儿声音。

柏泽清看见她的嘴唇因为寒冷的风而颤抖着，她不会知道，他在接到电话以后打了多少个电话，又找了她多久。

他低下头，下一秒，林颂音的下颌被他用力地捏住，他的手似乎比她的还要冷。因为他指尖的温度很低，她的身体忍不住轻颤。

柏泽清在冷风中低声问：“以前你面对我时不是很伶牙俐齿吗？刚刚你为什么要害怕？你是不是只在我的面前逞能？”

林颂音只是眼睛一眨不眨地看着他。

柏泽清注意到她的身体在他的手掌下瑟瑟发抖，终于松开手。

柏泽清不再说话，深深地吸进一口冰冷的空气后，终于恢复了冷静。

他知道，她大概也吓坏了，在这样的地方。

柏泽清深深地望了她一眼后，一言不发地将身上的大衣脱下披到她的身上。

见她还像受惊的小动物一般看着自己，他终于放柔语气，僵硬地抬手在她的后背上轻轻地抚了抚。

“好了，下不为例。”

说完这句话，柏泽清正准备转身去把后面的车开过来。

一瞬间，一个冰冷但柔软的物体就这样轻轻地触碰了他的唇角。

手电筒掉落在地上，散发出幽暗的光。

黑夜里，因为这个突如其来的吻，柏泽清一动不动地站在原地。

寒风中，在柏泽清就要转身离去的瞬间，林颂音突然抬起双手，攥住了他单薄的衣领。

随后她倾身，在他的唇角旁印下了一个吻。

原来，柏泽清和她嘴唇的温度是一样的。

只是，还没等柏泽清有所反应，她就松开了手，也怔怔地站着，不知道该看向哪里。

柏泽清难以置信地盯着面前的这张年轻的脸。

因为错愕，他的视线只是停留在那双刚刚在他的唇上作过恶的柔软双唇上。

许久后，柏泽清一字一顿地问出口：“你在做什么？”

御寒的大衣被他披到了林颂音的身上，他该觉得冷的。但是此时此刻，柏泽清什么也感觉不到。

刚刚在寒风中，那个瞬间消失的吻决计不在他的意料之中。

因为事情太出乎意料，柏泽清错过了林颂音眼底一闪而过的迷茫。

他再次将目光从她的嘴唇上移到她的眼睛上时，她的眼里浮现的又是这段时间里他所熟悉的狡黠和挑衅。

柏泽清已经有几日没见她对自己露出这样的神情了。

林颂音轻轻地呼吸后，抬眼望向柏泽清。

身上还披着他的大衣，林颂音用双手抓住大衣的衣角，上面似乎还残留着柏泽清的体温。

林颂音上下打量着他。

“你干吗这么看着我？”她努力地摆出一张无所谓的脸，“别人对你做了这种你不喜欢的事，你的心情很不愉快吧？”

柏泽清听到她说的话以后，难以置信地盯着她，半晌才问：“什么？”

林颂音耸了耸肩：“你知道吗？我真的很烦你这样命令我、训斥我，就好像我是你的所有物一样。”

林颂音一刻也未停地说到这里，几乎说服了自己。

有时候，她真的很烦。

他为什么要表现得这么关心她呢？

“我也想让你尝一尝别人对你做了你不喜欢的事的滋味。”林颂音说完以后，不再看他。

柏泽清的目光在这个寒冷的夜晚逐渐变得凌厉，他说：“所以，你就因为这个……”

他望向林颂音的目光深沉复杂，不知道是不是林颂音的错觉，她甚至从柏泽清的语气里听出了一丝未宣之于口的恼怒。

是了，即使在影视剧里，这种戏码也只会发生在女人的身上。

林颂音忽略了自己从不久前看到他起就要爆炸的心跳，做出一副什么事也没发生的样子。

“对，我就是因为烦你，所以强吻了你。”

柏泽清一动不动地看着她，像是在分辨她的话里的真伪。

许久后，他才沉沉地开口。

“我不知道是不是我做了什么事，让你有所误会。”说到这里，柏泽清沉默了一瞬间，说，“如果是，那我说一声抱歉。”

林颂音从没想过他会有这种反应——明明是她在未经柏泽清允许的情况下吻了他。

现在，却是他在给她道歉，这多荒诞哪。

“其他女人主动地亲你，你也会对她们道歉吗？”

柏泽清垂眸，目光闪烁地盯着她。

“没有人这样做过，除了你。”

“哦。”林颂音点了点头，不自然地用手背抹了抹嘴巴，“不过你真的完全不用担心，我又不可能喜欢你。我说了，只是不喜欢你总是对着我一副高高在上、盛气凌人的样子。”

柏泽清闻言没有再说话。

他该松一口气的。

林颂音说了，她不可能会喜欢他。

这再好不过。

今天晚上，柏泽清本来在和家人聚餐。饭局还没结束，他就接到了刘妈的电话，刘妈问他林颂音是不是和他在一起，柏泽清自然说“没有”，下一刻刘妈就说林颂音失踪了，电话也打不通，她没敢把这件事告诉易竞。

柏泽清不知道联系了多少人，才查到她最后打车去了墓园。

他找了一圈又一圈，别说人了，连一个鬼影也没见到。

柏泽清想：可能刚刚他对她的态度确实有些过激。

于她而言，他什么都不是。

“无论如何，你都不应该用这种方式。”柏泽清说。

林颂音不自在地别开脸：“我知道了。你再唠叨下去的话，说不定我还会像刚才那样惹你生气。”

她说完这句话，不知道想到了什么事，莫名其妙地说道：“不过你真的不用担心。你不知道吗？易竞让你来管我，就是为了让我和别人联姻的。”

柏泽清的目光瞬间变得阴郁，他问：“什么？”

林颂音忍住冲动，没去看他的表情，说：“他没把这件事告诉你吗？我还以为你对他交代的事这么尽责，是因为你们亲如父子呢。

不过这件事也不重要，我跟你又不是很熟，不是吗？”

柏泽清闻言，按捺住想要问些什么问题的冲动，一言不发地盯着她。

他承认自己的内心里涌上一阵被压抑的无名怒火。但他很清楚，那无关其他。

只是，他从没想过他答应易竞照看林颂音，竟然是为了这样荒谬、没有意义的事。

“确实不重要。”柏泽清只是点了点头，声音随着体温逐渐转冷。

这下，他似乎真的可以放心了。

柏泽清想：这些事都与他没有关系。

其实他很怕麻烦。但他没有跟任何人说过这件事。

现在，麻烦至少不会属于他。

许久后，柏泽清看到披着他的大衣的林颂音仍在寒夜里瑟缩着。

他恢复了平静，简单地说：“你在这里等我，我去把车开过来。”

林颂音不复刚才的狡黠，垂下眼帘，安静地点了点头。

“知道了。”

之后，柏泽清开车将林颂音送回御林别墅，一路上，两个人都没有再说一句话。

他们到了御林别墅以后，看见刘妈就在外面等着他们。刘妈见到了柏先生的车后，悬了一晚上的心终于落了下来。

刘妈再望向车内，即使隔着车窗也敏锐地察觉出了车内气氛的不寻常。

林颂音打开车门的时候，才想起自己身上的大衣。

“你的衣服，还给你。”

柏泽清侧了侧头，大概是出于礼貌想看向与他说话的人。但最后他依然注视着前方，克制地回答道：

“不用，你穿着它就好。”

林颂音也没有再推拒，小声说了一句：“谢谢，我洗完衣服，就让刘妈把它还给你。”

柏泽清低低地“嗯”了一声后，冷淡地说道：“我不送你进去了。”

林颂音点点头，说了一声“拜拜”后，转身打开了车门。

林颂音下车后，刘妈见她的表情和脸色不是很好看，只是嘱咐她好好地休息，没有再说其他的话。

林颂音回到自己的房间里，卧室很温暖，她将身上的外套脱下来挂到衣架上，才发现自己这里已经有了两件柏泽清的外套。

一件外套是今晚他留下的，另一件外套是他把她从酒吧里送回来时留下的。

林颂音心情微妙地站在自己房间的落地窗边，发觉自己依稀能看见柏泽清的车的影子。

他还没有走。

她这样想着，车突然发动，逐渐离开林颂音的视野，没入无边的黑暗中。

林颂音回过头，看到崭新的护照还躺在桌子上，后知后觉地意识到一件事。

她好像把事情搞砸了。

她也不知道，明天柏泽清还会不会带自己去法国了。

直到现在，林颂音都想不明白自己今晚怎么会对柏泽清做出那种举动。

林颂音无力地瘫在床上，回想起今晚发生的事，终于给自己找到了合理的理由。

她今天久违地见到了妈妈和姥姥，心情本来就处于低谷中。后来，在那么黑的夜里，她在墓园外受到了很大的惊吓，情绪更是高度紧张、敏感。

这时，最不该出现在她的面前的柏泽清出现了……

林颂音不久前不知道从哪里听说过一个理论——吊桥效应。

当一个人提心吊胆地过吊桥的时候，会不由自主地心跳加快。如果这时碰巧遇见另一个人，那么她会错把由这种情境引起的心跳加快理解为对方使自己心动。

都怪柏泽清在她最脆弱的时候出现在她的面前，看起来又那样关心她，就好像她对他有多么重要似的……

明明他只是为了易竞。

那只是一个冲动之下的吻而已，林颂音自我宽慰道。

她很清楚那个吻只是情绪的产物，谁都可能会有这种冲动的瞬间，只是大多数人不会这么做罢了，吻其实并不具有太复杂的意义。

林颂音知道，今晚，她至少发自内心地说了一句话。

那就是，她是真的不会让自己去喜欢柏泽清的。

他们根本是不同的世界里的人。

第四章 重温旧梦

林颂音是十二月二十一日出生的。

她过十岁生日的那天，是那年的冬天里很寻常的一个日子。

只不过林颂音刚升四年级时，没过四个月，她撒谎说邻居叔叔是她爸爸的事情就在班级里传开了。

再后来，不管林颂音走到哪里，都有人用异样的目光打量着她。

在林颂音走进班里前，班级里总是很热闹，而林颂音进来后，周围就变得鸦雀无声。

班级里流传着很多有关她的八卦和传闻。

林颂音知道说谎是不对的事。但是，早熟的她想：或许她更大的错就是，她是一个没有爸爸的小孩。

关于这件事，林颂音并不是一开始就可以接受事实。

从有意识开始，她就奇怪自己为什么只有妈妈和姥姥。

学校第一次开家长会，老师要求父母二人都参加家长会时，只有几个孩子只有妈妈陪着，林颂音就是其中的一个。

当她第一次童言无忌地问出了这个问题时，林筝很大声地吼了她，林颂音被吓坏了。事后的夜晚，林筝又抱着她静静地流眼泪。

林颂音缩在妈妈的怀里，没有说话。她想起白天的事，只觉得发火的妈妈真的很可怕。可是妈妈抱着她流泪时，林颂音又觉得妈妈很可怜，自己也跟着流下了眼泪。

林颂音很难过，以后也不再傻乎乎地问这个问题了。

后来，她不经意地听到了妈妈和姥姥在厨房里小声争吵，姥姥还拿着一张报纸，说那个“负心汉”现在住在这么好的地方，应该让他对孩子负责。

还差几天才满十岁的林颂音还不知道“负心汉”是什么意思，但就是知道她们在说她的爸爸。

当天晚上，她偷偷地从垃圾桶里捡出报纸。在报纸上，她终于看到了和自己长得有些相似的男人的脸。

她笑了笑，又在报纸上找到了她爸爸的家。

不认识第一个字，林颂音记得自己从新华字典里查出了“御”这个字，不知道有多开心。

御林别墅。

那时候，林颂音没有手机，自然也没法用什么地图 App（应用程序）查找住址。

十岁生日的当天，她提前放了学。

林颂音在公交车的站台旁向一个好心的阿姨问路，问了很久。路线复杂，林颂音怕自己忘记怎么走，于是又用笔记下来，才记住去御林别墅的路。

光是坐公交车就要倒两次车，下车后，林颂音发现自己的腿都麻了。

根据蓝色的指示牌，她发现自己还要走一公里才能找到别墅。

大冬天，她的额头上全是汗。

她只是实在太想知道，为什么她明明有爸爸却不能和他生活在一起了。

后来，林颂音背着书包走走歇歇，不幸地在上坡的路上摔了一跤后，终于看到了别墅的影子。

这栋房子真大呀，林颂音只在电视剧里见过这种房子。

不知道为什么，林颂音看着眼前的房子，心里忽然空落落的，有着说不出的害怕。她不知道自己在怕什么。

她揪着自己的衣袖慢慢地走近，才发现光是别墅的花园就已经大得超乎她的想象。

花园里的那棵大树上挂满了彩灯。

林颂音站在铁栏杆外，来时的勇气被眼前未知的一切冲散了。

她看到一群衣着光鲜的人在院子里烧烤，只是好几个人的脸被那棵大树的枝叶挡住了，她根本看不清他们。

林颂音想起妈妈说，如果她能在这次期末考试里考到班级的前十名，妈妈就会带她和姥姥一起去离家不远的槐花坞露天烧烤。

林颂音一直在期待着那一天，但原来，这样的事对别人来说这么轻易。

她小心地看了看里面的人，又低头看了看自己身上的衣服。

因为天冷，学校已经不强制大家穿校服了，大家都穿着自己的厚衣服。

林颂音穿的是二姨家的表姐不要的衣服。

这是粉色的棉服，旧了点儿，但是她一直觉得它很好看。

这是她最喜欢的一件衣服，怕弄脏它，她甚至还戴了护袖。

她今天专门穿着它来见爸爸。

只是因为她刚刚摔了一跤，护袖和裤腿上沾上了一点儿草和泥。

那些草和泥看起来脏兮兮的，很是突兀。

就像此时此刻站在这里的自己。

林颂音迷茫地站在原地，撇着嘴巴，无意识地抠着护袖上的泥巴，在想自己是不是该离开了。

这时，花园内有人发现了她。

林颂音本来想走的。但她越是紧张，就越是迟钝。

她呆呆地站在原地，不敢往里看，就听到一个很好听的女声说：“老公，门口怎么会有一个小女孩？你们有人认识她吗？”

林颂音听到有人提起她，小心翼翼地抬眼望向花园，眼里盛满了期待。

她好像看到爸爸了。

报纸的财经板块上出现的男人正坐在树下，拿着一串肉，正要把肉喂给坐在身边的一个小女孩。

因为妻子的话，易竞向门外投来一束目光。

林颂音忐忑地回看过去，发现他很快就收回了目光。

“看穿着，估计她是从什么地方过来的小乞丐吧，之前不是也有这样的人来过？宝贝，”他低下头，无比慈爱地对身边的女儿说，“爸爸有没有教过你，要助人为乐，帮助身边需要帮助的人？”

树下的女孩这时也抬起头，兴奋地向门外张望。她看到林颂音以后，很快，那道目光里就充满了善意的同情。

“那我现在就把爸爸刚刚给我的零花钱送给她。”女孩毫不犹豫地说着话，就要从座位上下来。

“等等。”

林颂音听到“小乞丐”三个字以后，身体就忍不住颤抖起来。

一瞬间，羞耻感从脚底蹿进身体的各处。

林颂音委屈地想：她不该来这里的。她讨厌这里，以后再也不会在作文里替他说好话了，他怎么可以说她是小乞丐……

她想妈妈了。

这时，林颂音听到一个一直背对着她的男生开口了。

他说“等等”。

他似乎刚刚过了变声期，嗓音有着只属于少年的低沉沙哑，不同于易竞的声音。

少年起身，终于出现在林颂音的视线里。

他穿着白色的防风服，衣服看起来很薄，袖子被他拉至小臂上，一截手腕露了出来。他大概是怕袖子沾到食物。

下一秒，他站在有林颂音的半个身体那么高的蛋糕前，切了很大的一块蛋糕。

林颂音只能看到他颀长清瘦的背影。

随后，他转身向她走来。

林颂音抬头，看到了他的脸。

她就看着这个比自己高一个头的男生离自己越来越近。

她紧张地想走，就看到他将蛋糕从欧式铁艺门的栅栏里递过来。

他眉眼冷峭。但在望向她时，他勾了勾唇角，露出了很淡的笑容。

这时的林颂音还无法读懂他的眼神里的内容。

“今天哥哥提前过生日，”他轻声开口，“请你吃这个蛋糕，好不好？”

林颂音盯着他手里的蛋糕，并没有把它接过来。

“你和家人走失了吗？”

见她依然一声不吭，少年向不远处招了招手。看向司机时，他已经收起了面上的笑容，年少的脸上透出不属于这个年纪的坚毅。

“柏泽清，是我要把蛋糕给她的！你干吗仗着自己的腿长跟我抢？”

在那个女孩也走过来的瞬间，林颂音最后看了一眼他手里的蛋糕，什么也没说，转身就跑了。

跑开的时候，林颂音听到身后的那个甜甜的女声说：“都怪你，她万一因为换牙不能吃甜的东西呢？你给她钱，她就可以买她能吃的东西了。”

而那个男声已经离自己越来越远。

“你什么都不懂。”

…………

时隔十二年，林颂音在御林别墅内第一次见到易竞说的“柏先生”时，只是觉得他有些眼熟。

她猜想，或许他在她工作的奶茶店里买过奶茶？

但是，对上他的目光并对着他露出套路化的笑容以后，林颂音发觉自己笑得很艰难。

她是怎么认出他的？

他成长得很好，没有长残。气质没变，他甚至变得更英俊了。

而她呢？她似乎没什么变化。

林颂音清楚地看到，在她对他微笑的时候，柏泽清先是下意识地皱了一下眉头，很快也对她不冷不热地微笑了。

他的笑容和眼神跟十二年前没什么不同。

眼神里除了笑意，还有悲悯。

林颂音再想到他的姓，终于回忆起那件事来。

之后的每一次见面时，林颂音看见柏泽清，偶尔会想起小时候他们的相遇。

柏泽清看向她的眼神总是高高在上的，言谈举止里充满了优越感。

她知道很多时候他都不是有心地这样做的，可正是这样的无心之举，才让她讨厌他。

但是林颂音一次都没有和他提起过那件事。

只是，她也不懂为什么他一点儿都没有变。

为什么和过去一样，她在他的面前无所遁形？

现在，其实柏泽清对她的那点儿关心，和她的童年时他从栅栏内递过来的精致蛋糕没什么区别。

蛋糕可能是美味的，但是林颂音知道那只是出于同情。

林颂音抬起头，再次望向衣架上的那两件不属于她的外套，想起晚上他说的那些话、这段时间里发生的许多事。

柏泽清这个讨厌鬼。

她才不稀罕他的可怜。她不需要任何人可怜她。

她睡觉前，易竞又给她打来了电话。

“明天泽清带你去法国，今晚你好好地休息，到那里要打开视野。”

林颂音面无表情地回答：“好。”

明天？她也不知道，发生了这样的事，明天柏泽清还会出现吗？

林颂音没想到自己一夜好眠。

清晨起来，她沐浴着窗外的冬日阳光，发觉自己已经将昨晚发生的事以及当下的这些纷杂的情绪放下了。

林颂音知道自己这样，说得好听叫心大，说得难听点儿，那就是厚脸皮。

但是，这么多年的成长环境造就了她的个性。如果一直因为已经发生的事而想不开，她好像也没办法生活了。

有时候，林颂音都不知道自己这样务实的个性是随了谁。

柏泽清的话……林颂音推卸责任地想：他来管她本来就是为了易竞。

跟她不同，柏泽清什么都不会损失。

林颂音想到这里，心头掠过一阵心虚，好吧，他好像还是损失了一点儿东西的。

她只是一时情绪上头，而柏泽清却失去了他的初吻……

按照那么多人的说法，柏泽清之前那么恪守男德，不知道会不会因为没了初吻而痛不欲生呢……

林颂音慢悠悠地吃完早餐后，看着地板上自己的小行李箱。

柏泽清前几天告诉她，她不必带大包小包的东西，可以到法国再买需要的东西。但她还是做了功课，精挑细选地准备了一些行李。

飞机在中午起飞，林颂音查过攻略，按照道理来说，柏泽清该来接她去机场了。

在又一次看向手机上的时间后，林颂音怀疑，柏泽清很可能真的不会来了。

意识到这一点后，林颂音还是感到一瞬间的遗憾。毕竟她已经为出国准备了快一周的时间，旅行竟然就因为一个该死的吻泡汤了，可见人什么时候都要管好自己的嘴巴……

不过林颂音很快选择了释怀。她现在有了钱，以后也可以自己出国嘛。

她虽然不愿意承认，但也得承认，和柏泽清一起去法国好像更安全一点儿。

她不会法语，最近倒是迫于柏泽清的淫威，一直在背单词，也不知道法国人的英语水平怎么样。他们能不能听懂她的蹩脚英语？

就在林颂音已经接受了自己吓到了那位高冷但纯情的副总裁的事实，打算拎着行李箱回去再补上一觉后，大门口传来熟悉的脚步声。

林颂音如果足够敏锐，就会听出他的脚步声比从前的脚步声都要迟缓一些。

“柏先生来了。”刘妈本来在插花，见柏先生出现，情绪很是高涨。

她差点儿以为昨晚小林惹怒了他，所以他不会出现了。

想到这里，刘妈才迟钝地发觉最近都没见小林和柏先生斗嘴了。

真稀奇，从前柏先生一出现，两个人就总是争吵不断。当然，柏先生总是有一张没表情的脸，说着惹小林生气的话，有时候，刘妈甚至怀疑柏先生是故意的，他好像很享受看小林被他气得跳脚的样子。不过，刘妈知道自己只是想多了，柏先生怎么可能这样不成熟?

只是，最近他们见面时真是安静啊。

柏泽清在离这里几步之遥的大厅里站定，向刘妈颔首示意后，才望向提着行李箱的林颂音。

只是，柏泽清还没有开口，就听到林颂音很是轻快地对他招手：“嘿，你来啦。”

柏泽清没有想过，经历过昨晚的事，再次见到林颂音时，她的面上只有轻松。她不似像在作伪。

柏泽清盯着眼前的这个女人的脸，不由自主地绷紧下颌。

无须怀疑，她看起来没有受到任何影响。

和他不同，她大概睡得很好，很可能今早吃得也很好。

算了，柏泽清不打算理解她，他们本就是两类截然不同的人。

林颂音打完招呼以后，发现柏泽清的表情变得更难看了。

林颂音正犹豫着要不要说点儿什么，就看到柏泽清不再看她，他一脸冷淡地将目光挪向被她放在地上的小行李箱。

“只有这个？”

林颂音见他神色如常，而他刚刚深沉的神情好像是她的错觉。

她真希望柏泽清也已经将昨晚的事翻篇儿了。

林颂音难掩兴奋地回答道："对，你不是说可以到那边再买东西吗？"

"是。"

柏泽清没再说什么，默不作声地将她的行李箱提起。

"带上护照了吗？"

"带了带了。"

林颂音承认自己现在的心情非常好，终于有了要出国游玩的实感。

在见到柏泽清的瞬间，她就下定决心——既然他出现了，接下来的日子里，她都不会再轻易地惹他了。

林颂音跟着他往外走，不忘向刘妈挥手："我回来时给你带法国的特产。"

"不用，你照顾好自己就好，千万要记得跟好柏先生啊。"

"知道啦。"

不过林颂音就算已经决定不再在意自己在柏泽清面前的形象，坐在副驾驶的位置上时，还是不打算跟他没话找话说。因为她很可能一张嘴就会说些莫名其妙、让彼此都下不来台的话。

于是她做出了选择，将脑袋贴在座椅上，闭上眼睛休息。

不知道是谁说过，当人看不见的时候，其他的感官会变得更敏锐。

不知道是不是错觉，林颂音能明显地感觉到，随着时间一分一秒地流逝，坐在她身侧的柏泽清的呼吸声一次比一次沉。

林颂音闲着无聊，在脑内分析柏泽清的呼吸为什么越来越沉，这时他终于出声。

"现在你最好不要睡，"柏泽清用一种不带任何情绪的语气开口，"在飞机上有很长的时间可以睡觉。"

柏泽清认为自己有必要将这件事告诉林颂音，以免她在漫长的航程中睡不着。到时候她就会折磨他。

原本，柏泽清是这样担心的。

因为她总是时不时地给他惹出点儿小麻烦，折腾他似乎成了她的一项爱好。

但是现在，柏泽清想起今早她的种种表现，他的担心似乎有些多余。

她真……洒脱，对自己的行为给别人带来的烦恼一无所知。

柏泽清用余光冷冷地瞥了她一眼。

林颂音掀开眼皮，没想到柏泽清竟然会主动地和她说话，感到一阵受宠若惊。

既然柏泽清伸出了橄榄枝，林颂音就自然而然地把橄榄枝接过来。

“飞机会飞多久？”林颂音想起这个重要的问题。

“十六个小时。”柏泽清一板一眼地回答道。

“那我们要在法国待多久呢？”

“大约一周。”

林颂音顿了顿，再出声时，语气里尽是遗憾。

“好吧，我好像没办法在法国过节了。”

柏泽清不知道她突如其来的失落是出自哪里，忍住了侧过头去看她的冲动。也是，这个年纪的女孩子对节日有所向往也很正常。

柏泽清皱着眉，正打算说点儿什么话，就听到林颂音小声嘟囔着：“都说过节的打折活动很多，看来我要错过了。算了，本来也不是花我的钱，我不给老东西省钱了。”

柏泽清无话可说。

原来她情绪低落竟然是因为打折的事……

只有她会因为这样的理由不开心，柏泽清这样想着，眉目却舒展了。

只是听到林颂音称呼易竞为“老东西”的时候，柏泽清觉出不对劲来。

但是脑海里不由得浮现出昨晚林颂音说过的话。

“你再唠叨下去的话，说不定我还会像刚才那样惹你生气。”

柏泽清骤然闭上了嘴巴。

见柏泽清什么话也没有说，林颂音纳闷儿了。

“咦？我喊你的叔叔‘老东西’，你怎么一点儿反应都没有？你不应该教育我吗？”

林颂音发誓自己绝不是故意的。她是在喊完“老东西”以后才意识到自己在柏泽清的面前措辞不当的，也不知道为什么自己会在柏泽清的面前这么放松，甚至比在刘妈的面前还要放松。

柏泽清抿着嘴，再开口时声音有些说不出的低沉沙哑。

“你想让我教育你？”

林颂音几乎要被他的这个问题逗笑了，说：“当然不了。”

柏泽清沉着一张脸，没有再说话。

半晌没听到柏泽清的声音，林颂音不解地偷瞥了他一眼，他的脸色怎么又不好看了？

他是还在介意她称呼易竞“老东西”吗？还是说，她说“不”也不对吗？

可是，哪里有人喜欢被教育的？

到了机场以后，林颂音始终跟在柏泽清的身后。

她对机场的一切都感到无比新奇。但进入休息室以后，她还是忍住了四处张望的冲动。

“我还以为我们会坐私人飞机去呢。”林颂音记得刘妈说过柏泽清有私人飞机的驾照。

柏泽清本来在看财务的数据，这时也因为林颂音的话转过头。

“你很想坐私人飞机？”

林颂音没想到他会问这个问题，想了想，还是摇了摇头。

她实话实说：“我只是有点儿好奇。”

她又不知道柏泽清的技术怎么样，可不想去冒险。

柏泽清又回过头，简单地说："我的大哥有公务机，但是维护飞机很麻烦。我讨厌麻烦的事，所以没有公务机。"

柏泽清说完，也搞不懂自己为什么要和她解释这些事。

林颂音听到他的回答，有些出乎意料，这是她第一次听到柏泽清说自己讨厌什么事。

她条件反射地接话，问道："你讨厌麻烦的事，那为什么要来做我的监护人呢？"

不过林颂音一问完话，就猜到柏泽清的回答了。

她用脚指头想想也知道，他的回答一定是万变不离其宗的"帮易叔叔的忙"。

但是这一次，柏泽清沉默许久。

他半合双眼，不知道在说给谁听："因为，我不知道会这么麻烦。"

柏泽清的声音里透着倦怠的暗哑，林颂音本来还想反驳——就算她是麻烦，也是他自己选择的，谁让他来掺和易竞的破事……

但一看临近登机，林颂音决定原谅他，就当这是她对昨晚的事的赎罪。

登机以后，林颂音端坐在舒适的座椅上，面前就是可供娱乐的电视，座椅的扶手边有一堆可控的按钮，用来提供各项服务。

她实在不愿表现得像是刚进城的土包子。

然而事实上，她确实是土包子。

听见空乘人员在给别人介绍如何在飞机上上网，林颂音开始在搜索引擎里输入"头等舱的座椅怎么调整"。

柏泽清刚准备坐下，一扭头就看到林颂音用手挡着手机，她不知道在做什么，下一秒又低头研究座椅。

柏泽清犹豫了片刻，还是走近她。

"这样调整座椅。"柏泽清语速平稳地说，其实空乘人员都会告诉她这些事的，他没必要多此一举。

"懂了吗？"柏泽清演示了一番。

由于瞬时记忆很好，林颂音很快就学会了调整座椅。

“懂了，那我困的时候可以把椅子放平睡觉吗？”柏泽清既然都走过来了，那就把好人做到底吧。

“可以，晚一点儿会有人来铺床。”

林颂音对此表示震惊：“铺床吗？”

“嗯。”

柏泽清之前就发现，当林颂音很满足的时候，眼神和声音都会把她的满足传达得很清楚。他只是才知道，原来一个人的情绪可以传达得这样直接，可以影响到别人。

“他们还会给你提供睡衣。”他说完这句话，林颂音的眼神变得更亮了。

“真的吗？睡衣好看吗？”林颂音满眼都是雀跃。

柏泽清收回目光，尽可能冷淡地回答：“我不知道。”

“好吧。”

林颂音在座椅上舒心地吃完一顿完整的法餐以后，才知道这架飞机上只有四个头等舱的舱位。

她终于开始真切地后悔昨晚对柏泽清做出了缺心眼儿的举动，不然现在就可以对着他没完没了地问下去。

林颂音洗漱完，又回到了舱位上。

她和柏泽清之间隔着一条窄窄的过道，林颂音见柏泽清拉上了他的帘幕，猜想他大概是睡了。

她的座椅不知道什么时候已经被放平，床垫上也铺好了羽绒被。

林颂音感觉头有些晕，不知道这是不是因为自己刚刚喝了一小杯红酒。于是她也拉上自己这边的帘幕，躺下准备睡觉。

林颂音大约是睡着了，只是不知道自己睡了多久，强烈的耳鸣让她彻底恢复了清醒。

睁开眼睛，林颂音能明显地感觉到飞机在颠簸，顿时有些心慌。

耳朵越来越痛，林颂音本能地捂住耳朵，感觉就像有什么东西在往耳道里捅。没过一会儿，她甚至感觉喉咙处都有痛感传来……

她知道坐飞机时耳鸣很正常，所以不好意思吵醒柏泽清。但是林颂音毕竟是第一次坐飞机，还是感到害怕，呼吸也变得沉重。

林颂音试图闭上眼再睡一会儿，但那种鼓噪的动静越来越大，她还是坐起了身。

不知道柏泽清醒没醒来？

就在她想小声叫柏泽清的时候，众多的噪声中传来她极为熟悉的声音。

“林……颂音。”

伴随着这个声音，身旁的帘幕瞬间被人“哗”的一声拉开，林颂音睁开眼，几乎是下一秒，柏泽清就出现在她的眼前。

柏泽清半蹲在林颂音的面前，双手将她仍捂在自己耳朵上的手拉了下来。

“哪里不舒服？”他说话不复平常的不疾不徐。大概是因为他刚刚在睡觉，他额前的短发看起来有些凌乱。

林颂音第一次见到他的这副模样，几秒后才想起来摇头：“我觉得耳朵好痛，耳鸣。”

柏泽清闻言，神情恢复了松弛。

“没事。”他倾身往林颂音的方向靠近。

睡前，柏泽清也在飞机上淋浴过。现在，他们的身上有同样的味道。

柏泽清抬起手，用双手的掌心轻捂住她的耳朵，林颂音根本不知道他在做什么，只是他们挨得太近，她的呼吸间都是他的气息。

柏泽清随即又松开双手，就这样重复了几次动作后，林颂音发觉自己好像真的不耳鸣了。

她一脸新奇地望向柏泽清，双眼因为刚刚的疼痛涌出了一点儿生理性的泪水，泪水在这样的光线里，像是一汪清泉。

柏泽清原本在全神贯注地关注着林颂音的状态，盯了她许久。

迎上她这样的目光后，他慢慢地松开了手。

“好点儿了吗？”他问。

“嗯，这个方法好神奇。”

耳朵上的热源离开了，林颂音不再不舒服，甚至飞机也不再颠簸，心跳自然趋于和缓。

“嗯。”柏泽清终于起身，清楚他只是在做自己应当做的事。

“再不舒服的时候，你记得叫我。”

“好。”

十二月四日，巴黎时间的晚上八点，他们在巴黎的戴高乐机场落地。

林颂音在飞机上睡得昏沉，被柏泽清叫醒。

直到出关，她都像在做梦一样，睡眼惺忪。

林颂音终于清醒过来，发现自己和柏泽清已经站在机场外。

行李箱和提包都在柏泽清的身侧，柏泽清大概是在打车，而她半睡半醒地把脑袋贴在他的后背上，游魂一般。

林颂音打了一个哈欠，揉了揉眼睛，终于离开柏泽清的背，站到他的身边。

“你怎么不叫醒我？”林颂音在风中抖了抖，没想到巴黎倒是和江市差不多冷呢。

她又躲到了柏泽清的身后，至少他还能帮她挡挡风。

视野里都是行色匆匆地离开的外国人，耳边不时传来穿着厚风衣的外国人语速飞快的话。林颂音一句话也听不懂，但还是聚精会神地听着，这样的画面实在太神奇了。

柏泽清给了她一个不冷不热的眼神。

“我叫了你很多次，但每一次，你都在‘哼哼唧唧’地说你醒了。”下一秒，她又东倒西歪地倒在他的肩侧。她到底是有多困？

林颂音是相信他的话的。

“真没想到，你还会用‘哼哼唧唧’这个词。”

有一段时间没有和柏泽清斗嘴了，林颂音都有些想念和他斗嘴的日子了。

柏泽清没再理她，大约两分钟以后，一辆车停在他们的跟前。

林颂音坐在后座上。如果不是因为天冷、车上还有其他人，她真想打开车窗，近距离地感受车窗外的一切。

她要是没能帮易竞达到目的，以后还有机会再出来玩吗？

进入酒店以后，林颂音坐在沙发上，看着柏泽清驾轻就熟地在前台办理入住的手续。

两张房卡，两间房。

电梯在五楼停下，柏泽清领着林颂音来到她的房间里，他的房间就在隔壁。

他将房卡递过来。

林颂音伸出手就要接过卡。

“我这里留一张备用的卡。”柏泽清说着话，却依然握着卡，没有把它交给林颂音。

“你饿的话可以先叫客房的服务，今晚先不要乱跑。九点半，我带你出去吃饭。”他说。

“那时候还会有开门的餐厅吗？”

“少，但是有。”说完这句话，柏泽清才把卡交给她。

“知道了。”

柏泽清回到酒店后，换掉了身上的衣服，简单地洗了一个澡。

他最近睡眠不是很好，本想在床上睡半个小时，再去接林颂音吃晚餐。

来法国的第一个晚上，他应该带她出去吃点儿什么东西。

只是，闹钟在床边发出响声后，柏泽清发觉自己依然一分钟也没有睡着。

他换好衣服后，给林颂音打电话。

他在国内已经给她办理了国际漫游的服务。

电话通了，却无人接听。柏泽清下意识地皱起眉，不喜欢她总是不接电话的毛病。

或许她还在洗澡。也可能她也在小睡。

于是他又靠在床边闭目，等了一会儿后，发现林颂音的电话依然无人接听，决定起身去敲她房间的门。

毫无动静……

柏泽清能想到的唯一理由是林颂音晕倒在浴缸里了。

柏泽清着实没想到这张备用的卡这么快就起了作用。只是他刷卡进了林颂音的房间，才发现她根本不在里面。

她出去了。

意识到这一点以后，柏泽清真不知道自己是该松一口气还是该怎样做。

他沉着一张脸跑下楼，咨询完前台的工作人员，得知她一刻钟前出了门。

柏泽清不懂她为什么永远都不听他的话，明明让她不要乱跑的。

她人生地不熟的，语言又不通，他真不知道她大晚上能跑到哪里去。

柏泽清只能沿着街道往外走，不忘继续给她打电话。

柏泽清几乎将酒店周围的几条街道找遍了，也没看到林颂音的身影。

终于，他一无所获地回来，已经有了联系警方的想法。这时他看到，酒店对面的那家赛百味的门口，一个拎着两袋赛百味的女人正在和一个带狗散步的有棕发和蓝眼睛的男人聊天。

他们有说有笑。

柏泽清长长地呼出一口气，原来她就在那里。

然而现在，他发觉自己的呼吸并不顺畅。

柏泽清感觉到胸腔里的火气仍未平息。他找了她这么久，她却就在那里。

他知道自己为什么愤怒，他的时间就这样被浪费了。

马路对面的林颂音像是也远远地看见了柏泽清，异常兴奋地冲他挥了挥手。

柏泽清无动于衷地站在原地，只是盯着对面仍在畅谈的两个人。他们是怎么聊天的，用中文吗？柏泽清刻薄地想。

那个棕发蓝眼睛的男人也随林颂音一起回过头，看见柏泽清的脸色后，终于牵着狗和林颂音道别。

柏泽清就冷着脸站在原地，等着林颂音从马路的对面跑过来。

“你知道吗？”路上的车很少，林颂音很快跑到柏泽清的身边，“刚刚那个人找我问路，我和他用英语聊天了！你让我背单词果然是管用的！”

她迫不及待地和柏泽清分享这个好消息。

柏泽清垂眼，没什么温度地看着眼前的人，人生中第一次有了骂人的冲动。

迎上林颂音欣喜的目光后，他冷漠地说：“可笑，你不是自诩很聪明吗？”

林颂音没想到他会有这种态度，也收起笑容，双手抱臂地问道：“你怎么阴阳怪气的？我什么时候自诩聪明了？你是想说我蠢吗？”

柏泽清几乎是从鼻腔里发出一声嗤笑。

“他还带着一条狗，你觉得什么人会带着狗在不熟悉的路上散步？”路边的行人都听得出他的语气不善，他继续说，“问路？他在和你搭讪，你看不出来？”

他说到最后，加重了语气。

林颂音本来对他的阴阳怪气很是生气，这时才迟钝地点了点头。但她不觉得一个男人和她搭讪时自己会有什么损失，毕竟对方又不会做什么。柏泽清真是会大惊小怪。

“哦，搭讪，他要是真想做什么，我又不傻。对了，他还说我très belle（法语，太美丽了），这是什么意思？”林颂音感觉这句话像是法语，但还没来得及问人家是什么意思，柏泽清就出现了。

她本来不打算和他计较，也看得出柏泽清的脸色很苍白，猜想他可能找了她一段时间，于是善解人意地转移了话题。

然而柏泽清的眼神里的愠怒依稀可见，不，他看起来似乎更加生气了。

“他说你太蠢了。”柏泽清看着眼前的这张确实美丽的脸，“手机是装饰品吗？我昨晚让你注意一点儿，你今天就忘记了？这里是巴黎，如果你走丢了，我都不知道怎么把你找回来。”

林颂音看着他，发现柏泽清最近发飙的频率好高，他到底怎么了？

没想到柏泽清还没说完：“我和你说晚点儿会接你吃饭，一秒钟没看住你，你就乱跑？你是不是得二十四个小时都待在我的眼皮子底下，才能不给我惹麻烦？”

“你怎么越说越可怕了？”林颂音实在不知道他这么大的怒火是从哪里来的，说，“我只是太饿了，想看看易竞的那张卡在这里能不能用，然后又看到这里还有 SUBWAY（赛百味），它马上就要关门了，我就很想吃点儿东西。”

她很快想起了什么事，瞪向他：“而且，你少冤枉我，虽然我把手机静音了放在口袋里，没接到你的电话，但是明明我出来的时候就给你发短信了，也给你发邮件了，你自己不看手机，怎么净冲我发火？！”

柏泽清闻言，怔在原地。因为他刚刚找她时跑了太久，他的手脚还在发麻。

他再打开手机，未读信息里居然真的躺着她不久前发来的信息。

而且，信息不止一条。

“柏泽清，我太饿太饿了，不知道怎么叫客房的服务，又不会说法语……我下楼去买赛百味咯，店离得很近，你要吃吗？”

“你这个人怎么整天不回信息？那我就给你买一样的东西了，你到时候不要嫌它难吃……”

柏泽清看着这两条信息，陷入了沉默。

目光长久地停留在“不知道怎么叫客房的服务”这十几个字上，他不知怎么想起了她在飞机上搜索怎么调整座椅的事。

他不该冲她发火的。

许久后，柏泽清才轻声说：“要叫客房的服务，你按床边的电话就好，有中文的服务。”

林颂音依然维持着双手抱臂的动作，不满地说：“我现在知道了。还有，我知道你是担心我出事，到时候你不好和老东西交代，但是我对你的态度已经很好了，你记得我跟你说过的话吧？你再这样没头没脑地说我，我就会做你不喜欢的事了。”

林颂音着实被柏泽清劈头盖脸的教育气坏了，他真是一个不长记性的人。

柏泽清紧盯着她，一字一顿地说：

“不要开这种玩笑。”

林颂音见他如临大敌的态度，心里感到满意。

她轻飘飘地看他一眼，故意开口：“哦，还是说你很想再重温旧梦，所以才故意找我的碴儿？”

柏泽清一脸讳莫如深的神色，但林颂音现在才不会被他的严肃吓到。

“谁说我在开玩笑？”

林颂音话锋一转，又想起刚刚柏泽清说的话，又往他的身前走了一步，一脸狐疑地盯着他：“你刚刚还说什么要我二十四个小时都待在你的眼皮子底下，不会是要我跟你住在一间屋里吧？你的控制欲怎么这么强？”

“控制欲”这三个字从林颂音的口中说出来，柏泽清的眼神里流露出戒备。

他垂眸看向这个逼近自己的人，在巴黎的晚风中有一瞬间的失语。

抛开工作，柏泽清不认为自己对任何人有什么控制欲。他一直认为控制欲源于不自信，人缺乏对某种事物的掌控力时，才会想要事无巨细地了解那件事的一切。

这是一种病态的心理。

他不认为自己对林颂音有着这样不正常的心理。

看见林颂音的略显得意又藏着一丝好奇的眼神，柏泽清也无从得知自己对林颂音为什么是这样的态度。

不，他知道的。

一分钟前，林颂音已经难得“善解人意”地为他找了理由：他们在异国他乡，她出了事的话，他没有办法和易叔叔交代。

再者，柏泽清这几日因为处理国内的各项事宜，睡眠严重不足。原来，严重缺觉真的会让人情绪不稳定。

一直以来，柏泽清都认为在人与人的相处中最重要的就是分寸感。在与所有人的交往中，他都一直遵循着这一点。无论平时情绪如何，他从来都只冲自己发泄情绪。

柏泽清突然想明白一件事——他的确不善于与女人相处，特别是和林颂音这种不按规矩出牌的女人相处。

是他僭越了。

“住在一个房间里，”柏泽清恢复了平常的冷淡，说，“你认为可能吗？”

林颂音轻轻地“哼”了一声，继续道：“拜托，谁知道你有什么怪癖？”

柏泽清恍若未闻地注视着眼前的这张生动的脸，脑海内传来一个声音：即使是在法国，他们也应该保持距离。

在这里，他也只是她的监护人罢了。

林颂音本以为柏泽清会反驳她，他本来就会对她说各种冠冕堂皇的话。谁知道他只是这样注视着她。

半晌，她才听到他低沉到漠然的声音。

“以后不会了。”

林颂音不咸不淡地“哦”了一声。她知道柏泽清这样做大概也是担心她出事，所以还是选择放他一马。

但林颂音不知道自己一个成年人到底能出什么事。她刚刚随意地观察了一下，就已经在马路上看到很多亚洲人的面孔了。真遇到事，她也是长了嘴的。

“反正我提醒过你了，你不要再像刚刚那样不分青红皂白地用那种语气对我说话。”林颂音说到这里，停顿了两秒。她那晚一时冲动吻了柏泽清以后，绝对没想过原本令她无限尴尬的事现在竟然可以成为拿捏柏泽清的工具。

“你再这样，我就还会‘那个’你。”

林颂音脸不红心不跳地“恐吓”完他，才发现自己的心态已经好到说出这句话的时候已经完全不会羞涩了……

不知道为什么，林颂音每一次看到柏泽清的样子时，都会觉得很有意思——他因为她无比荒唐的话而一脸震怒，却又哑口无言，只能生闷气。

不过，这一次她没有看到他滚动的喉结，只看到他极力地保持面无表情。

林颂音颇为遗憾地想：看来柏泽清已经脱敏了……

经历了这么一件事之后，柏泽清显然忘记了吃饭的事。

林颂音也只想简单地用赛百味垫一下肚子，今晚早点儿休息，明天再好好地感受巴黎的风光和美食。

走进酒店以后，她看见柏泽清去前台和人家说了什么话，就在一旁等待。

虽然林颂音完全听不懂法语，但还是能感觉到柏泽清说法语时与讲中文时截然不同。

他说中文的时候不疾不徐，偶尔语速有些慢，声音也很低。而他说法语时从容不迫，语速却极快，林颂音在一旁学他说话，发现自己好像在念咒语，把自己逗笑了。

柏泽清侧头瞥了她一眼后，她才收起笑容。

他终于讲完话，才走到林颂音的身边。

两个人走进电梯里，林颂音犹豫了几秒，还是将手里的一袋食物递给柏泽清。

“我买了两袋。”

她原以为柏泽清这样追求高品质生活的人绝对不会吃这样的快餐，没想到他竟然把食物接了过去。

“谢谢。”他说。

林颂音本来想开玩笑地说一句“今天真是值得被载入史册”，这好像是柏泽清第一次跟她说“谢谢”呢。但是很快她又想，他只是说了一句“谢谢”而已，又不是叫了她“妈”。

两个人都在林颂音的房间门口停下脚步，柏泽清并没有看向她，不过语气再正常不过了。

“有需要记得叫客房的服务，你说中文就好。”

“她们能听懂吗？”

“我刚刚已经跟她们沟通过。”

“哦，知道了。”她拖长声音回答道。

原来柏泽清刚刚是在和前台的工作人员说这件事，林颂音不得不承认心里是有些感动的。

不过她很快又产生了一个没良心的想法——柏泽清的面面俱到有点儿剥夺了她成长的机会呢。

大概是因为生存的能力实在强悍，林颂音并没有感受到时差所带来的作息颠倒的痛苦。

来到巴黎的第一夜，她睡得很沉。

早上醒来以后，林颂音使用遥控器拉开窗帘，望向窗外绯红的太阳，心里甚至有点儿原谅易竞了。

当然了，那也只是刹那间的情绪。早在妈妈去世以后，她就对易竞没有任何感情了。而易竞那种人也从来都不稀罕她的原谅，她及时地停止了自作多情。

换上她专门为法国之行带来的杏色大衣后，林颂音“啊”了一声，想起自己从国内带来的红宝石戒指，连忙找出它来，将它戴到左手的食指上。

把戒指戴在这根手指上应该没有什么特别的含义吧。

前几天，柏泽清说过到巴黎的第一个早晨会带她去博物馆，这好像还是老东西交代的。他真是在美国都不放过她呀……

林颂音虽然对博物馆从来不感兴趣，但还是很期待感受不同地方的文明。

反正欣赏完画以后，不管柏泽清说什么，她都要去那些她想去的地方。昨晚打车来酒店的时候，林颂音好像远远地看到了铁塔。

她兴致勃勃地换上靴子，准备去找柏泽清。

她一打开门，看到柏泽清就站在她房间的门口。

“这也太巧了吧？我们现在去吃早餐吗？”

“嗯，在一楼吃早餐。”柏泽清说，这家店提供的早餐在法国很出名，虽然食物的种类算不上多。

林颂音闻言，用商量的语气问：“我们能不在酒店里吃早餐吗？我查过攻略，附近好几家面包店里的点心看起来都好好吃。”

她说到这里，见柏泽清没说话，也不知道他在想什么，于是继续问：“我还想问你，我们一会儿去看画展的话，那里都有哪些画家的画？会有莫奈的画吗？老实说，法国的画家里我只知道他，上学的时候美术课本上是不是有《日出印象》？那是他画的吧？”

昨晚他们来到酒店的时候，天已经黑透，酒店的大堂就算开着灯，也远不如现在看起来美，就好像宫殿一样。

旅游真是让人心情舒畅。

林颂音心情很好地说了好多话，没想到柏泽清始终缄默不语。

等到他们走出电梯，林颂音站在铺着柔软地毯的走廊里，侧头看向柏泽清。

难道他睡了一觉后，开始对昨晚她的“恐吓”生气了？

正当她准备开口询问时，柏泽清终于望向她。

“我有别的事。”他的眼睛里黑漆漆的一片，林颂音什么也看不到。

他说：“所以会有更专业的人陪同你去博物馆。”

说完这句话以后，柏泽清注意到林颂音本来带着笑意的神情僵在了脸上。

“更专业的人。”

林颂音重复着这几个字，想知道他说的话是什么意思。

柏泽清注视着她。大概是因为早起时忘记喝水了，他发觉说出这些话竟然有些艰难。

“我找了对法国的文化较为了解的人给你当导游。”

林颂音闻言，终于不再说话。

她承认自己对柏泽清的这个举动有些不知所措。看起来，他这是要和她保持距离，怪不得他昨晚的态度那么疏离呢。

柏泽清目光沉沉地注视着她。这是第一次，他看到林颂音在面对着他时没有说话。

他现在在做无比正确的事。

柏泽清没有说谎，今天确实早有计划。但是如果昨晚没发生那件事，或许他会带上林颂音——如果她愿意的话。

他始终看着林颂音，看到她垂下脑袋，不自觉地攥紧双手。

半晌，柏泽清听到脑海里的那个声音仍旧发出危险的信号，但还是开了口：“如果你不习惯和陌生人相处的话，我可以——”

他知道自己在做什么。他好像担心得太多了，其实什么事都不会发生。

作为一个有教养的人，至少在法国，他应当把她照顾好。

只是他还没有说完话，林颂音突然抬起头，笑着打断他。

“怎么会呢？我之前还在想，万一要一整天都跟你待在一起，肯定会无聊死了。现在这样最好了。”

她扬起头，就这样眼睛一眨不眨地看着柏泽清，只是她眼里的情绪被一种尖锐的自我保护所代替。

他以为这样会伤害到她吗？她才不会让他影响她的好心情。

两个人就这样谁也不看谁地站在偶尔有人经过的走廊里，再也没有人说话了。

十分钟以后，林颂音等得有些不耐烦了。她都饿了。

她开口问道：“请问你找的专家什么时候来？”

柏泽清瞥她一眼，拿出手机，就看到她突然扬了扬下颌。

“哎，是那个男生吗？”

柏泽清捕捉到“男生”这两个字眼以后，连头都没有转。

“不是。”他联系的是他留在法国的表姐吴冉，吴冉从事导游行业，今天正好休息。

柏泽清找到吴冉的电话，还没有把电话打出去，就见一个只比自己矮一点儿的年轻男人站在他和林颂音的面前，男人对他伸出手。

柏泽清的表情这时终于有了变化。

“请问是柏先生吗？我是赵臻，是吴冉姐的学弟。”

青年声音清朗，举止大方。

柏泽清和他握完手，无意识地皱起了眉头。

“你好。不过，我记得我拜托的是她。”柏泽清说。

赵臻笑了笑，说：“吴冉姐今早好像重感冒了，巴黎昨天突然降温。”

柏泽清点了点头，迎上他的目光后说道：“抱歉，我打一个电话。”

说完话，他先是拨通了吴冉的电话。

林颂音全程听着他们的对话，电话那边的人大概是说赵臻是她最信赖的人，说她已经把赵臻的联系方式发给柏泽清了，让柏泽清放心就好。

然而柏泽清听了这些话以后，神情依旧紧绷着。

挂掉电话以后，他走到林颂音的身边，想从她的脸上看出点儿什么情绪，但一无所获。

“我找的人临时有事，所以请了我不熟悉的人过来，如果你排斥他的话——”

林颂音一脸匪夷所思地盯着他看，用只有两个人听得到的音量说道：“我为什么排斥他？他长得挺帅的，而且很有礼貌。要说我和他不熟悉的话，你找的人和他对我来说都很陌生，所以他们并没有任何区别。”

柏泽清不知道在听到哪个字以后沉下脸来，理解了她的意思，声音略显僵硬地说：“所以，你要和他一起去博物馆？”

林颂音耸了耸肩，也觉得如果自己是和女孩子一起去博物馆的话，这一天一定会过得更加舒心。但是她才不要把这些话告诉柏泽清。

“Of course（当然）。”林颂音对他露出一个俏皮的笑容，“对了，法语的‘当然了’怎么说呢？”

柏泽清一言不发地盯着她，许久后，毫无灵魂地用法语回答了她。

此时此刻，她的笑容真是刺眼，刺眼到让他格外想要抹掉它。

但是柏泽清按捺住这股莫名其妙的冲动，平静地走到赵臻的面前。

“这会不会太麻烦你了？”柏泽清沉声问道。

赵臻摇头，像是不想让他有任何负担，看起来很是真诚。

“怎么会？我的荣幸。”说到这里的时候，他对着柏泽清身后的林颂音得体又绅士地笑了一下。

柏泽清没有去看林颂音的表情。他猜想，极有可能，她现在笑得花枝乱颤。

对待他以外的人，她一向态度友好。

柏泽清垂下目光，更重要的是，就在刚刚，她说这个男人长得帅。

第五章 惩罚之吻

柏泽清决定忽略心底的那点儿微不足道的不适感。

他不打算过度投入地扮演林颂音的监护人。

在林颂音和赵臻对视着相互打招呼时，柏泽清没有去看他们，只是从钱包中抽出一张 master card（万事达卡）。

他将卡递向林颂音，眼神和语气同样淡漠。

“用这张卡。”

林颂音忙摆手，指了指自己的包：“我带卡了。”

“不是在所有地方都可以刷国内的卡的。”

柏泽清说着话，又像是没有耐心再解释下去，把嘴唇抿得很平。

“我会把密码发给你。”

林颂音对这些事并不懂，听到他这样说便将卡接过来。

“那我回国的时候还给你钱。”

柏泽清没再看她，也没有回应她的这句话，只是把目光移向赵臻的身上。

不知道为什么，赵臻觉得柏泽清看起来很平和，眼神里却有一种说不出的压迫感，这大概是因为柏泽清整个人的气质比较清冷。

“我们随时保持联系，”柏泽清公事公办地交代，“请在晚上七点前将她送回这里。”

他依然维持着与人社交时应有的礼仪。

林颂音正准备走，一听到“七点”瞬间不开心了。

“七点也太早了吧？我们肯定还没吃完晚饭，而且，我还想去铁塔散步呢。”

柏泽清看着她脸上的迫不及待，也是，她不需要跟他一起吃晚餐。

只是，天这么冷，天气预报说今晚极有可能会下雪，她有什么散步的必要吗？

但是柏泽清一个字也没有说，就只是这样沉默地盯着林颂音。

就在她准备转身离开时，他终于拉住她的手腕。

林颂音面露疑惑，他在这里没完没了地嘱咐她，她在柏泽清的心里到底有多不靠谱儿？

“又怎么了？放心吧，我不会让你没办法跟易竞交代的。”

柏泽清目光复杂地垂眸注视着她，她这样说，那他似乎没有任何担心的理由了。

半晌，柏泽清只是说：“别太晚回来。”

林颂音动作幅度很小地甩掉了手腕上的手掌，柏泽清才意识到自己的动作不妥。

“这件事再说，反正我们会保持联系的。”

说完，林颂音对赵臻露出一个友好的笑：“那我们走吧。”

“好。”

柏泽清站在那两个人的身后，她的步伐是如此迫不及待，没有一点儿淑女该有的样子。

他冷眼旁观着。真没想到，他教了十天的礼仪就是这样的。

柏泽清知道，这是他此时感到不愉快的唯一的理由。

林颂音承认在被柏泽清“放鸽子”的瞬间，心情受到了影响。

毕竟谁也不喜欢被人当成洪水猛兽。但是，这种影响很微小，在浪漫未知的国度面前简直不值一提。

她才不会让那点儿小情绪影响了自己的旅行。

走到地铁站的附近，赵臻示意她将手上的红宝石戒指摘下、把包放到身前背着，以防东西被偷。

原本，林颂音列了一张备忘录，记下了想去的几个地方。

但是，现在她真正走在了巴黎的街道上。即使是在冬天，街两旁的长椅上依然坐满了喝咖啡、喂鸽子的人，大家看起来很是惬意。

空气中飘浮着面包的奶香味，林颂音忽然被这样的慢节奏所打动，于是也开始漫无目的地闲逛起来。

反正，这本就是一次不在计划中的旅游。

吃完早餐和午餐以后，林颂音和赵臻从凯旋门开始逛街，沿着香榭丽舍大街一路往东走，边走边吃。

最后，从卢浮宫出来以后，他们在塞纳河的岸边散步。

“你想看埃菲尔铁塔？”赵臻想起林颂音走前对柏泽清说的话，说，“那里是拍铁塔的最佳位置。”

林颂音点点头，朝铁塔的方向看过去，那里真是好远哪。

不知道是不是因为走路过于消耗体力，明明上午并没有少吃饭，林颂音还是感到了饥饿。

“我那是为了能在外面多待会儿，才对他那么说的。”不过话是这样说，林颂音还是很愿意去铁塔的附近看一看的。

赵臻没想到她会这样说，上午在酒店里看到她和柏泽清相处的氛围是有一些微妙。

“我刚进酒店的时候，还以为你们是男女朋友的关系。”

林颂音长长地“噫”了一声，反应很大地说：“我跟他……怎么可能？”

赵臻被她很不愉快的反应逗笑了，说：“哈哈，不过我很快就知道自己想多了。”

这次，林颂音没有问原因，想想也知道原因了。

“我还以为我们看起来比较像兄妹。”林颂音说到这里，自己都笑了。

虽然柏泽清总是在她的面前端着一副大人的架子，但她和柏泽清的气质相差太大，他们怎么看都不可能是一家人吧？

“他看起来是很在意你，不过你们长得不太像。”赵臻回想了一下柏泽清的脸。

林颂音努力地不去在意赵臻所说的“在意”，他又不知道这都是看在易竞的面子上。

真是不明白，柏泽清都不在这里，他们怎么会聊到他？

他阴魂不散的，真叫人讨厌。

“那当然了，谁要长得跟他像？他一天到晚像一块冰似的。”

她故意用一种夸张的语气结束了这个话题。

在周遭转了一圈，林颂音才知道，原来巴黎晚饭的饭点比国内的晚。

下午五点，有许多餐厅还没有开始营业。

最后，两个人随便走进了一家已经开门营业的店。

林颂音刚踏进店内，就意识到这家店真是一点儿也不“随便”……

它看起来就很高档。

落座以后，林颂音四处打量，发现坐在斜对面的一男一女似乎就有着亚洲人的面孔。可惜她听不见他们在说什么，也不知道他们是不是她的同胞。

林颂音小声问赵臻：“啊，菜单上肯定不会有中文吧？”

林颂音知道吃一顿正式的法餐有多么麻烦，进来前没想到这家店会这么上档次。

就算柏泽清曾教过她怎么点菜、怎么吃法餐，但是她看到的菜单也都是中文版的。

如果柏泽清在这里的话，她就可以厚着脸皮一个一个地问他菜单上都是些什么菜。但是她和赵臻毕竟还不熟悉。

赵臻听到她的问题后，很快就猜到她在想什么了。

“怕什么？我挨个给你介绍那些菜就行了。”

林颂音闻言心里轻松了点儿，真希望赵臻这次来给她做导游，柏泽清是付了钱的，不然欠着人情才叫麻烦。

在吃到第二道主菜时，林颂音已经感到饱了。明明服务员刚端上前菜的时候，她只觉得那点儿量还不够塞牙缝的……

林颂音有点儿口渴，但又不是很想喝饭店配的红酒，于是把目光移向一开始就被服务员端来放在桌上的一碗水。

碗壁是橙红色，而碗内的水是更淡的颜色。

林颂音猜测这可能是用来解腻的茶水，里面似乎还有柠檬的果肉颗粒。

赵臻本来在向林颂音介绍红酒产自波尔多，见她盯着那碗水，便将水朝她的方向推过来。

林颂音说了一句“谢谢”，将水端过来，喝了一小口。

“好酸哪。”这果然是柠檬水，林颂音咽下一口水后，脸不受控制地皱成一团。

还没来得及放下碗，林颂音抬起头，不经意地就看到坐在她的斜对面并面向她的那个男人顿了顿拿碗的手。

因为那是一张亚洲人的面孔，林颂音在刚进店时多看了他一眼。

现在，对方的目光似乎也在她的脸上停留了几秒。

不过很快，林颂音就觉得自己看错了。

因为那个人好像和坐在他对面的女孩子有说有笑，只是下一秒也端起碗喝了一口水，随即又神情自然地放下碗。

林颂音收回目光，继续吃自己的东西，才发现赵臻没再说话了。

她敏感地捕捉到赵臻的眼神里一闪而过的不自然。

林颂音很怀疑，是不是不应该喝刚刚的那碗水？可是，那个一看就很富有的男人也喝了那碗水。他应该不会不懂这些事吧？

“这碗水不是这样喝的吗？”林颂音不知道是不是要配着待会儿上来的甜点喝这碗水。

赵臻摇头，轻笑一声。

“别介意，我刚刚想到了我刚来法国的时候。”赵臻想了想，还是说道，“我刚来这里留学时也这样，吃西餐的时候，看见桌上有一碗水，以为它是用来喝的，喝完水甚至和你说了一样的话。”

林颂音瞬间有些脸红，说道：“啊，它真的不是用来喝的呀……？”

“嗯，是用来洗手的。这没什么，你下次就知道了。而且，也没人说它不能喝。”赵臻耸了耸肩，示意她放轻松。

林颂音把双手握在一起，脚底仿佛有蚂蚁爬过，不过因为赵臻自然的神情，蚂蚁好像又慢慢地离开了。

“那当时有人笑你吗？”

赵臻摇了摇头：“你听到外国人用奇怪的语调说中文，会笑他们吗？”

“不会。”

“那你看到他们不懂怎么吃我们国内的食物，会笑吗？”

“不会，”林颂音想了想，很认真地想象了一下，说，“我应该会觉得他们有点儿可爱？”

“的确。”

赵臻没再继续说这件事，转移了话题。

林颂音知道他大概是不想让她继续尴尬下去，可能他也没有想到，她戴着那么贵的戒指，竟然连这件事都不知道。

只是，她再度看向斜对面的那个人。

真奇怪。

林颂音歪着头望过去，发现那个男人在跟对面的女孩子说话，目光这时也落在她的脸上。

他用手撑着下巴，见林颂音盯着他看，冲她皱了皱眉毛，做了一个“好酸”的口型。只是，他的唇角却微微地勾起。

很快，他收回望向她的目光，继续和对面的人说话。

可能是他的穿衣风格的缘故，林颂音觉得这个笑容看起来有些张扬。

林颂音这才发现，他虽然穿着正装，但并不像柏泽清。

柏泽清总是把衬衫的扣子扣到最上面的一颗，就差把“禁欲”两个字刻在脑门儿上了。

而斜对面的这个男人完全不同，衬衣最上方的两颗纽扣就这样松着，领口敞得很开。

很快，他很随意地靠在座椅上，整个人透着一股……落拓的公子哥的气质。

林颂音不蠢，大致也猜到了对方出于什么样的原因喝了那碗用来洗手的柠檬水。

她在异国他乡感受到了来自同胞的善意，体味到了淡淡的感动。

小插曲过后，林颂音喝掉了第二道甜点搭配的起泡酒，发觉他们吃这一餐花了将近三个小时……

她打算结账，赵臻却阻止了她：“早上你请我吃了 brunch（早午餐），这一餐算我请你的。”

林颂音不好意思麻烦人家大半天以后，还让他付这么昂贵的饭钱，于是说：“反正我用他的卡，就当宰他了。”

赵臻没同意，只是叫来餐厅里的服务员。

林颂音拿着卡，根本不知道那两个人在说些什么话，连什么时候递上卡比较合适都不知道。

没过一会儿，林颂音看得出赵臻的表情有些奇怪，问：“怎么了？”

赵臻看向她，说出了令林颂音意外的话。

“店员说我们的账单已经被人付了。”

甚至，对方连小费都已经给了。

林颂音下意识地想到柏泽清，他来了吗？每次好像只有他能神不知鬼不觉地找到她。

她都怀疑他是不是在她的身上装定位了。

林颂音条件反射般转头望向四周，发现并没有她熟悉的人，就连半个小时前冲她笑的那个男人也不知道什么时候吃完饭离开了。

“谁呀？”她望向赵臻，开始幻想他们是不是幸运地中了免单的奖。

过了片刻，服务员领班拿过来一张被人签了字的支票。

林颂音今天听赵臻说过法国人用支票是很常见的事，所以并没有大惊小怪。

上面全是法语，林颂音自然什么都看不懂，只是留意到签名的地方。

林颂音定睛地看着那书写潦草的字母，终于认出了开头的姓：Xu。

Xu？所以，是姓“徐”的人帮他们结了账？

赵臻看向她：“领班说是刚刚坐在我们的斜后方的人结了账。”

因为位置的关系，他根本没有注意到对方。

林颂音闻言，“啊”了一声。

赵臻问：“你认识他？”

林颂音摇了摇头：“不算认识，就是，刚刚我喝了柠檬水以后，他也跟着喝了一口。”

许久后，赵臻了然地笑了笑，用很笃定的语气说道：“看来，他觉得你很可爱。”

“觉得人可爱就会花钱吗？”林颂音问，不是很能理解。

林颂音想：如果对方的身边没有坐着一个妙龄的女人，那她大概也会因为这样的行为感到一丝愉悦。

毕竟，谁都有虚荣心。

可是，她不久前朝他看了两眼，他很照顾那个女生，任谁都会觉得那是他的女朋友。

有女朋友的人还这样？林颂音替那个女孩感到一丝不值。

看来，对有钱人来说，为别人花点儿钱根本算不上什么事。

大多数人是为生活买单，而有钱人就可以轻易地为心情买单，甚至不需要任何回报。

林颂音不合时宜地想起柏泽清给她买衣服的事，可能在他们的眼里，那真的什么都不算。

此时此刻，三十公里以外的柏泽清，手里握着手机。

他眉头紧锁地盯着屏幕。

他半个小时前发出去的信息，到现在还没有人回复。

上午，柏泽清参观了他们集团有意并购的法国梅林医药公司。

因为时差的关系，在巴黎时间的下午四点，柏泽清出席了关于该并购案的相关提议的线上会议。

会议在一个小时以后结束。

会议结束以后，柏泽清打车前往他今天的最后一个目的地。

他习惯这样有规划的生活，不过今早在酒店走廊里的那半个小时不在他的计划内。

柏泽清受到他的老师 Jean 的邀请，来到老师的家——一栋在郊区的别墅里。

Jean 是柏泽清在法国读硕时的统计学教授，对柏泽清赞赏有加，还十分喜欢外国的文化。所以在柏泽清毕业回国后，Jean 依旧经常发邮件关心他的生活。

其实，柏泽清并不是会和别人维系感情的人。

他不擅长这件事。冷血一点儿说，他也并不需要这样做。

他对感情没有太多的需求。

如果不是 Jean 不时地给他发来邮件，柏泽清知道自己并不会主动地联系对方。

他一直都是这样的人。

离开人群时，他总是最舒适。

Jean 与他的妻子 Marine 是丁克一族，他们并没有孩子，闲暇时在别墅的花园内打理花草、种种水果。

柏泽清到那里的时候，天色已经有点儿暗了。

Jean 和 Marine 正在准备晚餐，在花园内为开胃的沙拉找食材，柏泽清将给他们二人准备的礼物放下后，也帮忙清洗小番茄。

因为他曾是 Jean 的学生，所以他作为客人帮着准备饭菜也并不奇怪。

不过，令柏泽清感到意外的是，晚餐结束后他随 Jean 在客厅里落座，才发现客厅里的两个小盘子上放满了只有这里的小孩子才会喜欢的糖果和甜点。

Jean 戴上眼镜，指着这些零食微笑着说道："你几天前不是说可能会带一个小女孩过来吗？所以我和 Marine 专门为她准备了她应该会喜欢的点心。"

柏泽清端坐着，没有说话，只是忽然想起上周老师发邮件时曾问他要带谁过来。

柏泽清当时在打网球，拿过手机，未经思考地回复："Une petite fille（一个小女孩）。"

柏泽清这时才意识到自己的表述有误，林颂音是年轻，但绝不是需要他时时照看的小女孩。

只是对于老师的疑问，柏泽清并没有解释，这件事解释起来太过烦琐。

此刻，柏泽清才想起林颂音。

这一整天里，他极少想到她。

所以，她只要不在他的眼前晃悠，就几乎不会打扰到他的思绪。

除了在参观医药公司时，柏泽清在某个产品的推介封面上看到了埃菲尔铁塔的图案。

他自然而然地想起早上她曾说想去埃菲尔铁塔下散步。

那么现在，柏泽清想：极有可能，她正和那位在她的眼里年轻又帅气的导游在铁塔下散步。

想到这里，柏泽清皱眉，是她自己蠢到坚持在这样的天气下散步。

如果她着凉了，那他无论如何都不会去照顾她。

只是，再不愿意联系她，柏泽清也知道自己有义务确定她的安全。

他在晚上七点半把今天的第一条信息发给她。

“结束了吗？”

这条信息在五分钟后得到了回复。

“没。”

柏泽清只想冷笑。

一个字加上一个标点确实需要五分钟才能打出来。

如果不是考虑到易竞很可能会突然打来电话问他们现在在法国做些什么事，柏泽清根本懒得联系她。

就算易竞曾说让他将林颂音看作亲妹妹，但他并不是她的哥哥。

如果她是他的妹妹，他们从小一起长大，那她一定是最让他头疼的存在。

“你现在在哪里？”

这条信息被发出去以后，半个小时过去了，柏泽清都没有再收到任何回复。

通常来说，在与人交谈时，柏泽清出于对对方的尊重，习惯将手机调成静音状态。

但是一分钟又一分钟过去了，他看向手机屏幕的次数逐渐变多，柏泽清终于选择将手机调成振动模式。

即使如此，他掌中的手机也仿佛一件死物，没有传来一点儿动静。

也是，它本来就是一件死物。

Jean 坐在柏泽清的对面，跟他聊起自己现在的学生，而柏泽清直视着 Jean，一个字也没有听进去。

柏泽清怀疑自己的外语能力在退化。不然他明明只有一两年的时间没怎么使用法语，怎么会犯下用“小女孩”来形容林颂音的错?

一刻钟过后，在 Jean 将甘草糖往他的面前推并说可以把这些零食带给他的那个小女孩时，柏泽清终于站起了身。

“抱歉，我有一个电话要打。”

Jean 不介意地说：“阳台比较安静，你可以去阳台上打电话。”

转身，柏泽清没什么表情地走向阳台，拨通了林颂音的电话。

没有人接电话。

这是他早就猜到的事。

表情未变，柏泽清拨通赵臻的电话。

半分钟以后，终于有人接听电话。

柏泽清还没来得及提出自己的问题，电话的那头就传来了略显嘈杂的爵士乐和各种人声，告诉他他们现在在哪里。

柏泽清甚至捕捉到电流中林颂音不远不近的笑声。

“不好意思呀，柏先生，我们现在在酒吧里坐着，所以环境比较吵，我刚看到你的电话。”赵臻在电话的那端提高了音量说。

柏泽清听到了酒吧的名字，那是离铁塔只有一公里的一家店。

他知道吴冉所说的“赵臻是很可靠的”不会有假，也知道林颂音已经成年，她去酒吧是再正常不过的事。

柏泽清在法国上学时，同学们下课以后在附近的酒吧里聚会是常有的事，这实在没什么。

他想回答一句：“好。”

然而，柏泽清的脑海里不断浮现出不久前在酒吧里找到林颂音，送她回家那晚发生的事，林颂音在酒吧里喝到醉醺醺以后，花样百出地纠缠着他，最后在他的喉结上留下各种痕迹……

或许她已经喝多了。

“既然不好意思，那么现在，你送她回酒店。”柏泽清停止回忆，冷声说道。

他已经顾不上自己的语气是否会冒犯到赵臻了。

柏泽清耐心全无地等待着赵臻给出答复，就听到林颂音的声音似乎转近了。

“怎么才来就要走？你跟他说过会儿再走，怕什么？他又不是老师，还能体罚我们吗？”

声音再度转远，柏泽清握着手机的力道已经变大。

“林颂音。”柏泽清沉下目光，只是叫出她的名字。

只是下一秒，电话被挂断了。

空旷的阳台上，只有“嘟嘟”声不厌其烦地从手机里传出。

柏泽清看着手机的界面，目光逐渐变冷。

从一开始，他就不该答应易竞照顾她的。他不是第一次知道这一点。

不然现在，他根本不会再在她的身上浪费一秒钟。

他明知道这些花费在她身上的时间是沉没成本，及时止损才是正确的做法。

但柏泽清还是选择和Jean道别。

他动作很快地穿上大衣，也只是说：“抱歉，临时有一件事需要我处理。有机会我会再来拜访。”

Jean表示理解。在他教柏泽清的几年里，柏泽清处事一向稳重，如果说有事，那一定是真的有事。

“是那个小女孩在找你吗？你该把她带来，就不会这样担心了。”

Jean只以为柏泽清将年幼的女孩独自留在了酒店里，所以现下柏泽清才会感到担心。

柏泽清什么也没说，点了点头，匆匆地离去。

如果她真的只是一个小女孩就好了。

或许那样，一切都会简单许多。

柏泽清走出Jean的别墅，才发现天空中已经飘起细小的雪花。

他坐在出租车的后座上，自始至终，没发出一点儿声音。

他到目的地已经是四十分钟以后。

下车时，柏泽清只觉得雪下得更大了。

他走在前往酒吧的楼道里，二楼的楼梯间里有一男一女在难舍难分地拥吻。

柏泽清原本在目不斜视地向上走，很快，像是想到了什么，朝那里看过去。

那不是她。

他终于放缓呼吸，收回目光，推开酒吧的门。

这家酒吧不同于韩润在国内开的Hyperfox，店内只有老式的音响传来的音乐声，并没有人驻唱。

柏泽清在法国时曾听说过这家酒吧，酒吧不大，只是顾客透过每一扇窗户都能看到一公里以外的铁塔。

然而此时，柏泽清无暇欣赏窗外不远处的铁塔。

他定定地注视着十步开外的林颂音。

她整个人看起来很放松，柏泽清却只是站在原地，没有走近她。

因为，她正在和一个法国男人聊天。

大概是因为环境嘈杂，他们的身体挨得很近。

在这样的光线下，柏泽清也能清楚地看到，那个男人凑到她的耳边，不知道在说什么。

可能是因为语言的关系，他一边说着话一边用双手比画着。

柏泽清始终注视着林颂音，注意到她并没有因为他的靠近而不自在，她被他逗笑了，笑得很开心。

柏泽清冷眼旁观。

而那个男人不再说话，只是盯着林颂音微笑。

他不知说了什么话，忽然倾身向林颂音靠近。

柏泽清的眼神瞬间变得锐利。

林颂音会来这家酒吧，完全是出于偶然。

她和赵臻吃完晚餐以后，本打算去埃菲尔铁塔下转一圈就回去，没想到刚走了一半的路，天空中下起了小雪。

赵臻说附近有一家酒吧氛围很好，还可以在那里看到铁塔，林颂音便来了。

走进酒吧前，赵臻就跟她说在这里被搭讪很正常，她如果觉得不舒服就可以拒绝对方。

当对方请你喝一杯咖啡的时候，友善地拒绝就好。

林颂音并没有在这里喝酒的意思。她其实从来都不明白酒好喝在哪里，晚上吃饭的时候也只喝了一点儿随餐配的酒。

她和赵臻各点了一杯今日推荐的饮品后，就只是坐在窗边看铁塔，随意地闲谈。

大概是因为她和赵臻看起来完全不像一对情侣，没过几分钟，一个金发蓝眼的高个子帅哥就从另一桌走到她的面前，跟他们打招呼，问她介不介意他坐下。

不知道是不是因为从前打工时接触过形形色色的人，面对男人的搭讪，林颂音并不会害羞或不自在。

不过被一个蓝眼睛、长睫毛的帅哥这样看着，林颂音难免还是有些紧张。

她又不会说法语，两个人聊天会很尴尬吧。难道一直让赵臻做翻译？

林颂音被自己的这个想法逗笑，帅哥已经开始用英文自我介绍。

他说他叫 Pierre，在大学选修汉语，问她是不是来自中国，林颂音这时才睁大眼睛笑着点头，直说："好巧。"

"好巧。" Pierre 跟着学她说话，不时地向她抛出一个话题。

林颂音好几次被他怪腔怪调的中文逗笑。

她笑的时候，他就这样用那双好看的眼睛直勾勾地盯着她。

紧接着，他靠近她："你笑，是因为我说错了吗？"

林颂音不知道自己的笑容是不是让他误会她在嘲笑他了，于是摇头："没有。"

他非常执着地问："告诉我错在哪里。"

赵臻本来在Pierre和林颂音交流不畅的时候，偶尔插一句话，充当一下翻译，其余的时候并不怎么说话。

没过几分钟，他拿起手机，对林颂音说："我今晚要上传一个周报，这边有点儿吵，我就去那边的窗台旁边了，你有事叫我。"

林颂音点点头："好，你忙。"

赵臻走后，Pierre还没和她说上几句话，就问她赵臻是不是她的男朋友。

林颂音的第一个反应是，法国人可真直白呀。不过她犹豫着，不知道该不该回答这个问题。

Pierre冲她挑眉："我有办法知道。"

林颂音疑惑地问："什么办法？"

紧接着，在暧昧的光线下，Pierre凑近林颂音的脸，他那张立体如雕刻般的脸就在她的眼前无限地放大。

"我会不会打扰到你们？"一道冷淡的男声就这样传进林颂音的耳朵里。

林颂音忽然回过神来，猛地转过头，看向此时此刻在面前居高临下地俯视自己的男人。

柏泽清……来了。

"你是怎么找到这里来的？"林颂音还没反应过来，难道他就因为她挂断了电话跑来了？

柏泽清没有说话。

Pierre终于从林颂音的身上移开目光，像是觉得眼前这样的场景很有意思，甚至将手臂搭在林颂音身后的椅背上。

柏泽清冷冷地盯着他的那条胳膊，压抑着心底的那种说不清道不明的不愉快，只是看着眼前的这个女人，一个字一个字地问：

"现在，可以走了吗？"

柏泽清没有回答林颂音的问题。

林颂音猜想可能是她上次去酒吧后发生的事给了他太大的冲击，

只好试图理解他过度的关心，说：“现在外面在下雪，而且赵臻还没过来呢。”

Pierre 的目光在他们两个人之间移动，最后他笑了笑，望向林颂音。

“今晚过得很愉快，这句话对吗？”

林颂音点了点头，只觉得头顶的那道目光让她有了一阵压迫感。

“Bye（再见）。”Pierre 很有风度地说完话，十分自然地贴近林颂音，给了她一个在这里再自然不过的贴面吻。

只是他的右脸颊刚刚贴上林颂音的右脸，林颂音的右手手腕就被柏泽清用力地握住。

他完全没有给她任何反应的时间，一把将她从座椅上拽了起来，默不作声地扯着她往外走。

“柏泽清！”林颂音怀疑他吃错药了。

他的步子很大，林颂音被他攥着手腕，费力地跟在他的身后，才闻到了他身上淡淡的酒味。她不知道是他今晚喝了酒，还是他在酒吧里沾上了酒味。

林颂音有理由怀疑他在发酒疯，他对她的控制欲又上来了。

“你到底要干吗呀？松手！而且，我就算要走，不得跟赵臻说一声吗？”

她被他拉着，从一对纵情地亲吻的男女身边经过。林颂音分神地想：一会儿赵臻回来，看到她不在，也不知道会不会以为她出了什么事。这是柏泽清找来的人，柏泽清这样做像话吗？

然而，柏泽清依旧紧抿嘴唇，一个字也没说。

即使从这个角度看去，林颂音也能看出他绷紧的下颌。

他看起来很生气。

为什么呢？

就因为她把他的电话挂断了，并且来了酒吧？

沉默，楼道中除了沉默，什么也没有。

“喂，我跟你说话，你什么都不说？”林颂音真不喜欢他总是无视她。

柏泽清始终盯着下楼的路，一直拽着林颂音的手走到室外。他站在原地，忽然松开了手。

骤然被他放开，林颂音都没来得及反应，就见柏泽清什么也没说，他充耳不闻地继续往前走。

他就这样看向街道，不知道是不是在找出租车，林颂音这时才发现雪似乎下得更大了。

纷纷扬扬的雪花一片又一片地落进她的脖颈里，林颂音冻得在原地瑟缩起来。

不知道柏泽清在发什么疯，在这样全然陌生的地方，她只能选择在后面跟着他。

“下这么大的雪，我们就非要现在走吗？好冷。”

她的声音因为不断飘到唇上的雪花而颤抖。

柏泽清依旧没有说话，林颂音在他的身后，看到他的脚步停住了，他的手臂也抬了起来。

她只能看到他的背影，并不知道他在做什么。

大约十秒钟过后，柏泽清转过身，沉默着将身上的那件黑色大衣丢到了她的头顶上。

衣服有些沉，差点儿就要落到地上。

林颂音及时攥住了大衣的衣领，将衣服盖在自己的头顶上，阻断了不断逼近她的雪花。

“你这样不冷吗？”被温暖的衣物裹住以后，林颂音在柏泽清的身后犹豫着问道。

就在她以为柏泽清依然不会理她的时候，他终于回头看她。

他的目光冷冷的。

林颂音看不懂他的眼神，也无法得知他此时此刻究竟在想什么。

“不关你的事。”他神色漠然，就像并不曾把身上的那件御寒的衣服给了她。

因为他恶劣的语气，林颂音的脾气也被激了起来。

之前她也曾惹柏泽清生气，但是他从来没有对她说过这样的话。

她瞪着他："我真搞不懂了，你到底在对我发什么火？我做错什么事了吗？你有必要这样吗？"

柏泽清今晚在 Jean 的邀请下喝了一杯红酒，现在，那点儿酒在胃里尽数化成了焦灼。

"对你发火吗？我没有。"柏泽清终于开口。

林颂音就看着他若无其事地看着自己，他的声音不同于刚才在酒吧里的那样，现在听起来云淡风轻。

"我答应了你的父亲，会照看好你。"他说。

林颂音闻言，立刻知道了他想说什么。如果不是因为身上还披着他的衣服，她真想冷笑。

"你就是担心我在这里进了酒吧的事被他知道了不合适，是吗？"她不在意地说，"这里是国外，他根本不可能知道。"

"没有什么不可能。"

林颂音突然失去了耐心，就连身上的衣服也开始压得她喘不过气。

她盯着柏泽清，口不择言地说道："我在国内不是很安分守己地做着一个花瓶吗？这里是巴黎，我就算在这里交男朋友，都不可能有人发现，你到底在介意什么呀？"

她真是受够了他的管束。

他既然把她当成烂摊子甩给了别人，现在干吗又找过来？

只是，不知道她的哪个字又触怒了柏泽清，他的目光再度变冷。

"男朋友？"他不带感情地重复道。

他好似察觉不到漫天的雪。

柏泽清把眉头皱得很紧，把嘴唇抿成一条直线。审视的目光落在她的脸上，他像是在分辨她的话里的真伪。

他听到自己的声音还保持着冷静，只是他的手早已握紧："谁？"

"还能有谁？"林颂音现在只想一股脑儿地将所有能惹柏泽清生气的话全部说出来，"刚刚的那个金发蓝眼睛的帅哥咯。"

说完这句话，林颂音只觉得柏泽清盯着自己看的眼神就像在看一个仇人。

"我不准。"

林颂音烦躁地看着他："你不准？所以你除了管我吃饭、管我喝水，现在还打算管我的感情生活吗？"

"你说什么？"

他看向她，目光晦暗不明。他像是压抑着什么激烈的情绪。

林颂音意识到柏泽清现在是更生气的那个人以后，怒火渐消。

林颂音不懂这到底是为什么，更不懂自己为什么要这样惹他生气。

"你知不知道，这都怪你。"她抱臂，像是小女孩在说什么抱怨的话，"如果今晚你没来，我和 Pierre 就不会这样结束。"

柏泽清紧盯着眼前的这个不断对自己吐着芯子的人，她在激怒自己，他都知道的。

胸口像是堵着一块冰，有渺小的火苗在冰的下方燃烧。

但是，那块冰就是无法化开。

明明他的目的已经达到，林颂音已经被他带了出来，什么事都没有发生。

其他的话都与他没有关系，她想和哪个男人做点儿什么事、以后要做什么事，他都没有听下去的必要。

然而，他看向林颂音的眼神无比愤激，一向稳定的情绪在雪夜里摇摇欲坠。

下一秒，柏泽清却转过身，继续往前走，不再看她一眼。

"我不会管你了。"他说。

大概是因为太冷了，他的声音几乎要被落雪所掩盖。

林颂音听他这么说，胃有那么一瞬间像是被人握住了，但是很快，她还是忍不住嗤笑出声。

“你不管我？你把这句话说给易竞听啊，还可以把我说的这些话都告诉他。你怎么不说话了？你刚刚不是对 Pierre 的事很感兴趣吗？现在我说了，你又不听了。”

柏泽清把手攥成拳，呼吸粗重地在心里默念。

“你刚刚也看到了，他长得很帅，是我喜欢的类型。”

柏泽清向前看去，只是眼前的雪已经遮住他的视线。

“如果不是你突然出现，我们差点儿就要接吻了。这都是你的错。”

柏泽清听着身后她遗憾的声音，她在遗憾那个未完成的吻，他终于止住脚步，再一次转过身。

幽暗的路灯下，雪花散落在他清冷的眉目之间。

“你为什么要这样看着我？你以为谁都要像你一样一辈子柏拉图吗？”林颂音也停下脚步，站在路灯的柱子旁，抬眼看他，“还是说，我连和谁接吻也要经过你的允许？”

她惬意地站在路灯下，声音却像是毒蛇般钻进柏泽清的脑海里。

柏泽清这时才发现自己的呼吸早已沉重不堪，说话的声音更是低到自己听不出来。

“如果我没出现，你会吻他？”

林颂音没想到他会这样问，望向他，像是要在他的脸上盯出一个洞。

这只是为了易竞的嘱咐吗？她不明白。

“你为什么要在意这件事？”林颂音眼睛一眨不眨地盯着他。

“说呀。”他这样说，却只希望她什么也不要说。

他的声音听起来依旧平静，但只有柏泽清知道事实根本不是这样。

他无法自控地向她走近，就像在听从命运对他的安排。

林颂音盯着向自己走来的柏泽清，看见他的神情，不知道为什么感到难言的兴奋和紧张。

“你难道忘了吗？上一次我喝醉了，不是也对你做过一点儿事吗？”她悄声说。

柏泽清站在她的面前，终于变了脸色，被名为“嫉妒”的钉子钉在原地。

柏泽清恶狠狠地看着她，终于将这两个字说出口。

“闭嘴。”

空气中一片死寂，他听到自己的声音发紧，在醉意的升腾下，他的行为已经到了失控的边缘。

一切都是罪恶的酒在作祟，她不该这样激怒他的。

林颂音扬起头，迎上他充满怒气的目光，不肯认输。

“我为什么要闭嘴？你为什么生气？难道我只能亲你，不能亲别的男人？”林颂音和他对视着，挑衅地说，“那你可能真的要二十四个小时里都盯着我，不然，说不定什么时候我和他再在哪里遇见了，就真的——”

她还没有把这句话说完整，就看见柏泽清的那双阴郁的眼睛死死地盯着她，他猛地靠近她，一手握住她的肩，另一只手穿过她的发丝，迫使她仰起头看向他。

林颂音被他突如其来的动作吓到，惊呼了一声。

她想要推开他，一片柔软的雪花却在这时落在她的眼睫上，她无法睁开眼睛，就好像被蒙上了眼睛。

刹那间，比雪还要冷的双唇就这样带着不容抵抗的力量狠狠地压了下来。

林颂音因为这个吻，僵在原地。

街边早已枯败的梧桐树的树叶和漫天的雪花在风中起舞。

柏泽清的唇重重地碾压下来。

很快，林颂音终于睁开了眼睛，瞳孔放大。她听到自己的心脏就像快要跳了出来。

大约过去了半分钟，唇上的疼痛让她回过神。

他在吻她吗？这太突然了，林颂音根本毫无准备。

口腔中的血腥气让她想要挣扎，然而柏泽清瞬间攥着她的手，控制着她向后退了一步。

他粗鲁地将她按在冰冷的柱子上，原本在她的发丝间摩挲的手也渐渐地收紧向下。

林颂音没觉得痛，听到自己在他的唇下发出断断续续的呜咽声：“你在……做什么？”

柏泽清终于松开她的唇，注视着她已经被吻肿的唇瓣，上面的血丝是他造成的吗？心头让他几乎失控的挫败感终于消失……

“在惩罚你。”

他听到风雪里自己并不清晰的声音。

也许，他是在惩罚他自己。

柏泽清迎上她湿漉漉的目光，再次俯下身，含住了她的嘴唇。

这一晚，身旁的落雪因为他们偏离了原本的轨道。

路灯暖黄色的灯光下，皑皑的雪从空中漫无目的地飘落。

柏泽清的动作如此迫切。

他像是疯了一样。

林颂音的一只手被柏泽清反手压在冰冷的柱子上，另一只手撑在柏泽清的胸前，她应该推开他的。

唇上的痛意、颈间令她不安的桎梏，这一切原本都应该让她抗拒的。

只是，很快，他的口腔中淡淡的酒气像是也被他渡进了她的口中。

她好像也随之醉了。

柏泽清在寒冷的雪夜里贪婪地释放着对他而言足够陌生的欲望。

他的手心紧贴着她的颈动脉，他摩挲着那里的肌肤。

她没有推开他。

意识到这一点以后，柏泽清更用力地吻着她，耳边是林颂音急促的喘息声。

这种声音像是罪恶的音符，诱发了他早已坍塌的本能，指引着他的唇向下吻去。

他抬起她的下颌，不曾让唇离开她，顺着她纤细的脖颈一下一下地释放着他失控的情绪。

如果今晚他不曾出现，那么，现在在雪夜里与她唇齿缠绵的就是别人。

想象中的画面刺激着他，柏泽清的吻变得凶狠，他用牙齿咬住她的颈侧最柔软的肌肤。

林颂音倒吸一口气，“啊”地叫出了声。

这种声音在这个藏着许多秘密的夜晚是这样突兀。

柏泽清终于猛地睁开眼睛，呼吸也像是被人为地按下了停止键。

他没有抬头，全然陌生的情潮所带来的炽热仍在折磨着他，然而理智终于因为他怀里的那个人的声音逐渐回笼。

她能感觉到柏泽清的胸口依旧在剧烈地起伏着。

她迷茫地仰头看着头顶的路灯，不知道这一晚到底为什么会发生这些事。

柏泽清终于离开她的身体。

热源离开了。

他没有说话，也没有去看她的脸，只是她的身上披着的他的衣服，还有她自己的衣服，都早已因为刚刚的那场混乱不堪的吻皱成了一团。

任谁经过，都可以看出她刚刚经历了什么事。

没有人打破这份寂静——可怕的寂静。

柏泽清死死地盯着她的脖颈处那可怕的红痕，终于收回目光。

他再开口的时候，声音嘶哑。

“冷吗？”

林颂音看向他，刚刚柏泽清对着她发疯的样子简直就像是一种幻觉。如果不是唇上火辣辣的痛感，她会怀疑这一切都是她的想象。

林颂音困惑地盯着他，借着路灯的光亮打量着眼前的这个男人。她也说不清楚自己在想什么。

耳边依然是喘息声，但是她分不清那是她自己的喘息声，还是柏泽清的。

“我穿着你的衣服，不冷。”她说话的时候发现自己的声音还在因为刚刚的吻而颤抖。

柏泽清又不说话了。

“你喜欢我？”林颂音盯着他。她也不想自作多情，可是好像只有这样想才能把事情解释通。她说：“我以为你讨厌我。”

柏泽清今晚的行为太出乎她的意料了。

他们还是挨得很近，近到她可以看到柏泽清的唇有多湿润……

喉结动了动，柏泽清没有看她的眼睛。

他再开口时，声音低沉得可怕。

“我是讨厌你。”

他讨厌她总是翘着嘴唇对他不停地说话，说令他在意的话、令他生气的话。

最后，她让他变成了他自己都不认识的人。

林颂音闻言瞪向他：“所以你们绅士讨厌人的做法就是把人按在柱子上强吻对方、从嘴巴吻到脖子，是吗？”

柏泽清无法从她的唇上移开目光，他的大脑一片空白。

从前，理智操控着他的一言一行，他并不曾犯错。现在，血管中的激烈情绪却没能被周身的白雪浇灭。

“我犯错了。”柏泽清终于向后退了一步。

“我不适合再带着你，你可以告诉你的父亲。”他说。

林颂音终于等到这句话了。

从在御林别墅里碰上他的第一天开始，她就巴不得能早点儿摆脱他了。

现在，她终于等到这一天了。

她该高兴的，只是不知道为什么，想象中的快乐并没有到来。

林颂音试图耸肩，然而他的衣服压得她无法做动作。

她现在一点儿力气都没有，抹了一下自己的嘴巴，发现这里真疼，他竟然咬她……

“你不带我那真是再好不过了，但是那是你和他的交易，你们的事，为什么要我说？”心里不高兴，但是她仍然用那种不咸不淡的语调问他，“请问我该怎么和他讲？我说我今晚差点儿和一个法国男接吻了，但是你为了不让我犯下弥天大错，所以以身犯险，自我牺牲地强吻了我？”

柏泽清听到她提及“法国男”三个字以后，原本黯淡的目光再度变冷。

“你一定要这样说话，惹我生气？”他紧皱眉头，嗓音喑哑。

林颂音听到脑海里“嗡嗡”的胜利的声音。

“哦，我让你生气了吗？”她装作很惊讶的模样，说，“我不知道我对你有这么重要。”

许久后，柏泽清盯着她：“不，当然没有。”

“谁在乎？”林颂音说完这句话以后，想也没想地将身上他的衣服丢给他，也不再看他。

柏泽清紧攥着手里的衣服，并没有穿上它。

终于，有一辆空车停在他们的面前。

这一次，他们分别坐在副驾驶座和后座上。

司机识趣地保持着安静。

车内不曾有人发出任何声音。

回到宾馆以后，两个人毫无交谈，各自回了自己的房间。

林颂音洗完澡就躺回了被子里。

刚刚她淋浴的时候，热水冲到她的嘴唇，她疼得叫了出来，叫完又骂柏泽清是狗男人，他不是狗的话，为什么咬她？

无论她怎么泡脚，脚都是凉的。她又起床找了一双袜子。

她闭上眼睛，回忆起路灯下柏泽清压着她肆意地亲吻的模样，下一秒，他说："我讨厌你。"

林颂音不快地想：她本来就不稀罕他的喜欢。

想到明天下午还要和他一起坐飞机去里昂，她在床上烦躁地翻了一个身，真不知道该怎么和他相处了。

可是林颂音很快想起今晚他最后说的话。

现在，柏泽清这么有原则的人说不定已经在和易竞坦白今晚发生的事了。

他明天可能就和她分道扬镳了。

林颂音闭上眼睛这样想着，这样最好。

林颂音这一夜睡得混乱，很早就睡着了，但是做了很长很长的梦。

但她醒来以后，梦的画面已经变得模糊。

她打了一个哈欠，听到门外响起一阵阵敲门声。

现在有人敲门，这大概是客房服务。

但听对方敲门的节奏，林颂音揉了揉眼睛，好像只有那个昨晚咬她嘴巴的人会这样敲门……

她慢吞吞地起身，透过猫眼往外看，果然看到了柏泽清的侧脸。

此时此刻他侧身站在门外，低着头，不知道是在看墙面还是在研究地毯。

他现在来这里是为了将她转托给其他的什么人吗？

第六章 你喜欢我

林颂音是一个对自己相当诚实的人，很早就知道自己可能比想象中更不喜欢孤单。

在她还很小很小的时候，只比她大一岁的表姐曾来她家住过一个月。

在此之前，林颂音和表姐几乎没说过话，但是那一个月里，两个人在狭小的房间里同吃同住。

她们每一分每一秒都在一起。

表姐走的那一晚，林颂音后知后觉地在被窝里流泪了。

后来她才知道，比起不舍得表姐，自己更不舍得的是无论在哪里都始终有人陪伴着她的感觉。

这种感觉让她觉得很幸福……

如果从今天起就再也不用见柏泽清了，林颂音心情复杂地想，或许一开始她也会不习惯。

但是那又怎么样？与沿途的景色和人说再见，是她最擅长的事了。

反正，易竞对她装出来的淑女形象感到满意之后，柏泽清本来就不会再出现在她的面前了。

想通一切事情以后，林颂音心情如常地打开了门。

听到动静，柏泽清忽然抬起头，迎上她再寻常不过的目光。

只是下一秒，他的目光就落到了她的脖颈间。

“有什么事要说吗？”林颂音看到他的嘴唇也是破的，别扭地移开目光。

柏泽清收回目光，只是说：“你现在把行李收拾一下。”

“为什么？”

“法国人在闹罢工，”柏泽清说，“今天可能没有去里昂的航班。”

林颂音不明白这跟她要收拾行李有什么关系。

她其实还是很困，脑子都有点儿反应不过来。

柏泽清说：“我们开车去里昂。”

林颂音盯着他，知道明天柏泽清要去里昂参加一个拍卖会。

只是她以为经过了昨晚的事，他不会再带着她罢了。他没和易竞说那件事吗？

“我们现在就走吗？”林颂音发觉自己真是搞不懂他。

“嗯。”

“可是我还没有吃早饭。”

“我已经把饭打包了，你路上可以吃。”

柏泽清见她还在原地站着，于是转过她的肩膀，将她往里推。

“现在去收拾。”

“哦。”

肩膀上被他碰到的地方痒痒的，林颂音不合时宜地想起那些人说的话。

他们说柏泽清从不和异性有什么肢体接触，现在她开始怀疑这句话的真实性了。

但是，这也不关她的事。林颂音甩了甩头，开始收拾并不算多的行李。

林颂音坐到车的后座上后，喝了一杯热巧克力，就靠着座椅继续睡觉了。

她昨晚做了太多的梦，消耗了太多精力，而且也不知道能和柏泽清说什么话。

一觉醒来以后，她才发现车是停着的。

柏泽清大概是在等绿灯。

林颂音睁开眼，眨了眨惺忪的眼睛，不小心瞟到了驾驶座旁的后视镜。她刚想移开目光，却在镜内对上了柏泽清深沉的视线。

下一秒，柏泽清不动声色地移开了目光。

就好像刚刚他并没在看她。

“你为什么盯着我看？”她问。

“我在看后面的车，”柏泽清并没有被撞破事实的尴尬，说，“车被你挡住了。”

林颂音立刻往旁边挪了挪。

路上的雪没有化，万一车被别的车追尾，那就完蛋了。

“你怎么不早点儿告诉我？”

林颂音忘记了后视镜是可以转动的。

“因为你一直在睡觉。”柏泽清说。

“昨晚我一直在做梦，”林颂音因为刚睡醒，忘记了昨晚的尴尬，下意识地回答道，“没睡好。”

说完这句话，她看到绿灯亮了，柏泽清却仿佛没发现这一点。

“绿灯亮了！”她提醒道。

林颂音一贯惜命，说：“车上还有人呢，你开车集中注意力。”

她以为柏泽清是因为开了太久的车过于劳累，可惜自己没有驾照，不能跟他轮换着开车。

不过林颂音就算有驾照，大概也不敢开车，这里的驾驶座和副驾驶座的方向和国内的是相反的。

柏泽清终于回过神，将车开出去。

他知道，如果不是因为林颂音提到做梦的事，他就不会走神。

他自嘲地扯了扯嘴角。他昨晚控制不了自己的行为，后来更是连自己的梦都控制不了。

梦里，柏泽清愤怒地将林颂音从那个法国男人的身边带走，接下来的事似乎和现实中发生的事没什么区别，他将她压在柱子上拥吻，然而下一幕，画面却转到了客厅的地上。

那不是柏泽清的家里的客厅，也不是御林别墅的房间，却是林颂音只带他去过一次的她那又小又旧的房子。

梦醒了。

绿灯亮了。

喉结动了动，柏泽清按捺住望向后视镜的冲动。

“你的手机响了很多次。”他想起了什么，平静地说。

林颂音闻言掏出手机。

“没有哇。”手机里根本没有未接电话，她疑惑地看向他。

“信息的提示音。”

林颂音翻遍了自己的各个社交软件，才发现自己真的收到了几条私信。

“你在法国？？”

“现在还在吗？”

林颂音不认识这个头像，点进对方的主页以后，才想起这个人是谁。

这是去年曾和她短暂地交往过的郑继宁。

他们在奶茶店里偶遇，他追了她两个月。

不过，就在两个人牵手的第二天，郑继宁告诉林颂音他下周就要回德国。

林颂音这时才知道他在国外读硕，他只是因为放假才回了国。

她去机场送他的时候，郑继宁让她等他。

林颂音根本不可能谈异地恋，自然拒绝。

后来，两个人也渐渐地不再联系，他变成她的社交软件里偶尔点赞的一个路人。

前两天和赵臻一起在卢浮宫里的时候，林颂音只拍了一张照片，没想到被他看出了她在法国。

最后一条信息是：“你这两天不走的话，我去找你。”

林颂音不知道自己为什么这时抬眼看了一下前面的柏泽清。

“怎么了？”柏泽清见她半天没说话，终于还是问了出来。

林颂音知道自己应该对他说“关你什么事”，但脱口而出：“我的一个出国留学的朋友。”

柏泽清闻言，点了点头。

“等我们到了里昂，如果她在附近，你可以邀请她到家里玩。”

他记得他和林颂音说过自己在里昂有房子。

“真的可以吗？”林颂音靠在靠背上，就这样望向后视镜，“那我就让我的前男友来找我了。”

一瞬间，两个人的目光在小小的镜面中交汇。

柏泽清没有再说话了，绷紧下颌，很快移开了目光。

“是吗？”

林颂音依旧保持着那个姿势，声音轻飘飘的。

“嗯，我骗你干吗？他说要来找我。”

不过，柏泽清只是低低地“嗯”了一声，并没有说什么。

林颂音听到他的回应以后，也没再出声，低着头，什么也不想了。

就在她已经准备把事情翻篇儿时，柏泽清忽然踩了刹车，突兀地将车停在了路边。

他阴郁地透过镜片望向林颂音。

“你要他来找你？”他就像在质问。

“是他自己要来找我的。你干吗突然停车？”林颂音差点儿因为他的急刹车撞到前面的座椅。

柏泽清深吸一口气，再开口时声音低沉得可怕：“你如果不想让他来，可以拒绝。”

“有朋友来看我，我为什么要拒绝？”林颂音坐直身子，慢悠悠地问道，“而且，刚刚不是你说我可以邀请他来你家跟我玩的吗？”

“跟我玩”，柏泽清品味着这几个字眼，终于肯回头看她。

他脸色难看地说：“你好像忘了你是要和别人订婚的人。”

柏泽清不知道该不该庆幸终于找到了可以阻止她的理由。

“八字还没一撇呢。”林颂音真是要被他气笑了。

她当即反问道：“不过，你昨晚为什么要亲我？”

林颂音说完质问的话，车内再也没有别的声音。

他们陷入短暂的沉默里。

柏泽清死死地盯着她。

他面上的表情冷峻极了，在林颂音问出这句话以后，他的眼神开始变得难以捉摸。

林颂音试图从中窥探出什么时，他的神色恢复如常。

“你很在意吗？”柏泽清听到自己的声音毫无起伏。

至少，他的声音听起来是这样。

林颂音听清柏泽清说了什么话后，仿佛不认识他一般看着他。

柏泽清怎么可能问这个问题？他这几天的表现真是越发超出她对他的认知了……

“又不是一块猪肉亲了我，你说呢？”她瞪视他。

“我记得，”柏泽清注视着她，再出声时声音干巴巴的，“你昨晚回应我了。”

连柏泽清都想不明白他怎么会脱口说出这样的话。

他但凡还有一丝廉耻之心，就不该这样说。

她在不在意那个吻、是否回吻过他，这些事一点儿也不重要。

可是，他就是问出来了。

林颂音对他的这句莫名其妙的话毫无准备，有一瞬间的羞恼。

她回吻了他吗？林颂音竟然毫无记忆，她的耳根隐隐地发烫，但是很快，她就摆出了再自然不过的神情。

“那又怎么样呢？可能我当时本来就在遗憾和Pierre……”她故作轻佻地冲他笑笑，看到柏泽清的目光变得更加冷硬后，感到一阵满意。

柏泽清没有说话，眼神很冷。

林颂音就这样迎上他的目光，没有挪开目光。

“那时你就主动地亲过来了。说实话，你长得还不赖。”她露出了一个相当肯定的笑容，然而柏泽清的神色并没有因为她的话而缓和。

“不赖，”他面无表情地说，语气暴露出烦躁，“所以呢？继续说呀。”

林颂音盯着他：“说什么？这不是很正常吗？在墓园外的那晚，我不就是这样做的吗？”

柏泽清看向她的眼神里流露出厌恶，他知道，那是他对他自己的厌恶。

“所以，随便一个男人吻你，你都会接受？”深恶痛绝的感受令他口不择言。

他早就不知道自己在说什么了。

林颂音闻言怔怔地看着他，上车以后喝的热巧克力好像还有一些残留在她的喉咙里，甜得发腻，她竟然有了一点儿刺痛感。

她忽略掉那点儿感觉，依然笑笑，说：“那我还是挑的，亲我的怎么也得是一个有钱的帅哥吧。”

见柏泽清眼神未变地盯着她，她无所谓地说：“你第一天认识我吗？我就是这么肤浅的人哪。但是，你是因为什么才这样做的呢？”

柏泽清仍然在不由自主地分析着她此时此刻的话语。

目光钉子般钉在她的脸上，他仿佛想要将她看透。

只是，他一无所获。

车中的暖气忽然开始运作，热风吹在他冰冷僵硬的背上。

这像是在警示他。

柏泽清再一次戴回了名为“无动于衷”的面具。

她问的是他为什么吻她吗？

柏泽清终于回过头，将车发动。

“因为，你太吵了。”

她吵得让他心烦。

林颂音冷冷地“哼”了一声，本来就不指望能从他的嘴里听到什么好话。

她不会再认为这是因为他喜欢她，昨晚他亲口说了他讨厌她。

但听到这个回答，她仍然觉得可笑极了。

“原来是这样。”她看似了然地点点头，“看来我们柏副总上班的时候，如果员工很吵，你不会用嘴讲话让他们安静，而是会用嘴把他们每个人都亲一遍。”

柏泽清因为她无礼的话而愤愤地盯着她。

许久后，迎上她同样带着怒气的目光，他像是拿她没有办法一般，神色缓和下来。

她的嘴唇因为不悦而翘着，柏泽清看到了上面细小的伤口。

那是他带给她的伤口。

“你总是这样。”他在后视镜中望向她。

林颂音不知道今天自己为什么对他有这么大的火气，明明睡前把事情都想通了。

如果柏泽清今天不提那件事，她甚至觉得她也可以做到闭口不谈。

为什么柏泽清现在还要来管东管西？他搞不懂自己在干什么，还想把她的思路也搅乱吗？

“我哪样了？”她像是不习惯他突然变得温柔的语气，不耐烦地说完这句话，低下头看着手里的手机。

只是，她还在想着柏泽清说的“你回应我了”。

林颂音昨晚根本没留意自己的反应。其实就算她回应他了，那又怎么样呢？

是他主动地亲她的。

只是，现在柏泽清一提这件事，她的神经就莫名其妙地紧绷起来。

按照她的脾气，她如果讨厌那个吻，早就该推开他并且给他一巴掌了。

她没自己想象中的那么讨厌柏泽清，又或者说……她好像并不讨厌柏泽清。

对于这种认知，她其实一点儿也不惊讶。

林颂音现在更加确定了一件事——长久地和一个人捆绑在一起的确是危险的事。

前一段时间，她的生活里除了上课就是柏泽清和刘妈，现在她来到了国外，眼前竟然只有柏泽清一个人了。

这太危险了。

可能，这段时间里他确实把她照顾得太过妥帖，而她真的有点儿寂寞。

她是不是真的应该转移注意力呢？林颂音迷茫地看着手机。

柏泽清并没有转过头，看到她一直盯着手机看，只是散落的发丝挡住了她的眼睛，他不知道她在做什么。

她在回复那个人的消息吗？

这时，林颂音看到屏幕上又有了新的消息。

“地址是什么？如果你愿意，我明天给你带点儿这边的特产过去。”

林颂音看完信息，倏地抬起头，眼睛里透着茫然。

她下意识地望向后视镜，见柏泽清正望着她。

四目相对，这一次，林颂音没有问他在看什么。

林颂音只犹豫了一秒，开了口。

“可以问一下你家在里昂的地址是什么吗？”

柏泽清闻言，眯起了眼睛。

不准让他过来找你。

他在镜子中盯着她的眼睛，这句话几乎就要脱口而出。

但是最后，柏泽清艰难地移开了目光，闭紧了嘴巴。

难道他真要如她所说的那样做，管东管西以后还要管她的一切？

此刻及时管住自己，柏泽清至少还可以说服自己相信他做那些事只是为了易叔叔的嘱咐。

他的人生在此之前从未有过任何差错，就当那是他犯的唯一的一次错误。

柏泽清极力地克制着自己，才让自己的语调保持平静。

“地址是法语的，你听不懂。”他听得出他的嗓音有多艰涩。

林颂音闻言点点头，也没再执着地追问，低下头，不知道在想什么。

柏泽清坐在前面的驾驶座上，感受着此时躁动不安的情绪。

昨夜的雪下得很大，但还不够大。

如果雪下得再大一点儿，柏泽清竟产生了被困在这里也不错的想法。

他用双手紧握着方向盘，以为她会追问下去。

但林颂音没有问下去，也没有说任何话。

柏泽清安静地等待着，时间一分一秒地过去。

五分钟以后，他没有察觉到自己松了一口气。

如果她追问下去，他会怎么做？

他会告诉她地址，还是会做出什么事？

柏泽清沉默地看着前方的路。对于这个问题的答案，他一无所知。

雪天地滑，柏泽清把车开得很慢。

以往的车程不到五个小时，这一次，柏泽清将车开到里昂的家时，天色已黑。

林颂音一路上醒了又睡，在车停下的时候恰巧睁开了眼睛。

车里只开了一盏灯，光线昏暗，两个人的目光在仅有一点儿光亮的车内交汇，林颂音用余光看见窗外一片黑暗。

她没多想，问：“到你家了吗？”

柏泽清原本回头就是为了叫醒林颂音。他其实都没有想到，中午发生了那场争执以后，她还会主动地和他说话。

虽然，这好像一直都是他们之间的相处方式。

他们争执完以后，就不再提那件事，就像什么也没发生过一般。

只是他没想过，在那个吻以后，他们还可以如此相处。

柏泽清怔了怔后，心底因为她的主动开口产生了一丝微妙的兴奋。

他在高兴什么？柏泽清皱着眉头。

他克制着自己，没在面上把情绪表现出来，只是低低地“嗯”了一声。

林颂音几乎昏睡了整个白天，现在只感到无尽的饥饿。

坐在车上时，她一想到接下来还要住在柏泽清的房子里，只能选择将这些她不想厘清的细枝末节先丢到一边。

和柏泽清一起下车以后，林颂音看着眼前偌大的别墅，再一次感叹：她从前就知道柏泽清很有钱，现在只觉得他有钱的程度超出了她的想象。

“这里是郊区吗？看起来不会有外卖了。”林颂音环顾四周。

她甚至怀疑方圆几里地上除了面包店，连餐厅都不会有。

柏泽清开了门：“家里有食材，做饭很快。”

当下已经是晚上的八点，柏泽清提前联系了人来打扫卫生，又叫人准备了一些食物放进冰箱里。

两个人进门以后，柏泽清从鞋柜内找到两双新的棉拖鞋。

他将米色的那双拖鞋放到林颂音的脚边，林颂音在脱鞋，同时用目光打量着这栋房子。

柏泽清惊奇地发现，原来有人进入他的家中，并没有想象中的那么令他反感。

在决定带着林颂音来法国时，想到她可能会住进他在里昂的家里，柏泽清曾做了一晚上的心理建设。

从小，他就是这样。

如果两位兄长喜欢柏泽清不喜欢的玩具抑或是爸爸妈妈买给柏泽清的礼物，只要他们表达出喜欢，柏泽清就可以毫不犹豫地把东西送给他们。

但是，一旦别人碰了柏泽清自己选择的东西，哪怕只是看一眼，都会令他深感不快。

柏泽清知道，大概是因为他从小在港城长大，并没有和他们长久地生活在一起，即使是对亲兄弟，他也会有领地被侵犯的感觉。

他并不认为这是什么占有欲，这只是原则问题，他希望拥有不被打扰的空间。

柏泽清不喜欢自己居住的地方留下别人存在过的痕迹，所以连请保洁都只是一周请一次，并且是在他外出工作的时候请。

柏泽清承认自己很有边界感，对将自己的隐私暴露在别人的面前深恶痛绝。

但是这一次，他没有觉得不适。

林颂音换好拖鞋以后，指了指客厅，犹豫着问道："我可以开那边的灯吗？"

柏泽清点了点头，早就知道林颂音一定会好奇这里都有些什么家具。

她是好奇心很重的人。

如果没有昨晚的吻，或许她现在会绕着他转，问他一堆"这件家具很贵吗"之类的问题。

柏泽清皱起眉，发觉自己竟然有些怀念以前的她。

他站在原地，就这样看着她一步一步地踏进他的房子里。

林颂音只是随意地打量了两眼，本以为柏泽清的家一定会被装修得非常简约，然而事实上，这里很像他们住过的巴黎的酒店。

乍一看，装修似乎很简约，但是她走近仔细地看，觉得这里真是奢华呀。

林颂音看他开的车就知道，这个人很闷骚。

不过这一次，她忍住了冲动，没有发表太多观点。

柏泽清将自己的大衣挂好，见林颂音走了过来，看向她。

"如果有需要，你可以先洗一个澡，洗完澡吃饭。"他看着她说。

林颂音昨天坐了一天车，确实很想洗澡。

她站在原地想了想，问道："不用我帮忙洗洗菜吗？"

柏泽清摇头："我买来菜的时候就已经洗好它们了。"

"好，那我今晚睡哪一间屋？我把行李放过去。"

其实问出这句话的时候，林颂音觉得有些说不出的别扭，住在他家可能还不如住在酒店里自在，也不知道他是怎么想的……

柏泽清没说话，提上她的行李箱，将她带到一楼最里面的客房里。

这一间屋里有浴缸。

柏泽清推开房门，扬了扬下颌，示意林颂音进去。

林颂音还没走进房间里，就闻到了淡淡的花香味，看到床头柜上放着一个被点燃的香薰蜡烛。

大概是有人不久前点上了它。

林颂音还看到了床铺上的红色真丝睡裙。

她走上前，摸了摸裙身，触感丝滑柔软，裙子的长度很长，就是领口好像有些大。

"这件睡衣是给我买的？"她望向柏泽清，随口问道。

柏泽清这时才看到这件红色的睡裙，愣住了，迎上她的目光，解释道："这是 Monique 的品位。"

Monique 是这几年来一直为他打理这栋别墅的人。

如果换成他，他会给林颂音买一套睡衣。

林颂音"哦"了一声，发自内心地说："衣服挺好看的，就是我穿着它会不会冷啊？"

"房间里有暖气，你应该不会冷。"

柏泽清没再看那条红到扎眼的裙子，调了一下换气的功能。

走出房间前，柏泽清忽然回头："Monique 很喜欢香薰，习惯把香薰到处放。"

林颂音知道他在说今晚替他们准备这一切的人。他干吗突然说这件事？

“嗯？”

柏泽清不知道自己为什么要对她说这些话。

“她今年已经六十多岁了，嗅觉可能有些退化，你闻不惯味道就把香薰灯放到浴室里。”

林颂音看着他，眨了一下眼睛。

“知道了。”

因为还洗了头发，林颂音洗澡洗得有点儿久。

她换上自己的睡衣，在吹头发的时候第一次看向镜子。早上洗漱时，她因为着急走，根本没来得及照镜子。这一看，她吓得差点儿被手里的吹风机烫到皮肤。

林颂音再一次被动地回忆起昨晚的事，想到柏泽清，又开始生气了……

怪不得他今天看向她的表情那么奇怪。他应该是在心虚吧，把她的脖子搞成这样，还说讨厌她？

她好想出去和他吵一架，再踢他一脚……

林颂音粗暴地吹着头发，想到他就觉得难以理解，他的心理一定有毛病。

冷静，千万不要试图去理解他的行为……

林颂音将头发吹到半干的程度，又走了好长的路，才看到柏泽清正穿着藏青色的家居服在开放式的厨房里做菜。

他也洗了澡。

她在他的背后瞪了他一眼，下一秒就闻到了诱人的奶香味。

林颂音本能地走近，看到柏泽清正在用黄油煎牛排。

实在是太饿了，她连摆脸色的心情都没有了。

柏泽清听到了她的脚步声，没有回头，问：“你要几分熟的牛排？”

“九分。”林颂音害怕吃到带血的肉。

柏泽清的动作顿了顿，他低声说道：“七分熟吧，九分熟的肉会老。”

他难得用这种和她商量的语气说话，林颂音本来是没意见的，但一想起自己的脖子，忍不住小声回应道：“那你就不要问我呀。”

柏泽清依然只是低声说：“这一次试试看。”

说完，他指了指洗碗柜的方向。

“到那里拿一个盘子。”

将煎好的牛排递给林颂音后，柏泽清也走到餐桌前，端起他十分钟前榨好的果汁。

他将玻璃杯举到嘴边，却一口也没有喝果汁，不知道在想什么。

林颂音低头吃饭，吃得很认真，抽空瞟了他一眼。

迎上她的目光后，柏泽清放下杯子，状似寻常地出声问道：“明天下午两点有拍卖会，你要去吗？”

他知道之前带她去办理护照时，林颂音就已经回答过这个问题，表示对画不感兴趣。

林颂音也不知道柏泽清怎么又问起来这件事了，只当他是良心发现了，也许他不好意思让她一个人待在他的家里。

“不用了，你一个人去吧。”林颂音咽下嘴里的肉，“我没艺术细胞。比起去那里，我宁愿在房间里睡觉。”

柏泽清的目光在她的脸上逡巡。

她说她要睡觉。

她大概还是在倒时差。

柏泽清终于点了点头。

“那好。”

柏泽清不可避免地想起林颂音在车上说的话。

她说前男友要来找她，大概只是在惹他生气吧。

她一向如此，他越是不建议她做什么事，她越是要在口舌上逞能。

柏泽清想到这里，神情终于舒展开来。

当然，就算真有什么人来找她，那也是她的自由。

他不该将手伸得太长。

朋友而已。

柏泽清按捺住查看明天德国到里昂的航班信息的冲动，这些细节根本无关紧要。

林颂音刷完牙，将身上自己的睡衣换成了 Monique 准备的睡裙，躺到了床上。

她习惯性地打开手机，发现又收到了来自郑继宁的信息。

他问她法国下没下雪。

林颂音下午出于礼貌回了一条信息。

“我还没到里昂。”

后来，她就在车上睡觉了。再加上心里也有点儿乱，她没有再回复他。

其实，她看到他的这些信息，都说不清楚自己有什么感觉。

林颂音承认，在他追求自己的那两个月里，他给她的观感很不错。

他尊重她，不抠门儿，和她聊天时显得很有趣。

不然林颂音也不会答应和他在一起了。

但是现在……

林颂音不知道他这么想要见自己是为了什么事。

她倒没真觉得郑继宁对自己有多么旧情难忘，这一年里也没见他找过自己。

可能他只是难得遇到了一个在国内认识的人，想见她一面，也可能还是对她去年拒绝了他异地恋的要求有点儿不甘心吧。

林颂音其实很清醒。

她最后看着屏幕上的一堆信息，回了一条信息：

“我到里昂了。”

郑继宁回信息很快。

“我还没有去过里昂，不过知道那里是《小王子》的作者的家乡。”

林颂音不久前刚看完《小王子》，这还要归功于柏泽清非要让她看完书后写读后感。

她不想看字太多的书，只能挑一些童话故事来看。

“是吗？”

郑继宁原本只是随便地一提这件事，没想到林颂音会对此感兴趣。

“对呀，我的朋友说里昂的好多墙上都有《小王子》的图画。”

林颂音想：或许明天下午她可以一个人去看一看那些图画，正好没有事做。

“你明天还在里昂吧？”

“嗯。”

“那我去找你玩吧，正好明天没课。你拒绝我的话，我会伤心欲绝。”

林颂音下意识地想拒绝，并没有和前男友做朋友的欲望。但是，她听到门外的不远处传来了很沉稳的脚步声，陷入了犹豫中。

她盯着那扇早已被关上的门，咬住了嘴唇。

脚步声似乎停下了，林颂音垂下头，盯着手机屏幕，不知道自己在胡思乱想什么。

许久后，她看到自己回复了两个字。

“可以。”

柏泽清来到法国之后，作息并没有什么改变。

七点，他起床冲了一杯咖啡。

因为卧室就在林颂音房间的隔壁，他起身的动作很轻。

他想过要不要也给林颂音冲一杯咖啡，但她可能三个小时后才会醒来，并且显然不会喜欢这种苦涩的味道。

柏泽清想：他运动完以后，可以开车去几公里外的咖啡店里给她买热巧克力和甜点。

柏泽清在三楼的健身室里待了一个半小时，运动通常可以使他保持冷静。

最近来了法国，他似乎疏于运动了。

洗完澡以后，柏泽清下了楼。

整栋楼里没有一点儿声音，林颂音大概还没有醒。

柏泽清又在书房里工作了一会儿，将眼镜摘掉以后，按了按眉心。

他抬手看表，已经十点了。

柏泽清洗了洗手后走出房间。

林颂音该起床了。

柏泽清站在她的房间门口，屋内还是一点儿动静都没有。

柏泽清几乎以为她又出门了。

终于，他听到屋内传来一阵呢喃声。

林颂音醒了。

柏泽清倚靠在墙壁上，在原地待了半分钟，拿出手机。

“你中午想吃什么？”

柏泽清也不明白为什么她明明和他只有一墙之隔，自己却站在门外给她发信息。

下一秒，他听到林颂音在屋内嘟囔：

“吃什么？我也不知道哇。”

柏泽清就站在门外，静静地听着屋内传来的琐碎的声音。

他低下头，不自觉地勾了勾唇角。

十点半，林颂音洗漱完，换好衣服出来，见柏泽清也已经换上了外出的衣服。

“我们出去吃饭吗？”她问。

“嗯，雪已经化了。”

市中心距离别墅大约有四公里，柏泽清准备开车去一家已经预订好的餐厅里吃饭。

雪后初霁，他开车没多久，林颂音就看到街道上有许多商贩在卖奶酪和各种自制的食物。

很快，林颂音真的看到了有《小王子》的图画的墙。

这其实不是林颂音第一次和柏泽清一起吃饭。昨晚她是一个人吃饭的，但上一次柏泽清带她去补办身份证，因为下午还要申请护照，所以两个人中午一起吃了饭。

神奇的是，今天两个人相当安静地吃完了一顿精致的法餐，上一次也是。

上一次大概是因为柏泽清不小心看了林颂音小时候的作文，所以他们吃饭的时候，气氛仍然不太自然。

柏泽清买完单后出来，就看到林颂音站在广场的中间，她正被一群鸽子围着。

她拿着一小块刚刚在餐厅里没吃完的面包干，不时地揪一些碎屑丢到地上，周围的鸽子不怕人，拖着肉嘟嘟的身体在她的脚边啄食面包屑。

柏泽清站在原地看了一会儿，才走上前。

“你想在这里转一转，还是想回去？”他问道。

林颂音知道他应该快要去拍卖会的现场了，用手挡住阳光，说：“我现在回去睡午觉也行。”

吃饱以后，她好像确实困了。

她的生物钟因为时差似乎变得有些乱。

“好。”

只是，将林颂音送回别墅以后，柏泽清将大衣抱在怀里，迟迟没有离开。

林颂音换好拖鞋，就看到柏泽清还跟门神似的站在她的身后。

他见她望过来，目光变得深沉。

“我要去参加拍卖会了。”他说。

她不解地看向他：“我知道哇。”

柏泽清站在她的面前，忍住了嘱咐她下午不要乱跑的冲动。

拍卖会不会持续太久，他想：如果拍卖会进展得足够顺利，他四点前就能回来了。

林颂音毕竟是他的客人，他再怎么要和她保持距离，也不应该就这样把她放在家里不管。

他拍到想要的画立刻回来就好。

那时，林颂音可能还在睡觉。

林颂音说想睡午觉，真的躺到床上时，却发现自己并没有睡意。

她玩手机不知道玩了多久，终于觉得有点儿困了。

这间卧室里有落地窗，温暖的阳光直直地照进来，洒在她的身上，让她打起了瞌睡。

这一睡，她就睡了好久。

被子下传来一阵阵振动，林颂音恍惚间惊醒，只当是柏泽清又打电话过来了。

没想到，郑继宁给她打了一个语音电话，发来了他的实时地址。

林颂音握着手机，一眼就看到了地址上的“Lyon（里昂）”，蒙了。

他真来了？！

虽然林颂音昨晚同意他过来找她玩，但是她没想到一觉睡醒后郑继宁真的从柏林过来了，而且他竟然已经到了里昂。

她正发着呆，郑继宁再一次打过来语音电话。

这时，二十公里外的柏泽清正在拍卖行等待爱德华·马奈的画作。

柏泽清向来追求效率，一开始就以高出估价百万欧元的价格竞价。然而因为种种原因，他还是耽误了不短的时间。

他回到家时，天光已经逐渐暗淡，他从车内可以看到远处的红霞。

在里昂的冬日里，下午五点半就会迎来日落。

只是柏泽清还没将车停下，就看到别墅的花园里站着林颂音。

那里不止她一个人。

就在她的面前，站着一个穿着黑色夹克的年轻男人。

大概是柏泽清刹车的动静有些大，不远处的两个人同时回头看向他。

柏泽清不记得自己请过什么维修人员，那么现在，出现在他家的花园里的男人是为谁而来就显而易见了。

柏泽清的嘴唇抿得很紧，林颂音竟然真的让人过来找她？而且，她还把人带回了他的地方，这完全侵犯了他的隐私。

柏泽清沉着一张脸下了车，神色清冷地走进花园里，站在两个人的面前。

柏泽清下车的时候，林颂音的心里掠过一种莫名其妙的情绪，但是很快，她表情如常，没有一点儿尴尬。

她落落大方地指着柏泽清，甚至对郑继宁露出了一个俏皮的笑容："我介绍一下，这就是我跟你说的我的监护人。"

说完，她又看向柏泽清，很平静地迎上他的目光："这是来里昂找我玩的朋友，郑继宁。"

郑继宁将给林颂音带的礼物放到花园里的桌子上，对柏泽清伸出手。

柏泽清却全然忽视了郑继宁的示好。走进花园以后，他就倨傲得像眼里没有这个人。

空气中弥漫着无法言说的紧张气氛。

柏泽清居高临下地看着林颂音，终于问出声："你晚上要出去？"

郑继宁只比林颂音大一岁，还在上学，面对已经进入社会的柏泽清多少有些不自在。

他只知道柏泽清是这栋房子的主人，以为柏泽清可能是林颂音的什么远房亲戚。对于柏泽清冷漠的态度，郑继宁只以为柏泽清作为林颂音的长辈对自己的第一印象不太好。

见林颂音没说话，郑继宁主动地开口道："我是打算带颂音去吃一顿晚饭，我们很久没见面了，不过你不用担心，我不会很晚送她回来的。"

柏泽清恍若未闻，目光锐利地盯着林颂音："你要和他一起出去？"

林颂音终于点了一下头，"嗯"了一声，随后看向郑继宁："我换一套衣服就可以走了。"

柏泽清深吸一口气，随后看都不看两个人，压抑着声音说："你跟我进来一下。"

说完，柏泽清将身上的大衣脱下。

进门以后，他直接将大衣丢在客厅里的沙发上。

林颂音刚刚下去见郑继宁，直接在睡衣的外面套了一件长羽绒服。她并没有理柏泽清，直接朝她自己的房间走去。

柏泽清看着她一步未停的身影，感到前所未有的恼火。

林颂音没有关卧室的门，这一次，站在门外的柏泽清再也无暇顾及这是她的卧室，径直走了进去。

这本来就是他的家。

林颂音听到他的动静时，刚脱掉身上的羽绒服，柏泽清这时才看到她就穿着那件红色的真丝睡裙。

他无比烦躁地松了松领带，低声问道："你刚刚就穿这件衣服出门？"

林颂音像看神经病一样回头看了他一眼，说："对不起，我没时间去附近的教堂里找修女借一件修女袍，不然即使穿羽绒服也会在里面全副武装地包裹好自己。"

见柏泽清依然带着那副神情，她说："我真是不能理解我到底做了什么事，让你这么生气。你不觉得你刚刚对我朋友的态度很不友好吗？"

柏泽清闻言，心口被刺了一下。

他冷声说道："你将一个陌生的男人带进我的家里，我难道要高兴？"

林颂音听到他的这句话几乎笑出来了，说："你少冤枉我，我知道这是你家，我只是和他在花园里说话，并没有让他进来！"

说到这里，林颂音一脸讥讽地看着柏泽清：“而且，你不记得了吗？来里昂的路上，是你亲口说我可以邀请朋友来这里玩的。”

柏泽清脸色阴郁地说：“你当时没有说你的朋友是男人。”

林颂音“哈”地笑了一声。

“男人？男人不是人吗？因为有男人来找我，”她的眼神在柏泽清的身上流转，“所以你嫉妒了吗？”

嫉妒？柏泽清的喉咙发紧。

“嫉妒？我嫉妒他什么？”他不知道胸膛里的火气来自哪里。

林颂音也不知道。她不会忘记柏泽清说他讨厌她，但他现在又表现出这副模样……她一点儿也不想为他费心了。

她挑衅地看着柏泽清：“嫉妒他比你年轻啊。”

柏泽清盯着她那翘起的红唇，嘲讽地点了点头。

“嗯，我嫉妒他没有头脑到翘课来找女人，嫉妒他穿着一身愚蠢的衣服来引诱你。”

“愚蠢吗？我不觉得。”林颂音冲柏泽清眨了眨眼睛，“我挺喜欢他的衣服的。”

林颂音看到柏泽清抿紧的嘴唇和起伏的胸膛，他现在很愤怒，她又让他生气了，而且他气得不轻。

她应该感到快乐的，但现在的心情无比复杂。

“你到底出不出去？我要换衣服了。”她瞪向他。

柏泽清一言不发地盯着她。许久后，他像是恢复了平静一般，目光落在她的脖颈处。

柏泽清盯着那里，眼里一片漆黑。

忽然，他意有所指地说：“你如果非要出去，可能要穿上高领的毛衣。”

林颂音下意识地看向侧面的镜子，一眼就看到了脖子上的红痕。

她恨恨地抬头看向柏泽清，他还敢提这件事？再开口时，她却露出一个暧昧的微笑。

“谢谢你的提醒。不过没事的。”

柏泽清再看向林颂音的脖颈，现在，那里的痕迹仿佛一道又一道绳索，狠狠地勒住了他的脖子。

柏泽清双眼猩红地盯着那里，红痕已经变深、变得逐渐暗淡。或许今晚它们会被新鲜的印记所覆盖，印记会鲜红得就像她此时此刻穿着的红色睡裙。

混乱的想象让他的内心里升腾起疯狂的躁动，耳边林颂音的声音还在继续响着。

“好了，你可以出去了。”

“嘘。”柏泽清轻轻地把拇指压在她翘起的唇瓣上，自欺欺人地觉得这样就不必再听那些他不想听的话语。

林颂音不知道他又想干什么，呼吸变得急促，但她还是拨开了他的手。

“你不要老是对我动手动脚。”林颂音别过脸，不想再被他的气息笼罩住。她不会再让他影响自己了。

“他还在下面等——”

下一秒，柏泽清猛地俯下身，堵住了她的嘴唇。

终于，世界安静了。

至少这一秒，他不用再感到困扰了。

柏泽清吻得林颂音膝盖发软。

不知道该如何招架的感觉又冒了上来。

他不知道什么时候又用右手捏住了她的脖子，林颂音感觉到掌下的肌肤敏感地战栗起来。

林颂音在这一刻终于意识到，可能柏泽清的身体真的对自己有吸引力。

但这绝不是她的错，她只是一个会有欲望的人，如果不是柏泽清一次又一次地凑到她的面前，她根本什么都不会对他做。

她已经决定转移注意力了。

柏泽清仍然疾风骤雨般吻着她，林颂音试图吸一口气，想要把眼前的这个专横地吻着自己的人推开。

他这是亲她亲上瘾了吗？

只是，她刚表露出拒绝的意思，柏泽清仍旧闭着眼睛，箍住她的脖子的手却收紧了。他一把将她拉近，把她抱得更紧。

林颂音愤怒而无措地听着柏泽清的心跳声，她的呼吸也已经尽数地被他搅乱。

她明明早就警告过他的，他不是说讨厌她吗？

她已经准备躲开他了，他竟然还敢这样做？

这段时间里纷杂的情愫促使她粗暴地将手插进柏泽清的头发里。

她拽着他的发丝，报复性地咬住柏泽清的嘴唇。

刹那间，吻已经不再是吻，更像是咬。

嘴唇被林颂音咬住的一瞬间，柏泽清就品尝到了口腔内的血腥气。

唇上传来钝痛时，柏泽清竟然感觉到一阵安宁。

至少，现在被她这样对待的人是他，不是别人。

钝痛竟然在此刻成了安抚他的止痛剂。

柏泽清偏了偏头，内心安定地承受着林颂音的发泄……

两个人就这样不知道吻了多久，久到他们的呼吸早已乱到不分彼此。林颂音觉得下一秒就要窒息，终于气喘吁吁地将同样呼吸艰难的柏泽清推开。

她将头靠在柏泽清的胸口前，艰难地喘息着。

再抬起头，她迎上了柏泽清晦涩的目光。

她还没来得及说话，就看见他对她伸出手，他将拇指的指腹贴在她早已被吻肿的唇瓣上，轻轻地、一下又一下地揉捻着她的唇。

林颂音感觉到已经麻木的嘴唇又像过了电一般战栗起来。

她将脸扭开，从柏泽清沾着血丝的唇上挪开视线。她知道自己刚刚咬他的力道要比上次他咬她的力道大多了，但这次是他活该。

再开口时，林颂音仍然费力地喘着气。

“这次是为什么呢？”她都不知道该用什么样的态度对待他了，他这样做又是因为她很吵吗？她有些无力地开口：“你难道没发现吗？我今天都没怎么和你说话了，你不来打扰我，我已经打算去吵别人了。”

柏泽清恍若未闻地再次抬手，用指节摩挲着她带着印记的颈部肌肤。

“你要和谁吵？外面的那个男人吗？”他的声音听起来有些沙哑，透着意味不明的情绪。

林颂音闻言瞪着他，他就非要用手碰她吗？眼底因为长时间的吻所泛起的潮气还没有消失，她想推开他，把他推得远远的，但柏泽清毫无知觉，像是一堵墙一般堵在她的面前。

“不可以吗？就算我想做别的事，那也是我的自由。我今年是二十二岁，不是十二岁，不是所有人都和你一样无欲无求。”林颂音感受着颈部的灼热感，忍住了瑟缩的冲动，忽然说道，“不，你根本不是无欲无求。”

柏泽清只是静静地注视着她，并没有说话。

“你为什么不说话？你如果对女人没有欲望，为什么总是要亲我？”林颂音最讨厌他这样缄默不语，就好像自己在演一出独角戏，说，“你不是讨厌我吗？这就是你讨厌别人的方式吗？”

柏泽清盯着她带着怒气的脸，很想回答：是的，我讨厌你。

但是他说不出口。

他为什么亲她？

柏泽清其实一点儿也不清楚。

在有意识的时候，他已经这样做了。

柏泽清只知道自己不想看到她跟着那个男人离开。

他答非所问地出声询问：“你为什么一定要跟着他离开？”

林颂音难以理解地看着他。

“那是我的事，我说了，这里是法国，我想做什么是我的自由。等回到江市，我会继续做一个听话的花瓶的。”她顿了顿，心里的那点儿小火苗再次因为他没完没了的纠缠燃了起来。

她嘲讽地问："你是害怕我和别的男人接触的事被易竞知道，所以宁愿牺牲自己，跟我私下解决问题吗？"

柏泽清听着她说话。

他想说：不。

柏泽清也想不通自己面对眼前的这个人时为什么总会有这般无法掌控的欲望。

但柏泽清知道，这一定不是爱。

他认识林颂音不过半个月。此前的二十五年的人生里，他不曾对任何人产生过爱意。

现在，他又怎么可能在短短的半个月里爱上她？

柏泽清陷入了混沌的泥沼中，这只是人类最低等的欲望，不是爱。

"你那天不该在墓园里吻我的。"他目光灼灼地凝视着林颂音，脱口而出。

他想：一定是那个吻毁掉了他，那个不在他的计划内的吻成了他平稳的人生中的第一道裂痕。

但裂痕就只是裂痕。

她说回到江市后就会继续扮演守规矩的花瓶，那么到时候，他擦拭花瓶、每日为瓶内的花浇水的任务也将彻底结束。

柏泽清失神地想着，低下头，垂眸在那些暗淡的红印上落下一个吻。

到了那时，这种不受控制的感觉也将消失，他的生活会恢复从前的无波无澜。

一切都会恢复如常的。

"你知道自己现在在做什么吗？你是不是想让我打你？"林颂音感受着颈间的温热，忽然戒备地退后一步，紧握双手，靠着落地窗站着。

"别和他出去。"他说。

"我为什么要听你的？"

柏泽清走近她，步步紧逼，充满压迫感的目光落在她的脸上。

“别跟他出去了。”他重复道。

“可是他在等我。”因为他的逼近，林颂音的脑海内早已乱成了一片。她刚刚不应该只咬他的，应该狠狠地抽他一巴掌。

她看向他，胡言乱语地刺激他：“所以你现在是想干吗？”

柏泽清站在落地窗边，目光不经意地落在楼下的花园内。

那个穿着黑夹克的年轻男人大概是在焦急地等待林颂音，现下正四处打量着别墅内开灯的房间。

同一时间，他们的目光在空中相遇。

柏泽清就这样用幽黯的目光注视着对方，迎上对方那忽然变得迷惑的目光后，忽然拉起林颂音同样绷得很紧的手。

林颂音只感觉到自己的手被柏泽清的手不容拒绝地包住。

他拉着她的手覆在他的脸上。

柏泽清看向她，沉着嗓子说：“你还是打我吧。”

林颂音一脸迷惑地瞪着他，想抽回自己的手，听到他继续说：“我不会让你跟他走。”

第七章

他在等我

柏泽清不知道是在对她说话，还是在说服自己："等到我不用管你了，你想做什么都随便。"

林颂音就像看一个疯子一般看着他："所以，你现在真打算为了不让我跟别人做什么事，先跟我……你对我有想法？"

"你不打我吗？"柏泽清松开她的手，低垂视线，沉默着将她身后的窗帘拉上，"可能吧。"

接下来，柏泽清说出了林颂音这辈子都想不到会从他的口中吐出的话。

他说出了四个字。

林颂音张着嘴，愤怒、震惊和各种情绪让她半天一个字也没说出来。

他说他想干什么？

窗帘将屋外的晚霞和视线遮住，柏泽清的目光落在林颂音的脸上，他看起来痛苦而挣扎。

柏泽清低下头，在她的脖颈处又落下一个无声的吻。

绅士原来只是他的伪装。

林颂音几乎僵在原地了。

"你说过你讨厌我。"她说。

"嗯，我说过。你不是也讨厌我？"柏泽清的声音很暗哑，他顿了顿，不知道自己在等待什么，但是林颂音什么也没有说。

他在红印处一下一下地啄吻着，终于满意地听到林颂音从鼻腔中发出细小的嘤咛。

柏泽清的吻逐渐向下移动，林颂音因为肌肤上的触感而颤抖了一下。她即便握紧了双手，也难以抵抗身体的感觉。

“你不要亲……”

“你先开始这样做的，林颂音。”柏泽清捏着林颂音的下颌，不管不顾地倾身，好让嘴唇触碰到更多地方。

“你喝醉的那晚就是这样对我的。你都不记得了。”他声音低沉地说着这些话。

现在，他只是把待遇还给她。

都是她先开始这样做的。

林颂音早已无力，说：“你胡说。你现在就是仗着我不记得了，在这里冤枉我。”

她不自觉地站直了，柏泽清说的话可能是对的，她同意郑继宁来找她只是为了转移注意力。其实她什么也没想好。

可是，是不是这样做也是一种逃避呢？对她来说，柏泽清重要到了她需要逃避的程度吗？

不，他没有那么重要。

她不该将他特殊化的，她从来不是拿不起放不下的人。

现在，既然柏泽清也想要她，那她为什么要拒绝呢？

在这个浪漫的国度，他们都糊涂了。

林颂音想：他那么爱对她指手画脚，整天颐指气使的，她回到江市后，肯定又会讨厌他了。

到时候，她只会想踹他一脚，怎么会想要亲他？！

不对，一定不用等她回到江市——过两天，她就会烦他了。

这样想着，林颂音真是理解不了这段时间里自己到底在纠结什么。

林颂音在令她感到酥麻的吻里逐渐迷失了，就这样吧。

氛围因为这个变质的吻变得暧昧起来，远处的门铃却在这时忽然响起。

林颂音听到大门外的声音，忽然睁开了迷离的双眼。

眼里短暂地恢复了清明，她慌张地抓住柏泽清箍在她腰间的手。

“等一下，有人在按门铃。”她不知道自己原来也可以发出这样的声音。

糟糕，她几乎忘记了郑继宁还在外面等她……

让一个男人在外面等，却在一墙之隔的屋内和另一个男人纠缠，她怎么能干出这样的事？

柏泽清到底在做什么？他怎么能也这样带着她胡闹？

林颂音知道自己很有可能会和柏泽清做点儿什么事。

但是，不该是现在。

一定不是现在。

林颂音瘫软地往墙上靠，就看见柏泽清终于离开了她的身体。

身体里传来一秒钟的空虚，林颂音深吸一口气，思考着一会儿下去该和郑继宁说什么话。

她用涣散的目光盯着柏泽清，他知不知道他现在带给了她一个很大的麻烦？

只是，林颂音的背还没离开落地窗，柏泽清就用右手挑起林颂音的红色真丝睡衣。

“现在不行，你别这样。”

“为什么？”柏泽清轻而易举地将她控制住，他的目光幽深，里面有极为复杂的情绪。

林颂音还没来得及说话，就低头看到了他的手。

很快，林颂音不由自主地僵在原地……

柏泽清平常一本正经的，现在怎么能这么疯？

林颂音轻咳了一声，想起身倒一杯水。

结果，她刚准备起来，就发现有一双手压在了自己的小腹处。

她睁开眼已经有半分钟，竟然对此毫无知觉。

借着从窗帘的缝隙里透进来的淡淡月光，林颂音才看到柏泽清的手臂就放在她的身上。

她侧过脸，看到他正侧躺在自己的身边。

场面真是诡异呀。

但林颂音想：现在的场面再诡异，能有柏泽清不久前对着她做这做那诡异吗？

柏泽清这时也睁开了眼睛。

通常来说，在周围传来一点儿动静时，柏泽清就该醒的。

但是这几天，他睡得太少了。

直到林颂音起身，他才睁开了眼睛。

他的双眼里有些红血丝。

他感知到林颂音的动作后，胳膊不自知地用了点儿力。

“喂，你压到我了。”

这应该是一句指责的话，但林颂音没有听到想象中该有的语气。她甚至觉得自己的语气听起来很寻常。

语气里就只有一丁点儿的别扭，毕竟她现在可是和柏泽清睡在了一张床上。

昏暗的光线里，柏泽清盯着她，忽然开口：“你要去找他吗？他早就走了。”

他说第二句话时的语气可以称得上阴鸷。

林颂音半晌没反应过来柏泽清说的“他”是谁，想了半天才“啊”了一声。

天哪，她竟然就这样放了郑继宁鸽子……

她摸了摸桌上的手机，发现自己其实并没有太多愧疚的心理。

林颂音就算懊恼，似乎也没有因为辜负了郑继宁而懊恼。

毕竟他们这次的相约大概是“各怀鬼胎”。

打开手机以后，林颂音一眼就看到自己被郑继宁拉黑了。

她竟然在心里松了一口气。

“哦。”她回应道。

郑继宁走就走了吧。

她试图将肚子上柏泽清的手拿开，柏泽清却依然把手压在那里。

“所以，你现在是要去找他吗？”他问，瞳孔在黑暗里看起来更加深邃。

林颂音莫名其妙地看着他，半晌才歪着头问：“我在你的眼里竟然是这么深情的人吗？”

都到这时候了，她还要去找男人解释？

何况她有什么好解释的呢？

她难道要说“不好意思，因为刚刚有一个男人引诱我，所以我犯了全天下的女人都会犯的错误”？

柏泽清压在她身上的手终于放松了一点儿。

“那你要做什么？”

“我是想起来喝水！”林颂音回答道，“你不让我动，那就去倒水呀。”

柏泽清这时才发现，她的嗓音确实有些哑。

两个人的目光交会，他们都知道这是为什么。

几乎是在同一时间，他们默契地挪开了目光。

柏泽清抬手，打开了身旁的一盏台灯，光线并不刺眼。

他终于找到了自己的眼镜。

柏泽清戴上眼镜后坐起身：“你命令我做事，那就用好点儿的语气。”

林颂音正好不想下床，小声嘟囔道：“这就叫命令了吗？你平常让我做这做那的更过分。”

这一次，柏泽清没说话，只是回头看了她一眼，但林颂音根本不懂镜片后的目光是什么意思。

他衣衫完整地下了床。

林颂音看着柏泽清的背影，才意识到今晚他连一件衣服都没脱。

而她身上的睡裙早就被他揉皱了。

他真是连做这样的事都衣冠楚楚的。

几分钟后，柏泽清将水杯拿过来，林颂音看见里面只有半杯水。

“晚上喝太多的水不好。”他迎上她的目光后解释道。

林颂音喝完水后，见柏泽清还在她的房间里站着。

“你不回自己的房间吗？”林颂音不懂他了。

“隔壁的屋刚开暖气，我等会儿再回去。”柏泽清注视着她，不知道自己在说什么。

他在说谎。

但是，他刚刚已经在这儿睡了那么久，再睡一会儿好像也没什么。而且，这里本来就是他的家，这是他的床。

“可是，你睡在这儿的话，衣服会刺到我。”

她刚刚低头看到胸口好像被他的衣服磨红了。

柏泽清在她的目光中，一言不发地将身上的西装脱掉，最后只留下裤子和一件白色的衬衫，躺到了她的身边。

他将眼镜依然放在刚刚的位置：“那就这样睡。”

林颂音不知道柏泽清躺到身边以后，自己是什么时候睡着的。

在阳光透过窗帘的间隙照向她的眼皮前，林颂音已经感觉到了身旁难以忽视的动静。

多年来形成的防备意识让她在睡梦中怀疑家里进了贼，她费力地睁开眼后，就看到说等暖气运行起来就回去的柏泽清还在这张床上。

柏泽清已经坐起身，正在拿桌上的眼镜。

他身上的白衬衣经过一夜的睡眠，早已不复平常的整洁。

林颂音把脸皱成一团：“你怎么起得这么早？都把我吵醒了。”

林颂音不懂他怎么出国度假还非要起得这么早。特别是他昨晚也算是做了半天的体力活儿，难道不累吗？

柏泽清没有想到，自己再睁开眼时已经过了九点。

自有记忆以来，他好像从没在这样的时间点起床过。

他知道林颂音有起床气，她以前刚醒来就见到他，说话的时候会蹙着眉头，半睁着眼睛，仰着下颌，像是在努力地透过眼睛的缝打量他，又像是根本不想看清他。

她半眯着眼睛的样子，又让他想起了昨晚的情景。

昨晚，她似乎也带着这样的表情。

他极力地将自己的视线从她的脸上挪开。

“现在已经过了九点，你应该起床吃早餐。”

林颂音知道吃早餐的重要性，只是在这种年纪里还做不到为早餐牺牲美好的睡眠罢了。

她一下子拽起被子蒙住头顶，像小时候生病时躲避妈妈喂过来的药。

“要吃你去吃。你现在还在我的床上呢，可不可以不要教育我？”

柏泽清因为她的这副神情，就这样愣在原地。

半晌，他才沉沉地开口：“首先，这不是教育。”

“然后呢，你要说这张床是你的？”她的声音从被子里传来，听起来闷闷的。

林颂音其实也不知道自己为什么这么爱和他抬杠，这可能是因为他老是对着她唠叨……

他还睡在她的旁边，就又端起监护人的架子了。

这一次，柏泽清没有说下去。

“总之，这不是教育。”

柏泽清侧过身，不露痕迹地将手插进自己的口袋里。

“现在已经不算早晨了。”

林颂音冲他皱了皱鼻子，真无趣，他现在又开始装作一本正经了。

“你怎么又开始念念念的？”

柏泽清注视着她，很想问：你现在对我皱着鼻子，是知道自己这样做很可爱吗?

但是他没有问。

因为柏泽清从不问知道答案的事。

等柏泽清离开卧室，林颂音才瘫在了自己的床上——哦不，是柏泽清的床上。

林颂音洗漱完以后，换上了衣柜里的另一套红色睡衣。

她趿拉着拖鞋走出走廊，还以为柏泽清会带她出门吃饭。

没想到，他穿着同款的睡衣站在厨房里。

不过，他身上的睡衣是藏青色的。

柏泽清把饭菜做得很简单，林颂音本来想问他需不需要她的帮忙，只是，柏泽清并没有看她，就将旁边的一杯榨好的淡绿色果汁往她的方向推了推。

“这不会是黄瓜汁吧？芹菜汁？”林颂音承认自己的表情看起来有些抗拒。

柏泽清说：“牛油果香蕉奶昔。”

“好喝吗?”

“可以尝一下。”

“哦。”

林颂音尝了一口奶昔，发现它并不难喝，就站在他的身边有一口没一口地把它喝完了。

柏泽清烤了牛肉薄饼，将沙拉拌好后，又做了龙虾奶油意面。

煮好意面以后，柏泽清对她伸手：“盘子。”

林颂音走到一旁的碗柜边拿出一个比巴掌大一点儿的盘子，这已经是那里面最大的盘子了。

“这个盘子行吗？”

“再大一点儿，大的盘子在柜子下。”

“哦。”

十一点钟，两个人开始在餐桌上吃早午餐。

吃这顿饭时，他们依旧没有说什么话。

只有一次，林颂音的嘴角上沾到了意面上的奶油，她本来下意识地想直接舔掉奶油，结果不经意地看了一眼柏泽清。

柏泽清这时也看向她。

他依旧慢条斯理地咀嚼着沙拉中的芦笋，迎上她的目光，将身边的纸巾盒推向她。

林颂音拿过纸巾以后，条件反射般地问："你在这里不用手帕了吗？"

柏泽清怔了怔，不知怎么忽然笑了一下。

"睡衣里没有手帕。"他问，"你想用手帕？"

林颂音连忙摇头："我不用手帕，就是随便问一下。"

"嗯。"

林颂音从前在家里吃饭总是很快，这次，不知道是不是因为柏泽清吃饭总是不疾不徐的，她也被他影响了。

这顿饭，两个人一吃就吃到了十二点半。

吃完饭以后，林颂音自然而然地将空盘子放进了水池里。

"我可以做点儿什么吗？"这次，她问出了声。

柏泽清摇头："有洗碗机，不用。"

但是他也没有让她回房休息。

林颂音住进他家两天了，好像什么事也没做过。

今天这顿饭又都是柏泽清做的，她现在就回房间里休息好像也不太好。

于是，她选择贴着厨房的墙站着消食。

柏泽清将盘子一个一个地放进洗碗机里，突然侧头看过来，就看到林颂音靠墙站在那里，不知道她是在发呆还是在干什么。

"你怎么不回房间？"他低声询问。

林颂音想了想后，回答道："消食，你找的那个形体老师说吃完饭以后靠墙站半个小时很好。”

柏泽清静静地听着，嘴角噙着很淡的笑容：“老师这么说？也包括你现在歪歪扭扭的站姿吗？”

林颂音感觉他又要开始教育她了。

她顿了顿，忽然指着墙壁上的一处地方，尖叫了出来。

“啊啊啊，壁虎！”

盘子瞬间被丢进水池里，发出了“砰”的一声。

柏泽清两步跨到她的身边，因为手心里还沾着水，所以他只是用手臂环住她，将她揽进了自己的怀里。

这几乎是发生在两秒以内的事。

柏泽清垂眸，就看到林颂音正睁大眼睛盯着自己。

她不说话，也没有什么别的反应，柏泽清以为她是被壁虎吓傻了。

他用干燥的手在她的背上安抚性地轻抚。

他低下头，靠近她。

“什么都没有。”柏泽清在她的耳边耳语，“而且我在这里，你为什么要害怕？”

他的声音轻柔到他自己都难以置信。

林颂音就这样被他搂在怀里，呆呆地仰头注视着他，半晌才错开目光，从他的怀抱中挣脱。

她别扭地轻咳了一声，露出一个不太自然的笑容。

“你们男人果然就吃这一套。”她耸了耸肩，“不过，我才不怕这些东西呢。”

她语气轻快地说：“你家一看就没有好吃的，这只壁虎比常驻我家的那只瘦多了。”

但是柏泽清没有做出任何回应。

其实，林颂音刚刚只是以为柏泽清又要开始指手画脚，所以故意吓唬他一下。

她根本没有想到柏泽清会有这样的反应。

她以为他会呵斥她，他会让她小声一点儿，又或者会嘲笑她这么大的人连壁虎都害怕。

柏泽清审视地盯着她看，不知道在想什么，半晌才开口："这里确实没有什么吃的。"

林颂音"哦"了一声，打了一个哈欠："我好像困了。如果没有我能帮的忙的话，那我回房间了。"

柏泽清的目光没有从她的身上移开过。

"嗯。"

回到房间里后，林颂音想起久远的儿时。

那时候她连蟑螂都害怕。

每次在厨房里看到蟑螂时，她都会尖叫到妈妈吼她。

有时候林颂音叫得太大声，妈妈还会问她怎么这么矫情。

后来，等到姥姥也没了，家里的壁虎似乎是空间里唯一的活物了。

刚刚，她有那么一瞬间忽然想：可能，如果那时的自己拥有这个拥抱，会很好吧。

因为，拥抱真的有点儿温暖。

只是，她已经长大了。

林颂音真的早就不害怕壁虎了。

这几天，林颂音花了太多的时间睡觉，这天中午自然怎么也没能睡着。

她躺在昨晚被柏泽清霸占了一半的床上，漫无目的地刷着手机。

不过，虽说床是被他霸占了一半，但林颂音承认这句话里存在夸张的成分。

柏泽清的睡相实在是太好了，他从头到尾就保持着一种姿势，毫无越界的意思。

昨晚，柏泽清穿着白衬衫躺在自己的身边时，林颂音还以为他们会就"接下来的生活"这个话题聊上那么一会儿。

但是他们没有聊天，柏泽清躺下以后，将手臂放在他们一同盖的被子外，一句话也没有说。

林颂音只能听到他有节奏的、很轻的呼吸，他的呼吸和几个小时前急促又粗重的气息全然不同。

那时，他的手背上的青筋凸起，但是他睡在她的身侧时，一切看起来都是这么平静。

这是他们第一次同床共枕，林颂音以为自己可能会睡不着。但事实上，没过多久，她就感受着耳边低缓的呼吸和身旁隐隐传来的熨帖的温度睡着了。

如果睡得不那么好，她现在也不至于躺在床上玩手机。

不知道是不是因为大数据检测到了林颂音现在身在法国，只要她一打开软件，推荐的动态就都是与法国相关的。

她看到有留学生在推荐法国人冬日里常吃的奶酪火锅。

林颂音一张张地刷着图片，心动得不行，就这样看人介绍食物看了快两个小时。

下午五点，林颂音在床上伸了一个懒腰，听到了屋外由远及近的脚步声。

中午突然发生的壁虎事件早已被她忘了，她想问问柏泽清晚上怎么吃饭，下床刚推开门，就看到柏泽清正站在他房间的门口。

他像是也忘记了中午的小插曲，看到林颂音出来，神情自然。

“要不要出去？”

林颂音难得出国一次。就算外面天寒地冻还不时地飘着雪花，她也不愿意一直待在室内。

“要！”说完，林颂音才问，“但是去哪里呢？”

“去超市里买点儿食材。”

林颂音“哦”了一声，问：“外面冷吗？我要穿什么衣服？”

柏泽清思考了两秒后说：“随意。”

反正他开车，车里有暖气，超市里也有。

林颂音换上自己的白色呢子大衣，出来时就看到柏泽清也已经换上了外出穿的衣服，他穿着白色的防风服，正在一楼的储物间里找东西。

“你在找什么？”林颂音盯着他身上的衣服，不知怎么想到了小时候他们唯一的一次碰面，那次他好像也是穿着白色的防风服。

只不过林颂音被易竞的私人助理找回来以后，每一次见到柏泽清时，他好像都穿着深色系的外套，她都开始怀疑自己的记忆了。

“袋子。”柏泽清终于找到了两个似乎是尼龙材质的大袋子。

林颂音不知道他为什么要找袋子，问：“要自己带这个袋子吗？”

“嗯，为了环保。”柏泽清将袋子卷好，把它递到她的手里，“拿好。”

柏泽清驾车带着林颂音去了 monoprix（法国连锁超市）。

两个人刚走进超市，柏泽清一回头，就看到林颂音不知道从哪里找到了一辆小推车。

柏泽清下意识地对她伸出手，示意他来推小推车，但林颂音猛摇头。

“不要。”

林颂音很喜欢逛超市，一直觉得在超市里闲逛是很治愈的时刻。

在她小的时候，超市里结伴而行的人们就像是她幻想中的家庭的缩影。

至少那时，那些缩影里有她向往的部分。

当然，现在的林颂音早就对完整的家庭没有了特别的向往，反正许多家庭里，就算做父亲的那个男人还健在，似乎也是丧偶式的育儿，林颂音并不觉得自己没有爸爸是什么不幸的事，万一爸爸是一个会家暴的男人，那还不如不存在呢。

但是，她依然很喜欢逛超市，因为超市里总是很热闹，温度也宜人。

林颂音是很喜欢热闹的。

柏泽清不懂她对小推车的执着，但并不勉强她。

两个人走进超市没几步，林颂音看到柏泽清的脚步有些迟疑。

她没看清货架上的东西，就随口问道："你想买吗？"

柏泽清忽然看向她，他的目光深沉，语气听起来倒是和平常没什么不同。

"想。"他简单地回答后，依旧看着她的眼睛，"可以吗？"

林颂音不知道他买东西为什么要问自己，再定睛一看，看到了她有些熟悉的英文，才意识到这全都是各种各样的"小雨伞"。

她愣住了，不是因为害羞，而是因为柏泽清看起来太过正经，她一点儿也没往这方面想。

"可以呀，那就你拿呗。我又看不懂法语。"她皱了皱鼻子，又凑到货架前，对柏泽清说，"你挑点儿质量好的、使用起来舒服的呀。"

两个人就站在货架前研究了起来，林颂音发觉自己真的一点儿也不了解柏泽清，他之前在书店里会因为她的一句玩笑而脸红到耳根，现在却又面不改色地在这里买这种东西。

他挑选"小雨伞"时严谨的模样，都让她有一种他在实验室里挑选试剂的感觉。

最后，柏泽清把几盒东西放进小推车里，没看她，声音低沉地说："好了。"

林颂音跟在他的后面推着车："啧啧，你不会想这件事想了一晚上吧？"

柏泽清没回头，充耳不闻一般。不过林颂音看到他的耳根似乎又开始隐隐地泛红了。

"你干吗不理我？你不理我，我就不给你用这个东西了。"林颂音忽然看着他，用一种挑逗的语气逗他。

柏泽清停下脚步，那双深沉的眼睛就像是要把她吸进去。

"这本来就不是给你戴的。"

走到零食区，林颂音就被眼前的几个货架上满满的巧克力吓到了。

"怎么会有这么多巧克力呀？欧洲人这么爱吃甜的东西吗？"

她甚至看到有一棵巨型的树也是由费列罗的巧克力组成的。

柏泽清注视着她："要过节了。"

林颂音"啊"了一声。自从她被易竞找回来，日子就变得混乱了。

她掏出手机一看，今天才是十二月八号。

"那我们会在这里过节吗？"她将推车推到费列罗的货架旁。

林颂音记不清柏泽清有没有说过他们会在法国待多久了。

柏泽清回答道："大概不能。"

他母亲的生日在十二月中旬，他没有办法在这里待到二十五号再回去。

就在两个小时前，他的父亲打来电话说："既然你已经拍到了画，在法国没有其他事的话，也可以提前回来。"

柏泽清不知道自己为什么会迟疑、迟疑后又为什么说了谎。

他说他还有一些别的事需要处理，可能要过几天才能回国。

林颂音好像想起来了，之前柏泽清也是这么回答她的。

"啊，哦，你之前好像就说过。"

柏泽清不是看不出她眼底的期许和遗憾，眉心微微地皱了皱，本能迫使他几乎没作多想地回应道："以后还会有机会的。"

他说完这句话，身体一阵僵硬。

这是他在人生中开的第一张空头支票吗？

以后？柏泽清不是不知道，他们离开法国以后，这段关系就该彻底结束的。

他对此很清楚。

如果不是这么清楚事实，他不会对他的父亲撒毫无意义的谎。

林颂音本来还在研究买哪种包装的巧克力比较划算，听到柏泽清的回答，也怔住了。

她没搞明白，柏泽清说这句话的意思是以后还会带她来法国吗？她有点儿想问他，看见他的表情后，却瞬间反应过来了。

她这时才把目光从巧克力上收回，望向了柏泽清。

“我有点儿想问你一个问题。”

柏泽清看向她：“什么？”

两个人继续朝里侧的冷柜走去。

“你知道许氏集团吗？”林颂音直接开口。

柏泽清不知道她怎么一下子把话题扯了这么远，问：“江市的许氏集团？”

“对呀。”

“知道。”柏泽清顿了顿后，问道，“你怎么问起这个问题了？”

林颂音一盒接一盒地把泡芙往推车里塞，结果泡芙又被柏泽清一盒盒地放回原位。

在林颂音发作前，他目光柔和地说：“这里的泡芙一般。”

“没事呀。”反正，她又没吃过什么特别好的泡芙，应该吃不出其中的差别。

柏泽清制止她重新拿泡芙的动作，淡淡地开口：“回去的路上我给你买更好的泡芙。”

林颂音听了他的话，表情才好看了起来。

“那，你一会儿不要忘了。”

“不会。”

林颂音接着刚刚的话题说：“那个叫许什么鸿的人有几个儿子呀？最没用的那个人的人品怎么样，你知道吗？”

不是林颂音多心，只是易竞留给她的一定不会是太好的货色。

柏泽清越发不能理解她的问题，但还是回答道："据我所知，许昌鸿只有一个儿子。"

林颂音惊讶了。

"那你听说过他的儿子有什么恶习吗？或者说那个人有什么不能为外人道的问题吗？"

柏泽清看着林颂音，和许昌鸿的儿子并不算熟悉，但是也曾和对方在饭局上碰过面。柏泽清没有刻意地观察和自己毫不相干的人，不过并不觉得对方有什么问题。

"你为什么这样问？"

林颂音这时也望向柏泽清，眼神里的一种很微妙的情绪一闪而过。

"易竞没跟你提起过这件事吗？"

"提起什么？"柏泽清目光中的意味终于在这个瞬间里发生了细微的变化。

他有了猜测。

林颂音的目光在他的脸上一扫而过："还能是什么？就是他希望我联姻的对象是许家的儿子。"

林颂音说完这句话以后，两个人就陷入了短暂又怪异的沉默里。

柏泽清发觉自己的记忆并不如想象中的好。

他这几天好像只记住了 Pierre 还有那个郑继宁。

很长时间没来这个超市了，柏泽清不知道暖气什么时候变得这么足了，连呼吸都很沉重。

"易叔叔要你和许家的儿子结婚。"他希望自己的声音听起来没有一丝怪异。

林颂音不知道柏泽清怎么又把她的话重复了一遍。

"对呀。我还以为易竞很信得过你呢，但他怎么什么都不和你说？"林颂音不知道自己的这种行为叫不叫挑拨离间。

柏泽清沉默许久，再开口时声音听起来很平静。

“你不了解那个男人，甚至不知道他的名字，但还是决定和他结婚吗？”

林颂音皱着眉头看向柏泽清：“我就是不了解他这个人，所以才来问你呀。”

柏泽清没有说话。所以了解了许家的儿子是什么样的人以后，她就会改变决定吗？柏泽清自嘲地想。

“所以，你到底知不知道他叫什么？”林颂音本来想着说不定柏泽清和那个男人在一个圈子里，自己还能提前了解一下。

柏泽清盯着她，不知道自己想从这双眼睛里看到什么情绪。

自己和林颂音原本就是因为这件荒谬的事才会遇见的，柏泽清并没有忘记。

他压抑着心底的那阵发冷的感觉，想说他不知道许家的儿子叫什么名字。

但是他知道。

最近，他已经因为林颂音撒了许多谎。

他不该再为她破更多的例。

柏泽清再看向林颂音时，神情淡漠如常。

“许见裕。”他若无其事地开口，声音里不带任何感情色彩。

柏泽清想象得出，林颂音这样热衷于挑刺的人一定会说：“这是什么人起的名字？奇奇怪怪。”

柏泽清默不作声地盯着货架上的鲈鱼，静待着，就用余光看到林颂音歪着头开了口。

“名字听起来好像还行。”

柏泽清将目光从那条目光呆滞的死鱼上挪开，突然感到一阵愤怒，来超市的时间点不对，他们为什么连新鲜的鱼都看不到？

柏泽清面露愠色，已经感到毫无食欲了。

林颂音重复了一遍“许见裕”三个字后，本来还想问柏泽清后面的两个字是哪两个字，还没来得及开口，目光就被几步外看不到边的大块奶酪所吸引。

她几乎瞬间将自己可能的未婚夫抛到了脑后，抬手揪着柏泽清的衣袖晃了晃。

“柏泽清，看那个，我今晚就想吃那个……”林颂音兴奋地看向柏泽清，“就是把它们放在手掌大小的铁盘子里加热，然后把融化的芝士裹在各种东西上吃，这叫奶酪火锅，你能听懂吗？”

柏泽清无法得知她是怎么做到从刚刚的话题自然地说到眼前的食物的。

他只是看到她的嘴巴在一张一合，也只听到了一半的话。

柏泽清在工作以外的时间里鲜少与异性有交集，直到现在才发现原来自己真的对女人一无所知。

他竟然在一无所知的前提下，还和一个女人陷入了更荒谬的关系中。

柏泽清知道自己走在一条错误的路上。

他偏轨了。

唯一值得庆幸的是，他从来不是一直沉溺在某种感受中的人。

回到江市后，他就会做出正确的选择。柏泽清对此从来没有过片刻的怀疑。

柏泽清这样想着，那颗不知道什么时候被攥住的心开始变得坦然。

他努力地忽略看到林颂音面对食物流露出的兴奋时，自己的心头冒出的那点儿情绪。

他盯着她仍然拉着他的衣袖的手，平和地想：那个男人对林颂音的吸引力甚至比不上奶酪对她的吸引力。

虽然，这根本不值得他去在意。

柏泽清知道他只需要花上一点儿时间，就可以解决林颂音给自己带来的微末的影响。

“你说的是 raclette（烤奶酪）？”柏泽清回应道。

看，他已经在行动了，甚至做得不错。

林颂音点了一下头，又冲他摇头："你怎么回事？你说法语我又听不懂……"

她收回了手，开始推着车往前走。

柏泽清盯着她的手指，静静地出声："我知道你说的是什么。"

"不过那个铁板呢？"林颂音回头问他，"我好像没有在家里看到过它。"

家里。

柏泽清垂眸品味着这两个字，这本来就是林颂音随口说的，他不会对此感到愉悦的。

对她来说，可能御林别墅也是她的家，她住过的地方都可以算是她的家，她一向是这样心大的人。

柏泽清的心里倏忽泛起一阵难以言喻的不快，她为什么会这样多情？

"没有铁板。"

柏泽清回答，没等林颂音的嘴唇噘起来，他的嘴已经比脑子更快地做出了反应。

他听到自己极低的声音。

"你到前面卖厨房用具的地方买一块铁板不就好了？"

能够用钱解决的问题为什么值得她烦恼？

林颂音眼睛晶亮地看着他，随后又用那种刻意逗弄他的语气说："我们柏总好财大气粗哇。"

说完，她开始一块接一块地往推车里塞奶酪。

柏泽清看着她的脸上毫不作伪的快乐，说不清楚自己此时此刻的心情是怎样的。

他就这样跟在她的身后，低声开口："贪得无厌。"

林颂音回头瞪了他一眼，不是很在意地说："你第一天认识我吗？"

柏泽清家的别墅的一楼有一个大阳台被改成了阳光房，里面有暖气，周围也有透明玻璃的遮挡，冬天在室外看星星也不会感觉到冷。

林颂音本来是和柏泽清随口一提，说："如果可以躺在玻璃房里吃芝士就好了。"

没想到柏泽清很快给了肯定的答复。

"那我们可以一边看电影一边吃吗？"林颂音指着阳光房里侧的一整面墙，满眼期待地问。

柏泽清没说话，只是低下头拿起柜子上的遥控器。

他迎上林颂音的目光，一言不发地用拇指按下一个键。

紧接着，一面白色的幕布就在林颂音的视线里缓缓地落下来。

林颂音就这样全程看着柏泽清的操作。等到幕布彻底落下，她才闭上了不知道什么时候张开的嘴巴，歪头看向柏泽清。

"你是不是觉得自己这样做很帅？"林颂音想起他刚刚默剧演员一般的行为。

他不能用嘴回答，非要这样展示给她看？

柏泽清闻言怔了一秒，将目光从她的身上收回。

他将遥控器丢回柜子上，声音生硬。

"你想的太多了。"

林颂音仍然翘着嘴角，在他的身后故意说道："要酷被我拆穿了，你好像恼羞成怒了呢。"

柏泽清瞥了她一眼，没有理她。

林颂音对于他的反应没有在意。其实很多时候，面对柏泽清时，她经常忘记他只比自己大三岁。

尽管柏泽清的脸看起来很年轻，但是他的穿衣风格抑或是发型总是十分成熟稳重，再加上他的气质也透着一股不可侵犯的意味……

但是在这种瞬间，林颂音又会觉得原来他们好像真的是同龄人。

还是说，因为他们有过“进一步”的认识，所以他在面对她的时候态度有点儿变化？

林颂音不合时宜地想起了袋子里的那堆“小雨伞”，感觉今晚会用到它们。

芝士、松露火腿、土豆还有各种食材已经被放在了铺好地毯的地面上，林颂音知道柏泽清正在厨房里拌沙拉。

“你确定你只吃沙拉这种存天理、灭人欲的东西吗？”她在阳光房里问道。

柏泽清端起盘子。

“我不吃奶酪。”

柏泽清不喜欢一切带有刺激性气味的东西，例如榴梿，就算身边再多的人告诉他，只要把榴梿吃进嘴里就能尝出奶油味，柏泽清依然会拒绝。

因为榴梿闻起来是臭的。

他不愿意做任何尝试，因为没有必要。

对柏泽清来说，这世上也没有一定需要尝试、不可替代的东西。

他承认自己对食物有要求，但那只是对品质的要求，并无其他。

他的兄长曾评价他：你不愿意做任何需要承担风险的事。

柏泽清这时端着沙拉走出来，看到了阳光房里的那个坐在地毯上迫不及待地看着芝士融化的女人。

易叔叔希望林颂音成为淑女，柏泽清似乎一点儿也没有完成任务。

真是糟糕。

柏泽清惊奇地发觉自己并没有对事实感到不满。或许从一开始答应易竞的时候，他就只是在用看似完美主义的姿态敷衍地对待任务。

毕竟，这项差事实在不符合他的价值观。

那么现在呢？

柏泽清注视着林颂音，至少现在，她还只是一点点的麻烦，他不会让她成为给自己带来不良后果的风险。

林颂音听到了他的回应后，忍不住吐槽了一句：“你这个挑剔鬼。”

柏泽清将沙拉放在林颂音身侧的桌子上，淡淡地回应道：“世上根本没有鬼。”

林颂音坐在地毯上，没什么力道地瞟了他一眼，就看到柏泽清将躺椅也拉到了桌子的后面。

林颂音想想也能猜到他不会跟她一起坐在地上吃东西。

“你这辈子有丢掉偶像包袱的瞬间吗？”

柏泽清大概是没理解她说的话是什么意思，但想想也知道这不会是什么好话，所以也只是用那双眼睛无声地看着林颂音。

柏泽清的家里有许多电影的光碟，他没有收集光碟的爱好，这大多是别人赠送的礼物。

刚刚在林颂音的强烈要求下，柏泽清找到了一部中国电影，林颂音不想看外语片，因为还要分神看字幕。

电影开始播放了，林颂音专注地吃着芝士，浓浓的芝士在她咬下第一口的时候就拉了好长的丝。

柏泽清参加过几次电影的首映会。但在他的记忆里，他和那么多人看电影都没有跟林颂音一个人看电影这般……热闹。

“天哪，我之前一直不理解他为什么是四大天王之一，原来他年轻的时候真的好帅呀。”林颂音感叹道。

但是很快，林颂音突然低头去找地毯上的手机，不知道在查什么。然后她转过头，望向柏泽清，目光里透着一阵愤怒。

柏泽清本来正在咀嚼着苦苣叶，这时也从电影的画面上收回目光。

“所以，我又做什么惹你不高兴的事了？”他将叉子放下，嗓音低沉。

林颂音语速极快地说："男主要和青梅竹马结婚才去港城打工，最后出轨女主，这就是我上次吐槽的电影啊。"

她真怪自己刚刚只顾吃东西，根本没注意到片名，也没能把电影里的脸和当时海报上的脸对上。

柏泽清神情困惑地说："我不知道。"

他留意着林颂音的表情，低声说："现在，还可以换一部电影。"

林颂音又回过了头："算了，看都看了，我看电影本来就是为了下饭而已。"

柏泽清没有再说什么。

林颂音并不打算多么认真地看电影，还是以吃为主。

男主赚了一点儿钱，带女主去金店里给自己的青梅竹马挑选礼物，也给女主买了同款的东西。看到这个情节时，林颂音没有什么特别的感觉，也没有去深想剧情，而是非常突兀地想起几天前在巴黎的那个替她付了高昂的餐费的男人。

林颂音忽然产生了一个想法：是不是有那么一部分男人只要有点儿钱，就会想给跟自己没有任何关系的女人花钱呢？

她这样想着，咽下一大口芝士，转头看向柏泽清："你会给跟你第一次见面的女人付吃饭的钱吗？"

第八章

该回去了

柏泽清发觉自己已经有点儿习惯了林颂音突如其来的奇怪问题。

他思索了片刻后，回答："如果她是我的长辈，而我不得不这么做的话。"

林颂音露出了笑容，这果然是柏泽清回答的风格。

柏泽清看见她的笑意后，给自己倒了一点儿香槟酒。柏泽清并不爱喝酒，只是因为林颂音想用没那么苦的酒来配芝士，他才开了一瓶酒。

"你为什么这么问？"他放下酒杯，拿起叉子。

林颂音低下头，正在纠结到底用芝士裹什么东西吃比较好，听柏泽清这样问，条件反射般回答道："我就是看这个电影时，突然想到几天前在巴黎吃饭的时候，有一个我不认识的男的帮我结账了。"

她说着话，丝毫没有察觉到骤然冷却的气氛。

柏泽清手里的金属叉子被放进陶瓷的盘子里，发出了突兀的声音。

他沉默片刻后，试图用平稳的嗓音问道："你为什么今天才告诉我这件事？"

林颂音奇怪地回应道："这件事也没大到我一定要跟你说呀。"

她刚准备吃点儿生菜解解腻，就听到柏泽清倏忽变得严肃的声音。

"不认识那个男人，你就同意他帮你结账？"

柏泽清目光清冷地盯着她，她知道那些无事献殷勤的男人的脑子里都有什么肮脏龌龊的思想吗？

林颂音莫名其妙地转头看他，也不打算吃手里的生菜了。

是那个男人主动地结账的，又不是她要求他结账的。

“我怎么了？明明是他自己非要付钱的，而且你当时给我买衣服，我不是也没拒绝吗？”

柏泽清打算沉默。

原本，他真的打算沉默。

一定是酒意在作祟，恶劣的酒意迫使他全无道理地开口质问。

“我是我，他是他，你觉得我和他一样？”

林颂音听到柏泽清的话，再看向他的脸。

他的声音听起来有着克制之下的冷淡，而他的表情确实难看。

“你们有什么不一样？不都是送给我东西的男人？”林颂音知道自己说这句话有惹柏泽清生气的意思。

她在明知故问。

林颂音不用想都知道柏泽清的意思，他毕竟是受老东西之托来照顾她的，怎么可能和一个陌生的男人一样？

但是林颂音根本不信任易竞啊，而且柏泽清送给她衣服的时候，他们认识还没几天。

柏泽清压下喉间微涩的酒意，酒大概真的会催生人的品行中那些负面的东西。

也许，他以后不该再碰酒了。

片刻后，柏泽清再开口时已经找回了冷静。

“的确，”他说，“我和那个男人确实没什么不同。”

林颂音盯着他看，半天才问道：“你们男人是不是也有什么每个月来一次的‘大姨夫’呀？你动不动就对我冷着一张脸！”

柏泽清一脸淡漠地说：“可能因为我长着一张冷脸。”

“真会给自己的脸上贴金。”林颂音都不知道电影演到哪里了，转过头，不再看他，“而且，你怎么好意思怪我？要不是你非要找人给我当导游，我也不会遇到那个人。”

这一次柏泽清什么也没有回应。

他打定主意，不想再为这些事浪费心神，这没什么难的。

林颂音也没有再说什么。

盯着幕布上主角的脸时，林颂音怀疑她对柏泽清提起陌生的男人对自己的好意时，其实是带着一点儿小小的心机的。

似乎，她有那么一点儿想看他会有什么反应？

林颂音也不知道自己为什么会无聊到对柏泽清这样的人有这种小心思。

不过，这本来也不值得她思考。

不知道是不是因为自己天天都会和柏泽清发生莫名其妙的争执，林颂音几乎五分钟以后就忘记了这件事。

她看到女主嫁给有权有势的大哥后又出轨了男主，内心竟然感到一阵平衡。

她心情舒畅地开口：“啊，原来女主也出轨了。”

她之前还以为这部电影又是一部叙述男主在新欢和旧爱之间徘徊的艺术作品。

不久前的小插曲已经被柏泽清故意遗忘，听到她对电影的感受后，他露出一种无可奈何的神情。

“你一定要找到这种平衡？”他低声说。

林颂音本来还在看着电影，这时倏地转过头。

在柏泽清的目光里，她难得认真地开口：“对，我要。”

有时候，酒精确实不好，似乎真的会把人艰难地建立起来的防线敲开一条缝。

“我一定要这种公平。”林颂音眼睛一眨不眨地看着柏泽清。

她知道像柏泽清这样的人是绝对不会懂的。

“你不是说，如果你未来的妻子出轨，你会祝福她吗？”林颂音没带什么情绪地说，“但是我不会的。”

柏泽清不明白他们为什么又开始在假设性的问题上花费时间。但是他看着林颂音的眼睛，还是问出了口：

“那么，你会怎么做？”

林颂音想也没想地回答：“我会在发现苗头的时候，比他更先出轨。”

因为这样才公平。

她绝对不会给任何人伤害她的机会。

林颂音注视着柏泽清的眼睛。

他刚刚就带着那种欲言又止的神情看着她，林颂音不知道他在想什么，但是他一定不会赞同她的。

林颂音想：柏泽清永远不会理解她的。

他从出生起就已经站在她的终点。

站在终点的人只需惬意地喝着昂贵的名酒，看大多数人终其一生都在原地打滚。

“你现在是不是在心里说我这样不对、很不讲道德？”林颂音问道。

柏泽清很安静地看着她，许久后才说：“我没有经历过你的人生，没有发言权。”

林颂音看着柏泽清沉着冷静的样子。

有时候她真羡慕他平和的姿态。

他好像从来不会被这样的事激怒。是因为他什么都拥有了吗？所以他失去一点儿东西也觉得那无关紧要。

她真希望自己也能保持这样的体面。

只可惜，她是一个私生女，从出生起就失去了体面。

林颂音不合时宜地想起把自己带到人间来的林筝。

林筝自始至终没有找易竞要过一分钱，也从没有在林颂音的面前说过易竞的一句坏话。

林筝看起来没有一点儿恨意，好像有了林颂音就可以把所有被辜负的账都一笔勾销。

林筝好像很符合社会认知中的好女人和好妈妈，可是林颂音只觉得她真蠢。

别人的认同很重要吗？

林颂音似乎在前车之鉴下，活成了和妈妈完全相反的样子。

林颂音忽然发问，也不知道是在问谁：“你说，女人一定要很有道德感吗？我一定要很讲道德吗？”

她的神情因为酒意变得迷茫。

柏泽清坐在躺椅上，无声地注视着她。

林颂音抬起头，这时才注意到他的目光变得很复杂。

这又是那种带着悲悯意味的眼神。

“不准这样看着我，我不需要你的同情。”

柏泽清垂眸，许久后才开口：

“我没有同情你，你根本不需要同情的。”

说完，柏泽清将杯子里的酒一饮而尽：“你其实想得很清楚。”

她一直都知道自己要的是什么。

“清楚吗？”林颂音犹疑地点点头。

她可能在一天的二十三个小时里都想得很清楚。但总有那么一刻，她会感到迷茫。

比如，她一直坚信天上不会掉馅饼，所以努力地打工，但是易竞一找到她，她就放弃了自己的选择。

又比如她明明无比讨厌被人管教，但是当发现对方是因为关心而管她的时候，她又会在排斥对方的同时感到一丝可耻的留恋。

为什么她会这么矛盾地没有原则呢？

林颂音空虚地看着某处，忽然露出脆弱的表情。

“有时候我会特别想我的妈妈。我会想，她如果还在的话，会觉得我这样做是对的吗？”

林颂音只是很希望在每次需要做出选择的时候，身旁能有一个人给出一个答案。

哪怕答案是错误的，哪怕她根本不会听从对方。

许久后，柏泽清低沉的声音在她的身边响起。

“人都会有找不到答案的时刻，你已经做得很好了。”

他自始至终都注视着她：“我想，她不论在哪里，都会认为你是她的骄傲。”

林颂音眨了一下眼睛，不知道为什么喉间的涩意传到了眼眶处。

“真的吗？”

“嗯。”

林颂音不习惯这样温情的时刻，这种时刻温情到甚至有点儿浪漫。

因为她怕自己会习惯于享受它，习惯就会让人产生贪恋。

她本来就是一个生性贪婪的人。

她试着睁大眼睛，努力地翘起嘴角，打破眼前的氛围。

“你知道我妈妈的想法。难道你通灵吗？”

柏泽清望向她的眼神没有发生丝毫改变。

“不。”声音喑哑，他像是也陷进了某种矛盾中，说，“只是，如果你是我的孩子，我会为你感到骄傲。”

林颂音怔怔地看着柏泽清，半晌才轻咳了一声，瞪向他：“喂，你怎么又在占我的便宜？”

“‘又’？”柏泽清用那双漆黑的眼睛盯着她，声音低得可怕。

他问：“还有什么时候？”

林颂音闻到空气中弥漫着一种令人沉醉的味道，脚底因为久坐在地上传来一阵让人难以忍受的痛感，她才回过神。

柏泽清就这样坐在躺椅上注视着她。下一秒，他对她摊开右手的掌心，无声地说：

“过来。”

林颂音迎上他的目光，犹豫着将手递给他。

林颂音想：至少在清醒的时候，她不需要任何人的任何答案，知道自己会这样走下去。

但是现在，她在法国，还有点儿醉了。

柏泽清面前的桌子不知道在什么时候已经被推到他的身侧。

他攥住她的手，很快将她拉着坐到了他的腿上。

林颂音惊呼一声，条件反射地捶了一下柏泽清的胸口。

“你是不是想吓死我？”

柏泽清像是感知不到痛，把左手环在她的腰上，把右手很自然地按在她的小腿处。

“腿还酸吗？”

他用指节有力地按着她的小腿肌肤，林颂音发现腿上的那一阵抽筋的酸胀感已经消失，被另一种酥麻感代替了。

“不酸了。”

柏泽清沉沉地“嗯”了一声，又按摩了一分钟后，就让林颂音在他的腿上这么坐着。

他用环着她的腰的左手从身侧的桌子上抽了一张湿纸巾，随后，一丝不苟地将自己右手的每一根手指都细细地擦了一遍。

拇指、食指，再然后是中指……

擦完手以后，柏泽清把那张湿巾随意地丢进餐盘里，靠在躺椅上，就这么注视着林颂音。

他灼灼的目光在酒意下几乎升了温，林颂音触及他的视线，感觉脸颊都发烫了。

而且，他还是保持着这样的姿势看她。

不知道背后的电影已经播放到了哪里，柏泽清情不自禁地将拇指的指腹放到林颂音的嘴上。

“别噘着嘴。”

他说着话，用手指一下又一下地轻抚着她柔软的唇瓣。

背后巨大的幕布上，男主和女主在邓丽君的歌声里重逢，柏泽清依旧维持着仰躺的姿势，食指跟随他的本能从林颂音的下唇上一路向下移动。

柏泽清至今不认为自己对人有什么样的喜好，但至少可以确定一件事。

他不喜欢看到林颂音的脸上流露出茫然又脆弱的神情。

她应该是鲜活的、快乐的，甚至可以是肤浅的、贪婪的。

柏泽清不知道哪里出了问题。

但这不重要，他现在不必思考这个问题。

在这种时刻里，他只是想让她不再有这样的表情。

林颂音回来以后就换上了居家的睡衣，睡衣的材质很柔软，柏泽清很轻松地解开了她的睡衣的扣子。

林颂音没想到他的动作这么突然，还没做好心理准备。

"'小雨伞'在柜子那边。"姿势不知道什么时候变成了跨坐，她坐在柏泽清的身上。

她低下头，看到了柏泽清的手指。

而柏泽清始终注视着她的脸。

现在，她眼里的神情被另一种情绪所代替。

"不急，"他满意地看着她的表情，"马上。"

十二月十二日的傍晚，里昂别墅的三楼书房内。

林颂音躺在皮质的沙发上。

她躺了两分钟后起身套上了睡裤，坐在沙发上，让柏泽清给她把书房里的电视打开。

她根本不会用国外的遥控器。

林颂音在法国看电视纯属看热闹。她并不懂法语，这几天被柏泽清带着去了富维耶圣母院和里昂美术馆陶冶情操，也只学会了一些礼貌用语。

哦，她还学了几句法国的国骂。

当然，礼貌用语是她跟柏泽清学的，国骂是林颂音自发地跟路上朝气蓬勃的大学生学的。

此时此刻，林颂音看见电视上的新闻里有不少法国人已经在家中开始布置了，有些家长也已经准备把给孩子的礼物挂在树上。

林颂音有滋有味地看着电视，不禁感慨："看起来好像还挺有趣的。"

柏泽清清理完一切东西以后，坐在她的身边看股票。

他应该回到书桌前去的，那里才是他办公的地方，他也应该让林颂音到隔壁的影音室里去看电视。

但是，他都没有做这两件事。

柏泽清想起她十秒钟前说的话，倏地开口："你如果愿意的话，也可以在这里装饰屋子。"

这实在算不上什么大事，不至于让她流露出喜悦的神情。

林颂音蜷着腿坐在沙发上，转过头难以理解地看着他，只是脸颊因为不久前的活动仍然透着一丝红。

"我们又不在这里过节，做这件事干吗？"林颂音对这种徒有浪漫但并没有实际意义的事情没什么兴趣。

柏泽清一板一眼地回答道："因为闲着没事做。"

林颂音被他一本正经的回答逗笑，看着屏幕上精致的装饰。因为柏泽清的一句话，她竟然真的花时间去思考买树来装扮的可行性了。

但是很快，她只觉得这是没事找事做。

"说真的，我这么大了，又不相信会有什么踩着雪橇的老爷爷在我的袜子里塞礼物，费劲做这种事干吗呢？"

许久后，他问："你想要什么礼物？"

林颂音狐疑地看向他："你知道正常人这么问都是想送礼物的吗？你要送给我礼物？"

柏泽清没作犹豫地说："你不是觉得我不正常吗？"

林颂音点点头，并没有什么失望的感觉。

不过想到柏泽清的问题，她沉吟着说："如果真的有人可以实现我的一个愿望的话，我应该会想把一个愿望换成，嗯……五个愿望？"

柏泽清勾了勾唇角："贪得无厌。"

林颂音都记不清这是柏泽清第几次这么评价她了。

不知道为什么，这明明是一个贬义词，从他的嘴里说出来却显得正常得不得了。

也是，他本来就不是正常人。

"本来就没有送礼物的人，我这样过过嘴瘾还不行吗？"林颂音开始畅想，"首先呢，是钱，我要花不完的钱，还要别墅——带温泉还有露天花园的那种别墅，还要很贵很贵的黄金和珠宝。"

最好还有很多朋友陪着她，她们就住在她的别墅里。

只是林颂音在脑海里搜刮了许久，竟然想不出什么可以当朋友的人。

上大学以后，她竟然没再交到什么真正意义上的朋友，甚至因为忙于打工，和从前最好的朋友都疏于联系了。

她这样想着，眼底没有了刚刚做梦时的愉快。

柏泽清闻言点了点头。

"你的愿望似乎都已经实现了。"

林颂音摇了摇头："御林别墅是易竞的。就算他死了，别墅也是他的正牌女儿的遗产，和我这种私生女有什么关系？"

柏泽清静静地听着，这是林颂音第一次在他的面前提及易竞的另一个女儿。

原来林颂音知道易竞的那个女儿的存在。

柏泽清不是很喜欢林颂音说自己是私生女时的语气。

他状似寻常地开口："非婚生的子女也有权继承生父母的遗产。"

"这样吗？"林颂音没什么灵魂地回应了一句。

"嗯。"

柏泽清说完话以后，两个人都罕见地沉默了起来。

林颂音刚刚说到珠宝，下意识地看向这几天来一直戴着红宝石钻戒的左手。

那里空了。

“哎，我的戒指呢？”她说，神经突然紧绷起来。

柏泽清这时也看向她的手，记得她的那枚戒指。

昨晚她是摘下过它，但是他们在浴缸里洗完澡后，她又把它戴上了。

“是不是我们刚刚把它弄没了？”林颂音说着这句话，一下子起身，要去找戒指。

她急匆匆地回头对柏泽清说：“你快点儿帮我找找。”

“我去找找书桌上有没有。”柏泽清不知道她的急性子到底是像谁。

两个人在他们刚刚活动过的地方找了好一会儿，什么都没找到。

“没有。”

林颂音认命地躺回沙发上，心情沮丧。

说实话，她当初买下这枚戒指时，除了觉得它很漂亮，主要是考虑到以后万一有什么事，自己还可以用它来换钱。

她花了几十万块钱买下的戒指，就这样没了。

柏泽清站在她的身前，自然看出了她的不开心。

柏泽清甚至觉得这是他认识林颂音以来，她看起来最伤心的一次。

虽然，只是看起来。

“你这么喜欢那枚戒指？”他微微地俯下身，低声问道。

林颂音仰头看他，自然不会说她喜爱黄金和珠宝完全是因为以后可以拿它们换钱。

“店家说那是独一无二的，那是江市唯一一枚红宝石钻戒。”她蹙着眉头对他说。

柏泽清本来抿着嘴唇，听到这里不禁扯了扯嘴角，轻笑了一声。

“这种话术只是销售手段。”

林颂音闷闷不乐地看着他：“我会不知道吗？”

柏泽清注视着她。

“你会找到它的。”他说道。

这种安慰对林颂音自然不会起什么作用，戒指一定是今天被弄丢的，但是林颂音毫无头绪。

但是她凭直觉认为戒指肯定还在柏泽清的家里。他们明天白天时找一找，应该还是能找到它的吧。

他们再过两天就要回江市了，在走之前找到它就行。

她只能这样乐观地想着。

林颂音越想越觉得戒指是在他反剪她的手、把她压在哪里的时候丢了的。

“我找不到它的话，你得赔我戒指。”

柏泽清定定地注视着她，还没来得及做出回应，沙发上的手机的屏幕亮了。

他的视线停在手机屏幕上，林颂音也跟着低头看过去。

那是国内的号码打来的电话。

柏泽清目光沉沉地看了她一眼后，也坐在了沙发上，接通了电话。

林颂音瞬间读懂了这个眼神的意思：不要说话。

她又不傻，她自然不会说话。

“喂。”

林颂音离得近，自然能听见电话那头的人在说什么。

“泽清，你买好给妈的生日礼物了吗？”

林颂音心想：原来这是他的哥哥打来的电话。

声音听起来跟柏泽清的声音不太一样，很清亮。

柏泽清依旧用那种不冷不热的腔调说：“买了。”

林颂音皱眉看向他，他怎么跟家人打电话时都是这副半死不活的样子？

柏泽清迎上她的目光后，也不知道有没有听到电话那头的人在说什么，忽然抬起手，将她的脸颊旁边的几根碎发别到她的耳后。

林颂音因为他突如其来的动作僵坐在原地。

他们这几天虽然用了不少"小雨伞"，但是在不做那种事时，柏泽清很少这样做。而且他刚才也没跟她打一声招呼。

不过，这几根头发肯定是刚刚他捧着她的脸吻她时散落下来的。

既然局面是他造成的，那么他来解决问题再自然不过。

"不能在国内买吗？"

林颂音听到柏泽清淡漠地问他的哥哥，听起来是他哥拜托他帮忙在法国给他们的妈妈买生日礼物。

"知道了。"最后，柏泽清说完这句话，就挂掉了电话。

电话刚被挂断，林颂音就问："你平常和你的哥哥都这么说话？"

柏泽清看向她："不然我应该怎样说话？"

"我以为弟弟每天都要和哥哥请安呢。"

柏泽清扯了扯嘴角："你看太多电视剧了。"

林颂音考虑到戒指肯定不会真的丢了，于是也恢复了冷静。

她好奇地问："你上次和我说你的大哥有私人飞机，这个人就是你的大哥吗？"

柏泽清其实没有和别人聊家事的爱好，但是还是摇了摇头。

"所以，他是你的二哥？"

柏泽清"嗯"了一声。

林颂音盯着柏泽清的脸，刚刚听到的那个男声和柏泽清的声音差别真大。

她打量着柏泽清的双眼和坚毅的轮廓，一直以为兄弟之间的性格和气质会很像呢。

大概因为实在太无聊了，她没话找话说：“你哥的声音听起来好像很开朗。”

柏泽清的神情渐渐地变了，半晌，他用冷下来的声音问：

“你对他感兴趣？”

林颂音本来想拿过桌上的水杯喝一口水，动作因为柏泽清的话停滞住。

她如果现在喝了水，一定会把水喷出来的。

柏泽清的脑回路怎么是这样的呀？

林颂音刚想反驳，看见柏泽清冷漠的脸，突然玩味地笑了笑。

她也不知道自己为什么要这么做。

“可能吧，毕竟你长得不赖，你的哥哥们长得肯定也不会差到哪里去。”她神情自然地说，笑得很甜，“你这么讲原则，我们回到江市后，这种关系肯定就结束了，要不到时候你介绍一个哥哥给我吧？”

柏泽清盯着她的眼睛，声音低得可怕。

“长得不差，就可以了？”

林颂音惊讶地看着他：“拜托，这世上长得不赖又有钱的男人有几个？”

柏泽清闻言笑了，只是，他的眼神里没有一点儿温度。

“抱歉了。”他看起来没有一点儿抱歉的意思，说，“我的大哥英年早婚。”

林颂音故作遗憾地“啊”了一声，说：“好吧，那你的二哥呢？他也结婚了吗？”

她拿过水杯喝了一口水，又放下水杯。

柏泽清这时终于收起他的笑容。

他面无表情的样子看起来格外冷酷，他说：“和你无关。”

“你好小气。”

柏泽清看着林颂音那带着挑逗意味的眼神。

“他不喜欢你这种类型的人。”

他的目光炽热无比，但是声音却是冷的。

放在往常，林颂音早就出于自尊心和他吵起来了。

她都不知道自己今天的情绪为什么这么平和。

“是吗？”她不在意地挑眉看柏泽清，“是我的性格差，还是我的长相难看？而且你怎么知道你的哥哥不喜欢我？你又不是他。”

柏泽清忽然抬手捏着她的下颌，漠然地端详着眼前的这张脸。

林颂音再一次被迫地迎上他的目光。

他们的呼吸在一秒又一秒的对视中乱了套。

“总之，你想都别想。”

“想什么？想你的哥哥会不会喜欢我，还是我会不会喜——”

柏泽清遏制住胸腔里的恼火，在林颂音要再度说出惹他生气的话前，恶狠狠地堵住她的嘴。

林颂音任由柏泽清蛮横地吻了她一会儿，才咬了一下他的下嘴唇，挣脱了他的桎梏。

柏泽清的眼神里流露出不满。

只是他是因为她中断了他们的吻而不满，还是对刚刚的话题感到不满，她分不清。

“你行了呀。”林颂音想找纸巾，一看纸巾还在书桌上，不想过去，便驾轻就熟地从柏泽清的口袋里找手帕。

找到手帕以后，她先是擦了擦自己的嘴巴，抬手准备给柏泽清擦嘴，就看到他还带着那副表情。

就好像她说了什么十恶不赦的话似的。

“你干吗还瞪着我？那你自己擦嘴。”她把手帕丢给他，“请你下次亲我之前，通知我一下。”

柏泽清的声音没什么起伏，他说：“你第一次吻我时好像也没通知我。”

林颂音真是极力地忍住了冲动才没掐他一下，那天的事都过去多久了，他还好意思提起它来？

“就算那天是我先亲你的，但你每次都说这句话，不嫌无聊？”她靠在沙发上。

柏泽清盯着她：“你别打我的家人的主意。”

林颂音真是要被他气笑了。

“没想到你这么看重亲情，我如果是你的哥哥们，一定会非常感动的。”

柏泽清深深地审视着她：“你连见都没见过他们，对他们根本不会有兴趣。”

所以，她说这些话，一定只是为了让他生气。

林颂音“哼”了一声，看来他还没有完全失去理智。

“谁知道以后的事？但是不知情的人要是看见了你的反应，还会以为你在因为我看上了你的哥哥们而吃醋。”

柏泽清的目光变得戒备。

“我不会吃——”

林颂音不耐烦地打断了他。这又是老一套的说辞，他没说腻，她都要听腻了。

“知道了知道了，你连吃沙拉都不放油醋汁，肯定不会吃这种醋。”

柏泽清皱着眉头看着她，心底的那点儿莫名其妙的无力感仍然没有离开他的身体。

他想：在回到江市之前，他得做点儿什么来忘掉刚刚的事。

柏泽清垂下眼睛，低头，俯下身。

林颂音毫无准备，受到了惊吓，想要避开柏泽清的吻。

柏泽清像是没有知觉。

林颂音把手覆在柏泽清的头上，都不知道要不要推开他了。

林颂音问：“你是不是有什么不良的癖好哇？”

在现在的这种氛围里，他也能有这种想法？而且，他们不是不久之前才……

柏泽清没有说话。

林颂音把手指插进了他的头发里，提醒道："这里的'小雨伞'都用完了。"

柏泽清终于低低地出声："不用。"

他再一次低下头。

柏泽清知道，林颂音一定很奇怪——为什么他什么都不需要她做，总是更愿意单方面地取悦她？

这种感觉让他觉得自己仍然是安全的。

十二月十五日，林颂音在柏泽清的卧室里睡到日上三竿才起床。

她醒来的时候，床上自然只有她一个人。

她半梦半醒时听到柏泽清说他可能要出去取一个东西。他问她要不要一起去，到时候他们可以顺便在市中心的餐厅里吃早餐。

林颂音当时困着呢，自然没精力管他去取什么东西，也不会有心情去吃什么早餐。

林颂音洗漱完以后，直接从冰箱里拿出昨晚他们听完歌剧回来时顺路买的泡芙。

她站在阳光房里，一边沐浴着冬日的阳光，一边品尝着美食。

林颂音是这几天才发现柏泽清从来不吃过夜的食物的。昨晚她还剩下这一大盒泡芙没吃完，想把它们留到第二天的早上吃，就看到柏泽清已经拿起盒子准备扔进垃圾桶里。

当时林颂音的血压差点儿升高！

柏泽清回到别墅时，差不多到了中午的十一点半。

他拿着一个深棕色的袋子，下了车，就看到林颂音正裹着厚厚的羽绒服站在花园里，她用一只手拿着水壶给草浇水，用另一只手拿着吃了一半的手指泡芙。

林颂音刚刚一连吃了三根手指泡芙，现在已经有点儿吃不下东西了，但是过往的生活真的很难让她做到浪费食物，她正准备努努力，把最后的两口泡芙吃掉，就看到一大早就消失了的柏泽清出现了。

“你在浇水？”柏泽清站到她的身边。

他又穿得一本正经的了，还拿着一个看起来很精致的牛皮袋子，不知道是去干什么了。

林颂音放下水壶，这时才想起来问：“天这么冷，水不会结成冰吗？”

“不会。”柏泽清看她又在冷天里吃这种东西，正想说点儿什么，林颂音将手里的半根泡芙递给他：“你吃不吃？”

她想想也知道柏泽清是不会吃泡芙的，特别是这半根手指泡芙还是她吃剩的。

“不。”他说。

林颂音猜都猜到了这个答案，纠结着还要不要把泡芙放回冰箱里，就看到柏泽清注视着她说：“我没法儿拿。”

林颂音一看，他没拿袋子的那只手里还拿着钥匙。于是她将手里的泡芙向上举了举，把它放到他的嘴边。

“你真会支使我伺候你。”她随口嘟囔道。

柏泽清没有挪开视线，淡淡地说：“我伺候你的时候好像更多。”

林颂音听见这句话，被呛到了。

她真是没想到他刚回来就对她开这种玩笑，立刻用泡芙堵上他的嘴。

最后柏泽清还是咬了一口泡芙。

他慢条斯理地嚼着它。

“是不是隔了一个晚上还是很好吃？泡芙是黑巧克力做的，没那么甜，对吧？”林颂音对甜品的最高评价就是不甜。

柏泽清还是尝出了泡芙放了一晚后发生的细微变化。但以防林颂音说他矫揉造作，他只是点点头：“还行。”

两个人走进客厅里，柏泽清将牛皮袋子放在桌上。

林颂音这时才看到里面有两个包装精致的丝绒盒子。

她想起前天下午，柏泽清好像参加了佳士德巴黎的珠宝线上拍卖的活动，他的二哥请他帮忙拍一条项链带回去。

林颂音一开始还靠在柏泽清的身边看着珠宝，不时地说一些发自内心的评价。

“天哪，这条项链好漂亮，把它送给你的妈妈吧。”

“啊，这枚粉钻是不是有很多克拉？你可以自己把它买下来，明年再把它送给妈妈呀。”

不过很快，林颂音看那些珠宝就看得麻木了，已经看不出什么了。

反正这些珠宝也不是她能拥有的。

“这是你前天拍下的吗？”林颂音指着袋子问道，“你的二哥竟然要送两份礼物给你的妈妈吗？”

柏泽清怔了一下，不动声色地将纸袋子拿起，“嗯”了一声。

林颂音猜测他大概是准备把这个贵重的东西收起来，觉得有点儿遗憾，本来还想看看实物是不是也这么耀眼呢。

小气鬼。

柏泽清放完东西，回到客厅里，看到林颂音低着头在找什么东西。

“怎么了？”他问。

林颂音想起自己的那枚不知道被丢到哪里的戒指，没好气地抬起头：“没怎么！”

柏泽清早已习惯她的情绪化，神情自然地问：“中午你想吃点儿什么？”

林颂音摇头，在椅子上坐下。

她摸了摸自己的肚子，吃泡芙已经吃饱了，根本没有胃口了。

“我不是很想吃东西，过会儿再说吧。”

柏泽清也不是很饿，说：“那你换一身衣服，我带你出去。”

林颂音抬起头惨兮兮地看着他：“不会又是去美术馆、博物馆、剧院吧？我知道我看起来很不知好歹，别人想去那些地方还没这样的机会，但是我真的没有艺术细胞……比起再去一次博物馆，我宁愿在楼上的跑步机上跑步。”

林颂音知道那些地方都是易竞想让她去的，但这几天真是觉得有点儿腻了。

柏泽清没想到她会有这样的反应。在法国的最后一天里，她只是待在家里跑步，这是不是有些可惜？

他思索了片刻后，对她说：“那，你去换一身运动服。”

林颂音怎么也没想到，天杀的柏泽清把她说的想运动的话当真了……

她坐上车，关门的时候，车门不小心夹到了运动裤的裤脚。

柏泽清下意识地靠过来帮她拽裤脚。

“我自己弄就行。”林颂音一下子就把裤脚从车门的缝里扯出来，却看到柏泽清的头仍旧低着。

她“扑哧”一声笑出来了，小声说：“喂，还好这边没有别人住，不然我们这样的姿势会让人误会的。”

她说完话，柏泽清还没反应。他看到了什么？

林颂音正要问，柏泽清终于抬起头。

“你看到什么了？虫子吗？”林颂音说着话，看到柏泽清漫不经心地将手里的东西放进了衣服的口袋里。

“那是什么？”她问。

“没什么，一枚纽扣。”柏泽清将车发动，林颂音没看见他躲避的目光。

林颂音自然不会怀疑，想起前几天在车里发生的那件事，觉得这好像也不是没有可能。

柏泽清竟然带着她来到了保龄球馆里。

林颂音从小到大和保龄球产生的唯一的交集大概就是：小时候她曾经在电视机里看到《放羊的星星》，见过男三号韩志胤带夏之星打保龄球。

林颂音来法国之前，有老师教她打高尔夫球。但是她还没来得及学打保龄球，就已经跟着柏泽清来法国了。

她对保龄球一无所知。

其实，她好像不太喜欢在柏泽清的面前完全暴露自己的无知。

林颂音转头看到柏泽清换了一身白色的运动服，他走近她。

她以为他是要教她打球，但是他什么也没说，只是抬了一下手叫来不远处的女教练，让教练用慢动作给林颂音示范持球、摆球、出手、止步还有落点的姿势。

教练示范完三次动作以后，柏泽清对林颂音说："自己玩。"

林颂音呼出一口气："哦。"

柏泽清走远以后，林颂音在教练的鼓励下，试着将球丢出去。

她竟然打中了五个球瓶！

林颂音就这样玩了一会儿，终于有一次打中了所有球瓶！

她下意识地看向柏泽清，他在离她二十米远的地方，一个人玩得很愉快。

林颂音再一次确信，柏泽清独自待着比在人群里待着更自在。

只是没过一会儿，他就走了过来。

"还好吗？"

林颂音看到了他的额头上细密的汗珠。奇怪，她怎么一点儿也没出汗？

"当然了。"她拿起球晃着。

"饿了吗？"他问。

"好像有一点儿。"她说，"要不我们去吃 m 开头的那家店的比萨吧，那家店的舒芙蕾也好好吃。"

柏泽清知道她说的是哪家店，现在可以打电话预约一下，回去的路上，可以顺便把东西拿上。

“还是要鸡肉芝士打底的那款比萨。舒芙蕾会不会不好打包哇？”林颂音见柏泽清已经开始拨号码，连忙开口道。

“可以的。”

把车开到餐厅的附近，柏泽清下车去取比萨，林颂音独自在车上待着。

柏泽清只拿了卡，手机被他放在了车上。

他刚下车没多久，林颂音就看到他的手机振动起来，都不知道他什么时候把静音模式改成了振动模式。

她是那种听到手机的铃声响了就一定要接电话的人，不然那种动静就让她很焦躁。

但这是柏泽清的电话，不是她的，也不是她的朋友的，她不可以帮着接电话。

林颂音就这样静静地听着振动的声音，不知道自己在想什么。

等柏泽清将比萨取回并坐下，她才指着手机说：“有人给你打电话，我没接。”

柏泽清看了她一眼，拿过手机。

他对这串号码没什么记忆，又打开通讯录，才看到自己还收到了信息。

“我听说我爸让你管着他的那个女儿呢。怎么样了？”

这是易舒语发来的信息。

柏泽清无声地将这两行字看了很多遍，最后还是没有回复信息，只是看向身旁正低头闻比萨的香味的林颂音。

林颂音第一时间察觉到他的目光，说：“我没准备在你的车上吃东西，就是闻一下。”

见柏泽清沉默地注视着自己，她才问：“怎么了？有什么事吗？”

柏泽清收回目光：“不是重要的事。”

他垂眸看向手机屏幕，屏幕已经变黑了，上面倒映着他的脸。

柏泽清很清楚，这是易竞家的私事，不管最后会出现什么不体面的局面，他都不该插手。

并且，他做什么事都毫无立场。

甚至，他漠然地望向屏幕上的这张脸，心里有那么一秒竟然萌生了一个无比阴暗的想法。

柏泽清压制住那个不堪的念头，给易竞发去提醒的信息："易舒语知道这件事了。"

"对了，我们明天的飞机是几点起飞来着？"

林颂音的声音将柏泽清的思绪拉了回来。

"下午六点。"柏泽清说。

林颂音点点头。

车内被芝士的香味充斥着，这种味道很真实。

车驶向柏泽清在里昂的别墅，明天，他们也会从那里离开。

不知道为什么，明明现在发生的事也是真实的，但林颂音总有一种"普通人一时运气爆棚抽中了出国旅行的豪华奖励，然而明天旅程就要结束了"的失真感。

这种感觉很像她从前上学时到了周日晚上的感觉，那时她似乎也会这样失落。

她低头，又闻到了舒芙蕾的甜香味。

不过，甜蜜的东西容易麻痹人的味蕾，太久沉浸在甜蜜里不是好事。

林颂音想：是时候回去了。

他们在江市的机场落地时，已经是北京时间的十二月十六日的晚上八点。

天空中飘着细密的雨丝，林颂音在飞机上没怎么睡着，直到坐在柏泽清的车上，她的眼皮才开始打架。

“你的这辆车就在机场的停车场里停了半个月吗？”柏泽清把这辆车停在这里半个月得花多少钱？林颂音难以想象。

柏泽清“嗯”了一声。

大概是在飞机上没能完全地休息好，他握着方向盘，看着眼前的红灯，隐隐地感到一阵莫名其妙的焦躁。

身旁的林颂音在座椅上不时地发出动静，柏泽清终于问：“怎么了？”

林颂音说：“我在找你车上的那个有按摩功能的键在哪里。”

柏泽清用余光看向她，她似乎没有一点儿结束旅行的不适感。

他沉着脸，按了一个按钮，座椅如她所愿地给出了反应。

“谢啦。”林颂音说。

这一次，柏泽清没有回应，听着林颂音在暖气声中发出的轻缓冗长的呼吸声，就这样将车驶向前方。

林颂音靠在座椅上，长途飞行给身体带来的轻微的酸胀感逐渐消退。她躺下以后，虽然感到困倦，但是闭上眼睛后却还是没能完全睡着。

她的作息好像真的被这次异国旅行影响了。

林颂音闭目养神，好几次都以为柏泽清会对这次旅行中发生的一些不在计划内的事下一些结论，但是他始终没开口，她也就没说什么。

就在林颂音终于要睡着的时候，柏泽清的车稳稳地停在了御林别墅的院子外。

柏泽清将车熄火以后，一直没出声，车内一片寂静。直到终于看到了站在台阶处的刘妈的身影，柏泽清才侧头看向林颂音。

“到了。”他说。

林颂音没有听见他的话。

柏泽清抬手，很轻地拍了一下她的脸，林颂音的头被暖气吹得昏昏沉沉的，她无意识地将脸贴在柏泽清的掌心里，费力地睁开眼睛。

“这就到了？这么快。”她说，声音因为睡意而有些含糊。

柏泽清注意到刘妈已经走近，不动声色地抽回了自己的手。

“嗯，起来吧。”

林颂音揉了揉脖子，拖长声音“哦”了一声。

柏泽清看她这副眼睛半睁不睁的样子，就知道她还在犯困。但现在本就已经临近睡觉的时间，再加上刘妈已经站在副驾驶的车窗外，于是柏泽清什么也没说。

林颂音推开车门，大概在原地愣了两秒钟，才无比热络地把手递给刘妈。

“刘妈，我在法国给你买纪念品了。”

柏泽清走到后备厢处，发觉自己很了解林颂音。

他看得出来，林颂音对刘妈的热情里至少有百分之八十的真心，而剩下的热情里还带着不愿被人察觉的小心翼翼。

她愣在原地的那两秒让他第一次发现，原来她面对任何人时都需要准备的时间——准备戴上面具的时间。

这样才会让她觉得安全吗？

柏泽清低下头，去找林颂音的行李。

他不知道她在面对自己前是否需要这两秒抑或是更长的时间。

刘妈笑着过来接林颂音的行李，柏泽清将两个轻的袋子递给了刘妈，自己拿着稍微重一些的箱子。

将东西放在客厅的门口以后，刘妈问：“江市是不是比那边冷？柏先生，我给你倒一杯热茶，你喝一喝再走？”

“不用了。”柏泽清是对刘妈说的这句话，但是目光始终落在林颂音的脸上，“我要走了。”

林颂音站在他的身边，正准备提起箱子，因为他的话而站直了。

明明刚刚在车里还没觉得有什么，现在被柏泽清这么盯着，林颂音忽然又想起小时候来家里陪伴了她一段时间的亲人忽然离开时的感觉。

“哦，路上小心点儿。”她说。

柏泽清还是没有走，注视着林颂音，半晌才说：“明天我没时间来找你。”

没等林颂音发问，刘妈还是端了热茶过来：“明天是柏夫人的生日吧？”

柏泽清点了点头。

刘妈说：“前几天出门时我听到你家的人说起过这件事，祝她生日快乐。”

林颂音看着柏泽清，不知道应该说什么，于是也跟着说：“那祝你的妈妈生日快乐。”

柏泽清注视着她，半分钟后才看向刘妈：“我走了。”

刘妈正想感谢这段时间来他对林颂音的照顾，就听到柏泽清声音低沉地说：“那就麻烦你照顾她了。”

刘妈应了一声，只觉得这句交代的话有点儿奇怪，但一时也说不出来它怪在哪里。

她看到林颂音打着哈欠冲柏先生挥手说“拜拜”。

看这两个人的相处状态，他们回来时的气氛可比他们去法国前的气氛和谐多了。

果然，年轻人待在一起还是很容易成为朋友的。

十二月十九日，林颂音独自在餐厅里吃午餐。

她从法国回来已经有几天了，她的适应能力比自己想象中的强多了。

不过，回来的那天晚上，林颂音敏锐地发觉出自己房间里的东西似乎被重新整理过。

她一开始只以为是刘妈在她走后把整间屋打扫了一遍，但看刘妈回答时支支吾吾的样子，再联想到易竞非要让自己跟着柏泽清出国，不难得出一个结论：她的存在可能被易竞的老婆那边的人察觉了，所以他们来这里看了看，刘妈自然得提前把她的东西收好，以免林颂音在这里住的痕迹被人发现。

有时候，林颂音都会被自己的脑洞吓一跳。她有这种才能，去写小说能不能赚到钱？林颂音不在意地笑了笑。

刘妈过来收拾碗筷，就看到林颂音一边剥着虾一边笑。

“怎么笑得这么开心？是不是这几天柏先生不来了，你的心情都变得灿烂了？”刘妈打趣道。

林颂音用筷子夹烤鸭的动作顿了顿，很快，她也“哈哈”地笑了出来。

“有可能，没有他每天折磨我，我的食欲都变好了。”

那晚送林颂音回到御林别墅以后，柏泽清这两天都没有出现过。

不过林颂音的几位老师都得知了她已经回来的消息，所以她也没有少上课。

因为生活被安排得很充实，林颂音其实都没有刻意地去想柏泽清。

刘妈将花瓶擦了擦，才回头看她：“那你可能还要开心两天，估计他最近都没时间来这里了。”

林颂音下意识地问：“为什么？”

问完，她又不自在地用余光看向刘妈，发现对方的表情并没有什么异常。

也是，之前林颂音就经常问刘妈各种关于柏泽清的事，刘妈才不会觉得奇怪呢。

刘妈见周围没有其他人，又朝林颂音走近了一点儿，才用那种人们聊八卦时的音量对林颂音开口：“你知道他最近在做什么吗？”

林颂音说：“他不是在给他的妈妈过生日吗？”

难道有钱人过生日不是过一天的生日，而是要过一整周的生日？

刘妈摇头，将林颂音喝糖水的碗端起，又去盛了半碗糖水。

“前几天我遇上他家的人，就听说，这次柏先生的妈妈要借过生日的机会给柏先生介绍女朋友呢。他也二十五岁了，大哥连孩子都有了，二哥好像也是有对象的，柏先生也应该正式地接触接触女孩子了，本来他的爸爸给他放假就是想让他去谈谈恋爱、交交朋友。”

说到这里，刘妈换成了气声说话，冲林颂音挤眉弄眼：“谁知道他难得有了假期，结果整天都在往我们这边跑，是不是？”

刘妈说完笑了笑：“我当时听着他们说话，都没敢开口，柏先生好像并没把他来照顾你这件事告诉他的家人。”

林颂音用汤匙舀了一勺芋泥，结果芋泥太厚，粘在了碗壁上。

她向来会避免冷场，抬起头就带着一脸好奇的神情问：“真的吗？”

“那还有假？”刘妈说，“和柏先生相亲的好像是富源集团的二女儿。她刚从美国的普林斯顿大学毕业回来，听说长得漂亮得不得了，还很有才华，这要是成了，那真的是郎才女貌。”

林颂音低下头，细细地品味了一下“郎才女貌”这四个字，再看向刘妈，开玩笑地问：“你这么说是嫌他只有才没有貌吗？我还以为你觉得他很帅。”

“什么帅不帅的？我一把年纪早就看不出来了。”刘妈害羞地反驳道，“那换成‘俊男靓女’，没错了吧？”

不知道是不是上了年纪的缘故，刘妈和年轻人开几句玩笑，心情就变得很好。

刘妈离开后，林颂音才放下手里的汤匙。

原来这两天没出现的柏泽清是去相亲了。

伪造淑女

法拉栗 著

下册

青岛出版集团 | 青岛出版社

第九章

生日快乐

放在去法国以前，林颂音大概是不会相信柏泽清会去相亲的，毕竟不是所有人都说柏泽清完全不近女色吗？但是现在，她再也不信那种说法了。

也是，柏泽清是该找一个对象然后吃一吃感情上的苦了，林颂音幸灾乐祸地想。

只是，林颂音看着眼前还冒着热气的糖水，发觉自己确实已经没了食欲。

林颂音知道自己的心里对此并不是全然不在意的。

她也是一个有七情六欲的普通人。

就算是前男友过得比她好，林颂音都会不高兴的。

她就是这种人。

但是，她很快又觉得柏泽清并没有做错什么。

林颂音知道自己感到不适的根源是，她再一次认识到了他们之间的差距。

现实就是：柏泽清轻而易举地就能和那么优秀的女孩子相亲，然后自由地恋爱。

而林颂音现在连和联姻的对象见面的资格都没有。

不过，改变不了现实的人要学着乐观地接受现实。

林颂音讨厌怨天尤人。至少在这一点上，她做得很好。

半个小时后，她就收拾好心情去上体态课了。

她上完课，坐车回御林别墅时已经是下午五点多。林颂音透过车窗，看着天边的红霞。

司机接了一通电话，林颂音坐在后面都能听出电话对面的人的焦急。

一挂断电话，司机就将车停在路边，一脸担忧地回头看向林颂音，说自己的女儿在幼儿园里摔断了腿。

林颂音想也没想地说："那你现在赶紧去医院哪，我可以自己打车回家。"

林颂音见司机面露纠结之色，心里也有点儿发堵，他大概是怕自己因此被易竞辞掉吧，打工讨生活的人就是这样的，她其实很明白。

林颂音直接推开车门下了车，正色道："你快去看你的女儿吧，再磨磨叽叽的话，我要是你的女儿，一定会很生气的。明天你同一时间来接我就行。"

说完，她站在路边准备打车，也不再管司机。

等到司机终于驾车离开，林颂音才将手机收回口袋里。

这里距离别墅可能连一公里都不到，真的很难打到车，她与其等出租车还不如直接走回去。

林颂音刚想走，抬头就发现绿灯刚刚变成红灯，叹了一口气，这边的红灯真的很长。

今天的气温很低，林颂音因为坐车所以并没有穿得很厚，现在被冷风吹得缩了缩脖子。

她将头缩进衣领里，为了保暖，无意识地在原地蹦了几下。

如果这时有出租车经过，就再好不过了。

她这样想着，忽然听到不远处传来一道很陌生的男声。

"你很冷吗？"

林颂音不知道这个人是不是在和自己说话，但还是转过头，就看到了距离她几步之遥的红色跑车，车窗降下来了一半。

车内的男人把双手握在方向盘上，目光定定地落在她的脸上。

“我在问你，”他忽然把胳膊肘支在车窗上，用手撑着下巴，隔着几米的距离望向她，“你不冷吗？”

林颂音心下奇怪，不记得自己认识什么开跑车的男人。

两个人隔着一段距离对视着。

只是很快，林颂音迎上他自信而笃定的眼神，倏地想起自己是在哪里见过眼前这张年轻英俊的脸了！

这是……那个在巴黎的餐厅里帮她付了餐费的姓徐的男人？

在林颂音又一次被冷风吹得打战后，那个男人忽然收起面上玩世不恭的笑容，正色道：“顺路的话，我可以送你。”

林颂音很怀疑，自己难道长着一张傻白甜的脸吗？他觉得她会坐陌生人的车？

她不想让自己显得格外尖酸，只是瞅着他问：“你是滴滴司机吗？”

“你怎么知道？”他闻言笑了一下，顺着林颂音的话开起玩笑来，“我闲着无聊，接单接到这里了。”

林颂音没理他。

绿灯亮了，后面的车按了一下喇叭，林颂音用余光看到他还把左胳膊肘支在车窗上，他用右手握着方向盘。

他大概是知道林颂音不太可能会信任他了，开着跑车，像一阵风似的一下子从林颂音的身边驶过。

林颂音低下头，加快步子，只想快点儿回去。

她将手插在口袋里，露在外面的手腕已经因为冷风而刺痛起来了。

林颂音过完马路，不想被风吹到脸，于是低着头继续往前走，只是总觉得哪里有点儿不对劲。

她狐疑地转过头，就看到那辆跑车离自己几乎只有两三米的距离，它“亦步亦趋”地跟着她……

她再看向车内的那个男人，他把手搭在方向盘上，从容不迫地看着她，林颂音的心里顿时起了无名火。

他是不是觉得自己这样很帅呀？！

“你是不是觉得自己长得很帅，所以这样做很有趣？”

对方先是颇为无辜地看着林颂音，接着又看了一眼后视镜，只是眼里没有一点儿难为情。

“我没想到你会觉得我长得帅。”

林颂音瞪了他一眼，这又是一个听不懂人话的男人。

“你这样做，你的女朋友知道吗？”她忽然停下脚步。

那辆车也随着她的脚步停在了路边。

“女朋友？”他笑着问。

林颂音真是难以想象世界上会有这么厚颜无耻的男人，他的行为被拆穿了，心理素质还这么好。

“上次在巴黎的餐厅里，坐在你对面的难道不是你的女朋友？”林颂音再一次为那个女孩子感到不值得。

“上次……”他皱着眉头，像是陷入了回忆，说，“今天不是我们第一次见面吗？”

林颂音一脸震惊。只是她还没来得及说话，他眼底的笑意就变得更深了。

“原来你还记得上次的事？”他带着揶揄的意味说，“我以为你忘记了。”

林颂音开始认真地考虑现在回去拿银行卡把钱还给他的可行性，不然说话都有些不硬气。

为什么她今天偏偏忘记带卡了？其实林颂音也知道，就算她非要把饭钱还给他，他也绝对不会要她的钱的。林颂音想了想，与其为了那笔钱再和他纠缠下去，可能还是把钱捐了比较好。

林颂音正准备转头就走，就听到他又叫住她。

“朝这个方向再走下去，就没有别的路了。”

他见她低着头走路，只以为她走错了方向。

林颂音莫名其妙地看着他："我知道哇。"

她看到他看了一眼那个方向，他的目光再度落在她的脸上。

"你住在御林别墅里？"他问。

林颂音没说话，他竟然知道御林别墅？这个世界是不是太小了？

他将她的沉默当成了默认。

他认真地打量着她的脸："我之前好像没有见过你，你是易家的——"

林颂音不知道自己是不是因为被冻得不行了，忽然想到了一个让他不再对她感兴趣的最快的办法。

"嗯，你肯定不认识我啦，我的身份是上不了台面的。"

她说到这里，眼里是成年人都懂的神情。

"我和那家的主人是那种关系，你懂吗？"

林颂音生怕他不误会她。只是她说完话后，他就这样目不转睛地盯了她许久，忽然笑了。

"那，巴黎的那晚坐在你对面的是……？"他饶有兴致地问道。

林颂音继续胡说八道，赵臻，对不起了。

"那个是我的小情人，你也知道主人一把年纪了，而我还是花一般的年纪。"

她说完这句话，就看到他笑得更开怀了。

他像是听到了一件趣事，许久后，发自内心地说："原来是这样啊。"

林颂音败坏完易竞的名声，感到一阵心满意足。

脑子转得很快，她想想也知道眼前的这个男人应该不会把事情说出去。

只是林颂音看见对面的这个男人笑得很开心，原本的好心情打了折扣。

"你不相信我的话？"

“怎么会？”

林颂音还是不打算待在原地跟他耗了。

她快冻死了。

“等等。”他看到她在寒风里打着哆嗦，忽然转头，从副驾驶座上找着什么东西。

下一秒，林颂音就看到他从车里递出来一条很厚的红色围巾。

寒风把他额头前的短发吹乱了，他就像不怕冷似的对她伸出手。

林颂音忽然连冷脸都摆不出来了。其实她不是那种能一直无视对方的善意的人，如果这种善意没那么奇怪……

“你把围巾留给自己用吧，我不用。”

“红色很衬你。”他看着她，没有再露出轻佻的笑容，像是不能理解她为什么拒绝他的好意。

很快，他又了然地转过头，将围巾装进了纸袋里。

“这是新的，你不要的话，把它扔进你后面的垃圾桶里就好。”说完，他直接将围巾连着包装袋往外一抛。

林颂音条件反射般接住它。

“喂。”她抱着烫手的围巾，都不知道该做点儿什么了。

她无奈地问：“你平常对和你第一次见面的女孩子都这样吗？”

“有吗？”他在冷风里对她笑笑，“可能我对第一次见面就觉得很有意思的女孩子才这样。”

她有意思？林颂音这时不免想到那些滥俗的偶像剧里的情节，总不会是因为他从来没见过有人把用来洗手的柠檬水喝掉吧？她是第一个那样做的，所以他才会觉得她特别吧？

他看得出她面上的拒绝，勾起嘴角：“而且，我第二次见你时，你还是很有意思。”

林颂音无话可说了。

“你不问问我的名字吗？”他眼睛一眨不眨地注视着她。

林颂音看着他：“我为什么要问？”

许见裕长久地看着她，心想：你应该问一下的。

“忘了说，上次坐在我对面的不是我的女朋友，”他突然开口，“我没有女朋友。”

林颂音已经不懂他的做法了，说：“你没必要告诉我这件事。”

她并不关心这一点。

“可能有点儿必要？”许见裕对她扬了扬眉，“围巾真的是新的，你围上它吧。”

这一次，他收回目光后，终于关上车窗，将车驶向十字路口的另一个方向。

林颂音在寒风里站着，最后终于屈从于现实，将围巾裹在了自己的身上。

等到连跑车的尾气都看不到了，林颂音才想起一件事：糟糕，她怎么又欠了他一样东西？

十二月二十日的早上，林颂音睡到了自然醒。

昨天的夜里，江市迎来了一场大雪。

路上的冰还没有融化，老师不方便过来，林颂音就靠在床上看视频里的大熊猫吃竹子，看着看着，发觉自己也有点儿饿了。

但是，林颂音还是没有下床。

她难得不用早起看书。天气还这么冷，她真想在床上躺一天。

刘妈见她一直没有下来，也猜到林颂音是想睡懒觉，准备把刚煮好的蟹肉馄饨放在盘子里端上去。

刘妈还没走出客厅，就看到了一个打着伞走近的男人。

“柏先生，你怎么有空来了？”刘妈有两天半没见到柏泽清了，以为他这段时间里都不会出现呢。

柏泽清将黑伞放在客厅的门后面的雨伞收纳架上，低垂着视线说：“我来看看她。”

说完他顿了顿，又说：“不然，易叔叔不放心。”

刘妈自然理解。

“知道，不过，小林耽误你的事了吧？”刘妈自然好奇柏泽清相亲的结果，但也不可能直接问出来，只能这样含糊地问。

柏泽清看向餐厅，那里空无一人，他再看向刘妈，神情里有一闪而过的茫然。

“什么事？”

刘妈笑着摆了摆手：“没什么，你吃早饭了吗？”

柏泽清点点头，其实只喝了一杯咖啡。

他指了指刘妈手里的东西：“给她的？”

“对，小林可能还在睡觉呢。”

柏泽清自然而然地接过刘妈手里的东西。

“我把东西给她就好，你忙。”

刘妈哪里好意思让他做事？只是她还没来得及说点儿什么，柏泽清就说：“我正好有事情找她。”

“那……好吧。”

柏泽清站在林颂音房间的门口，已经想不起上一次站在这里时是什么心情了。

那时，他们之间还没有第一个吻。

他在房间外等着她找身份证。

那时，她只是最单纯的一个麻烦。

他低下头，敲了敲门。

林颂音只以为来人是刘妈，语气很好地说了一句：“进来。”

这一次，柏泽清没有因为男女有别而彬彬有礼地站在她的门外等待。

林颂音完全没有想到来人会是柏泽清，见到他的瞬间，脸上的表情都僵住了。

但是，只有一秒。

“是你呀。”她说话的时候，伸了一个懒腰。

“嗯。”柏泽清也只是随意地看了她一眼，没有放任自己的目光在她的身上流连，“睡懒觉睡到连早餐都不吃了？”

林颂音继续看着手里的手机，“哼”了一声，问：“不过，你怎么有空过来了？”

柏泽清将馄饨放到她的桌上，平静地说：“我为什么没有空？”

林颂音终于看向他，蟹肉馄饨在桌上冒着热气，奇怪的是，林颂音发觉自己一点儿也不想吃馄饨。

但是，她还是吃了一个馄饨。

咽掉嘴里的蟹肉以后，她笑着看向他：“因为我听人说，你不是去相亲了吗？”

柏泽清愣了一秒，刚想说“你什么人的话都相信吗”，但是很快就看见了林颂音笑盈盈的脸。

“嗯，所以呢？”他神色冷淡地看着她。

林颂音很好奇地问：“人家没有觉得你的个性很闷吗？”

柏泽清惊奇地发觉自己的胸口因为林颂音的这句话开始发闷了。

许久后，他声音涩然地开口。

“我好像没有回答你的义务。”

林颂音点了点头，难得没有再追问下去，自顾自地吃着碗里的馄饨。

柏泽清就这样一言不发地僵在原地。

这不是他的计划中两个人回到江市以后的样子。

不，在他的计划里，他就不该出现在这里——她的房间里，她的床边。

明明在母亲过了生日以后，他已经做到在公司待了一整天了。

他应该继续工作下去，而不是继续插手易竞家的私事。

但他还是来了。

柏泽清甚至在出发时，就想好了理由：他在林颂音这里遗落下了两件他最喜爱的大衣。

林颂音的房间里有两件男人的衣服，这并不合适，他应该过来取走它们。

合情合理。

从前，安静的环境最令他舒适，但是眼下……

目光落在林颂音的落地衣架上，他才发现他的外套旁还有一条新的红色围巾。

他从没见林颂音围过它。

柏泽清沉默了片刻，终于还是开了口。

他不该就这样和林颂音冷战，他们是成年人。

柏泽清轻咳了一声，低声说："围巾很好看，你是什么时候买的它？"

林颂音连头都没抬，像是没计较几分钟前他说的那句话，很快就回答："不是我买的。"

柏泽清一眼就认出了围巾的牌子，半晌，谨慎地开口："那它是谁送的？"

"你不认识的一个男人。"

林颂音喝了一口馄饨汤，再抬起头时，就见柏泽清的表情变得很难看。

"谁？"他问。

林颂音终于感到解气了，说："我好像没有回答你的义务吧。"

柏泽清目光阴郁地看着那条碍眼的红色围巾。

不，林颂音一向知道怎么惹他生气。她说的什么男人把围巾送给她的话，大概不是真的。

柏泽清知道，就算她的话是真的，他也不该这么在意的。

"你为什么一来就问这么多问题？"林颂音双手抱胸地说道。

是相亲还没能把他的精力全部分散吗？

柏泽清注视着她，目光中透着难得的茫然，又或许答案其实早就近在眼前，只是他还做不到去揭开它。

"你不知道这是因为什么吗？"柏泽清听到自己压抑的声音。

林颂音才不会再次自作多情。

她没好气地问："我会知道你是怎么想的吗？"

柏泽清的目光就落在她已经垂下去的眼睫上，他终于平静地点了点头。

答案被她绕过去了。

于是那层若隐若现的纱再度被盖了回去。

柏泽清又回到了那个令他不至于辗转难眠的舒适区域里。

至少在这种身份里，柏泽清没有弱点。

"那就没有为什么。"他听到自己说。

林颂音有些不耐烦地说："我在法国说过回来以后会老老实实地做一个花瓶，没忘记这件事。"

"嗯，那就起来吧，我在书房里等你。"柏泽清转过身。

林颂音看着他的背影，一口气没喘过来。

他跑来竟然就是为了监督她看书……

当晚，林颂音泡着温泉，又接到了易竞的电话。

林颂音有一瞬间竟然想到了今天下午遇到的那个男人，提心吊胆地想：她说的话不至于已经传到易竞的耳朵里了吧？

好在，是她想多了。

易竞说："明天是你的生日，爸爸可能最早也得下周末才能回来，来不及给你准备生日礼物了。"

林颂音一听到易竞马上就要回来，脸色更差了。

"生日礼物没那么重要的。"她口不对心地说着。

但是她说完这句话以后，神经突然绷紧了。

因为，她的户口簿上的生日并不是她真实的生日。

当年林颂音还小，妈妈似乎为了能让她提前入学，把她的生日改大了四个月。

林颂音去法国之前，和刘妈说起过这件事。

当时刘妈看到林颂音的临时身份证上的生日，说林颂音的生日和她孙女的生日在同一个月份，林颂音就顺口提到了这件事。

如果是刘妈和易竞提起的这件事，那林颂音还能接受，毕竟刘妈很可能只是希望易竞给林颂音准备一下生日礼物。

但，有没有可能易竞是从林颂音出生起就知道了她的存在？

如果是这种情况……

林颂音早就对易竞没有任何幻想了，但还是不免感到一阵恶寒。

她胡思乱想着，就听到易竞问：“你有喜欢的珠宝首饰就买，想买什么就买什么，不用考虑钱，知道吗？”

林颂音这段时间里乐于在易竞的面前表露自己爱钱，因为这样他才会觉得她很好收买。

易竞只有在觉得她很好掌控时，才不至于对她使太多的心眼。

林颂音用那种矫揉造作的声音说：“店里的首饰太贵啦，我上次看到一个手镯很好看，它的价格竟然是五万块钱，我觉得买它有点儿不值得……”

易竞在电话的那头“哈哈”大笑，豪气地说：“五万块钱算什么？我易竞的女儿怎么能这么小家子气？你就当是爸爸要给你补上这二十三年的生日礼物，就花一百万块钱买东西就行。”

林颂音听到“一百万”，半天都不知道该有什么反应。

就是买上次的那枚丢失的红宝石钻戒，她也只花了十多万块钱。

如果易竞和她真的只是最寻常的一对父女，林颂音是会发自内心地感到高兴的。

但是易竞忽然这样做，林颂音只觉得事出有因。

虽然她住进御林别墅里后，他对她还算大方，可能一百万块钱对他来说不算什么，但今晚他的态度总是让她觉得哪里怪怪的。

他的态度里好像带着一点儿讨好的意味？林颂音说不上来。

而且，易竞越是摆出这样的态度，她就越怀疑许见裕极有可能是一个又丑又老的怪胎……

最后，她只好说：“谢谢爸爸。”

十二月二十一日的早上，林颂音是被叫醒的。

她最近才知道黄金是更保值的东西，所以在知名品牌的官网上眼睛眨也不眨地买了好多黄金制成的饰品。

花易竞的钱自然很快乐，但是林颂音不免想到，假如自己真的无法接受许见裕，到时候拒绝联姻，易竞说不定会将花在她的身上的钱要回去。

林颂音翻着手机里的录音。从易竞第一次给她打电话开始，她就一直保持着录音的习惯。

她不是很懂法律，也只能关掉 Wi-Fi（无线网络），用流量在百度上搜索着相关的法律条例。音频里有易竞主动地让她花钱的证据，这算不算是无条件赠予？

哎，如果她有学法律的朋友就好了。

这时，林颂音倏地想起高中时自己最好的朋友——池之希。

池之希在大学里学的就是法律。

林颂音很少允许自己回望过去。这两年里，每次想到池之希，林颂音都会感到怅然若失。

她们明明那时好得中间完全插不进第三个人，但就是这样慢慢地疏远了，甚至不曾产生过什么矛盾。

其实说起来，她们变得疏远好像还是因为钱。

其实大一和大二的时候，她们尽管不在一个城市里，还是会常常联系的。

如果不缺钱，林颂音就不会因为没办法支付饭钱偶尔找借口拒绝池之希的约饭，也不会推辞池之希提出的一起旅行的提议。

一开始，林颂音也会直接告诉池之希自己的生活费不够了，池之希总是会说那她付钱就好，可是林颂音不想也不能就这样一直占她的便宜。

如果有钱，林颂音会在感知到她们的友情逐渐变淡的时候立刻坐飞机赶到对方的面前，还会用钱买下许多礼物送给池之希。

其实，林颂音只是想等攒了更多的钱再跟池之希一起去很多很多地方。

但，后来林颂音忙于打工，她们就是这样渐行渐远了。

林颂音记得从前她们放学后路过彩票店时经常乱开玩笑：如果有一天谁一夜暴富了，一人得道，另一个人也要跟着一起升天的。

林颂音望着自己的梳妆台，上面放着她从法国买回来的一堆昂贵的护肤品。

现在，她好像也算暴富了？她至少可以养活朋友了。

林颂音没忘记池之希很久之前还对她说过好羡慕一些艺人，他们有钱到可以用上万元的护肤品涂全身。

前几天在法国时，林颂音就是想着池之希才买下的这些护肤品。

其实林颂音被易竞找回来的时候，就很想联系池之希了，池之希是她最信赖的人，知道她最多的秘密。

可是，林颂音一直没能找到很好的理由找对方。

眼下，她似乎有了最恰当不过的借口了。

池之希对林颂音的身世一清二楚，林颂音给她打电话时就说想咨询她法律相关的事，不就行了吗？

林颂音想完这些事以后，手忙脚乱地在通讯录里找到池之希。

在打语音电话前，林颂音发觉自己的身体都开始打战了。

她怎么能这么紧张？

林颂音已经好久没有去看池之希的动态了。如果不是因为还能看到池之希的动态，林颂音会怀疑自己是不是已经被拉黑或者被删除好友了。

又或者，池之希是不是已经有了更好的朋友，而林颂音对她来说早就是陌路人了？

林颂音不懂，为什么自己谈恋爱的时候从来不会这样患得患失，面对朋友时却这么没出息……

她实在没办法继续躺在床上，于是下了床。

林颂音最后咬了咬牙，硬着头皮拨通了语音电话。刚把电话打出去，她就紧张得想挂断电话了。

每一秒钟的等待都像是一场漫长的凌迟，林颂音在房间里焦虑地转来转去。

终于，就在她以为电话不会接通的时刻，她听到了那个熟悉而久违的女声。

“喂？”

林颂音忽然在原地站定，很短促地“啊”了一声。

她用两只手握住手机，有一堆话想要说，但是一时间都不知道该怎么开口了。

她努力地让声音显得没那么僵硬，说：“之希，是我……你之前不是很喜欢一款香水吗？还有面霜，我前几天正好在免税店里买了它们，你什么时候有空，我把它们给你呀？”

电话那头的人没有回应，林颂音还想说最近发生好多好多事，好想把事情告诉对方，但是很快就听到了池之希的声音。

“对不起，我现在没那么喜欢那些东西了。”

林颂音剩下的话就这样卡在了喉咙里。

她也不懂自己怎么会觉得池之希刚接电话时说的那声“喂”听起来带着惊喜的意味。

“这样啊。”林颂音回应道。

池之希没说话。大概过了十秒钟，她说：“有空再联系吧。”

这一次，林颂音什么也没有说。

她知道成年人说的“有空再联系”极有可能只是一句没什么含义的敷衍的话。

她们都已经长大了，林颂音觉得还是不要把这句话当真了。

挂掉电话以后，林颂音在床边坐下，决意像每一次遇到令她不开心的事时一样，直接忘掉这个片段。

她低下头，自言自语道："也不知道能不能在保质期内用完那些护肤品呢。"

心跳已经趋于平缓，她这时才听到房间里有着不属于自己的呼吸声。

林颂音转过头，就看到柏泽清就站在自己房间的门口，他目光黯淡地注视着她。

林颂音不懂为什么每一次她出洋相的时候都会被他撞见，不喜欢这样……

"你进来的时候怎么不敲门？我们睡过觉，你就当我的房间是你的房间了吗？"

柏泽清看着她，难得没有开口反驳她。他敲过门，在房间外听到了她讲话的声音，以为她是在回应他，这才推开了门。

"对不起。"他压低了声音说。

林颂音不知道他为什么要说"对不起"。她现在一点儿精神都没有，只想独自待着。

"你不用陪着你的相亲对象吗？为什么整天往这里跑？"她蹙着眉头问道。

见她对自己发火，柏泽清已经完全没有脾气了。

事实上，他可能看起来没有太多的脾气，但是在家里时，不论是长辈还是平辈，从来没有人会像林颂音这样想对他甩脸色就对他甩脸色。

他不明白到底是哪里出了问题。每一次林颂音对他发火的时候，他竟然完全没有排斥的感觉。

他只是更习惯她面对他时伶牙俐齿甚至蛮不讲理的样子。

他不喜欢现在她脸上的这种表情。

"我没有去相亲。"柏泽清关上门走近她，站在她的面前，轻声问，"发生什么事了？"

林颂音不知道他说的话是真的还是假的，也不知道他的语气为什么这么好，但还是说："我能有什么事？"

"那你为什么不高兴？"

柏泽清看着她低垂的脑袋，不知道为什么，很想伸手摸一摸她的脑袋。

她面对他时脾气那么坏，头发却是软的。

在里昂的别墅内，他们在每个角落里都流连过，那时她的发丝就轻抚过他的颈间、胸膛……

但是现在，他还是耗尽了他所有的自制力，没有让自己的手覆上她的头发。

他今天是来拿昨天忘记拿回去的衣服的。

林颂音眼前的光被柏泽清挡住，一瞬间，她觉得自己好像泄了气。

"你不是听到了吗？"她努力地摆出一张没心没肺的脸。但是现在，她面对柏泽清时越来越难这样做了。

"我没有朋友，主动地送人东西还被拒绝了。"

柏泽清不明白她到底为什么在他的面前还要伪装自己。

他不擅长安慰人，从不觉得自己具备安慰别人的能力。

"很多人没有朋友，也生活得很好。"神情坦然，他毫不羞愧地说，"我也没有朋友。"

柏泽清从不觉得没有一个真心的朋友是一件大事。少了一些社交活动，他就有了更多和自己相处的时间。

林颂音一脸怀疑地抬头看向柏泽清，也是，他这种性格的人没有朋友好像也很正常。

但是，很快她又撇了撇嘴："但是你有钱。"

柏泽清怔住了，随后无奈地笑了一下。

只是很快，他像是看到了什么一般，收起了脸上的笑容。

他一言不发地拉起林颂音的右胳膊，将她的右手握住。

林颂音不知道他又想干吗，刚想开口，就看到自己的虎口好像被掐出红痕了……

她竟然一点儿都没意识到。

柏泽清将她的右手放在自己的掌心里，用左手的拇指指腹很轻地揉着那里。

再看向林颂音时，他责备地道："把自己的手掐成这样，你不知道疼吗？"

林颂音抬起头，迎上他的眼神，说不出原本想要说的话了。

他总是表现得好像很关心她似的。

她半晌才发出一点儿鼻音，说："有什么疼的？我又不是什么娇花。"

柏泽清垂眸，静静地看着她："不是吗？"

林颂音看向他，不懂他们怎么开始说这种没有营养的对话了。

"是吗？那我能是什么花？"

柏泽清就这样盯着她。

"玫瑰。"他说。

玫瑰带着刺，还有剔透的露珠。

他尝过她的露珠。

林颂音闻言"扑哧"笑出来了，露出了一点儿嫌弃的表情。

"你怎么这么土？还玫瑰……你就不能说点儿我不知道的花吗？"

她嫌弃完他以后，突然收起笑容，很认真地说："我觉得，我就算是花也不会是玫瑰的。"

她上次去墓园给妈妈和姥姥带了花，玫瑰很贵的。

柏泽清不知道她的表情为什么又变了。

他顺着她的话，柔声问："那你是什么花？"

林颂音想了想，说："我这样的人，顶多算是月季吧。"

"你知道月季吗？"她说完又仰头看他，怀疑柏泽清接触到的都是很名贵的花，"月季是粉色的，很多人家都在乡下的小院子里种月季。好像哪里都有月季，我们的学校里也有，总之它是很平凡很常见的花，很好存活，也很便宜。”

柏泽清端详着眼前的这张脸，许久后才出声：“平凡吗？”

过了一会儿，他认真地开起玩笑来：“好像是有点儿。”

“喂，你是不是想被我打？”林颂音用那只没被他攥住的左手掐了他一下。

但是柏泽清纹丝不动。

林颂音不习惯被他这样盯着看。他们在里昂做那种事的时候，临近最后的时刻，柏泽清也总是露出这样的眼神。

“你一直这么盯着我看是什么意思？”林颂音想抽回手，但是柏泽清仍然这么攥着她的手，没有说话。

她问：“你不是让我回江市后老老实实地做花瓶吗？”

她已经感觉不到虎口的疼痛了，现在只能感觉到被柏泽清摩挲的痒意。

柏泽清伸出另一只手，食指的指腹贴上她的嘴唇。

现在，她说不了话了。

“花瓶？”他正用那双深沉的眼睛专注地看着她眨动的双眼，“你不做花了吗？”

林颂音闻言立刻咬了一下他的食指指腹。

柏泽清就用黑漆漆的眼睛盯着那里，将手一点点地伸进她的嘴里，触到了林颂音的舌尖。

“你还可以咬。”他低低地说道。

林颂音用看变态的眼神看着他。但是过了一会儿，她还是咬了一下他的手……

气氛变得暧昧又混沌，直到柏泽清口袋里的手机振动起来。

林颂音终于回过神，想推开他的手，谁知道柏泽清全无反应，只是用眼神示意她帮他接电话。

林颂音只好从口袋里掏出手机，按了接通电话的键。

“喂。”柏泽清听到了自己无比喑哑的声音。

他根本没听清楚对面的人说的是什么话，林颂音倒是听到了柏泽清马上就要参加一场饭局，而且听起来那是很重要的饭局。

他有饭局还跑来干吗？

对方在问柏泽清现在到哪里了，柏泽清的表情没变，林颂音听到他脸不红心不跳地说：

“快到了。”

林颂音难以置信地看着他，他竟然就这样在她的面前明目张胆地撒谎。

挂掉电话以后，柏泽清终于舍得抽回手指了。

他在她的唇上把手指碾磨了几下，收回了手，俯视着她：“我要走了。”

“我也没有拦着你，骗子，你还骗人家说自己已经快到了。”

柏泽清没有在意。他不能在意，毕竟已经为她撒了很多谎。

“我走了。”他又一次说道，但是身体依然没有动。

林颂音不知道他怎么还没完没了地待在这里了，说：“你要走就走呗。”

话音刚落，她就听到房间的门口传来刘妈的声音。

“小林，我看到柏先生的车了，他来了吗？”刘妈刚刚一直在厨房里，并没有听到柏泽清来的动静，“还有，你怎么还不下来？我给你煮了生日面，还做了一堆你爱吃的菜，你吃饭都不需要用叉子和刀。”

林颂音听到刘妈的声音，吓了一跳，瞬间就从床上站了起来。

她真的有一种和柏泽清做那种事时被发现的感觉……

还好，柏泽清进来时关了门，而且他们现在正在规规矩矩地说话，她都不知道自己在担心什么。

“哦，我马上下去。”

林颂音皱眉看向柏泽清，用口型对他说：“你来的时候没碰到刘妈吗？”

柏泽清看着她，皱着眉头，注意力显然在另一件事上。

“你今天过生日？”他问，面上的讶异不容忽视。

林颂音别扭地移开目光。每一次别人知道她的生日时，她总是会有点儿尴尬，就好像在等对方给生日礼物似的……

“很奇怪吗？我看着难道不像射手座？”她转移话题，问道。

“你的户口簿上写的生日不是今天。”

“很多人的户口簿上的生日都不是真的。”林颂音走到门前，想看看刘妈有没有下楼，“你不是要走吗？你又没有给我准备礼物，还待在这里干吗？”

柏泽清目光复杂地看着她的背影，把手放在口袋处，陷入了无尽的纠结里。

许久后，林颂音转过身，就看到柏泽清正站在自己的身后，看不懂他眼底的情绪。

她靠在门上，柏泽清对她伸出了手。

林颂音看到他的掌心里躺着巴掌大小的红丝绒袋子。

“生日快乐。”柏泽清说，声音很低。

“给我的吗？”她踌躇着将袋子接了过来，心忽然跳了一下，“这是什么？”

柏泽清自始至终都凝视着她，没有说话。

看到袋子里的东西以后，林颂音惊呼了一声。

“戒指？”

林颂音盯着手里这枚失而复得的红宝石戒指，惊喜地抬头看向面前的柏泽清。

“我的戒指！你找到它了？”

柏泽清沉默地点了一下头。

只是很快，林颂音收起了笑容。

“不对，这是我在法国丢掉的，那你肯定就是在法国找到它的，为什么今天才把它给我？”林颂音无法理解地问道。

柏泽清把手覆在自己裤子的口袋上，很平静地说：“因为我忘记了。”

林颂音看了他一眼，又想起他刚刚给她戒指时表情很挣扎，他好像不想把戒指还给她。

“这都能忘记？要不是因为你有钱，我都要怀疑你是不是想直接把它拿去换钱了。”

柏泽清忽然笑了一下，只是笑容很淡，转瞬即逝。

“嗯，我确实不想把它给你。”

林颂音喜滋滋地将戒指戴回自己的手上，吐槽道：“不过柏副总，你怎么好意思把我丢了的戒指当成生日礼物？正常人怎么也应该送点儿别的礼物吧？”

柏泽清顿了顿后，倏地对她伸出手，低声说：“那你把它给我吧，我送给你别的东西。”

林颂音现在简直分不清柏泽清到底是在开玩笑还是在认真地说话了。

“你想得美，这很贵的好不好？！而且，你能不能不要带着这么真挚的表情开玩笑？”

她不想承认她刚刚看到他的掌心里的绒袋，有那么一瞬间真的以为他给她买了别的东西……

不过她想想也觉得这不可能，柏泽清根本不知道今天是她的生日，而且谁会整天把贵重的物品带在身上？

林颂音仍旧倚靠在门上，就听到柏泽清的手机又一次振动起来。

他们挨得很近，能感受到彼此的呼吸，手机振动的感觉也传递到了林颂音的身上。

林颂音看见柏泽清就跟听不见振动的声音似的，他从口袋里摸来摸去才摸到了他的手机。

林颂音说：“振动的声音好吵，‘嗡嗡嗡’的，像蚊子在叫。”

柏泽清看着她，直接将电话挂断。

他想起她刚刚说她没有朋友。

事实上，他也没有朋友，过生日时也不曾有什么安排，偶尔家人会为他准备生日惊喜，但宴会上的每一分钟对他来说都颇为煎熬。

可是林颂音和他不同。

“你下午准备做什么？”他问。

林颂音想了想，说：“我可能要去医院做医美手术。”

她上个月做了激光祛斑的手术。现在差不多过了一个月，她已经可以去做医美手术了。

这是柏泽清没有想到的事。

“你为什么要做这个手术？”

如果林颂音不说，他根本看不出来她的脸上有什么斑。

林颂音蹙着眉头说：“说了你又不懂，之前我打工时都是骑车去上下班，脸上就被晒出了一些斑呗。”

柏泽清注视着她的脸，低声说：“疼的话，你就不要做手术了。”

林颂音迷茫地说：“这不是疼不疼的问题……”

她有时候也不明白自己去做这件事的真正原因是什么。

是因为她喜欢把自己的脸变得白白净净的？林颂音原本是这样认为的，变得更加美丽也可以只是为了让自己高兴啊。

但是她如果生活在根本没有一个人的荒岛上，还会费心思去祛斑吗？答案是：她不会去祛斑，可能连脸都懒得洗……

这样想着，林颂音突然意识到，原来去做医美手术和她在家里穿好看的睡衣并不同……一个人待着时也穿得很好看是为了让自己高兴，而选择做医美手术好像还是因为介意别人的目光……

她其实更不明白自己现在为什么这么爱思考这些事情。

柏泽清抬起手，他的食指指尖就这样抚过林颂音的脸颊，他声音很轻地说：

“把勤劳的象征留下也很好。”

他的手抚过之处泛起阵阵痒意，林颂音不自在地缩了缩脖子。只可惜背后就是门，她被困在他的气息里，退无可退。

“我是因为没钱才不得不勤劳地打工的。你看，我现在有了钱，还做一点儿事吗？”

柏泽清勾了勾唇角：“有些人没有钱，会屈从于命运，选择好吃懒做的生活方式。”

林颂音一脸奇怪地看着他，柏泽清今天是怎么了？他什么时候对她说过这么多好听的话？

“你别告诉我，你是因为我没有朋友，所以现在想做我的朋友。”

“朋友吗？”柏泽清细细地品味着这两个字，“和你有那种关系的人算是朋友吗？”

“白马非马吗？算吧。”林颂音不记得这是不是柏泽清第一次提起这件事，困惑地看着他。

柏泽清垂下眼帘。

“下午两点，你在这里等我。”他开口道。

“你不会真要做那种事吧？”林颂音问。

“你的脑袋里装的都是些什么东西？”柏泽清不赞成地看着她。

“这怪我吗？谁让你在里昂一直对我做这做那？”

柏泽清闻言，动了动喉头，试图将那些疯狂的画面抛到脑后。

“我要带你出门过生日而已。”他说。

林颂音别扭地说：“我又不是什么小孩子，干吗要你带？”

“因为我有车，因为我很闲。”

因为他想带她出去。柏泽清目不转睛地盯着她。

“那也行吧，要是放我的鸽子，你就死定了。”

柏泽清走了以后，林颂音摸着自己手上的戒指，心想：完蛋了，她竟然沦落到要和柏泽清这么无聊的人一起过生日的地步了。

可是，她的嘴角还是不由自主地翘了一下。

虽然，只有一下。

柏泽清要去吃的这顿饭是家宴，他的母亲很早就通知他今天中午必须把时间腾出来了。

他的舅舅从国外回来了，虽然柏泽清从小到大并没有见过舅舅几次面，但他不得不去给舅舅接风洗尘。

柏泽清的大哥柏泽潭提前预订了宴会厅。

柏泽清平常和人谈项目时也偶尔会把地点定在那里。

柏泽清将车停在停车场里时，已经是中午的十一点半了。他只希望他进入宴会厅里时，大家已经结束了寒暄，不必再浪费彼此更多的时间。

柏泽清踏入宴会厅的大厅，还没来得及走到电梯处，就在大厅内迎面遇到了他上个月去酒吧里找林颂音时匆匆地见过一面的韩润。

在这里遇到韩润，柏泽清并没有感到奇怪，韩润的父亲似乎投资了这家宴会厅。

韩润和刚从国外回来不久的发小儿在这里吃完饭，和对方约好下午去打球，没想到会在这里碰到柏泽清。

韩润收起和朋友开玩笑时懒散的表情，神情变得庄重了不少。

“欸？哥，你今天也来这里吃饭？”

柏泽清点了点头：“嗯，你吃过饭了？”

他说这句话时，才注意到韩润身边的朋友，于是神色自然地望向对方，打算点头示意一下就离开。

然而，看向对方以后，柏泽清没能就这样挪开视线。

许见裕本来站在韩润的身边，见韩润对着柏泽清表现出这么尊重的样子，只想在柏泽清走后好好地嘲笑韩润一番。

许见裕注意到原本望着韩润的柏泽清把目光移到了自己的身上。

许见裕在饭局上见过柏泽清两次，不过并没有直接和对方说过话。

认识许见裕的人总认为他很好相处，许见裕将自己的“亲和力”归结为他长了一双看起来很热情的眼睛。

不过，他毕竟和柏泽清不熟，所以也只是点了一下头。

但是，一秒、两秒、三秒过去，许见裕发现柏泽清的目光仍然没有从自己的脸上移开……

终于，柏泽清收回了目光。

“我先走了。”他对韩润颔了颔首，没有再看许见裕。

“行，你忙。”韩润招呼道。

等到柏泽清已经上了升降梯，许见裕才扯了扯嘴角，摇着头看向韩润。

“你是欠他钱吗？你面对他的时候表现得这么像狗腿子。”

韩润“呸”了一声，说：“你懂什么？他是我高中时的学长，还是学生会的人，整天抓纪律，我看到他就紧张，这已经成了条件反射了！我就不信你现在在路上看到班主任不紧张。”

许见裕笑了笑，不甚在意地说：“我不紧张。我一直拿高分，班主任很喜欢我。”

韩润一直觉得许见裕看起来就不像是学习好的那种人，然而初中时他们在同一个班里，许见裕确实总是名列前茅……

韩润笑骂道：“你就是典型的那种人——装作上课时没认真听，回到家里偷偷地熬夜学习。”

两个人走出宴会厅的大厅，许见裕将脖子上的围巾又围紧了些。

不知道是不是因为昨天开着车窗吹风，他现在感冒了。

真是自作孽，他笑了一下。

只是很快，许见裕收起笑容：“不过，你之前不是说你的那个高中学长不近女色吗？”

韩润本来在找车，听到他的话，笑骂。

许见裕也跟着笑，说：“你没看到他刚刚盯着我的眼神？”

“大哥，我近视六百多度。度数要是再涨涨，我都能参加残奥会了，刚才能看到啥？”韩润终于找到了车，故意恶心许见裕，笑得贱兮兮的，“不过他那是什么眼神？想吃了你的眼神？”

许见裕闻言直接踢了韩润一脚："你想死是不是？"

不过许见裕还是忍不住去想柏泽清刚刚的眼神是什么意思，难道是他爸那个暴发户什么时候得罪了柏家？可是许见裕不记得他们家和柏家有什么经济上的往来。

两个人坐上车以后，韩润见许见裕还在琢磨，才说："大哥，你不会真的还在想那件事吧？虽然我以前就没见过他的身边有什么女人，但是上个月吧，我在 Hyperfox 里见到他和一个年轻的女人待在一起，他们的举止挺亲密的。"

韩润陷入了回忆，说："那个女的直接趴在他的身上，还在他的脖子上吸来吸去，也不知道是在干什么呢。"

许见裕对柏泽清的八卦自然不关心，随口应道："是吗？"

"废话。"

许见裕上了车以后，才将脖子上的墨绿色围巾解了下来。

韩润这时才问道："我昨天约你踢足球，你不是说你在买围巾——红色的围巾吗？"

许见裕低头看向自己的围巾："对。"

"我是一天就变成红绿色盲了？这不是绿色吗？"

"是绿色。"许见裕说，"红色的那条围巾被我送给别人了。"

所以，他又买了一条同款不同色的围巾。

韩润惊讶地看着许见裕："你把围巾送给哪个男的了？你这人，我找你要东西时就没见你大方过……"

他知道许见裕没有女朋友或什么可以互送东西的异性好友，自然联想不到女人。

"一个女人。"许见裕望向车窗，惊觉自己有点儿像白痴。

他竟然开始思考今天会不会在路边见到她。

"胡说。"韩润只当许见裕在扯谎，开玩笑地说，"我的学长盯着你看，可能是看你围着颜色这么奇怪的围巾，以为你是什么奇葩。"

韩润看了看后视镜，就看到许见裕不知道在看什么东西。

“你一脸忧郁地在那里望什么呢？”

许见裕突然开口：“那句话是怎么说的？‘一次是偶然，两次是巧合。’”

如果韩润没记错，这好像是英国作家弗莱明的话。

他不知道许见裕现在为什么要说这句话，只是顺着这句话接着说道：“三次就是敌人的行动？”

许见裕点了点头，再一次用手撑住下颌。

“也可能是命中注定？”他漫不经心地说着。

韩润费解地看向他：“你今天一直在这里说什么鬼话呢？”

“哈哈。”许见裕像是也觉得这四个字肉麻又恶俗一般，终于笑着收回了望向窗外的目光。

第十章

她在等他

许见裕和韩润在俱乐部里打斯诺克。

他们玩了多久，韩润就听许见裕的那种聒噪的手机铃声响了多久。

在又一次因为那种烦人的铃声将球打飞以后，韩润终于忍无可忍。

“大哥，你接一下电话死不了人的。你一直不接电话，电话到底是谁打的呀？”韩润拿着球杆戳向许见裕的后背。

许见裕笑着躲开：“还能是谁？我家的老头子。”

许见裕也不明白了，他爸在他小的时候能在外面待几天不回家，也很少过问他的事，结果现在倒是整天打电话问东问西。

许见裕从口袋里拿出手机，直接将手机放在台面上，按了免提键。

“又怎么了？”许见裕对着许昌鸿说话，自然不改那副纨绔的姿态。

“儿子，你在哪儿呢？”

“我跟朋友在外面玩，有什么事？”

韩润就听到许昌鸿在电话的那头声音很粗地叹了一口气。

“男人哪，还是得有一个家，不然整天在外面跑。”

韩润一听到这里，忍不住笑了。

上个月他就知道许见裕他爸又打起了让许见裕跟人联姻的主意。

要不是因为这件事，许见裕也不会以工作和看望国外的亲戚为借口跑到欧洲待了一段时间。

韩润其实不明白，许见裕干吗不拒绝得直接一点儿，让他爸别再对这件事抱有任何幻想？

许见裕当时悠悠地开口："你蠢吗？我拒绝了老头子，让他再去生一个儿子和我争夺家产？"

韩润想了想，觉得也有道理。他反正不懂人到中年的许叔叔怎么还这么想被人认可。

许见裕执起球杆，球杆的击球端已经触到母球，但是接下来他没有做任何动作。

韩润听见许昌鸿又在电话里提起易家的女儿，以为这一次许见裕肯定又要开始找借口搪塞许昌鸿。

但是没想到，许见裕忽然沉吟了几秒。

韩润没能看到想看的好戏，就看到许见裕的脸上出现了极为熟悉的表情。

他们从小相识，每一次许见裕明明准备答应别人的要求却又故意逗弄对方、让对方干着急时，脸上就会有现在的这种表情。

"和她见面吗？"许见裕状似不经意地问，"不过你上次说，要联姻的不是你以前提过的那个女儿，而是易家的另一个女儿？"

许昌鸿全然没想到儿子会这么问，这简直就是许见裕即将松口的信号，即便儿子的声音听起来并非情愿。

"是呀，易竞跟我讲过，之前有算命的人说这个女儿的属相跟他的属相相克，他觉得不适合把她养在身边。所以在女儿成年之前，易竞一直把她养在国外，也没有和外人提起过这些事。你知道这群人迷信得很。"

当然，许昌鸿听了易竞的话以后，并没有第一时间就完全相信对方，虽然这种事在有钱人的家庭里似乎并不特别。

只是林颂音姓林，并不姓易。

易竞当时就给出了解释，为了感谢妻子为他付出了这么多，他就让第一个孩子随妻子姓林了。

许昌鸿一查，易竞的老婆确实姓林，再加上易竞当初大概是靠他的老丈人发家的，那第一个孩子姓林也就不奇怪了。

许昌鸿信了这件事，但还是托人去查了林颂音的背景。他查到的资料有限，但信息和易竞所说的话没有出入，许昌鸿没有怀疑，毕竟如果林颂音一直生活在国外，他查不到太多信息也是自然。

许昌鸿当然不会想到易竞的动作比他的动作更快、更面面俱到。

许昌鸿继续说服儿子："这个女孩一直被她的爷爷奶奶照顾着，这两年才被易竞接到身边。被易竞养在身边的那个女儿从小娇生惯养的，儿子你肯定管不住她，被爷爷奶奶照顾的女孩才懂事呢。"

许见裕偶尔应声："我干吗非要管住她？"

许昌鸿豪爽地说："那我的儿子肯定不能是'妻管严'哪，哈哈。不管怎样，你先见见那个女孩，万一你俩不合适就算了，反正也不差这一个女孩。只要你和她见面，爸就再送给你一套别墅。"

许昌鸿生怕儿子过两天就变卦，直接说："那我跟易竞说好了，就这两天让你们见一次面？"

许见裕半晌才说："行吧。"

许见裕挂掉电话以后，韩润终于有机会出声。

"不是吧？你这两天就要相亲了？你不是不相亲吗？你不是说你不想成为你爸的工具吗？你一直不谈恋爱不就是因为害怕被套住、没有自由了？"

"你怎么有这么多问题？"

"因为你很可疑呀。而且我们才二十多岁，你现在就准备相亲，不担心以后就没自由了吗？"

许见裕被韩润的这副如临大敌的模样逗笑了。

"我只是去见见她，为什么你表现得好像我下一秒就要和她结婚似的？"许见裕露出一个玩味的笑容，"而且，她可能挺有意思的。"

"有意思？难道你查过要跟你相亲的那个人的资料？"

“不查。”许见裕说。

他更相信自己的感觉。

“那你怎么知道她什么样？”

许见裕回忆了一下昨天下午的那场短暂的会面，说：“直觉？”

韩润懒得看他继续在这里装模作样，说：“依我看，你这是为财产低头，终于认命了。”

许见裕并不否认，只是说：“你懂什么叫命吗？”

他嗤笑了一声。但很快，他收起笑容，眼神坚定地望向台面。

终于，最后一枚红球入袋。

“我赢了。”许见裕转头对韩润自信地笑，“命运是你躲不掉也拒绝不了的，白痴。”

韩润骂了一句。万一他的好兄弟也步入婚姻殿堂了，他以后跟谁玩？

许见裕收起球杆。看起来，他好像就要迎来和林颂音的第三次会面了。

柏泽清到达宴会厅时，他的家人正在聊天儿。

柏泽清从电梯间走到宴会厅的门口时，脑海里只剩下刚刚在宴会厅的大厅里偶遇的那个男人的脸以及他脖子上的围巾。

柏泽清的记性很好，在回到江市的这两年里，他曾见过许见裕两次。

在饭局上，许见裕待人相当亲和。

但是柏泽清的记性好不意味着他能将任何人的名字和脸对上号。

他甚至是先注意到了那条围巾，才想起了那张看起来略显张扬的脸。

林颂音在法国时就曾说过，易竞希望她跟许家的儿子联姻。

在江市的两年里，柏泽清也只见过许见裕两次，没有想过这一次见面来得这样快。

当时柏泽清盯着对方脖颈间的那条墨绿色的围巾，围巾的纹理和林颂音的那条红色围巾的纹理相同，柏泽清只觉得自己的疑心病重到了他需要去看心理医生的程度。

林颂音连见都没见过这位许姓人氏，甚至不知道许见裕的名字，又怎么会围着许见裕送的围巾？

这个念头毫无逻辑，简直荒唐。

柏泽清忽略了胃部沉甸甸的感觉。

他想到林颂音，事实上她离成为易竞所要求的名媛淑女还很遥远，而许见裕这样的人又怎么会老老实实地让家人摆布？

柏泽清难以自控地分析着这些事，只知道这件事到最后很有可能是易竞的一厢情愿。

他想到这些后，心里终于得到了片刻的宁静。

柏泽清刚一推开门，就听到话题的中心似乎是他的母亲江盈这次过生日时收到的礼物。

见柏泽清来了，二哥柏泽澈对舅舅江盛说："泽清送的画现在就挂在客厅里，我送给妈的项链还是他帮我从法国拍下带回来的。"

柏泽清和江盛打了一声招呼，二哥柏泽澈看向江盈，笑着开口："不过，妈，我觉得等到元旦节你还能再收到一枚钻石。"

柏泽清本来并没有觉得这个话题和自己有什么关系，直到柏泽澈对他露出一个坏笑。

"我看这钻石快有二十克拉了，枕形切割浓彩粉钻——"

柏泽清的表情终于有了变化。

"你翻我的东西？"他问，眉眼深沉。

柏泽澈看得出他不高兴了。从小到大，柏泽清不高兴时并不发火，只是那张脸臭得不行，柏泽澈只好举手投降。

"我那天早上去你家拿项链的时候，看到旁边有一个盒子，就顺便看了一眼。"

"你好像没有经过我的允许。"

“下不为例，下不为例。”柏泽澈会把战火往柏泽清的身上引，无非是因为刚刚被几个长辈关心和过问终身大事，烦得很，还不能发火。

舅舅江盛一听到“粉钻”，想当然地说：“姐到这种年纪了还戴粉钻吗？不合适吧。”

江盈闻言，表情变了。但她只是端起桌上的茶，就这样喝起茶来，并不接话。

柏泽潭刚刚一直在打电话，这时才挂掉电话。他从小是被妈妈带大的，江盈不开心，他自然看得出来。

“舅舅，你说这句话就不对了呀，女人在什么年纪里都可以戴粉钻。而且你不知道，我妈跟我出门时，总有人误把她当成我的姐姐。”柏泽潭用一句话把江盈哄得又有了笑容。

柏泽澈跟着帮腔，又望向柏泽清：“不过，老三，前几天妈为你张罗的相亲怎么样啊？你是不是已经有谈恋爱的打算了？你一直不说话，如果不是打算把那个粉钻给妈，难道是准备把它给人家女孩子？”

江盈这时才不高兴地看了一眼柏泽清：“别提了，他找借口说要工作，都没去相亲。”

她叹了一口气，想起柏泽清从小到大就不爱和女孩子接触，只有易竞的女儿易舒语因为大人之间相熟而经常和柏泽清见面。

江盈看向柏泽清：“你实在不想认识别人的话，你易叔叔的女儿就很不错。”

柏泽清闻言，有片刻的愣怔。很快，他听到母亲还在继续说：“舒语那个女孩子就很好哇，长得漂亮学历又高，开朗又大方，我们看着她长大的。你们为什么不试着相处一下呢？”

柏泽清听着二哥还在耳旁开着他的玩笑，二哥说柏泽清跟易舒语还算得上是青梅竹马。

柏泽清保持沉默。他和易舒语从小到大说过的话数都数得过来，有这样的青梅竹马吗？

大概是他们的对话实在太过无聊，柏泽清竟然开始不合时宜地想象，如果从小和他一起长大的那个人是林颂音，事情会变成什么样？

他和林颂音相处时会像他和易舒语相处时一样，两个人之间并没有什么对话，还是说情况会有所不同？

林颂音会叫他的大名，还是会叫他“哥哥”？她生气的时候会不会对他生气？她平常没有零花钱的时候会不会去找他？她有不会做的作业时，是会来问他，还是会直接抄他的作业？他们会不会总是吵架？他们吵架以后会是谁先主动地开口道歉？

柏泽清从来不知道，自己原来也会有这么多不知道答案的问题。

这一刻，柏泽清难以忽略这颗跳动的心脏。因为他忽然发现，虽然还有很多难以正视的情绪，但是至少他很想要知道答案。

林颂音睡了午觉以后，在客厅里吃着刘妈做的巧克力千层蛋糕。

不知道是什么时候，屋外传来汽车的声音。

她探头往外一看，那果然是柏泽清的车。

柏泽清真是会卡点儿，现在离两点正好还差两分钟。

林颂音没什么要带的东西，只背了一个小包就往外面走。

刘妈正好过来收拾盘子，问她：“柏先生又过来了？”

林颂音走到大厅的门口时，就看到柏泽清仍穿着早上来找她时穿的那身衣服。

柏泽清见到刘妈，迟疑了两秒后开口：“我带她去上——”

他还没发出来“课”这个字的音，话立即被林颂音打断了。

林颂音不露痕迹地对他使了一个眼色，才说：“我跟刘妈说过了，我的身份证找不到了，你得带我去补办身份证，不然明天是周六，派出所也不上班吧。”

刘妈点点头：“是的，尽快办好身份证吧，办好以后把它收好了，不能再把它弄丢了。”

林颂音连忙应了一声，跟柏泽清出门。

直到坐进他的车里，林颂音才瞪他："今天是我的生日呀，易竞那个老男人再歹毒，至少也会给我放一天假吧。"

她今天没有课，谎话真是差点儿穿帮。

柏泽清沉默了几秒，说："我没有想到。"

"你就不适合撒谎，真的。"

不过林颂音有那么一秒在想：就算刘妈知道了柏泽清是要带她出门过生日，又怎么样呢？这是不可以被人知道的秘密吗？

只是，柏泽清也选择了撒谎，那么这大概就是他们的共识了。

林颂音没有在这个小插曲上纠结太久，因为很快，一种味道就吸引了她全部的注意力。

她蹙起眉毛，闻到了车里难以被忽视的烟味。

她凑到柏泽清的胸口闻了闻："你抽烟了？"

柏泽清垂眸对着她摇头，脸色也变得没那么好看了，他的舅舅在整场饭局上大概抽了八根烟。

林颂音看他的表情也猜得到，一定是今天跟他一起吃饭的人抽了烟。

"我回去换一套衣服。"柏泽清说，声音淡淡的。

在江盛抽第一根烟、白色的烟雾飘到柏泽清的周围时，柏泽清就已经决定吃完饭以后要回去换一套衣服。

柏泽清吃饭的时候不喜欢说话，所以多数时候是他的家人在聊天儿。

直到饭局差不多接近尾声了，大家在商量去哪里玩一玩，柏泽清才起身，有礼有节地向几位长辈开口："我还有些事，就先走了。"

江盈问他下午有什么事，柏泽清神情自然地说："身上的烟味重，我回去换一套衣服。"

说完，他并没有太关心舅舅的表情。

林颂音犹豫了半天，还是没有打开车窗。

"男的真的很没有素质，在哪里都好意思让别人吸二手烟。"

"我不抽烟。"柏泽清说。

"你有素质，不在我辱骂的行列中。"林颂音回想起自己之前打工时遇到的一些奇葩的人，说，"之前我在奶茶店里打工的时候，就有人一边抽烟一边点单，讨厌死了，我真希望他的烟灰能掉进他自己的那杯奶茶里。"

柏泽清直视着路的前方，问道："那烟灰掉进去了吗？"

"当然不行。"林颂音说，"我可是很有职业操守的。"

柏泽清闻言，轻笑了一声。

"嗯，你做什么事都很认真。"

林颂音不解地看向他，他今天真是奇奇怪怪的。

林颂音从来没有来过柏泽清在江市的家。大概二十分钟后，她看到柏泽清将车停在一栋四层的别墅外。

她望向周围许许多多的别墅。林颂音本来以为，以柏泽清的这种喜欢安静的性格，他肯定会在周围只有他家那一套房子的地方买别墅。

"你一个人住四层楼吗？"林颂音指着窗外问道。

柏泽清摇头："我只住一、二层楼。"

"所以三、四层楼是另一户人家住的？还可以这样买房子？"

"嗯，这是叠加别墅。"他解释道。

不过柏泽清没有说，为了不被邻居打扰，他把别墅的三、四层也买下了。

他正准备拔下车钥匙，看林颂音还保持着原有的姿势，顿了几秒后，问："你在这里等我？"

林颂音"啊"了一声后，才移开视线，说："哦，但你要快一点儿换衣服，我最讨厌等人了。"

柏泽清点了点头。

"很快。"

和他做那种事的时候不一样，这一次柏泽清说“很快”，动作就真的很快。

等到他再次坐在主驾驶座上，林颂音盯着他眨了眨眼睛。

“你换衣服了吗？”

“换了。”

“衣服怎么跟刚才的那套衣服这么像？它们都是黑乎乎的。”林颂音不理解为什么他这么热衷于穿黑色的衣服，问，“你以前不是也穿白色的衣服吗？”

“以前？”

林颂音差点儿咬住自己的舌头。她垂下眼帘，再抬起头时很自然地说：“对呀，你在里昂穿过白色的冲锋衣。”

柏泽清注视着她，许久后才说：“我穿白色的衣服会显得年轻，这对谈项目没有任何帮助。”

林颂音没想到他会给出这样的理由。

“原来你是为了让自己显得老呀。”她点了点头，表示认可。

深色的大衣加深色的西装确实很显老。

柏泽清看向她，眼里有些不快。

“我二十五岁，很老吗？”他一字一顿地问道。

林颂音因为他的语气和莫名其妙的问题露出了笑容：“哈哈哈。”

柏泽清低头，看到她用手指摩挲着那枚失而复得的红宝石钻戒。

“你总是戴着它。”他说。

“废话，它超贵的，我当然要戴着它。不然万一我哪天死了，肯定没人会把它烧给我。”

林颂音暗暗地想着：说不定到了那时，易竞那个老东西就会把它从她的身边拿走。

柏泽清静默了片刻，突然问：“只要戒指贵，你就会一直戴着它吗？”

林颂音不懂他为什么要问这么奇怪的问题，不过突然想到一件事。

“对了，我还没问，你是在哪里找到戒指的呢？”

柏泽清注视着她的眼睛：“车里。”

“车里？”林颂音歪着头，百思不得其解。很快，她了然地“啊”了一声。

“我那次是不是说过让你不要一直按着我的手？”无论林颂音怎么想，戒指都应该是在柏泽清把她的手按在座椅上时掉下来的。

柏泽清的眼神很深沉，他说：“那是因为你当时一直在发抖，一直。”

柏泽清察觉到她的目光，忽然转头看向她：“过生日一般要做什么？”

林颂音想了想，说：“看电影？”

主要是她现在并不饿。但是她也不知道最近有没有什么好看的电影。

柏泽清将车发动：“那就先看电影。”

林颂音的双腿还有点儿麻麻的，她捶了两下腿，随口问道：“你的生日也快到了吧？”

林颂音对小时候的那次算不上愉快的邂逅仍有印象，记得那时柏泽清说家人在提前给他庆祝生日。

说完这句话以后，她骤然间闭上了嘴巴。

有时候，她在他的面前实在太放松了。

好在柏泽清只是看了她一眼，并没有觉察到什么。

“你偷看了我的护照？”

林颂音终于松了一口气。

她从来没有想过要和柏泽清提起那次相遇的事。

可能是因为“小乞丐”那三个字，也可能是因为他出于同情递出来的蛋糕，原因太多了，多到她早已说不清楚。

“我们在法国的时候，我的护照一直在你的手里，你想怎么看就怎么看，我就不能看一眼你的护照吗？”她顺着他的话说道。

尽管今天不是周末，但市中心的每条街上的人都算不上少。

柏泽清开着车，前行得有些艰难。

他刚刚在网上买了电影票，好在现在离电影上映还有不到一个小时，他们还来得及去看那场电影。

柏泽清用余光看到林颂音不知什么时候将车窗降到了底，她正把胳膊肘支在窗边，不知道在看什么。

“你在看什么？”他问。

林颂音没转头，说：“一个男的喝醉了，还拿着一瓶啤酒，撞到了一个女生，女生的男朋友立刻把她拉到身后，看起来准备把那个醉酒男打一顿。”

柏泽清分辨不出她的语气如何，只是侧目看过去。

“那不是啤酒，”他说，“是 Perrier（巴黎水）的气泡水。”

“欸？好像是真的。”

林颂音关上窗户，见道路拥堵、红灯漫长，随口问道：“你们男生看到这种情况会觉得哪个男的有问题？”

柏泽清看到前面的车终于向前挪动了，声音低沉地说：“都有问题，只是依靠武力并不能解决问题。”

“我就知道你会这么说。”林颂音笑了一声。

但是说不定等他依靠法律解决问题后，他的对象都已经死了呢。

车被停在了商厦的地下停车场里，林颂音走到一楼以后，停下了脚步。

“我们去外面的金街上买点儿小吃吧，不然电影不好看怎么办？”

柏泽清不喜欢小吃摊上的食物，但今天是林颂音的生日，他只能选择妥协。

冬日里，两个人走在街道上，林颂音戴上了外套的帽子。

她不喜欢排队，看到一家章鱼小丸子的店面的门口没那么多人，于是说要吃章鱼小丸子。

柏泽清正准备去结账，就被林颂音制止。

她指了指不远处的小摊子："你去那边给我买点儿梅花糕吧，我想吃里面有料的梅花糕。"她露出了一个支使人做事时才会有的笑容，说，"这样比较节省时间嘛，你不吃梅花糕的话就给我买五块。"

柏泽清看着她，无奈地转身。

柏泽清买好了林颂音想要的梅花糕，朝她走去。在离她还有几步之遥时，他看到林颂音的身旁站着一个男人。

男人的个子不高，头发不算短，被吹得高高的，并且被染成红、蓝两种颜色。

柏泽清的眉心下意识地皱了皱，因为他即使只能看到林颂音的背影，也能看出她身体的僵硬。

她的双手握成了拳头。

柏泽清走过去，用一只手提着冒着热气的糕点，用另一只手虚揽住林颂音的腰。

他没有看那个男人，只是微微地低下头，低声问道："怎么了？"

林颂音听到他的声音，脸上防备的表情瞬间松弛了一点儿。

柏泽清注意到她握紧的拳头渐渐地松开了。

对面传来轻佻到讨厌的声音。

"哟，你还真傍上大款了，不错不错。"

林颂音笑了，说："怎么了？你羡慕了？你羡慕的话也去。"

柏泽清听着林颂音的话，依然不知道眼前的这个男人是什么人，只是原本虚揽着她的手也渐渐地收紧。

林颂音说完话，自觉已经发泄了那点儿恶心的情绪，也不想让柏泽清继续听这些话，于是拿上章鱼小丸子后，就挽住柏泽清的胳膊。

"我们走吧。"

"那个人是谁？"柏泽清被她拉着往前走了几步后，回头看了看那个男人离去的方向，同时也放慢了脚下的步伐。

林颂音发现她拉都拉不动他后，忽然像是失去了力气。

她平常就觉得江市好小，总是会遇到一些同学，但是今天是她的生日，她为什么会遇到那个恶心的人？

“你如果是想要教训我言语粗俗、让你丢人的话，那现在就可以走了，我自己玩也可以很开心。”

她说着话，就要把柏泽清手里的梅花糕接过来。

柏泽清注视着她，将手抬高，再开口时声音近乎呢喃：“你以为我有教训人的爱好吗？”

林颂音抬眼看了一下他，又把头偏过去：“谁知道？”

柏泽清依然留意着那个人离开的方向，目光阴鸷。

“我只想知道他对你做过什么事。”

林颂音其实不爱回忆这些陈芝麻烂谷子的事。

她扳着手指，犹豫着说：“他是我的同学，叫厉正，那时追过我，总是跟着我回家。我没有接受他，他就跟别人说了很多我的坏话，还给我起外号。”

说到这里，她又陷入了令她倍感煎熬的回忆里，说：“男人变得小肚鸡肠的时候，比什么人都恶毒。”

柏泽清没有反驳，只是问：“他给你起了什么外号？”

“凭他的那点儿文化水平，他能起什么外号？‘狐狸精’‘白送女’之类的咯，我根本不在乎。”

厉正还偷偷地对班里的其他同学胡说八道，说她的妈妈是因为染了那种病才去世的。

柏泽清闻言，感觉自己的胃好像被什么东西攥住了。

“还有呢？”他问。

林颂音不想说了，今天才不想被这种败类影响了心情。

“你别看他长得又高又肥的，他被我打掉了一颗牙，有一颗门牙是假的。”

柏泽清看到林颂音对自己翘起了嘴角，她像是在寻求夸奖。

他就这样安静地凝视着她，这种目光让林颂音感到眼眶处传来一阵热意。

“我们不是还要买饮料吗？走吧。”她别开目光。

柏泽清依然站在原地。

“你害怕吗？”他忽然问，“当时。”

林颂音毫不犹豫地摇了摇头：“我不害怕，因为如果我表现得很害怕，这种人就会变本加厉。所以，我只有表现出一点儿都不害怕的样子，他们才不会一直欺负我，你知道的，光脚的不怕穿鞋的。”

柏泽清没再说话，只是垂下了眼帘。他再抬起眼皮时，一切如常。

“不说了，你想喝奶茶吗？”

林颂音知道他这是想跳过那个话题，正好也不想回忆往事了。

“想。”

柏泽清点了点头，说：“这条街的尽头，有一家有着白底黑字的招牌的咖啡店，那里的奶茶很好喝。”

林颂音指了指身旁的店：“那里有点儿远吧，我们在这家店里买奶茶不就好了？”

柏泽清摇了摇头：“我想喝路口的那家店的奶茶。”

林颂音不懂，问：“有什么区别吗？”

柏泽清神情自然地说：“那家店用的咖啡机的品牌是 La Marzocoo（拉玛佐科），不一样。”

林颂音瞪他：“你不会是想让我一个人去买奶茶吧？”

柏泽清拿出手机：“抱歉，我需要打一个很重要的电话，需要去相对安静的地方。”

说完，他对林颂音说了他想喝的奶茶系列。

林颂音要抓狂了。

柏泽清已经把手机放到耳边，朝他们来时比较僻静的地方走去了，林颂音只好忍住吐槽他的欲望。

算了，副总裁有点儿忙也是正常的。

而柏泽清在注意到林颂音已经消失在人群中后，脸上的那点儿微末的笑意也瞬间消失得无影无踪。

今天的温度真的很低，天气真的很冷。

柏泽清很快就在一个遍布垃圾桶的过道里找到了那个哼着不成调的歌的男人，男人走路摇摇晃晃的。

柏泽清就这样一声不吭地跟在他的身后。直到男人走到路口的监控死角处，柏泽清终于一脚踹了过去。

厉正毫无防备地被踹到了粗糙的地面上，大骂一声，挣扎着就要从地上爬起来，看看是哪个失心疯在发病。

然而柏泽清根本不给他机会。

柏泽清的脑海里只是浮现出了十多岁的、还在上初中的林颂音，她的个子能到他的胸口吗？

她可能会留着短短的头发，日常不会穿裙子，而是穿着裤子。因为她怕被那些喜欢搞恶作剧的男生扯裙子，还因为那样穿衣服让她看起来显得不好欺负。

她每一天都伪装成无所畏惧的样子，其实每一晚回家后，都会委屈、会恐惧。

柏泽清听着脚下的这个男人的咒骂声。那时，这个男人会不会也是这样骂她的？

议论声会让她恐惧，这些肮脏丑陋的人也会让她恐惧。

柏泽清冷漠地想：就让他做一次抽刀向弱者的小人好了。

他似乎已经把自己束缚在“良善的人”这个框里太久了。

他踩着这个男人的肚子，没命地踢对方。直到鞋面上已经沾了不少灰，柏泽清才终于停了下来。

许久后，厉正已经不再动弹，柏泽清的脚仍停留在这个人肥厚的肚子上。

柏泽清拍了拍裤子上的灰尘，蹲下来，用手帕擦掉鞋上的灰，才看向那个早已不再挣扎的人。

垃圾就该待在垃圾分类处。

“我……”厉正忍住骂脏话的冲动，说，“我没惹过你吧，你为什么……？”

柏泽清没说话，只是沉默着从钱夹里掏出现金。

风很大，粉色的纸币就这样打在对方的脸上。

“你不知道为什么？”柏泽清勾了勾唇，只是笑容毫无温度，“那可能就是因为我想打你。”

他看了一眼表，该回去找林颂音了。

她在等他。

目光阴郁，柏泽清将早已沾上灰尘的手帕丢进厉正身后的垃圾桶内后，拾起被放在一边的装着梅花糕的纸袋，头也不回地朝来时的方向走去。

黑色大衣的下摆因为他的步伐在风中摆动。

柏泽清是跑着回去的。他刚来到不久前买梅花糕的地方，就看到了林颂音，她用一只手提着双杯饮品的打包袋，用另一只手拿着一个塑料袋，在四处张望。

她原本戴着的衣服上的帽子也已经滑了下去。

柏泽清注视着在不远处费力地寻找自己的林颂音。其实他知道她不需要他做这种事。

从前没有他，她依然很好地成长到了今天。

也许只是在那种幻想里，他希望她需要他。

林颂音几乎下一秒就看到了柏泽清，迎上他的目光后，瞬间瞪向他。

这个眼神终于将柏泽清从人生中的第一场暴力事件里拉了回来。

林颂音走到他的面前时，眼神里带着愤懑。

“你跑到哪里去了呀？你打一个电话花了这么长的时间！”

柏泽清没说话，接过她手里的打包袋。

他让林颂音买的那杯饮料是冰的，手指不小心接触到杯身，他已经感受到了冰冷。

林颂音眼里的恼火还没散去，只是这时她才觉察出柏泽清接完电话后有点儿不对劲。

她不是迟钝的人。柏泽清刚刚忽然说要打电话，然后又往那个方向走去，林颂音的心里就隐隐地产生了一种猜测。

“你刚刚真是去打电话了吗？”她斟酌着问道。

柏泽清注视着她，没有说话。

林颂音越想越觉得可疑，用章鱼小丸子的纸盒自带的温度暖着手。

“你不会是……”她极力地想要从柏泽清的眼睛里看出点儿什么来，“刚刚跑去教育厉正了吧？”

林颂音没有忘记柏泽清不接受用武力解决问题这一点，自然不会觉得他是去打人的。再加上他起初要么不说一句话，要么就是开口教育她，她也只能这么想了。

柏泽清只是盯着她看，忽然笑着点了一下头。

“我去揍他了。”

林颂音“扑哧”一声笑出来了。如果柏泽清没有笑，她还能把这种话当真。

“我有时候真的分不清你到底是在认真地说话还是在开玩笑。”她笑完，有点儿困惑地说。

“那我就是在开玩笑。”柏泽清神情复杂地注视了她一会儿，忽然用一只手提过两个袋子，伸出手在她的头顶上揉了揉。

林颂音下意识地想躲，说：“我中午刚洗了头！”

柏泽清收回手，笑了笑：“走吧。”

林颂音走在他的身边，抱怨道：“你知不知道我为了你的这杯饮料等了多久？那家店的门口排了好长的队，我最讨厌排队了，你要是不喝完饮料就死定了。”

这一次，柏泽清没有纠正她又说了“死”这个字。看着她表情丰富的脸，他才觉得心跳逐渐平息、安定。

“我会喝掉它。”他说。

两个人走出金街，经过商厦 A 口旁的停车场出入口，柏泽清问：“你还想吃别的东西吗？”

“电影一会儿就要开始了。”林颂音摇了摇头。而且她刚才遇到了那个男的，胃口都没剩多少了。

她真是不明白，明明江市并不小，她怎么总是能遇到这种她不喜欢的人？她就不能遇到一些她想见到的人吗？

林颂音正准备朝 A 口的台阶走去，忽然发现身旁的柏泽清停住了脚步，他的目光停留在停车场的方向。

“你不会也看到什么熟人了吧？”林颂音随口问道。

见柏泽清没有回应，她也想朝那个方向看过去，柏泽清却在这时突兀地侧过身，完全挡住了她的视线。

不远处，许见裕刚从斯诺克俱乐部里出来，坐在车的副驾驶座上，就这样隔着不远不近的距离看向林颂音。

很快，他就只能看到她的一片衣角了。

不过，在刚才的几秒钟里，他看到她似乎没有围他送的围巾。

她知不知道红色很配她今天穿的白色大衣？

半个小时前，许见裕和韩润打完球，直接去地下停车场里找车。

今天不是周末，但停车场里依然车满为患。

半个小时过去了，韩润的车距离出入口的道闸杆还有一辆车的距离，韩润早已不耐烦了。

不过许见裕倒是并不着急。暖气充足，他将车窗降下来，把胳膊肘支在窗边，漫无目的地朝商厦外的广场望了一眼。

“你是不是不怕冷？求你把车窗关上吧。”韩润一坐到车里就把外套脱掉了，这时只觉得冷风一股股地吹进来。

许见裕笑着收回目光，正准备关窗，视线忽然定格在不远处。

韩润半天没等到他关窗，正准备自己动手，就看到他的下颌又靠上了手背，许见裕不知道在看什么。

韩润将放在车里的眼镜戴了回去，顺着许见裕视线的方向看过去，才发现：天哪！这不是他几个小时之前刚遇到的学长柏泽清吗？

他见柏泽清也朝自己这边看过来，下意识地做出热情的表情，对着柏泽清的方向打了一个招呼。

韩润眼尖，打完招呼后，就注意到了在柏泽清的身旁站着的那个女人。

如果柏泽清身旁的人是男人，韩润可能还不会有什么记忆，但是柏泽清的身边哪里出现过什么女人哪？而且在酒吧里碰见柏泽清的那天，韩润还近距离地见过林颂音，一眼就把她认了出来。

许见裕看不到林颂音，自然而然地看向将她全然挡住的人，而柏泽清也神情漠然地回看他。

很快，许见裕扯了扯嘴角，面上露出一个意味不明的笑。

他终于读懂了柏泽清中午看向自己的眼神。

原来是这样啊。

林颂音不知道柏泽清为什么要突然挡住自己，第一时间想到柏泽清大概是遇到了相熟的人，而她的身份尴尬，他们待在一起的画面被人看见了并不合适。

“我要不要自己先进去？”她小声问出口。

柏泽清终于收回那道没有温度的目光。

他回头看向林颂音的时候，神情恢复如常。

“那不是重要的人。”

他并不想在林颂音的面前提起许见裕。或许许见裕只是因为上午的偶遇才看过来的，柏泽清不想去考虑任何其他的原因。

柏泽清又帮林颂音戴上了衣服上的帽子，淡淡地出声：“电影不是要开场了吗？走吧。”

“哦，对。”林颂音说，之前很少去电影院看电影。从前有一次去那里看电影时，她错过了电影的开头，后来就一直没能进入状态。

这次她还是不要错过电影了。

柏泽清让林颂音走在自己的身前，彻底将她与周围的一切隔开。

韩润一直等到柏泽清转过头、没再看过来，才对着许见裕耳语。

“天哪，我又看到他们俩了。”

许见裕推开他的脸，神情复杂地说：“他们听不到的，你不用像贼一样说话。”

“哈哈，我今天不是跟你说在我的酒吧里见到过学长被一个女人缠着吗？那个女人百分之百是她！没想到，我又撞见他们了。你看没看到他们还拎着一些乱七八糟的小吃？天哪，原来爱情真的会改变一个人，我高中时跟学长在同一所学校里上学，就没见他进过小吃店，你知道吗？哦，也不是，他查纪律的时候进去过，好几次我正准备进去觅食，就看到了他……真没想到有一天魔鬼竟然会带着女孩子买这种垃圾食品，他还给她戴帽子了，你刚刚看没看到？”

韩润觉得肉麻，哆嗦了一下。

许见裕依然看着二人离开的方向，不冷不热地说：“我好像没瞎。”

韩润听到他的这句话以后，故意道：“怎么？听你的语气，人家有女朋友，你失望了？哈哈哈，不过没想到哇，你俩还有点儿缘分，才遇到没多久，现在又遇上了，哈哈哈哈。”

许见裕不在意地勾了勾唇角。

“你也觉得我和她有缘分？”

这是他第三次遇见她了。

“有，可惜是孽缘哪。”韩润笑着，顺着许见裕的话开起了玩笑。

“孽缘吗？”许见裕最后看了一眼那两个人离去的方向，看见那里站着其他行人，“不知道。”

他终于收回目光，难得正经地看向韩润：“你跟别人说过你见过她的事吗？”

“谁？我的学长旁边的女人？那自然没有，我也不是那种大嘴巴的人哪。”

“那以后你也别跟其他人说了。”许见裕说。

迎上韩润完全无法理解的目光，许见裕解释道：“易家的另一个女儿，就是她。”

韩润的车终于过了道闸杆，但如果不是因为身后的车狂按喇叭，韩润几乎忘记将车开出去。

喇叭声震天响，韩润手忙脚乱地将车驶了出去，同时不忘看向许见裕，嘴巴张得可以塞下十个鹌鹑蛋。

“你说的是真的还是假的呀？她她她她她她她——”

许见裕因为他的反应笑了出来，但还是不忘交代几句话。

“你如果以后见到了她，也不要用莫名其妙的眼神看她，表现得自然一点儿。”

韩润闻言更加惊讶，甚至忘记了问许见裕什么时候见过她、为什么会知道联姻的对象是她。

“所以你今天看到了他们在一起，还要跟她见面？”

许见裕表情不变地说：“为什么不？”

韩润都不知道该怎么说了，说：“她明显和我的学长有点儿什么事呀。”

许见裕耸了耸肩膀：“那又怎样？如果她答应见我，就说明他们并不是那种关系。”

又或者，他们关系的根基并不牢固。

毕竟半个月前，许见裕还曾撞见她和另外一个男人在巴黎的餐厅里用餐。

“我都说了，他们肯定是那种关系。或者你想随便地见见她？”韩润已经不懂他的发小儿了。

“我好像没这么说。”

“那你就一点儿也不在意吗？”

许见裕没说话，半晌，突然开口。

他开玩笑一般开口：“在意的话，我一点点地把她抢过来就好。”

韩润在一旁不停地摇头："哼，我才不相信你。你最好别真喜欢上人家，不然到时候被虐，可不要找我哭。"

许见裕又笑："嗯，有那么一天的话，我一个人躲起来哭。"

"哈哈，我可等着那天了。"

这一晚的十点，许见裕刚洗完澡，接到了他父亲的电话。

许昌鸿告诉他："儿子，易竞刚刚跟我说了，他的女儿林颂音周日方便跟你见一面，你那天没事吧？"

许见裕擦头发的动作顿了顿，片刻后他才问："她同意见面了？"

"这不是废话。"

挂掉电话以后，许见裕靠在床头上，低垂着眼帘，默念着她的名字。

"林颂音。"

电影是喜剧片，林颂音很幸运，并没有错过开头。

电影院里的人不算少，电影是很合格的喜剧片，林颂音从开始时就笑个不停。不过很快她就发现，自己一笑，柏泽清就会盯着她观察，就好像不明白她在笑什么。

"你这样看我，我都笑不出来了。"

"为什么？"

"因为我感觉是我在给你演喜剧！我是马戏团里的猴子吗？"林颂音怕打扰到别人，声音很小很小。

柏泽清终于露出进入电影院后的第一个笑容："知道了。"

林颂音一直笑到电影放了三分之一，才想起来吃买来的小吃。

梅花糕和章鱼小丸子已经有些凉了，但是林颂音没什么感觉，她从前也经常吃冷掉的食物。

不过令她感到遗憾的是，这部电影播放到三分之二以后就开始没完没了地煽情。

林颂音不喜欢这种强行让她流眼泪的感觉，明明是来找乐子的。

她坚持看了一会儿电影，终于坐不住了。

真不知道这部电影还有多久才能结束，她忍不住想看时间，但又懒得从包里掏手机，便想去看柏泽清手腕上的表。

她刚低着头看向柏泽清的手，还没有看到表上的时间，就看到柏泽清已经抬起了手。

她下意识地抬头看他，他神色如常地将她的嘴边沾着的一点儿海苔屑擦掉了。

“电影好看吗？”柏泽清问，声音很轻。

他像是并不觉得自己的这个举动有什么，毕竟他们之前做过的更亲密的事早已数不清了。

林颂音在微弱的光线里迎上他的目光。

“前面很好笑。”她不想大声说话，于是凑近柏泽清的耳朵说，“但我喜欢一直好笑的、以喜剧收尾的电影。”

“嗯。”他说。

林颂音不明白，柏泽清这个人明明有严重的洁癖，但刚刚又那样做。

她忽然感到疑惑，但是不知道该怎么将这种疑惑问出口。

“你怎么不用手帕擦？”

柏泽清回答道：“手帕被我用来擦了鞋子，我把它扔了。”

“鞋子？你为什么要擦鞋子？”林颂音记得他的鞋子很干净。

柏泽清用漆黑的眼睛直视着她，许久后才说：“因为我踢了人。”

如果电影还像刚开场时那样吵闹，林颂音会怀疑自己听错了。但是此时此刻，林颂音知道柏泽清可能是在认真地说话。

原来他说揍了厉正不是在开玩笑。

她怔了许久，不远处的大银幕上已经开始上演合家欢的戏码。

“你为什么要踢他？”

因为她的问题，柏泽清再一次深思起他会那样做的原因来。

他其实一点儿也不想知道原因，不想知道原来自己的一切原则在遇到她以后都崩塌了。

他不想知道自己的骨子里还带有这样的危险因子。他并不总是冷静克制的，会冲动，还会使用暴力，还毫无原则。

但是，他就是那么做了。

他想那样做，所以就做了。

“你知道为什么的。”柏泽清目光灼灼地注视着她。

林颂音的心跳因为这个回答瞬间漏了一拍。

她知道的，知道自己是在明知故问，知道他打人是因为她。

但是令她不明白的是，他为什么要为了她这样做。

他喜欢她吗？还是说，他对所有人都是这样的？

电影在这时结束，放映厅里的灯刹那间全亮了起来，把林颂音吓了一跳。

“电影结束了？”她恍惚地问道。

“嗯。”

电影院里的工作人员开始拿着大垃圾桶收拾放映厅里的垃圾了，柏泽清接过林颂音手里的垃圾，把它们丢进了垃圾桶里。

因为刚刚的对话，两个人一时没有再说话。再低头看向林颂音的时候，柏泽清发现她也在看他，但是谁都没有再提起刚才的那个令气氛变得微妙的话题。

“我们现在出去？”柏泽清问。

放映厅里还在播放电影的彩蛋，但显然，两个人的注意力都没在彩蛋上。

“好。”

走出放映厅以后，林颂音看到电影院外面的人，下意识地戴上了帽子，用帽子挡住了半张脸。

“你饿了吗？”柏泽清边走边问。

林颂音在看电影的两个小时里嘴巴就没停下来过，自然不会饿。

但是她说不清楚为什么，只知道自己现在不想回去。

可能是因为今天是她的生日，她很想在外面待得久一点儿，也可能是因为刚刚柏泽清很诚实地告诉她他打了厉正，所以她也想对自己诚实一点儿。

她其实一点儿也不讨厌和柏泽清待在一起，甚至，不止是不讨厌。

“不饿。”

她不饿，但还能再吃点儿东西。她还没来得及说这句话，柏泽清就低垂着头看向她：“你今天应该吃蛋糕。”

林颂音仰起头看他：“蛋糕？”

“我以为你会很想吃生日蛋糕。”他把目光从她的脸上移开了几秒，有那么几分不自在地说，“现在蛋糕应该已经被送到我家了。”

林颂音听到柏泽清说生日蛋糕，不由自主地想到自己十岁的生日那天他从欧式的铁门内递出来的蛋糕。

她低头盯着自己的脚尖看：“我不是很想吃蛋糕。”

“为什么？”柏泽清全然没想到她会这样说。

林颂音说：“当然是因为晚上吃甜食不好。”

柏泽清眯着眼睛，审视地看着她：“你在里昂时每个晚上都在吃泡芙。”

林颂音哑口无言，说：“那……因为泡芙比较好吃嘛，我不喜欢吃蛋糕。”

只是这个原因？柏泽清皱着的眉头放松了一些。

“你在撒娇吗？”他走近她，声音很轻、近乎引诱地说，“我买的是巧克力草莓泡芙蛋糕塔，你会喜欢它的。”

林颂音一听到蛋糕竟然是由自己最喜欢的几种食物制成的，早已把十岁时的那点儿记忆短暂地抛到了脑后。

她从来没有吃过这样的蛋糕，甚至也是第一次听说这样的蛋糕。

“谁在跟你撒娇？”她犹豫着说，“但是现在的草莓甜吗？会不会酸？”

她是这样问的，但心已经飞去了柏泽清的家。

“草莓不酸。”

第十一章　生日礼物

“那好吧。”林颂音说着话，手里的手机响了。

看到屏幕上的电话号码以后，她一秒回到了现实里。

她抬头看向柏泽清：“电话是易竞给我打的。”

柏泽清不知道自己在想什么。他该让林颂音接电话的，却什么也没说。

林颂音坐在副驾驶座上后，还是接通了电话，毕竟这也是逃不掉的。

“喂，爸爸。”

“嗯，你现在是不是还在外面玩？”

林颂音谨慎地说：“准备回去了。”

林颂音想：她可以待会儿回家一趟，让刘妈看到她，然后再偷偷地溜出来就好。

她原本以为易竞只是装模作样地关心她一下，没想到他接下来会说：“嗯，那你回到家里再给我打电话。你在外面的话，有些话我不是很方便说。”

林颂音凭直觉认为易竞可能要跟她说什么重要的事。难道是他把她找回来的事被他现在的妻子发现了，所以他要林颂音换一个地方住？

“好。”

挂掉电话以后，林颂音才看到柏泽清也在看手机，他不知道在回什么人的消息。

“我得回去一趟了。”不然，到时候易竞一问刘妈，林颂音的谎言就穿帮了。

柏泽清看向她，没说话。

“那蛋糕怎么办？”

林颂音迎上他的眼神，鬼迷心窍地说：“那我跟他谈完再联系你吧，反正，你不准一个人偷吃我的蛋糕。”

柏泽清注视着她：“我答应你。”

林颂音被柏泽清送回家以后，直接回了二楼自己的房间里。

她现在越来越讨厌接到易竞的电话了。

她站在窗边看着柏泽清的车慢慢地驶出自己的视野里，调整了一下心情，才给易竞回电话。

电话很快就被接通了，林颂音怀疑易竞一直在等着她回电话。

“泽清带你去补办身份证了？”

林颂音应了一声：“对。”

“好，这段时间里他帮了我很多忙。”易竞说，“接下来，我可能就不用再麻烦他了。”

林颂音走回床边的脚步倏地顿住，易竞的这句话是什么意思？易竞是说柏泽清不用再负责她了？

她的第一反应是她和柏泽清的关系被易竞发现了，但是这怎么可能呢？她的房间里又没有监控，她住进来之后经常检查。

“好。”她尽量不带情绪地回答。

易竞很快做出解释：“我听他的父亲说，他的假期这周末就结束了，他下周一就要正式地回到公司里工作，我们不好再麻烦人家。”

林颂音这才松了一口气，原来是因为这件事。

然而下一秒，她就听到易竞的声音还没有停：“而且我认为，你已经可以和许家的二儿子见面了。”

“什么？”林颂音从来没想到这一天会来得这么快，连心理准备都没有。她试图让自己的声音显得没这么生硬，甚至挤出了一点儿笑声。

“可是爸爸，我现在离淑女是不是还有点儿距离？我还有很多东西要学。”

易竞宽慰道：“不必担心，你如果遇到了不知道该怎么回应的问题，只要微笑、少说话就好。”

“我……但是我万一露馅了怎么办？”

她说着话，听到房间内一直没有人用的传真机正在接收文件。

易竞说：“关于你的学历和经历，你就按照我之前和你说的那样说，我把所有信息都写在文件里了。”

“可是，这是学历造假呀，学历造假会出大事的。”

“傻孩子，不被发现的谎言就不算谎言。”

林颂音想起最重要的一件事，问：“但是我姓林，如果对方问我为什么不跟你姓，我怎么回答？”

易竞过了几秒才回答道：“我告诉对方了，你是跟我的妻子姓，她也姓林。”

一瞬间，林颂音几乎要气笑了。

她突然想起一直被自己忽略的细节——这栋别墅叫御林别墅，她当时住进来的时候还觉得这是一个巧合。

原来御林别墅的“林”，指的是易竞妻子的“林”。

易竞和林颂音的妈妈林筝谈了校园恋爱以后，遇到了富家出身的现任，就头也不回地抛弃了林筝，让林颂音变成了从出生起就没有父亲的私生女。

现在，易竞又恬不知耻地让林颂音住进他妻子的房子里。

他真无耻。

而林颂音不得不对他虚与委蛇，敷衍这个辜负了她的妈妈、让她从小就受尽白眼、从来没尽到一点儿父亲义务的恶心男人。

易竞以为林颂音还在为撒谎而担忧，安慰她说：“放心，这个年纪的男孩子都很愚蠢，他会喜欢你的，就算不喜欢你，也会喜欢我们易家和林家的声誉。你先去和他见一面，交交朋友，事情发展得顺利的话，你们年底订婚是最好的了。”

林颂音感觉到后背上出了一阵冷汗。在她的想象里，那个即将和她见面的男人就像易竞一样可怕，甚至可能会更可怕。说不定那个男人拆穿她的身份以后，就会开始折磨她，因为她一无所有。

“你想明天和他见面，还是后天和他见面？”易竞终于发问。

林颂音不知道该怎么回答，说：“你可不可以让我想一想？”

易竞没有逼她，知道她会想通的，她是他的女儿，会知道什么才是最重要的。

挂掉电话以后，林颂音看到自己的手心里都是汗。

她发现自己原来没有想象中的那么勇敢。

原来人在事情真的来临时才会胆怯。

她承认，自己这一刻真的感到迷茫和无助。

她看向窗台，柏泽清早已离开。她下车前，他曾说过他要回去一趟，把蛋糕放进冰箱里，不然动物奶油很可能会化。

不知道从什么时候起，林颂音对柏泽清的信任已经超出了她对所有人的信任。

这可能是因为他给她准备了听起来就很贵的蛋糕，她喜欢所有贵的东西；也可能是因为他打了从前欺负过她的人；他们在里昂曾朝夕相处，更早的时候他在墓园外找到了她，还有那次在她的那个破旧的家里，他看完她的日记后，把宽大的手掌覆在她的脑袋上……

林颂音从来不知道，原来在不到一个月的时间里，他们之间发生了这么多事。

这一刻，她很想信任他。

她知道她不会让自己依赖任何人。但是至少，她需要一个和她商量事情的人。

而且，她还从没见过巧克力草莓泡芙蛋糕塔。

她还没有吃过那种蛋糕，答应过他今晚要去吃蛋糕的。

林颂音想好了，去他家主要是为了吃蛋糕，到时候再对他说出这件事。

能得到他的反应也很好，她其实并不喜欢他们之间的这种暧昧的感觉。

她现在只是需要一个站在自己这边、为她考虑的人。

林颂音想清楚以后，毫不犹豫地给柏泽清打了电话。

只是，屏幕上显示“正在通话中”。

林颂音皱起了眉头，知道自己的这种冲动是短暂的，它在遇到阻碍时就会冷却。

事情再耽搁下去，她很可能就会失去这种勇气。

林颂音看了一眼衣架上柏泽清的外套。她要去找他。

林颂音这次过生日还没有许愿。

她很喜欢刘妈。但是下楼的时候，她还是许愿千万不要碰到刘妈，因为她其实没那么喜欢撒谎。

愿望实现了。

这一次，林颂音没有叫易竞给她派的司机。

她在冷风里等了十分钟才等到网约车。

还好，她记得柏泽清的家在哪里。

林颂音坐在车的后座上，车灯亮着，她的心情变得格外轻快，至少在这个瞬间，她是在依靠自己的感性做决定。

而她这次去柏泽清的家和下午坐在柏泽清的车上去他家时的心情全然不同。

离柏泽清的家越来越近时，林颂音感觉到自己的心跳得很快。

当然了，林颂音了解自己的德行。一会儿见到柏泽清时，她一开始肯定还是会表现出一副很不在意的样子。不过这一次，她不会装很久的。

她会装作无意地把易竞刚刚的话告诉柏泽清，只要他表现出不赞成的态度，她就会……她会怎么做呢？

她苦恼地想着。

林颂音也不知道答案。她只知道，今天是她的生日，她会试着对他诚实的。

车已经驶到了别墅区的外面，林颂音记得门卫室距离柏泽清的别墅还有一段路。

司机是一个比她大十多岁的姐姐，看得出林颂音的着急，好心地说："如果门卫同意，我就把你再往里送一送。"

林颂音降下车窗，还没有开口说自己是来找哪家户主的，就看到门卫已经放行了。

下午她跟柏泽清来这里的时候，值班的就是这个门卫叔叔。

林颂音感激地冲对方笑了笑，没想到一切都这么顺利。

司机又把车往里开了一段路，林颂音才下了车。

晚上的路看起来跟白天的路不同，她下了车，不太能找到柏泽清住的那栋楼。

好在别墅区内的路灯早已亮起，就像在指引着她。

林颂音的方向感差，她都不确定自己能不能找到只匆匆地来过一次的柏泽清的家。

林颂音看到柏泽清的车时，脸上终于绽放出笑容。

她真的找到了。

她再往前看过去，就看到那个她寻找的身影正伫立在他家的大门口。

只是柏泽清的脸被小花园里的树枝遮挡住了，林颂音看不清他的表情。

林颂音终于感觉到惊喜。

她笑着朝那个方向快步跑去，正想要开口叫他，这时才发现了柏泽清站在门外的原因。

脚步顿在原地，她看到柏泽清的身前站着一个比他矮一头、身形和自己的身形差不多的女人。

女人的裙角在风中摇曳。

林颂音想起易竞说过柏泽清周一就要开始工作了，这个女生可能是他的公司里的员工，要提前把工作的内容告知柏泽清。

这样想着，林颂音站到了墙后。

“大晚上还这么忙，说事情就不能快一点儿吗？”她低下头小声吐槽道。

从温暖的车里下来，她慢慢地开始感觉到冷了。

早知道，林颂音就应该带一件柏泽清的大衣出来，而且易竞就快回来了，她也不能一直把柏泽清的衣服放在房间里。

这样想着，林颂音又回头看了一眼。

这么冷的天气里，别人来找他谈事情，他都不请人进去谈，给他打工的人真倒霉。

林颂音从口袋里掏出手机，打算利用等人的时间打开 APP 背几个单词。

不久前和柏泽清去了法国，林颂音才发现原来勤背单词真的是有用的。至少和别人交流时，她能够更快地让对方理解自己想说什么话。

只是，她还没来得及转过头，就看到柏泽清终于推开了他身后的门。

那个女生并没有离开，而是跟在柏泽清的身后进去了。

林颂音面上的表情在这一刻凝滞住。

她几乎下一秒就认出了路灯下一闪而过的那张侧脸。

那才不是柏泽清公司里的员工，是易竞的女儿——林颂音同父异母的妹妹易舒语。

林颂音不会认错人，因为御林别墅的各个角落里都贴着易舒语从小到大的照片。

其实林颂音看到那些照片时，从来没觉得自己低人一等过。

妈妈去世以后，林颂音从姥姥的口中得知，易竞认识了易舒语的母亲后抛弃了她的妈妈。

是易竞欺骗了两个女人，她的妈妈没有错。

所以被易竞找回来以后，林颂音想到和易家有关的任何人时都无愧于心。

但是现在，她得知了御林别墅是易竞妻子的房子……易竞对不起林颂音，可是易竞的妻子没有对不起她。

他们女儿的照片光明正大地摆满了所有的角落，而林颂音偷偷摸摸地住着人家的房子，为了不被别人发现，行李随时会被收起来藏进储藏室里。

就像现在，易舒语可以进入从小和她一起长大的柏泽清的家里，而林颂音却躲在阴影下。

林颂音低头看着自己的影子，影子很长，但是这一刻，她忽然觉得自己很渺小。

她知道自己该走了，但还是站在原地，拿起了手机，不知道自己在想什么。

只是她还没拨完号码，手机的铃声就响了。

是柏泽清打来的电话。

林颂音忘了自己什么时候给他的号码改了备注——“当代教育家”。

在看到这个备注时，她还有心情微笑。

只是这个笑容没能保持太长的时间，就像她那短暂的冲动。

林颂音在冷风里接通了电话。

“喂。”她说。

“我才看到你给我打的电话，怎么了？”柏泽清的声音与往常相比有些低沉，他似乎刻意压低了声音。

今天早上在她的房间里时，他也曾这样对她说话。

那时，林颂音觉得他有点儿温柔。但是现在，她只会想那是因为他的身边有人。

“嗯，我是想说，我和老东西打完电话了，你现在要不要来接我去你家吃蛋糕？”她努力地让自己的声音显得很正常。

她不知道自己是出于什么心理才这样问的，也不知道自己到底在期待什么答案。

时间一秒一秒地过去，林颂音只能听到电话那端的呼吸声。

终于，她听到柏泽清开了口：“我这里有一点儿小事，可能需要一点儿——”

林颂音没有兴趣再听下去了。她知道自己是一个吝啬的人，给自己的感性时间就只有这些。

林颂音想：她好像从来没有在离柏泽清这么近的地方给他打过电话。

这种感觉有点儿浪漫。

他们之间有很多浪漫的时刻，但那些举动好像都是柏泽清对她做的。

这次是她主动做的。

但这是第一次，好像也是最后一次了。

“那真可惜，我吃不到巧克力草莓泡芙蛋糕塔了。”林颂音发自内心地说。

柏泽清在电话的那头无奈地笑了一声，笑声很低。

“你会吃到的，等一下。”

林颂音听着他的声音，依然觉得他的声音很悦耳、很好听。

她打了一个哈欠，说：“算了，我才不要等你。而且我困了，准备睡觉了。”

柏泽清这时才意识到林颂音是在认真地说话。

他在电话的那头沉默了几秒，问：“那蛋糕怎么办？”

林颂音没说话，已经迫切地想要挂电话。

“你自己处理吧，我准备洗澡了。”

“我马上去找你。”

林颂音摇了摇头：“不，你非要来的话，就明天早上来吧，我现在真的困了。”

柏泽清听到“明天早上”这四个字的时候，那颗隐隐不安的心才落回原地。

可能她今天真的很累。而且她总是很爱睡觉。

“好，生日快乐。”

挂掉电话以后，柏泽清回到客厅里，看到正在客厅里四处张望的易舒语，只觉得烦躁无比。

他现在本该在去接林颂音的路上。

“你有问题不能问你的爸爸吗？”他对着她全无耐心地问。

“他会对我说实话吗？我是没长脑子吗，跑去问他？与其去问他，我还不如直接去问他给我找回来的姐姐。”易舒语随口说道。

柏泽清这时的脸色变得更加难看。

“不准去找她。”他说。

“你千万别激我，我从小就叛逆。”易舒语从小最烦大人，因为柏泽清只比她大几岁就让她听他的话。当然，他也没心思理她，他们认识多年，都很少说上几句话。

易舒语喜欢把他当成空气，而柏泽清是真的把她还有许多无关紧要的人都当成空气。

只是这一次，易舒语迎上柏泽清紧张的目光，才后知后觉地明白了一件事，像是发现了什么惊天的大秘密。也是，不然他怎么这么好心地让她进来说？

她捂着嘴巴“哈”地笑了一声。

“我的天哪！”

…………

而林颂音最后看了一眼柏泽清屋内的灯光，柏泽清似乎对她说过一句话——不要对他有太多的好奇，所以，这一次，她不打算好奇任何事了。

重要的是，她不会进入那栋房子。

因为她和柏泽清并不相配。

这一刻，林颂音心里的这盆被烧开的热水终于开始冷却。

回去的路上，她给易竞发去一条消息：“我可以周日跟许家的儿子见面吗？”

“当然，你明天好好地准备，有问题随时跟爸爸联系。”

林颂音没有再回复这条消息。

第二天的早上，林颂音醒得很早，明明昨晚并没有吃什么东西，可还是没有饥饿感。

刘妈上来叫了她一次，她也只是说等饿了再下去。

刘妈没有再说什么，下了楼，就看到柏先生正站在大厅内，他的神情看起来很冷峻。

刘妈昨天听易竞提起过柏先生以后应该不会再过来了，没想到今天又见到了他。

“柏先生，要吃早饭吗？”她客气地问道。

但是柏泽清像是根本没有心思听她的话，只是问：“她人呢？”

刘妈看他的样子，怀疑小林昨天和他发生了不愉快的事，也只是说：“她到现在还没下楼呢。”

柏泽清“嗯”了一声后，没有再说任何话，直接上了楼。

他在来的路上才注意到昨晚十点多易竞给他发来的消息。

易竞说了不少话，但主题都围绕着“以后不用麻烦你照看林颂音了”这一点。

柏泽清对此只能想到一个理由：易竞打算让林颂音跟许见裕见面。

他一路将车开得飞快，没办法直接问易竞，因为易竞从来没有告诉他联姻的事。

他只能来问林颂音。

柏泽清想：或许有那么一种可能。

林颂音可能会改变主意。

但是在他推开门并迎上林颂音略显冷淡和懒散的目光时，他的信心消失殆尽。

林颂音先开了口。

“我还以为你会带着蛋糕上来。”

“刘妈在，不方便带蛋糕，我把它放在了车里。”

“你不是说蛋糕过夜了就不好吃了吗？”

“嗯，所以我买了新的蛋糕，你要去吃吗？”

这一次，林颂音摇了摇头：“不了。”

柏泽清不动声色地盯着她看，许久后才出声：“易叔叔告诉我，我以后不用再来看你了，你知道吗？”

林颂音看了他一眼，很自然地回答：“我知道，他让我去见许见裕。”

柏泽清感觉看到易竞的信息时手心发冷的感觉又出现了。

“所以，你答应了？”他问，嗓音低沉嘶哑。

林颂音没再看他，只是在看易竞发给她的文件。

“对。”

柏泽清闻言瞳孔放大，死死地盯着她。

他一直知道她很情绪化，但不懂只是过去了一个晚上，为什么她的决定会有这样的变化。

“你为什么要答应他？”他发现自己的声音格外艰涩。

林颂音终于抬头看他，努力地摆出一张无所谓的脸。

“你怎么这么问？你会出现在御林别墅里，不就是为了这一天吗？我当然会答应。”

柏泽清僵在原地，感觉到无尽的自厌，问了一个蠢问题。但是他已经为林颂音做了太多的蠢事，早就不差这一件事了。

“我以为，”眼中掠过一阵慌乱和愤怒，他说，“我以为你会改变主意。”

林颂音耸了耸肩。她想得很清楚了，昨晚就在为今早的对话做准备了。

“我是不会轻易地改变主意的。”

柏泽清盯着她的这张不为所动的脸，有一种要发疯的冲动。

他迫切地想要撕掉这张面具，为什么面对他时，她还是这副表情？

林颂音终于感觉到一丝疲惫。面对柏泽清竟然会比应付易竞还要累，她不会再让自己的心变乱了。

她不会问他昨晚和易舒语说了什么、做了什么。

其实她知道，他们很可能什么事都没有做，只是很正常地聊了聊天儿。

但是她连在意都不可以去在意那些事。

她可以不要自尊心、不去想自己现在睡着的床很可能是易舒语小时候睡的床。但是她不接受自己的身边有一个人一直在提醒她，她和易舒语之间有着天差地别。

特别是，那个人不能是柏泽清。

原来月季在见到真正的玫瑰花时，会想要低下头。

她不想羡慕别人。

林颂音一直觉得，羡慕就是美化过后的嫉妒。

她不想嫉妒易舒语。

因为那样很可悲，妈妈一定会伤心的。

“我记得我在里昂时就说过我会见他。如果不讨厌他，我就会跟他结婚。”她说，声音里带着强撑着的冷淡。

这句话是她说给柏泽清听的，也是她说给自己听的。

人冲动一次是年轻，但冲动第二次就是愚蠢了。

柏泽清得到她坚定的回答以后，眼里最后的一点儿光亮终于熄灭了。

他点了点头。

“你既然已经决定了，昨晚为什么让我今早过来？”柏泽清知道自己已经不清醒了，不然不会说出下面的这句话，“你打算和我分手之前再做一次那种事？”

林颂音听了柏泽清的话，怔了一瞬间。过了好久，她才去看柏泽清的眼睛。

“本来我是想让你拿走你的外套的，易竞就快回来了，你的衣服放在这里，我没办法解释。”她的眼神很平静，她甚至露出了笑容，并且希望这个笑容看起来毫无瑕疵，说，“但是你想做那种事的话，我当然不会拒绝的。毕竟我还没和许见裕见面，你这样做也并不违背道德。”

柏泽清就这样用那双漆黑的眼睛无望地盯着她看。就在林颂音以为他会转身离开时，他突然走上前来，俯下身，粗暴地将她按在床上亲吻。

林颂音就这样任他亲了几秒后，才开始回吻。

柏泽清盯着她，什么也没有想，就像在毁灭一切似的吻着她。

而身下的人一如既往地回应他，但他的感觉就是不对。她的手触碰到他的口袋时，柏泽清忽然感觉到一阵近乎麻木的冷意。

那里装着他给她准备的生日礼物。

但是原来，她可以戴上任何人送给她的戒指。

他对她而言，毫无特别。

柏泽清终于神情黯淡地将自己的唇抽离，就隔着几厘米的距离盯着身下的林颂音。

她的眼里也是一片清明，即使她的嘴唇是肿的。

这真是他们之间最烂的吻了，柏泽清记得在巴黎的那个雪夜里自己就曾将林颂音的唇吻出了血。这一次，他又犯错了。

但是健康的感情不应该只带来伤痛。

他突然感到了挫败，血管里的血液开始恢复平静，柏泽清闭上了眼睛。

许久后，他回神一般睁开了双眼。

他毫无温度的目光就落在她的唇上，指腹轻轻地摩挲过她的嘴唇。

“对不起，又把你吻出血了。”柏泽清知道自己身体的某个部分在分崩离析，但这是最后一次了。

柏泽清自嘲地笑了一下。明明是嘴唇在流血，他竟然会感觉到心痛。

真廉价。

他终于一言不发地从床上起身。

这一次，他忘记了将身上的衣服弄平整，什么也没说，走到衣架旁，拿过上面的一件大衣，那是他自己的大衣。

林颂音躺在床上，只是侧头看他的身影。

“还有一件大衣。”她知道自己可能只是想说话，问，“你不要了吗？”

这一次柏泽清没有回头。

“有点儿沉，不要了。”

“那怎么办？”

柏泽清在原地停留了几秒后，终于找回自己的声音。

他说：“不难的，你把它扔掉就好了。”

将一切打乱他生活的东西扔掉，他就可以回到正轨上了。

就像林颂音对待他一般。

他不会是唯一被留下的那个人。

说完这句话，他没有再停留。

林颂音听到开门声，空旷的房子里，柏泽清的脚步声渐渐地远去，正如十岁的生日时她拒绝了他的蛋糕，跑开后，背后他的声音也渐渐地消失了。

从上个月他出现在御林别墅里的那一天起，林颂音就在期待有一天他能退出她的生活。

林颂音听到楼下传来车胎摩擦地面的声音，静静地想：原来这才是她的生日礼物吗？

虽然礼物迟来了一天，但是好在以后不会再有人让她分心了。

林颂音在床上躺了一会儿，发现肚子终于饿了，这才起了身。

她推开房门的时候，刘妈正好上了楼。

“你躺到现在才饿？不吃早饭对胃不好的。”刘妈说。

林颂音笑着回答：“明天我一定记得吃早饭。”

刘妈刚刚看见柏先生拿着一件衣服走出门，他连招呼都忘了跟她打，刘妈还以为他和林颂音之间发生了什么不愉快的事。见林颂音现在的表情和平常没有任何区别，刘妈这才觉得自己想多了，可能柏先生只是忙，急着离开。

“我来给你收拾收拾房间。”刘妈走了进来，看到衣架上明显少了一件衣服，“欸？刚刚柏先生拿着一件他的外套走了，怎么没把这件衣服也带走？”

林颂音本来已经走到了房间外，这时才停下脚步，回过头看向那个还挂着自己的两条长裙和一件深灰色大衣的衣架。

从法国回来后，她为什么要把他的两件大衣挂在落地的衣架上，而不是放在衣橱内？她记不清了。

可能她是在担心刘妈在衣橱里看到大衣会多想，但是任何人走进她的房间里都能一眼看到落地衣架上的大衣，她做得这么磊落，没有人有理由去乱想。

林颂音突然觉得她考虑这么多事可能已经是一种自欺欺人了。但是幸运的是，现在麻烦自动地消失了。

“他说衣服太重了，不好带。”林颂音想了想，说，“刘妈，你把衣服处理掉吧，以后他应该不会来了，衣服放在我的房间里确实不合适呢。”

刘妈能想到的处理方式只有把衣服扔掉了。她犹豫地问：

“这……可以吗？”

林颂音笑着说：“可以的，他同意了。”

“好吧。”

“那我下楼吃饭咯。”林颂音脚步轻快地下楼。

因为想和许见裕合伙投资一家店，韩润最近和许见裕见了很多次面。

他很快就得知了许见裕明天要和人见面的事。

他一时还没能接受这件事——他所认为的学长的女朋友竟然一下子就要变成许见裕的准未婚妻了。

韩润一直以为自己还算了解许见裕，现在也不得不说许见裕在感情方面可能算不上正常人。

韩润想起之前许见裕说过，如果哪一天不得不敷衍许昌鸿，许见裕会想办法搞砸和联姻对象的见面。

那时许见裕好像打算让他们共同的朋友赵闻礼替他去跟人家见面。

“那你现在既然不是被迫去见人家了，是不是就不用闻礼替你去毁第一印象了？”韩润自然而然地问。

许见裕点了点头，很快，忽然露出一个难以捉摸的笑容。

“不行，他还是得去。”

韩润问：“为什么呀？你现在能不能做点儿让我能理解的事呀，大哥？”

“他先去把事情搞砸，我才好去救场。”

韩润只懂了一半，问：“所以你这是打算欲扬先抑？先让闻礼去把女生的期待值降到最低，然后你再装天神去下凡？”

韩润说完，自己都要笑了，说：“不是，你搞这么复杂的一出戏到底是图什么呀？”

许见裕闻言，也愣住了。

“为了什么？”他笑了一下，“拯救我在她那里不太高的印象分？”

韩润懒得管他的兄弟了，不过终于问出了困扰他许久的问题。

“但我早就想问了，你之前想搞砸这场相亲，为什么非要闻礼去呀？！你为什么不让我去？”

许见裕笑出了声，没有说他担心到时候韩润的表演痕迹会过重。

“他不需要演戏，看起来就阴郁，我比较喜欢速战速决。”

韩润这才觉得平衡了点儿，说：“确实，你别说，我们之前一起在 Hyperfox 里谈生意，他坐在那里，明明也有说有笑的，但是周围都没人敢给他倒酒。后来我听我们店里的人说，闻礼长着一张变态的斯文败类的脸，可把我笑死了，哈哈哈。但是他怎么会答应你去做这种事呀？”

赵闻礼就不是会有耐心掺和这种事的人。

“我之前帮了他一个忙。”许见裕说。

“什么忙？我怎么不知道？”

“我给他的……”许见裕想了几秒到底该怎么称呼对方，说，“给他的女朋友找了一份工作。”

韩润不知道赵闻礼什么时候找了一个女朋友，本来想说赵闻礼自己就有公司、干吗要麻烦许见裕帮忙找工作，反应了一秒才明白过来。

“天哪，你说的他的那个女朋友，不会还是之前……”

许见裕说：“还能有谁？”

周日当天，林颂音的所有马上就要相亲的实感都是老东西给她的。

易竞给她打了无数个电话，林颂音很怀疑，如果有可能，易竞恨不得在她相亲的时候就坐在她的旁边掌控全局。他那么紧张，离了婚再去和人家结婚呗。

她看着易竞发给她的文件，听着易竞的嘱咐，不停地翻白眼。

对林颂音来说，撒谎其实不是困难的事，但是易竞造的这些假可不是小谎。

她决定就当是在扮演一个角色：她从小生活在国外，性格文静内向。

到时候对不想撒谎的问题，林颂音可以回答："我的爸爸已经告诉过你这些事了吧。"

实在不想接话的话，她微笑就好。

反正这段时间她从易竞的身上捞到的黄金应该可以被换成不少钱了。她如果实在无法接受许见裕，拿着钱跑了就好。

易竞没有尽父亲应尽的义务，还想利用她，应该付出代价，林颂音可不是什么有愚孝精神的"好女儿"，他不配。

她想好这些事以后，心里没那么忐忑了。

当然，下午三点时，林颂音被司机放在了江市很有名的餐厅外，还是不免感到了一丝紧张。

正常人的人生里哪里会有这么戏剧化的时刻呀？

林颂音开始胡思乱想，对方会不会长得肥头大耳，还有啤酒肚？或者对方会不会是一个不可一世、眼睛长在头顶上的暴力狂？到时候他们聊两句，他对她不满意，会不会直接掀桌呀？

餐厅里的服务员问了林颂音的姓以后，直接将她往里领。

看来，许见裕已经到了。

林颂音本来以为他们会在包间里见面，但是易竞认为，如果他们第一次见面就在封闭的环境里，林颂音会不自在，到时候过于紧张，很可能会说错话，所以他们还是在大厅里见面。

大厅里并没有什么人，林颂音一看，好像也只有两三桌是有人坐的。

她今天从头到脚都穿着易竞指定的衣服，鞋跟有些高，她走得很不自在。

她的脚步顿了一下，因为她忽然看到身前的这一桌旁只坐着一个男人，看穿着，他的年纪应该不大，虽然她从这个角度只能看到他的发型和黑色皮衣……

她深吸了一口气，刚准备礼貌地打一声个招呼，就看到身旁的服务员热情地指了指前面……

“您好，是那里。”

林颂音看向服务员，感到一阵庆幸：还好，还好自己没有就那样自信地坐下去，不然场面就要尴尬了。

从前她在电视剧里看到过这样的场景——女主在别人的介绍下和男生见面，结果却坐错了桌子，认错了见面的对象。林颂音以前只觉得这样的戏码狗血又老土，原来这种情况在现实生活里是真的会发生的……

发生了这样的小插曲以后，林颂音竟然莫名其妙地松了一口气。

只是，她落座并看到对面的许见裕以后，神情又紧绷了起来。

“你好。”对方在她坐下后，沉沉地开口，那双鹰一般的眼睛就这样隔着一方桌子盯着她。

林颂音迎上这道很有压迫感的目光，他看起来像是很不耐烦？

林颂音也不是不能理解，他一定是被逼着过来见她的吧。

“你好。”她错开视线，回应道。

对方将面前的菜单推到她的面前，正要开口，被他放在桌面上的手机开始振动。

林颂音看到，他顿了两秒钟后，才不紧不慢地拿起手机。

“喂。”

“为什么？”

林颂音也想问为什么，为什么眼前的这个男的长得不错，性格却不能正常点儿？

她摘下脖子上的白色围巾，正准备为自己点一杯饮料，就听到对面的男人轻笑了一声。

林颂音倒是从这声轻笑里闻出一点儿正常人的味道了。

她刚想抬头看他，他就很突然地起了身，什么也没说，离开了座位，只留下林颂音一脸莫名其妙地坐在沙发上……

等等，他这是去洗手间了，还是一去不回了？

林颂音都不知道自己是应该现在就跟易竞说一下情况，还是应该再给他十分钟的机会。

毕竟人家也有可能只是没素质，要打一个电话，但是忘记告知她了。说不定他马上就回来了呢？

林颂音今天都出来了，是绝对不会就这样回去的。她怎么也要点一下这家餐厅的特色菜吃一吃吧？

这样想着，她低下头开始认真地研究菜单。

菜单上中英文都有，只是她即便看着中文，也并不全都知道这些甜品是什么口味的。

林颂音刚拿出手机准备查一查，就听到头顶传来一个不算熟悉但又并不完全陌生的男声。

“你如果是在犹豫点什么菜，可以试一试这家店的 Maritozzo（意大利奶油面包）。”

林颂音不会认为是许见裕回来了，因为这个声音听起来一点儿也不像刚刚那个人的声音，有些散漫，听起来没那么正经。

林颂音倏地抬起头，就看到几分钟前看到的那个穿着皮衣的男人现在就坐在自己的对面。

林颂音这时才注意到他的手里拿着的墨绿色围巾。目光往上移动，她就看到他正饶有兴致地看着她。

林颂音看到他的衬衫领口微敞，再看到他的脸，瞬间想起来了，说：“围巾……”

“原来你没有忘记我。”许见裕挑了一下眉。

他看向被她放在一边的白色围巾，有些遗憾地说：“你应该戴我送给你的那条围巾，红色更衬你。”

林颂音没有问他为什么坐在这里，这时才想起一件事。之前她下意识地以为“Xu”是“徐”，原来那竟然是“许”吗？

她惊讶地看着他，忘记了说话。

“这么惊讶吗？忘记说了，”许见裕注视着她瞪得很圆的眼睛，眼里流露出笑意，“我是许见裕。”

“上次见面时我就该告诉你的。”目光依旧笃定且自信，他说，“但是，这次也不迟。”

林颂音盯着许见裕手边的墨绿色围巾，再看向他的笑容，只觉得脑袋要炸掉了。

完了，她几天前在马路边收到他的围巾时，都跟他说了些什么疯言疯语呀？

她当时只是想败坏易竞的名声的，怎么会想到 Xu 原来就是许见裕的姓啊……

林颂音强装镇定地去拿桌上的杯子，想要借喝水来平复一下这五味杂陈的情绪。

谁知道她的手刚碰到杯子，许见裕已经抬手盖住了杯面。

他自然而然地迎上她的目光，说：“他可能喝过这杯水。”

林颂音发着蒙点头，收回了手。

“哦，他是谁？”她还没傻到以为刚刚的那个眼神阴鸷的男人只是一个路人。

许见裕抬了一下手，示意服务员过来。

“我的一个朋友。”他倒是没有隐瞒事实，使坏地笑了一下，“他看起来是不是很像坏人？还是我正常一点儿吧。”

许见裕原本没有打算这么早就露面。但是他听不到赵闻礼和林颂音的对话，不由得想，有的女孩口味比较重，也不是不存在她被赵闻礼的那张皮相还有个性吸引的可能性。

林颂音完全不知道他在打什么算盘，说：“你也没有正常到哪里去。”

等服务员过来以后，许见裕看向林颂音：“你没想好点什么菜，那就试试我刚刚说的那道菜？”

林颂音奇怪地看向他，他撩人都是这样撩的？

许见裕回看她："这家店的 Marritozzo 比巴黎那家店的好吃很多。"

林颂音闻言觉得有点儿恐怖，他不会那时就知道她的身份了吧？

"随你点吧。"她说。

她现在可没有心情去分辨什么菜会是她喜欢的了。

许见裕点了三道甜品以后，林颂音又加了两种口味的泡芙。

许见裕忽然看向她，眨了一下眼睛："这次你还想喝柠檬水吗？"

林颂音反应了几秒，才懂他在说什么，说："喂！"

看到林颂音对自己怒目而视后，他像是心满意足一般，轻笑着低下头，问了她口味上的禁忌，点了两份饮品。

服务员将菜单收走以后，林颂音正视着对面的这个人，问道："你不会是在巴黎的那家餐厅里就知道我是谁了吧？"

许见裕笑着看向她，一时没有回答，说："我知道你是谁才选择替你买单，是不是这样的我看起来会没那么轻佻？"

许见裕发觉自己很难解释当时为什么要那么做。

"所以你当时就知道我是谁？"

"不。"他收敛了眼神里一贯的张扬，看向林颂音，"看来，我在你的眼里变成轻佻的富家公子了，是吗？"

林颂音想了想，说："你本来就是。"

许见裕轻笑着将背贴向身后的沙发，故意做出一个痛苦的表情，说："我好受伤。"

林颂音承认，自己原本的那点儿见到不该见到的人的忐忑被他不按常理出的牌打乱了。

"你上次在马路上得知我住在哪里的时候，就猜到我是谁了，对不对？"

许见裕难掩欣赏的神色。他原来只以为林颂音有趣，但她似乎比他想象中的更聪明。

“嗯。”他支起下颌，看起来很有听她继续讲下去的欲望，说，“你接着说。”

林颂音瞪了他一眼，接着说什么？

“看我当时表演，你觉得有意思吗？”

许见裕回忆了一下，发自内心地点了一下头。

“满嘴谎言的小女孩。”他故意说。

林颂音本来表情严肃，听到这句话以后露出了既嫌弃又好笑的表情。

“小女孩？”这个称呼真是肉麻又老土，林颂音说，“你以为我们在演《卖火柴的小女孩》吗？”

许见裕今天第一次看到她笑，又或者说这是她真正对他露出的第一个笑容。

在巴黎的那一晚，她也曾笑过，但不是对他笑的。

这是他的期待中她会有的反应，他说：“有意思，就是那天的风太大了。”

“风大也影响你？”林颂音问，不懂他的脑回路。

“你当时看起来很冷。”他神情如常地说。

林颂音闻言，愣了一秒。

“你平时都爱这么跟女生说话？”

许见裕忽然半开玩笑地看向她。

“下次跟我见面时，你戴上我送给你的围巾，我就告诉你。”

“我不会戴它的。”

“谁知道？”许见裕不在意地说，“我觉得你会。”

甜品几乎是同时被端了上来，林颂音原本还打算在准对象的面前装一装淑女的，但是这已经是他们第三次见面了，而且前两次见面时她算是已经暴露了真面目，好像没有装下去的必要了。

林颂音不知道许见裕是怎么想的，他现在还会相信易竞说的她从小生活在国外、性格温柔娴静的鬼话吗？

不可能了吧。

林颂音吃着泡芙，很想问一句：你会把我跟你说的话告诉你的爸爸或者易竞吗？

但是她一问这句话，就显得太心虚了。而且林颂音有一种直觉：许见裕不会说的。

他那天下午就已经猜到了她的身份，现在却还愿意出现在这里，这就说明他并不介意这些事。

他为什么不介意呢？林颂音分神地思索着。她不会觉得是因为自己的魅力太大，所以许见裕对她一见钟情了。

她看得出来许见裕可能对自己有点儿兴趣，但是这种兴趣很有限。

“你在想什么？”许见裕看她有半分钟没吃东西了，倏地开口，“如果你想的东西和我有关，你不如直接问我，我来告诉你答案。”

林颂音有片刻的犹豫，用纸巾擦了擦嘴边的奶油，看到手机屏幕亮着。

五分钟前，易竞给她发来了信息。

“你找借口离开一下，给我回一个电话。”

林颂音无语，看来老东西是想知道这次见面的情况。

她跟许见裕说：“我去一趟洗手间。”

许见裕靠在沙发上，漫不经心地睨着她“嗯”了一声。

林颂音握着手机，在服务员的指路下朝餐厅的洗手间走去。

这里到底是江市最高档的餐厅，林颂音光是走到洗手间的附近就花了三分钟。

洗手间外面的灯光幽暗，林颂音走过去才听到有男人在低声说话。

她本来只以为对方在打电话，没想到走近一听，才发现这个男人不就是刚刚一声不吭地走人的那个人吗？！

“你怕我跟别人结婚，所以过来了？”他将一个比他矮一头的女人搂在怀里，把她抵在大理石的墙壁上，不知道是在接吻还是在干吗，“看来比起闻睦，你还是更喜欢我。”

林颂音不知道自己发现了什么三角恋的秘密，他怀里的女生没说话，林颂音看了一眼，发现女生没有什么挣扎的意思，只当是情侣在这里亲热。

但是下一秒，林颂音就听到那个只跟自己说了一句“你好”的阴沉男再度开口：“不说话，嗯，你很紧张？你怕他过来？”

好狗血，林颂音真想留下来再多听几句话，为什么他不能快点儿说话，再多讲几句？但是她怕自己被人发现，而且易竞那个老东西还在等她回电话呢，她只好狠下心肠推开了门。

林颂音给易竞打去的电话很快就被接通了。

“怎么样？一切还好吗？”易竞问。

林颂音闻着洗手间里略显浓郁的晚香玉的味道，只能硬着头皮回答道：“还挺好的。”

她能怎么说？

“他都问了你什么问题？他问我们没有准备的问题了吗？”

林颂音摇了摇头，意识到他看不到她的动作以后，才说：“没有。”

许见裕不仅没有问他们没准备的问题，也一个都没问他们准备过的问题呢。

易竞松了一口气，说：“我就说过，这个年纪的男孩子都很愚蠢。不过你和他简单地吃完饭，就找一个借口回家，第一次见面，不要在那里待太久，免得露馅。下一次他再约你见面时，你要同意。”

林颂音不知道，老东西这是在教她怎么拿捏男人吗？

回到座位上以后，林颂音才发现桌上又多了几种她走前没看到的食物。

“你怎么又点东西了？”

“我觉得你会喜欢。”许见裕抬头看她，林颂音看到他的额前细碎发丝下的眼睛。

他说：“你可以再吃一会儿。”

林颂音叹了一口气，许见裕是主修过什么教人说甜言蜜语的课程吗，怎么对这些话张口就来？

她猜都能猜到，如果她开口问，许见裕一定会说：“下次你戴我送给你的围巾，我就告诉你。”

林颂音还是不知道自己到底有什么话是可以和许见裕说的、有什么话是不能说的，只好一直往嘴里塞食物。

两个人后来只针对甜品聊了几句，林颂音以为许见裕会问她很多问题，但是他什么都没有问。

这让她感觉好受了一点儿，但同时，她的心里好像变得更没底了。

她不知道他到底知道多少事。

该买单的时候，林颂音没有抢着结账，想想也知道许见裕不会让她付钱。

两个人走到门口，林颂音已经看到自己来时坐的车就在不远处，不过没看到许见裕的那辆红色跑车。

她再看向他身上的黑色皮衣，下意识地问：“你今天骑的摩托车？”

许见裕因为她的话再一次勾起唇角：“所以你要不要坐在我的身后，我带你去兜风？”

林颂音一眼就看出他在开玩笑，不知道为什么，无论她说什么话，他都在笑。

“不了，我要回家了。”林颂音说。

她没有忘记易竞的嘱咐。而且她吃得好撑，只想回去躺在床上。

出乎她的意料，许见裕点了一下头，看到了她的车。

他将林颂音送到车边，突然开口："你这次跟我见面，心情还好吗？"

林颂音站在原地，不知道怎么回答这个问题，就看到许见裕已经替她拉开了车门。

"我的心情很好。"

他示意她上车，冲她眨了眨眼睛，用口型无声地说："下次见，满嘴谎言的小女孩。"

林颂音想抗议他这样称呼自己，但是一想到司机还坐在前面，只能忍住冲动。

许见裕最后看到的就是她抿着嘴忍住开口和他争论的冲动的样子。

他收起笑容，看向她的背影：不知道下一次，我们之间会不会有一点儿真实的东西？

第十二章 更喜欢他

周一的下午，林颂音闲着没事，在网上上英语课。她从前真的以为自己有了钱以后，唯一想做的事就是躺着享受。

但是躺久了她也会感觉到空虚无聊，一直躺着还不如学点儿什么东西。万一以后她一脚被易竞踢开，还可以考虑继续上学。

她很想弥补一下过去的那个贫穷的自己。如果重新上学的话，她会好好地享受大学生活的。

在客厅里吃晚饭的时候，林颂音看到屋外的花园里有车灯闪过。

“谁呀？”她问刘妈。

刘妈说：“会不会是柏先生？我想着我也不好直接扔掉他的衣服，就让他有空来拿，他没空的话让司机来取一下衣服也好。”

林颂音握着勺子的动作顿住，半晌她才低下头，继续喝碗里的汤。

“这样啊。”林颂音说。

她不知道自己在想什么，也不知道自己是应该继续坐在这里吃饭，还是应该转身上楼。

但是转身离开显得太做作了。

只是，他不是说过要扔掉衣服吗？他既然要扔掉衣服，为什么又来拿衣服？她正这样想着，就听到刘妈发出惊讶的声音。

林颂音想：难道柏泽清这两天已经跟人订婚了，现在带着未婚妻来拿大衣？

她抬起头，就看到大厅里的那个她在电话里一直叫他“爸爸”

的风尘仆仆的男人。

易竞回来了。

林颂音很识相，自然站起身去“迎接”他。

她迎上易竞的那道慈祥的目光，感觉胃里瞬间泛起酸水。

他不会过来抱她吧……千万不要，千万不要，千万不要。

易竞走了过来，在她复杂的目光下拍了拍她的胳膊。

林颂音松了一口气，还好他没有觍着脸演什么父慈女孝的戏。

“最近你住在这里还习惯吧？”他问。

林颂音自然把刘妈夸了一顿，当然，这也是真心话。

她原以为易竞今晚过来是要跟她彻夜长谈、修复父女关系的，以为他今晚就住在这里了。

还好，他在问了几句关于许见裕的事以后，说要处理公司的事，就离开了。

易竞走了以后，林颂音只感觉到美好的日子彻底结束了。

希望他之后没有重要的事不要来骚扰她。

但是她的愿望在第二天的中午就破灭了，易竞一大早就给她打电话，说许见裕下午想带她出门。

林颂音“哦”了一声，就听到易竞那边也有几个人在汇报各种数据，看来他已经在公司了。

他又说：“对了，你中午出来跟我和他一起吃一顿饭。”

易竞很快把地址发过来。

林颂音只觉得倒胃口极了，不过易竞说的“他”是许见裕吗？

他们三个人这么快就一起吃饭了，合适吗？林颂音总觉得这样做很奇怪。

不过又要见许见裕，又要见老东西，林颂音只好起身拾掇一下自己。

她不想早早地去面对老东西，于是卡着点儿，十一点半才到那家酒店。

这一次他们是在包间里吃饭。

林颂音站在包间外，轻轻地呼出一口气，挤出一脸笑容，希望自己的表情看起来没有那么勉强。

将包间的门推开的时候，她第一眼就看到了易竞正在和人说话。

他和许见裕果然已经到了。

只是林颂音将门彻底推开后，看到了门内正对着自己的那个背影，脚步顿时僵在了原地。

而背影的主人也跟随易竞的目光回过头，迎上林颂音的目光，原本淡漠平静的眼神也瞬间被各种纷杂的情绪所代替。

空旷的房间里只有易竞在说话，柏泽清什么都没有听清。

他隔着不远的距离，就只是眼睛一眨不眨地注视着林颂音。

“你来了。”他说。

“你来了。”

时隔五十个小时后，柏泽清再一次看到林颂音就这样站在自己的眼前时，竟然荒谬地感受到了人生中第一次空腹喝烈性的酒时胃猛地收缩下沉的感觉。

易竞打电话请他吃饭时，他本应该拒绝的。他从不热衷于这种没什么意义的饭局，而且他的假期刚刚结束，工作繁多，他不该来的。但是他还是来了。

一开始，他不知道林颂音也会来，只是以为会从易竞的只言片语里得知一点儿她的消息。他知道她也会出现后，包间外传来的每个脚步声都令他的心头……震颤。

他已经和林颂音说好要结束关系了。就连刘妈要他过去拿衣服，他都没有去。

柏泽清做事从来不会拖拖拉拉。对工作上的事，他一旦做了决定，就从没有改变过主意。

但是这一次……

很快，他决定不再为难自己，就像决意戒烟的男人，只是将烟放在鼻子下闻一闻。

只是和她见一面，他什么都不会做。

他和林颂音几乎朝夕相处了一个月，就算是花一个月的时间养护一朵花，也会对花产生一些感情。

他只要慢慢地、顺其自然地将她从他原本的生活里剔除掉就好。

偌大的包间内只坐着三个人，餐厅里的传菜员走进来。

林颂音完全没有想到易竞所说的“他”是柏泽清，一直以为“他”是指许见裕。

推开门看到柏泽清的背影时，林颂音承认自己的脑海里有短暂的空白。

她还没想好用什么态度面对柏泽清，就听到那熟悉又低沉的声音。

林颂音很快就收回了看柏泽清的目光，他到底知不知道自己在用什么眼神看她？她被他眼底浓烈的欲望吓了一跳。

林颂音下意识地怀疑，是不是老东西起疑了，所以才会让他们一起吃这么一顿饭？

好在事情并不是这样。也是，老东西怎么会认为柏泽清会看上她？他如果考虑到了这一点，就不会把她交给柏泽清照看，林颂音很有自知之明。

“颂音，怎么不打招呼？”易竞见林颂音站在门外，展露出父爱，说，“进来坐下吧。”

林颂音摆出自然的表情，说：“你好。”

柏泽清遏制住心底的那股想要一直盯着她看的欲望，恢复了冷静。

“嗯，坐下吧。”他心烦意乱地说。

他看不到她时，心里很乱，但是眼下她就坐在自己的身边，他的心还是那么烦乱。

从前柏泽清在港城上学，小时候也曾很想念父母，但硬生生地撑过了那段时间。他不懂现在他已经二十五岁了，为什么还会因为一个只认识了一个月的女人这样心烦意乱?

离开她，他应该感到轻松的。

他再也不用违背自己的心意去做什么改造别人的事，不用再担心她今天又会去哪里、又会遇到什么样的男人、又会被什么样的男人引诱。

一切令他烦心的麻烦都将远离他。

但是原来他会想念麻烦。

从看到她的那一刻起，柏泽清就想不顾任何人的目光将她抱进自己的怀里。他希望她的双眼只看他一个人、那翘起的双唇只由他来亲吻。

二十五年来，他过着禁欲一般的生活，从没有觉得难耐过。但是现在，他遇到林颂音，好像变成了忘记了文明、未经驯化的野兽。

柏泽清低下头，深吸了一口气。

或许他做了最正确的决定。

她带给他的影响太大，一刀两断才是对他们都好的做法。

他脆弱地不去想最主要的原因。

她不爱他。

因为知道柏泽清不怎么喝酒，再加上最近还在处理公司的烂摊子，易竞也没有喝酒的打算。

易竞端起杯子，感激而不失慈爱地看向自己的这位好世侄。

“这段时间里，叔叔的这个女儿给你添了不少麻烦吧，我这个做叔叔的心里真是愧疚又感激。”

易竞的这些话不完全是场面话，他回来以后跟柏泽清的父母打过电话。

柏泽清的父母提到柏泽清时，只抱怨他在休假的这段时间里也没去认识什么女生，他也不去见家人给他介绍的女孩子，不知道在忙什么。

易竞对柏泽清的守口如瓶很是欣慰，这也是他当初会想到把林颂音交给柏泽清的原因。

柏泽清沉默、绅士。更重要的是，由于眼光高，他不会和易竞的女儿走得太近。

柏泽清神情平静地说："这没什么。"

他回应着易竞，却还是忍不住去关注林颂音现在在做什么。

他们之间还从来没有过这样的情况，坐在一起，却像不认识彼此一样。

但是易竞对他们二人充满距离感的相处模式并不奇怪，猜测柏泽清大概在面对林颂音时也寡言少语、很有长辈的做派，所以她有些怕他。

易竞请柏泽清来吃这顿饭，除了要感谢柏泽清这段时间里对林颂音的照顾，还想打探一下国内的人到底知不知道自己在国外投资的人工识别系统血亏的事。

虽然易竞已经花钱封锁了消息，但是易家和许家联姻的事一天没定下来、资金一天没落实下来，易竞就无法真的安心。

"关于我在国外的投资，国内有什么消息吗？"他状似无意地问道。其实易竞倒不怕柏泽清知道这件事，毕竟他们两家并不是竞争的关系，而且未来林颂音真的和许昌鸿的儿子结婚后，聪明的人大概会猜到事实。

"关于这件事，我没听说过什么消息。"

柏泽清这段时间里在休假，除了关注和自己的公司相关的信息，并没有去关注其他事。

易竞点了点头，看向旁边一直在闷头吃菜的女儿，半真半假地说："唉，我的这个女儿，从小跟着她的妈妈吃了太多的苦。"

他知道如果柏泽清已经得知了林颂音的年纪，那柏泽清一定知道林颂音在易竞和舒语的妈妈结婚前就出生了。

但是他们都是男人，易竞觉得柏泽清会理解他作为男人的选择和苦衷，所以对此也并不避讳。

而柏泽清在林颂音坐下以后，第一次光明正大地跟随着易竞的目光看向林颂音。

柏泽清炽热的目光和林颂音的目光在空气中交汇。

当然，他们只对视了一眼。

柏泽清其实很希望易竞可以闭嘴。他不知道林颂音在听易竞说这些话时是什么感受，可能她早已麻木、毫无感觉了，但是柏泽清还是会感到由衷的……心疼。

她本该有更好的童年，小学时写的作文很可能会成为真的——真的会有那么一个人冒着雨给她买来她喜欢的水果。

柏泽清收回目光，已经没了动筷子的欲望。

易竞没有等柏泽清回应，自然而然地继续说："所以在许家的人有意地和我的女儿交朋友时，我没有想到舒语，反而想到了颂音，舒语毕竟比颂音小，不着急，许见裕那个孩子的人品是不错的。"

他颇为欣慰地看向林颂音："如果他们最后有了结果，我对她的妈妈也算有所交代了。"

林颂音不得不对易竞投来的目光做出回应，笑了一下后，低下头咀嚼嘴里的三文鱼。

她看着盘子里自己模糊的倒影，脑袋都要被易竞恶心得爆炸了，她忍不住在心里狂叫她的妈妈：妈妈呀，求求你了，别再丢我们林家的脸了。爱过这么一个厚颜无耻的男人，你上了天堂，对着其他天使不觉得抬不起头吗？你能不能今晚就去他的梦里把他带走哇？！

易竞笑着说："我很高兴，许家的儿子也很有眼光。当然了，如果没有你的帮忙，她和许家的儿子也不一定有这样的缘分。"

柏泽清闻言，脸上像是挨了狠狠的一巴掌。

他抿着嘴，没有说话，就听到易竞还在分享昨天的事。

"他们昨天见了面，他应该很喜欢我们颂音，不然不会这么着急，今天又要见她。”

没有人说话，柏泽清没有说话，林颂音自然也不会对此说什么。

柏泽清的神色很僵硬，他的脑海里只有一句话翻来覆去地响着。

他们见面了。

她和许见裕见面了。

柏泽清知道林颂音一定会见许见裕，但没有想到事情会发展得这么快。

易竞原本还有话要说，手机忽然响了。

他看了一眼屏幕，来电的人是公司里的法务，看来公司里有事。

易竞起身招呼柏泽清多吃菜。

他走到林颂音的身边时，拍了拍林颂音的肩膀。

“别忘了把茶给你的泽清哥续上，懂事一点儿。”

泽清哥……林颂音不知道易竞在给她和柏泽清套什么近乎，在心里默念“懂事你爹”，嘴上乖巧地回答道：“好的，爸爸。”

易竞离开房间后，林颂音有些迟疑，但还是不得不拿起茶壶，起身给柏泽清倒茶。

她刚走到他的身边，就看到柏泽清抬起头，他看向她的眼神一片漆黑，手也已经盖住了杯面。

壶里滚烫的热水差点儿就要淋到他的手上。

尽管林颂音已经以最快的速度将茶壶端平，壶里的热水还是滴下来了几滴，但是柏泽清就像感觉不到似的。

“不用。”他克制地说。

林颂音不知道他这是在干吗，他们“分手”了，所以他连她倒的茶都不会喝是吗？她看向他已经被烫红的手背，皱起了眉头，烫死他算了。

她冷着脸坐回自己的座位上，继续吃着三文鱼，只能听到柏泽清的呼吸声。

倏地，他开了口。

“你们见过面了？”

柏泽清压抑住内心的嫉妒，还是忍不住开了口。

“见了。”林颂音不想去关心他为什么问这些问题。

“他喜欢你吗？”

林颂音直视他：“你没听到易竞说了什么吗？许见裕很满意，对我一见钟情，恨不得明天就跟我领证结婚。”

林颂音承认自己说这些话有故意惹柏泽清不爽的嫌疑，但是她说的话也算基本属实吧？

不过，她觉得许见裕有点儿让她捉摸不透。

他明明看起来对她很有好感，昨天却连她的联系方式都没有要，今天还是通过易竞来约她见面。

他真奇怪。

柏泽清因为林颂音的话放任自己想象着许见裕会有多喜欢她，也许许见裕喜欢她喜欢到了要把全世界所有昂贵的钻石都搬到她的面前的地步。

柏泽清遏制着胸腔里的那阵涩意，近乎自虐地问：“那你呢？”

他将他现在做的毫无意义的事当作一种脱敏治疗。

这样，说不定到了林颂音和别人结婚的那一天，他就可以做到祝福她。

毕竟，那是她想要的生活。

林颂音迎上柏泽清幽深的目光，自然立刻明白了他是在问她对许见裕是什么感觉。

眼神有些缥缈，她说：“我不讨厌他。”

她想起自己和许见裕的三次接触。虽然一开始，她以为他有女朋友还来撩她，有点儿排斥他，但是现在她并不讨厌他。

女人可能会讨厌很多种男人，比如猥琐的男人、大男子主义的男人、抠门儿的男人、平庸却自信的男人……太多太多，但女人一定不会讨厌一个长得很好，对自己也算不错的男人。

她说："他可能是我会喜欢的类型。"

如果许见裕不是她的联姻对象，她需要保持充分的理智，如果不是因为和柏泽清的这段刚刚斩断的关系……

柏泽清镜片后的那双眼睛就这样审视地盯着她，他感觉到胃再度沉下来。

林颂音没有说谎，不是在说气话，至少真的不讨厌许见裕。

但是柏泽清感觉得到，林颂音最初是讨厌自己的。

"那很好。"他终于结束了自虐。

林颂音也不再说话了。

易竞打完电话，很快回来了。

接下来，易竞很少说话，不时地低头回复信息，偶尔和柏泽清聊几句，林颂音不用应酬，乐得轻松。

这顿饭是在下午的一点半结束的，林颂音站起来的时候，只觉得自己吃得很撑。

她吃饱饭以后有点儿犯困，想着许见裕大概在下午的三四点才会来找她，现在还有时间回家睡午觉。

她跟在易竞的身后进入电梯里，柏泽清最后一个进来。

林颂音没来得及联系易竞留给她的司机，正想着自己打车回家，就看到易竞忽然转头看她。

"对了，许家的儿子说想带你在江市转转。"

林颂音一脸迷茫。她从小在江市长大，这里还有什么好转的？但是她很快注意到了易竞的表情，立刻明白了。

是了，谁让垃圾易竞给她的人设是她从小在国外长大？可是，许见裕应该知道那是谎言吧。

"好，那我先回一趟家，等他联系我。"她温顺地说。

"不用，"易竞笑得眼角处都出现了深得像植物的根茎一般的皱纹，说，"他说来接你，我就把地址发给了他，他应该已经到了，可能在停车。"

林颂音“啊”了一声，完全没想到这次见面会这么仓促。她不知道易竞到底在打什么主意，但也没什么好说的。

“好吧。”

电梯内，只有柏泽清从头到尾都没说一句话，眼帘低垂，没有泄露任何情绪，只是他的拳头不知道什么时候已经握紧。

一楼到了。

易竞和柏泽清在前面走着。易竞把柏泽清当成自己人一般说着话：“许家的儿子不错的，比我想象中的更懂礼节。我本来还让他一起来吃饭，他说第一次吃饭，怎么都应该是他来做东。”

柏泽清没有给出任何回应，只是冷冷地听着。

因为要去开车，他们是从后门走的。

走到门外，林颂音一眼就看到了站在台阶下的许见裕。

他穿着和昨天穿的那件衣服略有不同的黑色机车皮衣，脖子上仍围着他昨天见她时围的那条墨绿色的围巾。

这种搭配实在太扎眼了，她想看不到他都难。

而许见裕也是在他们走出电梯时就已经看到了林颂音。

等到她走近，他迎上她的目光，对她挑了一下眉毛，才和易竞打招呼。

“易叔叔好。”

易竞二十分钟后还要和人见面，只能匆匆地说几句话。

“今天早知道我就让你的父亲和你一起过来吃饭了。”

易竞明知道还没到两家人一起吃饭的时候，只是客气地说一句话，顺便探一下口风。

许见裕笑着点头：“会的，但是请叔叔一定要把这个请客的机会留给我。”

易竞满意地点了点头，指向身旁的柏泽清。

“好像还没有介绍，这是我的世侄，普济的副总裁柏泽清。”

许见裕其实已经远远地看到了柏泽清。但直到易竞介绍柏泽清时，许见裕才真正望向他。

许见裕今天联系易竞的时候，只想见林颂音一个人。

他没有想到会见到这么多人，不然会准备得更加充分。

柏泽清不冷不热地点了一下头，他的镜片后那淡漠的目光看似寻常，但是许见裕就是看出了只有男人才会懂的意味。

许见裕不动声色地笑了一下："我们见过的。"

"也是，你们年轻人肯定在饭局上碰过面。"

口袋里的手机不停地振动，易竞看到司机已经在路的对面停车等待他，走前最后看了一眼林颂音："你下午还是要早点儿回家，别让爸爸担心。"

等到易竞离开，林颂音用余光看到柏泽清一言不发地将自己的车钥匙递给了门童。

林颂音不知道许见裕把车停哪里了，许见裕怎么不把车开过来？

而且，她一想起自己在柏泽清的面前说过许见裕对她一见钟情，就有点儿尴尬。她怎么想得到他们会这么快就见面哪？！

她迫不及待地想要拉许见裕走。

"你的车呢？"她朝许见裕走近一步，问道。

许见裕旁若无人地冲她眨了一下眼睛，像是小孩子在讨要表扬似的。

"猜猜我今天开的是什么车？"

"拖拉机？"林颂音敷衍地说，却很快想到一件事，问，"你不会开的是摩托车吧？！"

林颂音踮着脚朝不远处看过去，真的看到了一辆摩托车……

"真聪明。"许见裕发自内心地夸奖道。

他说："你昨天看起来对它很感兴趣，我不想让你失望啊。"

林颂音觉得他的脑子坏了。但一想到柏泽清就在自己的身边，她忍住了冲动，没说什么话。

柏泽清从头到尾都未置一词，对彼此熟稔的两个人冷眼旁观。

不能再看下去了，再看下去，他不知道自己会做出什么事来。

柏泽清正要转身离开，忽然用余光看到身后的厨师推着一辆不知装着什么东西的推车，厨师大概是没抓稳推车的扶手，推车一下子顺着台阶滑了下来……

柏泽清条件反射般一把揽住林颂音的腰，将她拽进自己的怀里。

不过他的背被推车的一角蹭到，深色的大衣上留下了一片印迹。

厨师急忙跑下来扶住推车，连声道歉："不好意思呀。"

柏泽清没有回应，林颂音感觉到腰间的手掌传递着温度，就这样在他的怀里待了半分钟，才想起挣开柏泽清的怀抱，而柏泽清也像是才回过神，恍惚地松开了她。

厨师推着推车离开后，气氛一下子变得微妙极了。

许见裕刚刚在全神贯注地跟林颂音说话，视野也被遮挡住了，他根本什么都没有注意到。

许见裕将自己的目光从林颂音刚刚被柏泽清搂过的腰上挪开。

他弯下腰，看向林颂音。

两个人的视线保持齐平。

"你被吓到了吗？"他故意用一种开玩笑的语气问道。

林颂音摇了摇头。她又不是什么小孩子，一辆推车怎么可能吓到她？但是她现在确实有点儿不自在。

这种感觉好怪。

许见裕的唇边漾着很淡的笑容，他直起身看向柏泽清："你的衣服脏了。"

柏泽清皱了一下眉。

"嗯。"

许见裕指了指自己身上的衣服，笑着说："下次还是把这样的事交给我吧，我的衣服擦一擦就干净了。"

两个人沉默地对峙着。

几秒钟后，许见裕看向林颂音："我们走吧。"

林颂音不知道他要去哪里，没有问他，抬脚前心情复杂地回头看了一眼柏泽清，打了一个招呼。

"那我们走了，拜拜。"她说。

她这时才发现，周六的那个早上，柏泽清离开的时候，他们没有说过"再见"。

不知道是不是因为那不是一个很好的结尾，所以他们这么快又见面了。

只是这一次，柏泽清依旧没有说话。

他感觉到身体的某个部位被生硬地掠夺，鲜活的嫉妒令他想要发疯，他站在冷风里，试着控制自己。他会控制好情绪的。

林颂音走在许见裕的身旁，就听到许见裕用一种很轻松的语气开口："你不喜欢你的爸爸？"

这句话将她的思绪拉了回来，她有点儿防备地看向他："你为什么这么说？"

她更担心的是她会不会把这种情绪表现得太明显了，如果易竞也看出来了这一点，她该怎么办？

"他看不出来。"许见裕侧头看她，用一种很矛盾的眼神看向她，"我比较聪明。"

林颂音轻轻地"哼"了一声，就看到了许见裕的这辆炫酷的红色摩托车……座椅高得已经让她有点儿恐惧了。

"你想要冻死我吗？"见柏泽清已经离开他们有一段距离了，林颂音终于问了出来。

许见裕变魔术似的拿出一个红色的头盔，很温柔地给她戴上："你不会很冷，我可以骑得慢点儿。"

"你骑得慢点儿，那还有骑这辆摩托车的必要吗？"林颂音说，声音传出来，显得有点儿闷闷的。

许见裕只觉得这种声音很可爱。

“看，我就知道你很感兴趣。”

“你以为你很了解我？”

出乎她的意料，许见裕摇了一下头。

“直觉。”他一边说着，一边给自己戴上手套，“比如，我知道你不讨厌我。”

林颂音没有说话，因为这是事实。

但是很快，她听到许见裕继续说：“但是，你更喜欢他。”

林颂音因为许见裕的话愣住，愣到了忘记反驳的程度。

她下意识地想要回头看那个他们谈及的对象，但许见裕用戴着手套的双手像捧住她的脸一般捧住了她的头盔。

“现在，不要看他，”许见裕的眼神里难得没有他一贯的玩世不恭，他说，“看着我。”

“看着我。”

林颂音面对许见裕骤然变得直勾勾的目光，感到一阵不自在。

“现在，你在和我见面，不应该被我看穿心思。就算被我看穿了心思，你也要说‘不，我不喜欢他’。”

林颂音还在为许见裕说的那句话而震惊，他的目光隔着头盔的玻璃依然很清晰。

她矢口否认。

“你不要乱说，我不喜欢他。”

许见裕终于露出满意的笑容。

“这样才对。”

“我本来就——”

许见裕却看向林颂音的身后，他的视力很好，虽然他上学的时候总是熬夜看球赛，但是两只眼睛的视力到现在都是5.0。

许见裕看到柏泽清的手背上凸起的青筋，好笑地想着：如果柏泽清的手心下是他的头，或许他的头骨会被捏碎。

这倒是让许见裕想起了那个周五的下午，当时他坐在车里，而柏泽清和林颂音正一起走进商厦，那时柏泽清将她挡得严严实实的。

短短的几天里，事情发生了这么大的变化。

当然，许见裕不会对林颂音说这些事。

“你喜欢他，他却看着你跟别的男人走了，你不想气一气他吗？”

“我才没这么无聊。”林颂音看着摩托车上这么高的后座，转移了话题，问，“我到底该怎么坐上去呀？”

“你不知道怎么上车的话，我教你。”目光依旧落在柏泽清冷到没有一丝温度的脸上，许见裕漫不经心地抬起林颂音的胳膊，将她的胳膊搭在自己的肩膀上。

门童已经将柏泽清的车开了过来，但是柏泽清迟迟地没有反应。

他看着许见裕用那双手隔着头盔捧上林颂音的脸，许见裕又将她的胳膊抬起来。

柏泽清建立已久的秩序被另一个人人为地破坏着，几天来他试图平息的情绪再一次开始波动，柏泽清体会到了手背上迟来的痛感，再一次为自己答应了易竞的请求而痛恨。

激烈的爱情迫使他不得不正视一切与后悔有关的陌生情绪。

他还不打算认输。

柏泽清不打算看下去了。现在停下动作，他还是他，离开那个名为“林颂音”的弱点后，还是一个完整而正常的人。

“先把左脚踩在踏板上。”许见裕说，看到柏泽清坐进了车里。

刚才许见裕出于礼貌，回头看了一眼那个正站在黑色的宾利车前却没有上车的男人。

他抽空打了一个招呼，真有趣。

许见裕轻轻地笑了一下后，用手臂环住了林颂音的腰，轻而易举地将她抱着侧坐在他的摩托车上。

随后，许见裕什么也没说，自己也坐了上去，戴上了他的头盔。

回过头，他看到林颂音并没有把手伸过来。

“我忘记给你准备手套了。”

他说着话，用戴着手套的手将她的两只手塞进他的皮衣口袋里。

这个动作本该让林颂音很不自在，但是因为他的手上戴着厚手套，她并不会有他们在进行什么亲密的肢体接触的感觉。

下一秒，柏泽清的那辆车就这样从他们的旁边飞驰而过，林颂音甚至听到了车胎滑过柏油马路的路面的声音。

她没有去看车里的主人。因为她刚才已经道过别了，所以心里的那点儿微不足道的情绪也不算什么了。

她心情平静地搂着许见裕的腰。

坐在摩托车后，怎么也是要搂住前面的人的腰的，林颂音没那么矫情。

“不要想太多。”许见裕说。

林颂音说：“我本来就没有多想。”

林颂音从来没有坐过摩托车，特别是车速这么快的摩托车。

许见裕将车发动，刚骑了没多远，她就被比电动车的车速快出许多的速度吓了一跳，立刻抱紧了他。

脸被头盔保护着，手塞在许见裕的皮衣口袋里，林颂音倒没觉得冷。

过了好一会儿，她想起来还没问许见裕他们要去哪里，就发现他已经将车停了下来。

她最后还是被许见裕扶着下了车。

林颂音下来以后，才看到许见裕的那辆红色跑车。

所以，他不会是开车时看到了这辆摩托车，所以临时起意租下了它吧？

“摩托车是你租的？”

许见裕甩了甩自己被头盔压乱的头发，帮林颂音摘掉她头上的头盔。

“我买的。”

林颂音没说话，看着他对车行的老板说："我先把车放在这里，有空来取。"

许见裕走出车行的时候，见林颂音又回头看了一眼，以为她舍不得摩托车。

"舍不得？等天气暖和点儿，我再载你兜风。"

林颂音摇了摇头："我只是奇怪你来的时候把给我戴的头盔放在了哪里。"

"这是秘密。"

坐上许见裕的跑车后，林颂音忍住了问问题的冲动，没有去好奇副驾驶座前的液晶屏是用来干什么的。

"你想去哪里？"许见裕坐着，却并没有急着将车开出去，只是惬意地靠在靠背上。

林颂音现在安稳地坐在了车上，又开始忍不住思考许见裕说的话——她不喜欢易竞，喜欢柏泽清。

许见裕是在试探她，还是在做什么呢？

"你不是跟他说，"她懒得在许见裕的面前称呼易竞为"爸爸"了，"你要带我在江市转转吗？"

许见裕望向她："你知道，那只是一个借口。"

林颂音无法理解地看着这个人。

许见裕忽然很有兴致地问："我没有找你要联系方式，反而通过你的爸爸联系你，你觉得奇怪吗？"

"你本来就奇怪。"林颂音想起从他们第一次在巴黎见面起，他似乎在每次见面时都做了点儿奇怪的事。

许见裕不在意地笑笑，半晌又正色道："因为我想知道，我不找你，你会不会想我。"

林颂音没想到他还真的能说出原因。

"你说的是真的还是假的？"

林颂音才不会相信他这么快就对自己情根深种。

“假的，”许见裕说，“我刚刚看起来是不是很深情？”

“嗯，你深情到有点儿肉麻的地步。”林颂音点了点头，“所以，我们到底要去哪里呀？”

“你呢，想去哪里？”

林颂音打了一个哈欠，其实她最想回去睡觉。

她还没开口，就听到许见裕问：“你很困？”

林颂音点了一下头。

“那我知道该去哪里了。”

说完，他没有给林颂音任何考虑的时间，直接将车开了出去。

林颂音狐疑地看着他，他怎么就知道要去哪里了？他不会要带着她去开房吧？

许见裕像是察觉了她的眼神，“哈哈”地笑了起来。

“你好像想得有点儿远。”

林颂音瞪了他一眼，没说话。

许见裕又笑：“我在你的心里就是这种形象？”

“不然呢？”

“你对我有很大的误解。”

林颂音没有想到，许见裕带她来到了电影院。

他直接包了一个 IMAX（巨幕电影）厅，甚至毫不关心这个厅里现在在放什么电影……

林颂音跟着他，很费解地问：“我很困，所以你带我来看电影？”

“我每一次看电影时都会睡着。你喜欢坐在前面还是后面？”

林颂音看了一眼，坐在第一排可以把脚往前伸，好像还是坐在那里最舒服。但是林颂音还没坐过最后一排的座位。

“那坐在后面吧？”

电影院里播的甚至还是上周五她和柏泽清看的那部电影。

两个人在光线昏暗的影厅里坐下后，林颂音将身子靠在靠背上。

过了一会儿，许见裕随口说：“其实，我更想带你去学校的教室里，从前上课的时候睡得最好了。”

林颂音露出今天的第一个笑容，说：“我也是。”

“你最喜欢在哪节课上睡觉？”许见裕问。

林颂音想了想，说：“思想品德课。”

许见裕故意翘起嘴角，露出一个有点儿坏的笑容。

“看得出来。”

林颂音“哼”了一声，说：“你看起来也好不到哪里去。”

许见裕笑得更加开怀，说：“这样看来，我们是同一类人了。”

林颂音没说话。

“你不是困吗？睡吧。”

林颂音闭上了眼睛。但是在黑暗里，她发觉自己睡不着。

她在座椅上换了几种姿势，依然找不到最舒适的姿势。

“睡不着？”许见裕侧身注视着她。

林颂音“嗯”了一声。

“要我给你唱摇篮曲吗？”他问。

林颂音有两秒钟没说话，然后说：“你以为我今年三岁吗？”

“你三岁的话，我会带你去滑滑梯。”

林颂音都要被他的无厘头逗笑了，说：“你走开吧，连三岁的小孩都不放过。”

许见裕也不再开玩笑，准备起身。

“你要干吗？”林颂音问。

“让人把电影的音量调低点儿。”

“还可以这样吗？”她疑惑地问，“不过还是算了吧。”

许见裕只好作罢。

“因为我在你的身边，所以你睡不着吗？”

林颂音认为自己是一个防备心比较重的人，说：“我们现在还不熟，我在你的身边能睡着才有问题吧？”

许见裕点了点头，下面的这句话就像是他随口说出的一句再正常不过的话，声音里难得没什么张扬的情绪。

“那他呢？”

林颂音自然知道许见裕是在说谁。

“你对我也太好奇了点儿。”

“我承认。”

林颂音觉得和很有可能结婚的对象聊那个男人是一件很奇怪的事。

她在柏泽清的身边是可以睡着，因为从他去酒吧接她回来、在墓园外找到她以后，他总是让她觉得很安全、很踏实。

“可能我是有点儿喜欢他。”林颂音觉得这没有什么不好承认的，说，“但是，喜欢只是喜欢，这对我来说意义不大。”

感情不会影响她做出该做的选择。

“所以，为了气他去跟别人做一些事的行为太幼稚了，这样不是会让自己更加想着那个人吗？”

自己在意对方，才会想要气对方吧。

许见裕觉得有道理。

电影院里的光线让他的脸上一贯的不正经隐藏了起来。

“那聊聊我们吧。”

“我们有什么可聊的？”

“你知道我其实不想联姻吗？”许见裕自顾自地开口。

“嗯，我现在知道了。”林颂音回应道。

正常人，谁会想联姻？

头顶的光线在偌大的空间里显得这样明显。

许见裕侧头看向林颂音，声音听起来很坦诚。

“我不喜欢做冤大头，所以本来不打算联姻。就算被迫要和联姻的对象见面，我也会搞砸那场相亲。”

林颂音想到昨天一开始出现的那个目光阴鸷的男人。所以，一开始许见裕是想让那个男人去搞砸那次相亲的吗？

“那你为什么又这样做？”

许见裕将手垫在自己的脑袋下，用那双会放电的眼睛看着她。

“你很聪明的，猜一猜。”

林颂音没有躲避他的目光，说：“因为你对我有点儿好感。”

许见裕笑了。

“我喜欢你说这句话时一点儿都不害羞的样子。”

林颂音不觉得这有什么好害羞的。

“但是你的喜欢和好感是有前提的。”她看着那双目光有点儿撩人的眼睛。

许见裕闻言更感兴趣了，往林颂音的方向凑了凑，他们像是在对彼此密语的情人。

“什么前提？”

林颂音很认真地说：“因为我一无所有。”

许见裕安静了几秒。许久后，他才收回了自己的那道既欣赏又有点儿复杂的目光。

“我们打一个赌吧。”许见裕说这句话时，声音有些磁性。

“什么赌？”林颂音凭直觉认为他要说的话和他们结婚的事有关。

“下次我再告诉你。”许见裕倏地从口袋里摸出手机，像是做一件很寻常的事一般，将自己的手机塞到她的怀里。

“总之这不是会放你走的赌。”

不过他一瞬间的迟疑暴露了事实——他其实并没有看上去的那般自然和自信。

“留下你的电话号码。”他说。

林颂音把手机接了过来，问：“你不是会跟易竞联系吗？你怎么不问他？”

她说着这样的话，但还是在通讯录里留下了自己的号码。

许见裕用余光注意到她的动作后，神情舒展。

“你不是不喜欢他吗？”

林颂音把手机递给许见裕的时候，忍不住说道：“你不要乱说。”

“这里只有我和你，你不要紧张。”

许见裕忍住了对她说“你要试着相信我”的欲望。

林颂音得到他一半的保证以后，神经终于松弛了下来。

接下来，两个人都没再说话。

林颂音闭着眼睛，感觉到困意，虽然依然没有睡着，但没有那么紧张了。

而许见裕也不知道自己在想什么。不，他知道的。

他有点儿想知道，她在说自己一无所有的时候在想什么。

电影结束以后，林颂音站起身，伸了一个懒腰。

许见裕也站了起来：“走，我带你去玩。”

“玩什么？”

“你想玩什么就玩什么。”

“不会是要玩电影院门口的娃娃机吧？”林颂音说，对抓娃娃没什么兴趣。

两个人走出电影院，许见裕开玩笑地说：“我带你去开卡丁车？”

谁知道林颂音的眼睛亮了一下。

这下换许见裕惊讶了。

“你真想开卡丁车？”

“感觉那比抓娃娃有趣。”林颂音不知道自己什么时候就会搬离御林别墅，都不知道把抓到的娃娃放在哪里比较方便。

许见裕正在思考，迎面看到了一对情侣。

他顿了几秒后，对林颂音眨了一下眼睛，揽住林颂音的胳膊。

“柏二哥。”他笑着打了一个招呼。

听到他叫出这个姓氏后，林颂音就猜到了这个人一定和柏泽清有关。

没想到，许见裕看着和柏泽清并不熟悉，竟然还认识柏泽清的哥哥？

“欸？见裕。”

柏泽澈投资了这家电影院，刚结束了工作，带着女朋友来看电影，没想到会遇见熟人。

他们说是熟人，其实算不上熟人，柏泽澈只是在韩润开的Hyperfox里谈项目的时候遇见过许见裕几次。柏泽澈的性格和柏泽清的性格不同，他天生爱交朋友，和许见裕聊过几次天儿，他们也交换过号码。

“宝贝，等我一下。”许见裕低下头，亲昵地对林颂音耳语。

林颂音听了他的这声“宝贝”，觉得肉麻，起了一身的鸡皮疙瘩，不知道许见裕要在柏泽清二哥的面前演什么戏。

只是很快她又想到了在里昂的时候，有一次自己躺在柏泽清的床上，半睡半醒时曾误接过柏泽清的二哥给他打的电话。

当然，她只是“喂”了一声，在听到对面的陌生男声后及时闭上了嘴巴，把柏泽清晃醒。

好在柏泽清的反应很快，他说声音是房间里的人工智能的声音。

大概是柏泽清“不近女色”的人设实在是太真实，柏泽澈竟然毫不怀疑，相信了这么离谱儿的借口！

不过即便如此，林颂音还是心虚地没敢在柏泽澈的面前开口，只是硬着头皮对许见裕“哼”了一声。

许见裕被她的这副模样逗笑，又看了她两眼，和柏泽澈寒暄了几句后，才搂着林颂音的腰离开了。

他们进了电梯后，许见裕才收回手。

“我忘了，这似乎是他的二哥开的电影院。”他说。

“你是不是故意来这里的？！”

许见裕又低头看林颂音，她看起来有点儿委屈，只是这种委屈一半是她装出来的。

“不要冤枉我。”

许见裕确实没有说谎。

如果柏泽清并没有把林颂音放在心上，许见裕却时时地去刷存在感、去激起对方的斗志，似乎得不偿失。许见裕不打算做得不偿失的事。

“走，我带你去开车。”

柏泽澈的目光倒是在这两个人的身上停留了许久。直到看不到人了，他才把目光收了回来。

今天是周一，原本每周的周五时柏家才会举行家庭聚餐。

但因为柏泽清的父亲柏应中午喝多了酒，下午感觉胃有点儿不舒服，所以柏泽清今天也回来了。

柏泽澈看到他妈发来的消息时，电影刚结束，他急急忙忙地将女朋友送上车，就开车回来了。

他回来以后才知道，柏应只是胃有点儿小问题，并没有什么大事，柏泽澈才放下心来，去餐厅里找吃的东西。

柏泽澈刚走进餐厅里，就看到柏泽清正坐在阳台边的躺椅上看资料。

“你还没走呢？”

“看完资料就走。”柏泽清回答道。

柏泽澈关心了一下公司下个季度的新项目，柏泽清不时地回应几句话。

柏泽澈和对方聊着聊着，忽然想起今天下午刚遇到的人。

原本他不会和柏泽清提起这件事，但这几天听人说过许见裕是要跟易叔的女儿相亲的。柏泽澈今天却看到许见裕跟一个他根本没见过的女人搂在一起，事关易舒语，他就顺口提了一句。

“对了，别人不是都说许家的儿子要和易舒语相亲吗？怎么我今天看到许见裕在跟另一个我没见过的女人亲亲热热？”

柏泽澈也听人说过许见裕可能要跟易叔的另一个女儿相亲，但这种八卦通常只能哄哄不熟悉事情的人，易家和柏家是世交，柏泽澈从来没听说过易叔还有别的女儿，所以压根儿没把消息放在心上。

柏泽澈说完这句话，没有注意到坐在躺椅上的人的神情变了。

柏泽清的脑子里只剩下四个字：亲亲热热。

他抿紧了唇，没去问那两个人到底有多亲热。

他已经决定不再管他们的事了。

柏泽澈夹了一片鱼肉，回头看他："他不会是打算和一个女人谈着恋爱，再跟舒语在一起吧？"

柏泽清的身体紧绷着。

"他们没有谈恋爱。"

柏泽澈因为弟弟的这句话，忘记了吃菜。

"什么？你也知道他们的事？你认识那个女人？"

柏泽清紧紧地攥着资料："我不知道。"

柏泽澈一脸的莫名其妙，只当柏泽清是从他的学弟韩润那里听说了什么事，不过柏泽清的嘴巴一向很紧，他并不会去说这些事。

柏泽清感觉到自己的太阳穴在跳，发现自己已经开始看不清手机上的字了。

柏泽澈不知道自己的弟弟到底为什么会有这么大的火气，迟钝地打趣："上了一天的班，你怎么看起来人都不对劲了？你之前上了那么久的班，情绪还是挺稳定的呀，哈哈。我的女朋友没说错，上班使人发疯，怎么连你都不正常了？"

"那是因为你一直在说没有意义的事。"柏泽清不想再听下去。

"不是，我随口讲两句话罢了。而且我也担心舒语，毕竟小时候也算是看着她长大的。就算有一段时间没见她了，我也担心她最后会跟一个心里没她的男人在一起。"

男人最了解男人了，柏泽澈回忆着许见裕和那个女人的状态。

"我看许见裕对那个女人的那种亲热的劲头，他在我的面前直接搂着那个女人叫'宝贝'，看着不像是打算和她分手的样子。"

柏泽澈忽然就猜到答案了，不过知道柏泽清对这些话题不感兴趣，也只是自言自语。

柏泽清终于再也无法忍受了，血液在血管里快速地奔涌着。

他倏地站起来，躺椅摩擦地面，发出刺耳的声响。

"我说了，他们没有在一起。"

柏泽澈皱着眉头盯着突然对自己发疯的弟弟，再联想起柏泽清买的不知道要送给谁的粉钻，终于张大了嘴巴："你不要告诉我，你喜欢许见裕的女朋友。"

"你不要告诉我，你喜欢许见裕的女朋友。"

柏泽澈说出这句话时的表情极为夸张，他实在太震惊了。

但是，他承认自己说完这句话，心里多少也有点儿看热闹的成分。

毕竟，他跟柏泽清做了二十多年的兄弟，就算他们少时并不算是一起长大的，一个在江市，一个在港城，但柏泽澈对自己的这个弟弟长久的认知就是：柏泽清从不是喜怒形于色的人。即便是不高兴，柏泽清也只会冷着他的那张本来就很冷淡的脸。

柏泽澈很少见到他的弟弟有什么像寻常人一样起伏的情绪。

但是这个晚上，他见到了这么多次。

柏泽清僵在原地，那一向无波无澜的双眼里早已盛满了怒火，他压抑了一天的情绪显然已经被他的哥哥引爆了。

他冷冷地看向他的哥哥，耐心早已被耗尽。

"要我说多少遍？她不是他的女朋友。"

柏泽澈看着他对自己怒目而视的样子，要是平时柏泽清这样看着自己，柏泽澈的心里可能还有点儿发怵，但现在柏泽清是为了一个女人发怒，特别是这个女人的身边还有别的男人，柏泽澈又怎么会怕他？

不过柏泽澈看到家里的帮佣似乎也听到了这边的动静，帮佣过来看了一眼，他们要是再大声说话，很可能父母就要过来了。

柏泽澈还不打算让他们听说这件事。

这毕竟不是什么像话的事。

“你激动什么？别把妈招过来。”柏泽澈从没有想到，有一天和柏泽清在一起时，那个掌控局面的人竟然会是他。他不禁有了一股前所未有的成就感。

当然，成就感是有的，兄弟之间的感情也是有的，但这不代表柏泽澈就不想看这出戏。

他什么时候还能有机会看自己的这个向来冷静自持的弟弟因为别人的女朋友而发疯？

“今天是平安夜，他们一起从电影院里亲密地出来，谁会相信他们不是男女朋友的关系？”柏泽澈不仅控制了音量，也稍微地控制了一下措辞，考虑到弟弟的感情，没有太过详尽地描述那两个人的亲密程度。

柏泽澈忘了他在几分钟之前已经把画面描述得很详细。

柏泽清站在原地，拿着手机，手指用力得就像是要把手机的屏幕捏碎，他不愿去想象林颂音和许见裕有多亲密。

平安夜又怎样？他自欺欺人地想，就像自言自语似的说：“她今天中午还和我一起吃饭了。”

这是柏泽澈全然没有想到的事。

“什么？她中午跟你约会，下午又换了一个男人见面？”

在柏泽澈的想象里，林颂音在同时玩弄着两个男人。

“你别告诉我，你是人家的备胎。”柏泽澈恨铁不成钢地看向柏泽清，不愿意相信他的弟弟竟然能做出这么丢人的事情，“她到底给你们灌了什么迷魂汤？”

柏泽澈回忆了一下下午短暂的碰面。当时他主要是在和许见裕寒暄，顺便邀请许见裕下个月来参加自己新开的画廊的开业晚宴。

再加上女朋友在身边，柏泽澈只看了林颂音一眼。

“我承认吧，她长得确实挺漂亮。”

柏泽澈发自内心地说完这句话，注意到柏泽清原本看起来已经打算走了，这时他却停在原地。

因为这句话，他的目光像是一把冰刀落在柏泽澈的身上。

“不是……”柏泽澈被他不分青红皂白的反应气笑了，指了指自己的脑子，怀疑地问，“跟哥说说，你是不是压抑了二十多年，不正常了呀？我有女朋友，不会觊觎别人的女朋友，你少对着我发疯。”

“不要对她指指点点。”柏泽清冷声说。

柏泽澈嗤笑一声。他指点什么了？

“我夸她也不行？”

“不行。”

柏泽澈又忍不住犯贱。

“而且，那个女孩显然也不是你的女朋友。”

这一次，没等柏泽澈说完，柏泽清没有再停留，脸色阴沉、一言不发地离开了。

“哎，你怎么就走了呀？不跟爸妈打一声招呼？你一直被夸的好教养跑到哪里去了？被狗吃了吗？”柏泽澈幸灾乐祸地在后面追问。

而柏泽清就像闻所未闻一般，没有和任何人打招呼，离开了家。

江盈本来在照顾柏应，听到外面两个儿子的动静，也走了过来。

“怎么了？”她发现柏泽清已经不在了，问，“泽清呢？你的弟弟不喜欢开玩笑，你不要总是跟他胡闹。”

柏泽澈叹了一口气，他在父母面前的名声真是臭哇。

不过，他在弟弟的面前玩闹，可不敢把这件事告诉父母。要是让他们知道柏泽清现在还在觊觎着别人的女朋友，柏泽澈不知道一直想让柏泽清赶紧谈恋爱的父母会怎么想。

柏泽清黑着一张脸，开着自己的车。但是他并没有直接回家，而是头脑空白地将车开上了高速公路。

他每一次看到林颂音、听到林颂音的声音时，哪怕只是听到别人提到她的名字，都会感到无尽的焦躁。

他已经决定退出那个有她的空间，为什么她还是无处不在？

柏泽清沉默地任由车漫无目的地驶去，车内的暖气让他无法呼吸，他打开车窗，任由高速路上的冷风粗暴地灌进车内。

风在耳边无情地吹着，他感觉不到风，也感觉不到寒冷，只是听着各种声音在耳边响着。

月亮挂在天空中，他越发认出了自己正在走的路。

这是去御林别墅的路。

柏泽清感到胸口一阵滚烫。

他在服务区停下了车。

柏泽清将这一刻妄图去找林颂音的自己看作戒烟时想要再次吸烟的人。

此时此刻，每一秒对她的眷恋都象征着软弱。

柏泽清差点儿就要半途而废了。

他已经决定了的。

他不该走到这里就放弃。

柏泽清自嘲地垂下眼帘，再次抬起眼皮后，车外伴着灰尘的冷风终于让他的情绪回到了原点。

他找回了残存的理智，面无表情地将车开回空无一人的家。

第十三章 乘虚而入

林颂音被许见裕送回御林别墅时，是晚上的八点。

他们玩了一下午的卡丁车，又去吃了法餐。

林颂音很喜欢那家餐厅里的甜点。回到御林别墅的楼下时，她想起今晚吃的甜点，依然感到心情很好，直到老远就看到了易竞的车。

她意识到易竞已经在别墅内等着她了，微微地撇了一下嘴。

许见裕一直在盯着她，自然没有错过她脸上的这个表情。

“你不想见他，那就再在车里待一会儿？”他说着这句话，直接将车的各个门都锁住了。

林颂音早就发现许见裕是一个很爱开玩笑的人，又或者他是一个习惯于将真话和野心用玩笑加以包装后说出来的人。

这样让他看起来没那么认真，但也让他显得没那么有攻击性。

她没有急着下车，只是看向别墅的大厅。

她之前有几次在大厅内等着柏泽清，所以知道从那里看向室外的视野很好。

“你知道吗？现在易竞如果在客厅里，能看到我们在车里的一举一动。”她没带什么情绪地说出这句话。

许见裕似乎很感兴趣。

“那不是很好吗？”许见裕甚至又打开了车内的一盏灯，灯一打开，林颂音就看见了许见裕的眼神。

“他会希望我现在就完全被你迷住吗？”

林颂音想起易竞说过这个年纪的男孩子都是白痴、很好糊弄，直接说："他巴不得你现在就被我迷得死去活来，巴不得你非娶我不可……"

许见裕注视着她，"哈哈"地笑了起来，只是很快，又将那盏灯关掉了。

他又用那种半真半假的语气说："要到那种程度吗？我大概还需要一点儿时间，他可以再耐心一点儿。"

林颂音没把许见裕的这句话放在心上。不过今天，就算在玩的时候她也没忘记许见裕在电影院里跟自己说过的话。

"你今天跟我说要和我打赌，到底是什么赌？"

"你很好奇？"

"废话。"

许见裕沉吟了几秒后，说："你很想知道的话，明天过节，我们见面时我告诉你。"

林颂音想起今天在商场和电影院里看到的各种各样的节日装饰品。

她只知道节日快到了，没有想到竟然就是明天。

林颂音想起不久前在里昂看到的景象，那里的各个角落里都充满了节日的气息。

当时，她还因为没办法留在那里过节而遗憾，而她身边的那个人说以后还有机会。

那天，她好像也是第一次听到许见裕的名字。

她都不知道自己怎么会联想到这件事。

"过节时外面肯定人挤人，我们非要出去吗？"她有点儿想知道那会是什么赌，但又不是那么想出门。

"我可以带你去不挤的地方。"

"行吧，"林颂音不满地看向他，"你现在告诉我会怎样？"

"不会怎样，但是我明天会很难约你，宝贝。"许见裕笑着打开车门，放她离开。

林颂音本来已经下车了，又被他说的“宝贝”肉麻得哆嗦了一下，回头瞪他一眼：“宝贝你个头。”

“Bye（再见）。”许见裕对她摆手，“明天见，我下班以后找你。”

“你竟然上班吗？我以为你天天不工作呢。”

许见裕的目光从车内追随着她，他说：“我好像说过你对我有很大的误解，你快进去吧，外面冷。”

林颂音进入御林别墅时，易竞正在跟法务邱冶打电话。

“我最近急需的资金有没有问题？搞定和周氏的合作项目了吗？”

一旦项目中标，易竞就能获得一笔项目款，公司至少可以短暂地周转一下资金。

邱冶说话时有些迟疑。

“竞标没有成功，这段时间里的项目都被盛业科技抢走了……”

易竞看到许见裕的车已经离开，也收回了目光。

盛业科技是他们的竞争对手，易竞的眉心因为法务的话皱了皱。

“这样。”

邱冶迟疑了几秒，还是说道：“公司长期缺乏可流动资金，债权人对我们好像也缺乏信任了，谈判也不是那么顺利……”

易竞怎么会不明白缺少债权人的信任的后果？

到了他们走诉讼程序的那一天，他的资产就要被冻结了，到时候他们更是举步维艰。

易竞挂掉电话后，收起内心的忧愁，关切地看向林颂音。

“你和小许吃过晚饭了？”

“对。”

“明天他约你了吗？”易竞刚刚在大厅里，自然没有错过花园外的这对年轻的男女分别时的依依不舍。

在他看来，这就是打情骂俏。

林颂音按捺住心底的不耐烦，点了一下头。

“约了。”

易竞点了点头。

他看得出来许昌鸿的儿子很喜欢林颂音。

一切都比他想象中的更加顺利。

那么这三天，他该给许昌鸿打一个电话，探讨一下这两个人的事项了。

不过在过节的这一天，林颂音到底还是没有和许见裕一起出门。

他们原本约好了下午六点在御林别墅的门口见面，但是林颂音在五点半时收到了池之希发来的图片。

自从在生日的那一天鼓起勇气给池之希打了电话，林颂音没有再联系过她。

林颂音以为她说的“有空再联系吧”只是成年人之间的一句托词。

手机的提示栏上出现池之希的名字时，林颂音都以为自己眼花了。

她点开图片以后，才看到图片里有很多很红很红的苹果。

更确切地说，这是看起来很好看但又贵又难吃的蛇果。

很快，池之希把电话也打了过来。

“喂。”池之希说，听起来声音里充满了不自在，林颂音听到她的那边似乎有很多人。

“你现在在超市里吗？”林颂音问，努力地表现得像在和经常聊天的朋友说话一般。

“嗯，我记得你高中的时候说过很想尝一尝这种苹果。刚刚下班路过这里，我才想到我好像一直没有给你买这种苹果吃。”

林颂音没有想到池之希会说这样的话，因为池之希的这句话和早已被她尘封起来的高中记忆，她的喉咙里泛起一阵涩意。

林颂音说：“但是大家都说，这种苹果面面的，好难吃的。”

池之希在电话的那头笑了一下，笑完以后才放轻了声音。

“对不起，我忘记那天是你的生日了。当时因为身边有人，还因为各种事，我的态度不是很好。”她顿了顿，又很愧疚地说，“我应该记得你的生日就在前几天的，但竟然忘记祝你生日快乐了。”

林颂音在电话的这头摇了摇头，说：“我这几年也没有祝你生日快乐，没关系的。”

林颂音说不清自己的心情，感觉有点儿高兴，但也有点儿彷徨。

她还在纠结应该说什么话时，就听到池之希问：“你是不是遇到什么事了？我总觉得你应该是有什么事才找我的。”

林颂音没想到池之希还是这么了解她。

“算是吧。”

“你现在还住在原来的地方吗？”池之希大概依然对那天早上冷淡的态度感到抱歉，一直在很主动地开口说话。

林颂音听出池之希这是要来找自己的意思，忙说：“不是，我现在住在御林别墅里。”

林颂音从前把自己的身世告诉池之希的时候，提起过易竞住的地方。不过林颂音不认为过了这么多年池之希还能记得地址，正准备解释，就听到池之希惊呼了一声。

“那不是你的那个人渣爹住的地方？！”

林颂音忽然笑了。

“人渣爹”三个字不知道有什么魔力，就好像一瞬间，两个人在这两三年里产生的距离感被这三个字拉近了一半。

林颂音刚想和池之希吐槽，想到在电话里聊天儿似乎不是那么方便，于是试探性地问：“你现在要不要来找我？我们可以一起泡温泉。”

“好！你等我买点儿水果，你有什么要吃的东西吗？我现在就在超市里。”

“不用不用，这里都有的。”

林颂音挂掉池之希的电话，兴奋地从房间里出来，想要麻烦刘妈准备一点儿她们泡温泉时可以吃的东西。

她走到楼梯口，才想起来和许见裕的约会。

她略显纠结地给他打电话，好在许见裕似乎也在忙。

“我同时被两个人放了鸽子。”

林颂音听到许见裕似乎一直在敲键盘，不知道他在忙什么。他的声音听起来就如平常一般，有点儿不那么正经，没有责备的意味。

她问：“还有谁？”

“驾着驯鹿雪橇来送礼物的老爷爷？”许见裕回答道。

林颂音笑了一下。

“你的朋友已经来了吗？”许见裕问。

“她在路上了吧。”林颂音说，“那我们好像只能在下次见面时说赌约的事了。”

许见裕在电话的那端轻笑了一声，说：“你这么想知道吗？那你先回答我一个问题。”

他没有给林颂音太多思考的时间，直接问道：“你不喜欢你的爸爸，为什么还要答应他联姻？”

林颂音没有想过许见裕会问得这么直接。其实她原本不打算对许见裕说实话的，没理由对一个只见过几次面、未来还可能跟自己结婚的人说实话。但是事情已经被他看穿，她好像也没太多的必要隐瞒事实。

“因为钱咯，我很喜欢钱哪。”林颂音坐在干净的楼梯上。

许见裕像是觉得她很有趣似的，在电话的那头笑着“嗯”了一声。

林颂音也因为他们之间荒诞的对话笑了一下，不过似乎听到许见裕的身边有人在叫他。

她正准备从台阶上站起来，就听到许见裕用一种很悦耳的声音说：“你怎么不问一下我有什么期待？”

林颂音急着准备和池之希见面的事，就像哄孩子一般开口："嗯嗯嗯，那你呢？你有什么期待？我只能再跟你讲几句话了，你不是很忙吗？"

许见裕像是没听到她最后的几句话，很认真地说："你可能看不出来，我其实很小气。我不接受你在外面有人。"

林颂音用手扶着楼梯的栏杆，下意识地问："你怎么说得好像我们一定会结婚一样？"

"不知道哇。"许见裕笑了笑，说，"也许是感觉？"

林颂音发现她依旧没听到他说的赌是什么。

"所以你要和我打什么赌？"

问完，她就听到许见裕开玩笑似的说："赌你总有一天会戴上我送给你的围巾哪。"

林颂音没有把这句话当真，只以为他在糊弄她。

"那你肯定要输了，我没时间和你说话了，我的朋友要来了。"

"和朋友玩得开心点儿。"他对她急切地挂掉电话并不在意。

许见裕放下手机后，敲键盘的速度变慢了。

韩润看到许见裕原本一直在用飞一样的速度写邮件，许见裕原本在加班加点地想要快点儿结束工作，现在看起来似乎不着急了。

"哎哟，你被放鸽子了？看来她一点儿也不缠着你呢。"

"要她缠着我做什么？她有自己的生活不好吗？"

不过许见裕的心底竟然掠过一阵失落。

他第一次为了跟一个人共度节日，制订了近乎详尽的计划。

原本他可能只有八分的期待，但是一切在脑海里形成画面后，他很难不去想象林颂音的每一种反应，因为林颂音是一个会给出很多反应的人。

不对，与其说她会给出反应，不如说她的反应总是很有趣，他八分的期待因为想象中的她似乎变成了十分。

只是，计划泡汤了。

“不然你带我去你提前预订的餐厅里吃饭吧？”韩润中午听到了许见裕在预订餐厅。

“Nope（不）。”

这解释起来有点儿复杂，许见裕是随性，但已经做好了跟林颂音去那家餐厅的心理准备，不想就这样破坏那种依然值得期待的感觉。

迟一点儿带她去那里吃饭也没什么，许见裕是一个有松弛感的人，在这场只有他跟她的游戏里很有等待另一个玩家的信心。

池之希到御林别墅时，正好是六点十分。

时隔两年多没有见面，她跟林颂音都有些拘谨，但是目光里也难掩兴奋。

林颂音只跟刘妈说了池之希是自己的好朋友，便先带着池之希去了自己的卧室里。

“我们晚点儿再泡温泉吧。”林颂音说。

坐在林颂音卧室里的床上，池之希好奇地打量着房间里的一切。

她看着帮自己挂衣服的林颂音，说：“我从第一次听你说起你的那个人渣爹时，就一直幻想着有一天他会不会因为需要你给他的孩子捐献骨髓之类的事领你回去。他对你怎么样？还好吗？”

刘妈送进来一堆港式的点心，林颂音听着刘妈的脚步声已经远去，才小声说：“你知道他有多恶心吗？他因为需要钱，所以才找上我……”

林颂音的语速本来就快，再加上见到了许久没见的好友，她把话说得更快了。

林颂音想到哪里就说到哪里，很快就将她这一个多月里的经历说完了。

池之希就一直双眼放光地听着她说话，给出了很多反应。

不过，池之希听完这些话以后，问的第一句话是：“管你的那个‘柏拉图’长得帅吗？”

林颂音闻言，准备拿杯子的手迟疑地顿了片刻。

刚刚讲述这段狗血的经历时，不知道是出于什么心理，她在说起柏泽清时几乎是一句话带过的，甚至没说到他的名字，所以池之希只能称呼他为“柏拉图”。

林颂音喝了一口芭乐汁，随口问：“你怎么想起来问他的事了？”

池之希又发出林颂音从前一听到就会感到很轻松治愈的笑声。

“不要跟我装，你提起他的时候卡壳了几秒，我感觉他像是一个帅哥。”

“好吧，他是有点儿帅。”

“还有呢？”

林颂音终于放弃抵抗，说：“还有，我跟他‘那个’了。”

“我就知道！你还想瞒我？你别以为我们几年没联系，我就不知道你了。”

林颂音看着池之希夸张的表情，由衷地笑了起来。

“我们还可以像现在这样坐在一张床上聊天儿，这样真好。”她感叹道。

池之希也笑了。

“虽然你不信，但是我真想过，哪一天发了财就会来找你。如果你结婚了，我就给你发一个超大的红包。”

“多大？”

“怎么也得有几万块钱吧，这还得看我到时候的有钱程度。然后你就不能跟我绝交了。不过如果你不结婚，我就存着钱给我们养老。到时候我们就住在一起，每天傍晚一起拄着拐棍，去最近的大学里看年轻的帅哥打球。”

林颂音记得这是她们刚上大学时对变成老奶奶后的日常畅想。

她光是想一想都觉得这样的场景很美好，老天还是很眷顾她的，至少她还可以和最好的朋友重修旧好。

她眨了眨眼睛，想将眼底的湿润掩去。

“我现在就能给你包超大的红包了，虽然是用渣人的钱。”林颂音说。

池之希笑着看向她。

池之希只是问：“不过你真的要跟那个姓许的围巾帅哥结婚吗？就是那个许见裕。”

“我刚刚说过他的名字吗？”林颂音惊讶地问。

池之希摸了摸头发，对她傻笑：“有的，不然我怎么知道？”

“完了，现在我的记忆力越来越差了。”林颂音想了想后，说，“不知道，有可能吧。如果我一定要跟他结婚的话……他有钱，长得帅，除了爱开玩笑、没那么认真以外，好像是一个不错的选择对象。”

池之希忍住了冲动，没去问那个跟林颂音睡过的“柏拉图”是怎么回事，看得出来林颂音不想说那些事，就不问了。

因为池之希也有不知道该怎么和朋友提起的事。

比如两天前，她和赵闻睦出去吃饭，就已经看见过林颂音和许见裕在同一家餐厅里了。

虽然许见裕的位置上一开始坐着那个人……

池之希原本是想和林颂音打招呼的。

她在餐厅的洗手间外一眼就看到了林颂音，但是当时的场面太过难堪，所以池之希一点儿也没出声。

她其实也不想瞒着林颂音，只是还没想好该怎么和最好的朋友解释那天的局面以及那些复杂的关系……

池之希对结婚也没有太多美好的幻想，看向林颂音，说：

“如果你要跟他结婚，我也会支持你的，只要你在这场婚姻里不吃亏。而且你现在有我在身边，我学《婚姻法》时还是学得很认真的。”

“我真幸福。”

这个晚上，林颂音时隔许久再一次和池之希躺在了一张床上。虽然从严格意义上来说，御林别墅算不上林颂音的家，但是林颂音依旧认定这是她今年收到的最好的礼物。

第二天，因为还要工作，池之希起得很早。林颂音舍不得她，于是和她一起起了床，最后将池之希送到了上班的地方。

送走池之希，林颂音靠在车的后座上，还有些没睡醒，迷迷糊糊的。她困倦地看着车窗外的学生、准备上班的行人，恍惚间想到：她就要一直这样等着当易竞的棋子，直到变得没有利用价值吗？

那始终是别人的钱。

林颂音才二十二岁。望向窗外时，她发觉自己还是很想知道属于她的未来是什么样子的。

在思考自己的未来的同时，林颂音还在和许见裕继续交往。

一月的天气要比十二月月底的天气冷一些。

一月十八号，许见裕邀请她下周五一起参加别人的画廊的开业晚宴。

林颂音没有拒绝。

她似乎没什么拒绝的理由，二月四日是除夕夜，很多公司的年会已经在这个月举行了。就在昨天，林颂音已经以许见裕女伴的身份去参加了许氏公司总部的年会。

本来她是该感到紧张的，但那天才知道，池之希恰巧就在许氏旗下的子公司工作。

林颂音的紧张被接二连三的巧合驱散了。

她那天送池之希上班时，完全没意识到那家公司属于许见裕家。

不过她看得出池之希暂时还不想在“老板”儿子的面前刷存在感，她理解这种心情，于是只偷偷地对池之希使了一个眼色。

林颂音会这样和许见裕以情侣的姿态露面，这自然是易竞和许昌鸿商量以后的结果。

林颂音看得出来易竞越来越着急了，他大概是真的急着用钱。

只是她还是有点儿没懂，易竞让她以他女儿的身份和许见裕一起出席各种场合，她表现得这样张扬，他难道不怕他的谎言被妻子那边的人得知吗？

只是林颂音懒得问易竞。

一月二十五日的清晨，林颂音醒来就感觉到肚子有隐隐的下坠感。

经期到了。

这次经期比上个月提前了好几天。

怪不得林颂音从昨晚起就提不起一点儿精神。

但是她上周已经答应许见裕和他一起去参加别人的晚宴了，而且老东西也知道她会出门，甚至让人准备好了她出门要穿的衣服。

许见裕五点的时候还和韩润在一起，跟人谈事情。

五点十分谈话结束，韩润本来还打算坐许见裕的车去参加柏泽澈的画廊晚宴，许见裕就摇晃着车钥匙，直接拒绝了他。

"你自食其力吧。"

"你去接嫂子？"韩润叫出"嫂子"两个字以后，也自觉奇妙。

两个月前，他似乎还在学长柏泽清的面前叫过林颂音"嫂子"。两个月后，嫂子没变，这个"哥"换人了……

许见裕笑完才说："在她的面前，你不要这么称呼她。"

但是，他很快就想起了最近和爸爸的谈话。

许见裕又说："不过，如果顺利的话，事情好像也快了。"

"装神弄鬼。"韩润吐槽完才明白这句话的意思，说，"天哪，你别告诉我，你过完年就要变成有妇男了？！"

许见裕自然不会现在就把准岳父的公司的情况告诉韩润。

不过从易竞公司的财务情况、许昌鸿和易竞的这几次对话来看，他们大概等不到过年就会办好联姻的事了。今晚，许昌鸿和易竞也已经约好了见面。

"有可能。"许见裕好心情地应道。

许见裕自认为并不着急变成已婚男，但是声音里的愉悦之情暴露出一些连他自己都还没发现的东西。

韩润从口袋里找出车钥匙：“但是你们才认识了几个月，这不是闪婚吗？你想到结婚时不觉得焦虑吗？”

“不，”许见裕陷入沉思，说，“我以为我会，但是没有。”

许见裕对此甚至感到了一点儿好奇。他承认林颂音对自己的特别，却认为这种特别始终保持在一个稳定的安全值上。林颂音说的话一点儿也没有错，他会选择继续和她见面是因为觉得她很有趣，以及她“一无所有”。

有时候人就是这般现实。

许见裕从来没有调查过林颂音的事，做事时向来相信感觉。

不过他的爸爸倒是想方设法地做了林颂音和易竞的DNA检测，他们确实是货真价实的父女关系。

许见裕所猜想的林颂音讨厌易竞的理由，无外乎是易竞将她从自己的身边赶走了。

他以为她厌恶易竞是因为她从出生起就没有父母和亲人的喜爱和庇护。

这是他所理解的“一无所有”。

他也想过林颂音可能是非婚生女，但是这些事都无关紧要。

许见裕其实是浪漫的实际主义者，更关注未来。

他愿意从和林颂音的相处中找到答案。

五点四十分，林颂音裹着白色的羊绒大衣出门了。

许见裕用一种很赞许的眼光看向她，她今天穿着一双尖头的高跟鞋。

“鞋子很好看。”

“不好意思，我迟到了几分钟。”

许见裕本想问她能不能把“不好意思”从她面对他时的词汇库里删除，就看到她只是出来一下，脸已经被冻得发白。

“很冷的话，你可以穿得厚点儿。”

林颂音看向他，开玩笑地说：“按照我的心意，我最想穿羽绒服出门呢，穿羽绒服可以吗？”

许见裕将暖气开得更足了点儿，说：“为什么不可以？”

林颂音原本以为他也是在开玩笑，迎上许见裕的眼神后，才知道他是认真的。

许见裕望向她：“你不知道我的爸爸是暴发户吗？”

林颂音点了一下头：“知道。”

“所以，你不用考虑别人的眼光。”他笑着对她扬了扬下颌，“你如果想换衣服就现在回去换，我可以等你。”

林颂音承认自己有一瞬间的动心。但是她又想到她本来因为痛经特地选了一双平底鞋穿，出门前，易竞硬是让她把平底鞋换掉了。

他说她穿高跟鞋会显得更有气质。

林颂音真想问一句：既然高跟鞋这么好，男人怎么不穿高跟鞋？

但是人在屋檐下，她现在只能选择低头。

好在晚宴的现场肯定有空调，她也不会太冷。

“算了。”

许见裕没有执着地要求她换衣服，他没有替别人做决定的爱好。

帮林颂音系好安全带后，许见裕将她今晚才卷好的头发放在了她的肩后。

他用一种很温柔的语气问道：“请问我的女伴，准备好去参加柏泽澈的晚宴了吗？”

林颂音刚想配合地说“准备好了”，听到这个名字以后，下意识地转头看向许见裕。

“柏泽澈？”她忍住了冲动，没去问这是柏泽清的大哥还是二哥。

这同样也是令许见裕感到出乎意料的反应。

“我记得我昨晚清楚地把人名告诉你了，你现在的反应让我开始怀疑我的记忆了。”

林颂音感到震惊以后，耸了耸肩。

“出发。”

许见裕还没将她刚刚那一秒的失神抛到脑后。

他勾了勾嘴角，发觉自己也不知道现在的笑容是什么意思。

他的自信源自他的无往不利。

现在的情绪有点儿陌生。

许见裕失笑一般将额头抵在方向盘上，再抬起头时，他的神色正常极了。

“你如果没有做好准备，可以不出现在现场的。”他说。

林颂音狐疑地看向他：“你也太小看我了吧？”

她说：“而且，这本来就没什么。”

“你确定？”

“非常确定。”

许见裕侧头看向她：“你知道，我可以等的，说不定我的耐心比看起来的还要多。”

不知道为什么，林颂音竟然被这句话打动了。

她发现许见裕很会说情话。她只是一个再普通不过的人，偶尔也会对他的甜言蜜语心动，但那只是一瞬间，她的心动甚至跟说话的人是谁没什么关系，但是这句话令她感到一阵熨帖。

她一直以为许见裕对她的兴趣里有雄性天生的征服欲，如果他原本对她有四十分的兴趣，那么她和柏泽清之间有过的东西将他的这份兴趣拉到了六十分。

所以她一直以为，许见裕想让她出现在与柏泽清相关的人的面前，是出于一种雄性之间的竞争感，是想用一种激将法。但是，原来他没有这么想吗?

“我中午没吃什么东西，肚子很饿，你要是再慢吞吞的，我就要没耐心了。”

同一时间里，正准备出门的易舒语接到了易竞的电话。

没有什么父女之间的对话，易竞只是问道：“你柏二哥的画廊开业了，你准备去参加晚宴吗？”

“去呀，我都准备花篮了。”

易舒语这时才品出这个一贯沉迷于事业的父亲听起来像是有事要交代。

“今天晚上，她也会出现，以我的女儿、许见裕的女朋友的身份到场。”

易舒语闻言甚至笑了一下，终于等到易竞在她的面前提起那个女孩了。

看来他早就知道了，她已经知道林颂音的事了。

易舒语稍微动一下脑子就猜得到，为什么易竞要提及许见裕这个人。

易竞在告诉她，如果没有她的“姐姐”，那么今晚以许见裕女朋友的身份出席晚宴的那个人就会是她。所以识相的话，她就该配合一点儿。

“是吗？”易舒语笑着问，没有一点儿被惹恼的样子，“不过，我的妈妈知道这件事吗？”

她的爸爸一点儿也不了解她，她才不屑于为难女人，只关心她的妈妈。

从听到了一点儿风声起，易舒语从没有和妈妈林苑提起过这件事。

林苑常年肝脏不好，易舒语并不想影响她的心情。

前一段时间，林苑不知怎么提起要回国看看，易舒语还以国内时常下雪、天气太冷的理由劝妈妈不要回来。

易竞听到易舒语提起他的妻子，也有一瞬间的沉默。

他当初能够发家，全靠林苑的父亲。

易竞感激林苑，当初在婚礼上承诺会照顾她一辈子，心意里也有真实的部分。

只是眼下，公司里出现了决策的问题，如果不是想让她们的生活不被改变，他也不会想到让林颂音回来。

“她如果知道我做的这一切，会体谅我的。只是她由于身体不好，就在国外养病，你这些年里虽然变得乖戾了，但对你的妈妈向来是孝顺的，不必让她知道国内的事。”

易竞的声音里有妥协的意味，也有作为长辈的压迫感。

“我没有让她知道这些事的意思。”

“你很乖。”易竞慈爱地笑笑。

易舒语也笑。

“别这样夸我了，爸爸，你知道我的，我很叛逆的。可能我本来打算好好地表现，你一夸我‘乖’，我就该‘不乖’了。”

说完，易舒语挂断了电话，驾车前往柏泽澈的画廊。

柏泽澈新开的画廊在市中心福业路的三楼，而开业晚宴是在一楼的花园餐厅里举行。

林颂音和许见裕到得大概不算早。

林颂音也意识到自己没办法像参加许氏的年会和其他的那些聚会一样轻松。

她的身体不是那么舒服，而且在宴会厅的门口，每一个领班都穿得格外精致。

更不要说里面受邀来参加宴会的男男女女了。

她站在许见裕的身边。

林颂音倏地感到了紧张。或许在许见裕提出她可以不来参加晚宴时，她就应该答应的。

这里真的不像是她的世界。

就在这时，许见裕将他的左臂递到她的面前：“你挽住我的胳膊，紧张的时候可以装作晕倒。”

林颂音因为他说的“晕倒”两个字露出了笑容。

“然后我们就会成为今晚的最大笑料，彻底把人家哥哥的画廊开业的存在感全部抢走。”

她说完这句话，已经感觉到了一阵轻松，却看到许见裕的眼神有一秒钟的变化。

“怎么了？”她问。

许见裕直视前方，看到了刚才那句话里的相关主角。

“没什么。”

画廊的主人柏泽澈和他的弟弟柏泽清此时就站在不远处，也朝他们这边望了过来。

柏泽澈侧头对柏泽清低语：“哥去客套几句，你就安分点儿。”

而柏泽清恍若未闻。从他看到林颂音开始，他的目光就一刻也没从她的身上移开过，就像是她的脸上有什么磁力。

柏泽澈往前走了两步，还是担忧地停下了脚步。

柏泽澈的担心并不多余，因为柏泽清最近真的太不正常了，柏泽澈已经萌生了给他介绍心理医生的想法。

柏泽澈看见了柏泽清看向人家女朋友的眼神，那眼神就像在苦苦地等待她回头看他一眼似的。

不夸张地说，柏泽澈每次出完差，去父母家接自己从小养到大的狗狗 Buddy 时，Buddy 都不会用这种眼神盯着自己……

“你能别看她了吗？”柏泽澈头疼地问，“你一会儿不会要直接拿你的粉钻跟许见裕的女伴求婚吧？”

柏泽澈看到许见裕和他美丽的女伴站在大门口时，第一反应是看向站在自己的身旁、看起来还算正常的弟弟。

如果不是那晚已经见识过柏泽清失去理智、随时会崩溃的模样，柏泽澈根本不会站在弟弟的身边。

不过，不知道为什么，见识过柏泽清的“新面目”后，柏泽澈竟然觉得他和弟弟之间的距离似乎缩短了。

当然，这很可能是他的一厢情愿。

柏泽澈自然注意到了，今晚柏泽清从来到这里以后，就一直死死地盯着大门。

他一言不发，只是这样盯着大门。

别人不知道柏泽清在等谁，柏泽澈可是知道的。

最近谁都知道许见裕多了一个出双入对的女朋友，并且这个女朋友还是易迅科技鲜少露面的大千金。

柏泽澈对“林颂音被易竞放在国外养大”的传言半信半疑，但懒得刨根问底，这毕竟和他无关。

他跟柏泽清说过今晚许见裕很可能会带林颂音来，也是希望柏泽清能识相点儿。柏泽清受不了就不要来了，柏泽澈作为哥哥不会介怀的。

谁知道，柏泽清还是来了。

柏泽澈看向门口的两个人，知道许见裕也是看在他的面子上才会来的。就算许见裕的身边站着的是弟弟喜欢的女人，柏泽澈还是得有该有的礼节。

柏泽清听到了二哥的话，终于舍得将自己的目光从林颂音的身上移开了。他已经一个月零一天没有见到林颂音了，“许见裕的女伴”这几个字真刺耳。

眼里一片漆黑，柏泽清看向自己的哥哥。

“别说疯话了。”

粉钻还躺在他的家里，况且，他怎么会做那样不理智的事？

柏泽澈闻言心里安稳了一点儿，不觉得他那最注重社会名声的父母能接受这件事。

“也不看看到底谁更疯？你真的别再盯着别人看了。”

柏泽澈热情地走向许见裕和林颂音。

林颂音进来以后，就察觉出一道灼热的目光落在了自己的身上。

她刚刚已经顺着许见裕的目光看到了柏泽清，但很快就移开了视线。

她没有忘记今晚她是作为谁的女伴出现在这里的。

但是，无论如何，柏泽清也不应该就这样明目张胆地盯着她看。

那种眼神就像是要在她的身上盯出一个洞，她被盯得呼吸一窒。要不是场合不对，她真想质问一句，他这是在做什么？

身边，许见裕帮忙将她的米色围巾交给领班挂好，正在和柏泽澈进行简单的寒暄。

林颂音只在柏泽澈向他们走来的时候，笑着打了一个招呼。

柏泽澈现在也已经知道原来林颂音的确是易叔叔的女儿，相信了那种说法：林颂音出生以后体质就很弱，易竞把她养在了国外。

柏泽澈看着林颂音，不免想到了易竞的另一个女儿易舒语，目光里自然就掺杂着淡淡的同情。

“上次见面时我就想说了，你们真的很般配。”

柏泽澈的这句话并不是违心的话，只不过他觉得，如果把许见裕换成自己的弟弟，弟弟和林颂音似乎也很般配。

“谢谢。”

“有人说你们的婚期快到了，也不知道消息是谁传出来的，你们俩都还这么年轻。”柏泽澈笑着说出这句话。

他知道自己之所以会这么说，有一半的原因是想为弟弟打探消息。

许见裕沉默了两秒，没有直接说什么，很含蓄地看向林颂音：“那得看她什么时候愿意嫁给我。”

林颂音只好迎上许见裕的目光。

她毫无准备，不过早就发现许见裕是一个临场发挥的高手，所以也只是笑了笑。

这个笑容落在不远处的某个人的眼里，就很有打情骂俏的羞怯感。

柏泽澈本来以为这可能是“包办婚姻”，但现在看起来，郎有情，妾也不是完全没意呀。

他只能在心里对自己的三弟说一句“自求多福”了。

或许，这种想法也很多余。

因为他的弟弟显然并不打算做什么。

这段时间里，许见裕和林颂音一起吃过很多顿饭，自然摸清了一些她的口味。

他迎上一些人探询的目光，好心情地回以微笑，便牵着她的手往里面走。

林颂音看着甜品台上的甜品，说：“感觉这些甜品比我们上次去的那家店里的甜品好看。”

许见裕笑笑，神情自然地用刀切了一小块巧克力味的手指泡芙，随后用叉子叉起它，把它递到她的嘴边。

林颂音张嘴前有一瞬间的犹豫。她其实不是很喜欢“秀恩爱”的人，就算从前谈校园恋爱时，也并不习惯在校园里人很多的地方做一些很亲密的举动。

特别是，他们在今天的这种场合里这样做好像更不合适。

但是她迎上许见裕慵懒又自在的眼神，只好硬着头皮张了嘴。

林颂音将泡芙咽下去之后，确实感到一阵后悔。

泡芙里是很浓郁的巧克力冰激凌，冰激凌很凉，不知道是不是心理作用，她刚吃下去泡芙，就感觉到小腹那里传来了不适感。

她只吃了一半泡芙，就对许见裕摇了摇头，说：“不吃了。”

许见裕以为她不好意思吃东西。

“你还想吃什么？海鲜？”

韩润比许见裕到得早，这样的宴会向来是社交竞技场。韩润和许见裕在大学里学的都是建筑设计专业，不过毕业后他们都没有做和建筑有关的工作。

两个人最近在计划合开一家新媒体公司，开新媒体公司最需要人脉，韩润一进宴会厅就和不少人聊了起来。

他过了一会儿才看到许见裕，许见裕现在就像变了一个人一样。从前在这样的场合里，他向来都是端着一杯香槟酒像孔雀似的四处游走，从不会在哪一处停留。现在，他虽然也开着屏，但好像只为了一个人。

韩润已经和许见裕这么熟络了，却也看不懂他。

许见裕现在到底是真的陷入了爱情里，还是装着装着连自己都骗过去了？

韩润向那两个人走去。之前在许氏的年会上，他已经和林颂音打过招呼。

当时在许见裕温和而不失警告的眼神下，他表现得就像是第一次见到林颂音一样。

这一次，他也只是冲林颂音招了一下手，“嘿”了一声。

很快，韩润就看到许见裕拿起纸巾去擦林颂音的嘴角边沾上的巧克力。

好在林颂音在韩润的目光下很快拿过了许见裕手里的纸。

“你这样做……被人看到不尴尬吗？”韩润打趣着，向四周看了一眼。

他不确定自己是不是看到了学长阴沉的目光……

韩润下意识地收回目光，决定还是不要去好奇这段莫名其妙的三角恋了。

他说起了正事：“对了，我们不是想找会做营销工作的人吗？江市最牛的营销经理就在那里……”

韩润有心挖墙脚，想撺掇着许见裕一起过去。

许见裕站在林颂音的身边，垂眸望向她，眼神里有犹疑。

林颂音一听他们要做工作上的事情，连忙说：“你们去就好了，我一个人待着也没事。”

她又不是什么未成年的小孩，不需要一堆人围着自己。

她其实只是有一些不自在罢了。

许见裕权衡了几秒后，亲昵地抬手摸了一下林颂音的后脑勺儿。

“我二十分钟后就过来。”他说着话，收回手，将手机铃声的音量调大，“你有任何事记得找我。”

林颂音被他的郑重其事逗笑了，说：“拜托，我在这里能出什么事？”

许见裕也笑了。

“是我想多了，我很快回来。”

林颂音对他点了一下头。

但是她还是得诚实地说一句——唯一一个熟悉的人离开以后，林颂音是有点儿尴尬。

她尝试着忽略周遭的那些好奇的目光。时间久了，她是不是就能适应这样的场合了？

林颂音知道在场的很多人都在猜测她的身世，毕竟谁都会对八卦产生好奇，她能感觉到很多目光就这样肆意地停留在她的身上。

但是最令她不快的目光还是属于那个人的。

柏泽清究竟知不知道他看向她的眼神有多露骨？

林颂音躲避着那道目光，走到了放置各种饮品的区域里。

林颂音经过一番精挑细选，选了一杯看起来不是酒的果汁。其实她只是觉得这里的人比较少，在没事找事做罢了。

不过没想到，她咽了一口“果汁”，发现这原来是柠檬味的酒。

身边的两个正在对社会事件发表看法的男人听到身后的动静，这时也停止了交谈。

其中一个头发梳成三七分模样的男人自下而上地对林颂音打量了一番。

他举起同样的酒，笑着对林颂音说：“这种酒产自意大利，叫柠檬利口酒，不过更适合餐后喝，而且你其实不用像品红酒一样晃动杯子。”

林颂音听他说话，起初还有一丝耐心，听到他的最后一句话，瞬间无语了。

这种认为谁都应该从他的身上学到点儿什么的语气和高高在上的态度真让她讨厌。

“您真适合做老师。”她笑了笑。

刚才说话的李晋宇一时没能理解林颂音的意思，问：“这是什么意思？”

“您如果做了老师，不就可以满足自己热爱教育别人的爱好了？这样不是很两全其美吗？”林颂音又故意晃了一下杯子。

她就晃杯子，关他什么事？

晃完酒杯后，她放下了杯子，丝毫没有理会那个人的表情，也懒得去想会不会有人撞见这一幕、她的行为会不会被传到易竞的耳朵里。

林颂音刚往前走了两步，就听到那个男人在说话，声音里明显带着愤怒。但他似乎不愿被人看出自己只是因为林颂音的一句话就恼羞成怒了，于是故意用一种不屑的口吻跟身边的人说道：

“看她的举止，啧啧，还有她竟然不懂怎么喝利口酒……”

李晋宇刚刚看到林颂音和许见裕一起出现，自然知道她是谁，转过头，看到易迅科技的易舒语似乎也刚到。但是易舒语并没有来和林颂音打招呼的意思，李晋宇更加认为林颂音在家族里根本不得宠。

对面的友人还在盯着林颂音的背影看，李晋宇刚刚被她驳了面子，于是用一种带有下流意味的语气开口：“你别光盯着看，她跟许见裕那么亲热，你争取一下，说不定今晚她就是你的了。”

林颂音掐着自己的虎口。不知道是不是因为她长久地生活在一种相对贫穷的环境中，在没有接触到很有钱的人之前，林颂音看待富人时是带有好感的。但是，她很快明白，原来不管一个男人的家境是好是坏，他们在释放恶意时，嘴脸都差不多。

她又想起从前上学时因为追不到她而万般诋毁她的男生，这是他们最擅长用的精神胜利法，就算他们穿得衣冠楚楚又怎么样？她多看他们一眼都嫌恶心。

林颂音不想跟垃圾斤斤计较，正想离开这里，就听到身后传来更冰冷的声音。

“请你给我闭嘴。”柏泽清说，声音冷得就像此时室外的温度。

他用着“请”这样的字眼，但说话的语气令人生畏。

柏泽澈原本正准备去对面和易舒语打一声招呼，同时一直在留意柏泽清的举动，一下子就注意到不对劲了。

“我去看看。”他说了一句话后，向柏泽清走来。

“泽清。”柏泽澈试图用最寻常不过的声音叫柏泽清，就像是他们在闲聊一般。他可不想引起其他人的注意。

但是柏泽清丝毫没有理会。

李晋宇听见柏泽清用这样漠然恶劣的语气跟他说话，面子有些挂不住。他从前没有和柏泽清说过什么话，看得出柏泽清不是什么好相处的人。但是李晋宇也没想到柏泽清凭这样的身份竟然会无聊到在这样的场合里为了一个女人出头。

“柏副总，你是不是搞错了什么事？我只不过是在跟朋友闲聊。”李晋宇勉强地堆出笑容。

而柏泽清的神情依旧冷漠，他极力地克制着自己才没有动手，不想毁掉自己哥哥的晚宴，但是这个男人不该这样说林颂音。

“跟她说对不起，”柏泽清说，眼神里有毫不掩饰的攻击性，“你还有五秒钟的考虑时间。”

李晋宇猜得到对方没说出的话是什么。五秒钟后，如果他还没有道歉，那么他家和柏泽清的公司正在洽谈的合作很可能就没戏了……真荒唐，柏泽清这么大动干戈竟然只是因为一个女人？

柏泽澈自然也听得出来这种意味。但是他没有听到李家的儿子到底说了什么，只看到了柏泽清的冷脸。

柏泽澈认为不跟这家人合作没什么大不了的，李家本来也只是备选项——如果这家人的人品有什么问题的话。

但柏泽清在这种场合里说这种话实在是不对。

柏泽澈拉住柏泽清的胳膊，对这个全身已经绷紧、看起来随时会给李晋宇一拳的弟弟说："你够了吧，至少卖给你哥一个面子。"

柏泽清的态度依旧没有缓和。

"五、四……"

柏泽澈真想狠狠地给他一脚了，李晋宇到底说了什么让他这么不冷静的话？

现在晚宴还算热闹，没什么人注意到这里，但是要是把事情闹大了，他们就难堪了。

就在李晋宇还是没有开口、柏泽澈担心真的会出点儿什么事的时候，有一只手拉住了柏泽清衣袖的一角。

几乎是刹那间，柏泽澈明显感觉到弟弟紧绷的肌肉在那只手拉住他时放松了下来。

"别这样。"林颂音说，声音很轻。

林颂音刚刚没有想到柏泽清会因为这个男人的几句话就过来，听到柏泽清的声音时，想到的第一件事是他在她过生日的那一天打了厉正。

如果放任柏泽清继续这样做，她担心今晚可能还会出现同样的事。

讨厌的男人被打当然不是一件坏事，但是今天的场合这么重要，还有这么多出席晚宴的人，柏泽清怎么了？他没有考虑别人会怎么说他吗？

"我根本不在乎的。"她小声对他说。

柏泽清像是终于回过了神一般，看向此时就站在自己的身边、他抬起手就可以摸到的林颂音。

柏泽澈再一次发现，眼前的这个人真的可以左右自己弟弟的情绪。

她竟然真的能够安抚柏泽清，能令他即将爆发的情绪恢复稳定……

晚宴上没有出现什么尴尬的事，这让柏泽澈很感激，但是他不由得更加担心起以后的事来。

林颂音迎上柏泽清的目光，他的眼神与她的眼神相遇以后，眼底的所有阴暗、疯狂、激烈的情绪才逐渐消失。

李晋宇留下一句“真搞笑”后便神色仓皇而难堪地离开了，而林颂音在周围几个人的视线下已经松开了拉住柏泽清的手。

“那些话根本不算什么，我不会把它们放在心上。”她说。

柏泽清像是看不到周遭的目光，只是眼睛一眨不眨地注视着她：“但是我不想让你听到那些话。”

第十四章 嫁给我

柏泽澈用左手扶着自己的右胳膊，已经无话可说了。

柏泽清真是有病啊。

几天前是一月十九号，柏泽清过生日的时候，柏泽澈就该送柏泽清去接受心理医生的治疗的。

而林颂音因为柏泽清的话也有几秒钟的沉默。

她吸了一口气，才让自己看向他：“就算有人要替我出头，那个人也不应该是你，而应该是许见裕。”

她在提醒他，也在提醒自己。

她躲避着柏泽清的眼神，从来没有哪一刻这么需要许见裕在自己的身边。

柏泽清听到许见裕的名字后，看向她的眼神再次变得空洞，从前的清隽、从容早已消失。

他不想在她的面前用这么嫉妒又刻薄的语气提别的男人，但控制不住自己。

她为什么要让许见裕牵她的手?

“嗯，所以他人呢？”

林颂音试图忽略来自柏泽清的滚烫的目光。

“他有他的朋友，也有他的事，我又不需要他一直陪着。”

林颂音自然不会说，许见裕现在可能在入口的大门外和人聊天儿，准备挖别人的墙脚。

她已经察觉到原本在闲聊的人们开始朝这里张望。

林颂音再一次意识到她和柏泽清真的不适合有什么关系，易舒语跟他站在一起才是郎才女貌、青梅竹马，不会有任何人说闲话。就算有人看向他们，眼里的目光也是带着善意。

但是林颂音跟柏泽清在一起，情况就糟透了。

林颂音准备离开这里，想找舒服的沙发坐下，刚抬脚就看到了不远处的易舒语。

易舒语原本也看到了柏泽澈好像要来跟自己打招呼，但是他们几个人站在一起，氛围有些怪，她就只是在原地站着，跟身旁的几个女生交谈。

林颂音只看了她一眼，就收回了目光，朝有沙发的区域走去。

她迫切地想要坐一会儿。

易舒语由于人缘很好，和谁都可以聊天儿。

有人看到林颂音一个人站在那里，再加上最近听说了一些传言，便好奇地问易舒语："她真的是你的姐姐吗？"

易舒语对这个称呼没有什么感觉，对"易竞的女儿"这个身份可没有什么荣誉感和认同感。

她发现他还有别的女儿时，情感上并没有受伤。

因为早在刚上初中时，她就不凑巧地听到了父母私下的对话。

她听到爸爸哄着妈妈再生一个孩子——他要一个儿子。

易舒语记得很清楚，易竞说过这样的几句话："舒语很好，我也很爱她，这跟重男轻女没关系。我不是说非得要一个儿子，只是谁来继承未来的家业？而且，你不希望我们老了以后，还能有一个弟弟照顾舒语吗？"

那一天，易舒语第一次走出童话一般的世界，直面现实的残酷。她从前真的以为自己是公主。

渐渐地，她发现了很多她从前没有发现的事，爸爸可能是爱她的，但爱她就像爱一个没有攻击力和威胁性的宠物。

他可以在心情好的时候将爱给她。但是显然，他并不打算将钱留给她。

易舒语很快认清了现实，并且对易竞没有了任何期待。

好在妈妈最后并没有生下第二个孩子，这是易舒语那年的生日愿望。

不过易舒语也想过，她的爸爸既然这么想要一个儿子，会不会在外面跟别人生孩子？

她一直等待着某一天，某个不自量力的私生子要来争夺属于她的财产。

到时候她会让爸爸明白，他的女儿从来都不是一只可爱温顺的小白兔。

但是易舒语却等来了林颂音。

她们同是女人，为难林颂音不会给易舒语带来任何快感，特别是眼前的这个女孩不过也是被易竞当作棋子的牺牲品罢了。

易舒语收回了思绪，她不是那种对着所有人都想要散发光与热的多么善良的人。

但是，她也并不想让自己多拥有一个敌人。

女人的第六感告诉她，林颂音大概不会是她的敌人。

易舒语思索了一番后，回头很洒脱地对朋友说："她一直在国外，比较内向，我拉她过来一起玩？"

说完这句话，易舒语向四周张望了一番，看到了林颂音。

她落落大方地准备朝林颂音那边走，只是刚走了一半的路，有一个人就像一面墙一般堵在她的面前。

"别过去。"柏泽清说这句话的时候，声音里没有什么情绪。

易舒语一见到柏泽清，立刻用一种很不快的眼神看向他。

她可没有忘记之前她去柏泽清家打探消息时，他的态度有多差。

易舒语看向堵在自己眼前的人，柏泽清这模样，她就算再迟钝，也看出来了。

"怎么了？害怕我伤害她？你竟然这么关心她，我以为你现在该操心的应该是别的男人。”

她真是没见过柏泽清这种人，他喜欢上了一个人，竟然能接受对方跟别人联姻，真是一个怪胎，难怪她从小就不喜欢跟他玩。

柏泽清没有看易舒语，也没有说话。

今天已经有太多的人在他的面前提起许见裕，柏泽清的内心已经不再波动了。

他只是想起林颂音在过生日的那天曾经对他说过，别人是玫瑰，而她是最常见、最平凡的粉色月季。

现在，对林颂音来说，宴会厅里的人全都是玫瑰，他不希望她认知里的第一朵玫瑰花以怜悯的姿态出现在她的面前。

柏泽清沉默地看向林颂音，她现在坐在沙发上，玩着手机，坐姿看起来并不是那么自在。

他忘记自己有没有教过她作为一个淑女该怎么坐了，开始毫无理由地痛恨起自己来。那时他应该告诉她，她只要坐得舒服就好。

柏泽清的视线向下移动，他看到她脚上的鞋子的鞋跟很高，从前她很少穿高跟鞋的，觉得穿高跟鞋一点儿也不舒服。

“不要过去。”他还是说这句话。

易舒语这时有点儿明白了柏泽清为什么要阻止她过去。她这样出现在林颂音的面前，大概会让林颂音很尴尬。

“我只是不想让别人胡乱地揣测事实，没有想其他的事。”易舒语说。

她对林颂音没有什么恶意。她只是觉得，林颂音很可能就是另一种境遇下的自己。

“我知道。”柏泽清低声说。

正如他所知道的，林颂音比他想象中的要坚强得多，或许，脆弱的那个人是他。

林颂音坐在沙发上，百无聊赖地玩着手机。

还好有手机，不然她真的不知道该做点儿什么事来打发这些时光。

她准备马上就查一下发明手机的人是谁，并在内心里感谢对方一下。

只是她无意间抬起头，迎上了易舒语的目光，易舒语就站在柏泽清的身旁。

就在林颂音低头前，易舒语对她笑了一下，扬手说了一声“嘿”。

和林颂音的想象中易舒语对她会有的态度不同，易舒语的笑容里没什么杂质，那就是一个再自然不过的微笑。

林颂音觉得易舒语的这个笑容和对方小时候的笑容没有什么变化。

易舒语成长得真好。因为易竞以为小时候的林颂音是乞丐，那时的易舒语愿意把自己的零花钱都慷慨地捐给林颂音。现在，易舒语一定是在担心林颂音会被人误解，又善意地对她微笑。

如果有机会，林颂音也想成为这样的人。

她竟然会因为易舒语的笑而感到一丝受宠若惊……

林颂音也努力地对易舒语扯了扯嘴角，扬了一下手。这个笑容是发自内心的，她甚至感觉到心里涌起一点儿她说不清的激动感，只是不知道自己笑得自不自然。

周围的人没有看到什么戏码，自然也不再关注她们，而林颂音低下头继续玩手机。

她点开微博，想看一看今天的热搜，就看到了提示栏上的“那年今日”。

她其实根本不知道自己在看什么，只是想找点儿事做，于是点了进去。

接着，林颂音就看到自己在几年前的今天发了一条仅自己可见的微博。

“我想妈妈了。”

一月二十五日不是任何节日，但是林颂音看到这句话以后，眼眶瞬间酸涩起来。

她这时才明白——原来她从早上开始就一直无精打采不是因为痛经，也不是因为要参加晚宴，而是因为许多年前的今天她的妈妈去世了。

十岁的生日那天，林颂音看到自己的父亲另有一个其乐融融的家，他还有一个公主一般的女儿。

林颂音幻想中的一切都被粗暴地摔碎，那晚回到家里，她看到自己只有一个小小的生日蛋糕。

从前，林颂音只要有生日蛋糕吃就很满足。但是那一天，她亲眼见到了别人家的大蛋糕，甚至闻到了被别人端出来的蛋糕的香甜气息。

她变得贪婪了。

她看着这个属于自己的、用廉价的奶油制成的蛋糕，再想到不久前父亲口中的那句“小乞丐”，第一次蹲在地上委屈又崩溃地哭了。

林筝看到女儿哭，心疼得不得了。

她难得收起了一贯的严厉，将女儿抱在怀里。

“妈妈答应你，等这学期的期末考试结束，妈妈会买很多你喜欢的点心，我们买有很多奶油的那种点心。你不是很想看电视吗？到时候妈妈跟姥姥一起陪音音吃点心、看电视，好不好？”

林颂音在妈妈的怀里瑟缩着。

她哭完就后悔了，本来是一点儿也不想让妈妈难过的。

她用手背擦掉眼睫上挂着的泪珠，眨着眼睛，怯生生地问道：“我们还可以看电视吗？我无论考多少分都可以看电视吗？”

“当然了，妈妈说到做到。我们寒假里带着姥姥一起去公园，你不是很喜欢那家店的梅花糕吗？”

只是那一年，林颂音考完期末考试的那一天，江市下了多年不遇的大雪。

那天，市中心从傍晚开始就接连不断地发生了多起交通事故。

虽然林颂音从前就经常看到新闻里总是播报着各种交通事故，老师和家长也一直都在嘱咐他们要小心地过马路，但是林颂音一次也没有想过这样的事会发生在自己的身边。

事发的时候，林筝拎着两袋女儿最喜欢的甜点，正准备过马路。

她是很惜命的，从来都很遵守交通规则，结果那一天的傍晚却被醉驾的司机撞倒了。

肇事司机逃逸了，袋子里的点心被车轮碾过，奶油和面包变成了一摊混合物。点心不能吃了，而林筝失血过多，不治身亡。

这样的事故每天不知道会发生多少起，说出来都不会让人感到惊讶，别人大概只会觉得有点儿可惜："啊，人就这样死了。"

林颂音听到身旁的交谈声，忽然感觉到已经无法呼吸，肚子疼，耳朵也"嗡嗡"地响，她迫切地需要喘一口气。

她站起身，才发现自己的视线有些模糊。

林颂音环顾四周，终于看到不远处有一扇玻璃门，什么也没想，径直走过去推开了门，走进了空无一人的花园里。

柏泽澈原本站在离柏泽清不远的地方跟博雅的总裁有一搭没一搭地聊天儿，对方提到了柏泽清，柏泽澈才想着将弟弟叫过来聊聊天儿，聊完就赶紧找一个理由把弟弟轰走。

结果柏泽澈一看过去，就看到不仅柏泽清的视线紧跟着许见裕的女朋友，柏泽清的脚步也跟了上去。

柏泽澈只好笑着跟对面的人说："年轻人不怕冷，他可能想去后面的花园里吹吹风，我去叫他过来，免得他冻感冒了。"

跑到柏泽清身边的时候，他已经快没脾气了。

"你今天是不是故意来折磨我的？"柏泽澈问，不用想都知道柏泽清这是要干吗。

"让开。"柏泽清根本没有看他，还在盯着已经推开门走进花园里的人。

“你别急行吗？人家的男朋友在这里，随时会回来的。”柏泽澈四处张望，没看到许见裕。

柏泽澈真想问问柏泽清现在还正不正常。

柏泽清充耳不闻。

“她在哭。”他只是说。

说完，他拨开自己哥哥的胳膊，追了出去。

柏泽澈哑口无言。

“这个疯子……”

柏泽清不知道自己这一晚都做了什么事，已经压抑很久了。

他的眼前只剩下林颂音刚刚从沙发上站起来时失魂落魄的样子。

他就是看不了她的那副模样。

他怎样都接受不了。

屋外的冷风吹拂着他，柏泽清一眼就看到了冷风中的林颂音，她正穿着高跟鞋缓慢地向前走，肩膀微微地塌了下来。

既然穿高跟鞋不舒服，她又为什么要穿它？

他极力地压下心底的那股心疼，只是静静地跟在她的身后，直到林颂音终于在栏杆处停下脚步。

“你跟着我干什么？”她问，脸皱成一团，语气也差极了。

她没有回头看他，也根本没有问他是谁，就好像知道是谁在跟着她，又好像完全没有在意这件事。

柏泽清像是没听出她的语气很不好，就只是在夜色下凝视着她近在咫尺的背影，最后站到她的身前，很轻地握住她的双肩，想要低头看她面上的神情。

但是林颂音就是没有抬头。

他柔声问：“告诉我，你怎么了？是不是脚不舒服？”

林颂音的表情因为他的这句话一瞬间破碎了，她把脸皱成一团，想要向后退，但是退无可退。她终于恼怒而无力地将头埋在柏泽清的胸前。

“你为什么这么烦？”

柏泽清因为她的靠近久久地愣在原地。

这一切就像是梦。

许久后，像是偏航的帆船难逃陷入旋涡的命运一般，他再也无法自控地将自己的脸抵在林颂音的颈窝处，更紧地将她抱在怀里。

这里是哪里？花园外的宴会厅里有什么人？有没有人会看到他们？柏泽清什么都顾不了了。

他有多久没有拥抱过她了？柏泽清再一次收紧了自己的双手，更用力地吸着属于林颂音的气息。

戒烟多年的人在闻到烟味的一瞬间，就会有这种感觉吗？

柏泽清只知道自己再也不想放开她。

“我很烦吗？”他喃喃地说道，不知道自己的声音原来还会像这样颤抖。

他的手仍然不受控制，一下又一下地抚过林颂音的背，同时他又将她往自己的怀里拉了拉。

林颂音的脑海里一片混沌，她放任自己沉溺在这个安全的怀抱里。

他的怀抱紧到有点儿令人窒息，但是很让人安心。

“我有点儿想我的妈妈了。”她在他的怀抱里吸了吸鼻子，声音闷闷的。

不知道为什么，每一次想念亲人的时候，林颂音都会偶尔想到柏泽清。这个习惯似乎是她经历过那些时刻后养成的——柏泽清看完她四年级时写的日记后，轻抚她的额头；她在里昂看到蟑螂时，装作受到了惊吓，他给她一个拥抱；还有他曾说过，如果她是他的孩子，他会为她感到骄傲。

没跟他见面的时候，她几乎没有想念他，没有想念过他们在里昂度过的那段时光。但是很奇怪的是，想念妈妈的时候，她总会想起关于他的一些瞬间。

“妈妈从来没有穿过很贵的衣服，也没有吃过这么好的食物，更不知道怎么喝酒才是对的。”林颂音说，声音有些哽咽。

柏泽清摸了摸她的后脑勺儿，安慰她：“没关系的，她还有你。”

林颂音在他的怀里摇了摇头。她更希望她的妈妈有自己的生活，希望林筝有自我，但是一切已经来不及了。

她终于恢复了冷静，难为情地挣脱了柏泽清的怀抱。

她是和许见裕一起来的，又怎么能去抱柏泽清？还有，柏泽清为什么要出来找她？

“你不要总是趁着我情绪低落的时候来找我。”她低下头，不想让柏泽清看到她的神情。

柏泽清没有在意她在说什么，跟着她低下头，仍旧关切地注视着她，就好像此时此刻她的心情才是他最关心的事，其他的事情都无关紧要。

“你还在想你的妈妈吗？”他问。

林颂音躲避着这道目光，试图将自己刚刚的行为正当化。

“想啊。不是你说过，如果我是你的孩子，你会感到骄傲吗？所以我就抱了你，找一下感觉。”

“我是你妈妈的替代品？”

“难道你更想做易竞那个人渣的替代品？”

她又开始在柏泽清的面前露出自己的刺了。

“我不在意，”柏泽清说，“只是你看起来气色不好。”

林颂音想要走开，但是柏泽清就挡在她的身前。

“我很好。”

他今晚看向她的眼神就像要把她生吞活剥一样。

“你不喜欢这样的场合，为什么要来？”柏泽清问道。

林颂音知道自己被他看穿了。

“你不也一样？”她不懂他们明明已经把事情翻篇儿了，为什么他还要一直这样纠缠她。

“我不一样。”他灼热的目光就落在她的那双仍然带着一点儿湿意的眼睛上。

我来这里是为了看到你。

喉结滚了滚，他看向林颂音的脚：“我送你回去，如果你——”

他还没说完这句话，身后的门就再一次被推开。

林颂音竟然感觉到室内温暖的气息把这里的空气都暖热了一点儿。

“请问，有谁看到了我的女伴？”

林颂音倏地回过头，看到了不远处伫立在玻璃门前的许见裕。

许见裕刚刚一直在宴会厅旁边的咖啡店里。和韩润一起回来以后，他没有看到林颂音，便去询问柏泽澈。

看见柏泽澈的神情，许见裕已经做好了会看到林颂音和其他人一起待在花园里的心理准备。

果不其然。

许见裕走到林颂音的身边，并没有将目光分给她身后的柏泽清。

借着花园里的一盏灯发出的光，许见裕才发现林颂音的唇色有些发白。

“我才离开了一会儿，你的脸色怎么变成这样了？”他站在她的身边问道。

林颂音刚刚差点儿忘记自己是跟着许见裕来到这里的，想到自己两分钟前在柏泽清的怀里，她看向许见裕的眼神里都带有一点儿愧疚。

“我空腹喝了一点儿酒，好像有点儿晕。”她感到一阵混乱，于是又往许见裕的身边靠近了一点儿。

许见裕抬手摩挲了一下她的脸，她的脸有些发烫。

“我送你回家。”说完这句话，许见裕才望向这个空间里的第三个人。

“不管怎么说，送她回去的那个人也应该是我，不好麻烦你。”许见裕勾了勾唇角，但眼里却没什么笑意，“这是你哥哥的晚宴，你该留下的。”

柏泽清原本一直在看着林颂音，这时，他冷峻的目光落在了许见裕的手上，许见裕正用那只手抚摩着林颂音的脸。

许见裕对林颂音耳语：“你记得去取一下你的围巾，我们马上离开，我很快就来。”

林颂音想让许见裕跟她一起离开，不知道他们要说什么，其实他们根本没有对话的必要。但是最后，她还是什么也没有说，没有去看任何人，走出了花园。

柏泽清望着林颂音的背影，下意识地就要跟上去，但是许见裕却侧身站在他的面前。

许见裕把一只手插在口袋里，另一只刚刚抚过林颂音脸庞的手此时撑在身旁的栏杆上，掌心触及之处粗糙而坚硬，许见裕的脸上难得出现了不耐烦的神情。

“我怕自己误解了柏副总，冒昧地问一句，你这样做似乎不太好吧？”

冷风将两个人的发丝吹乱，花园内用作装饰的花都是鲜花，香气被冬风吹拂着四散，但是这里已经没有人有心情去感受这种气息。

“现在这么关心她，你刚刚去哪里了？”柏泽清说，声音里透着一如既往的冷淡。

只是，这时他的声音变得更加冷漠了。

许见裕嘲讽地轻笑了一声。

他侧头看向柏泽清，眼神里嘲讽的意味还没散去。

“我很喜欢这句话。我确实关心她，所以她才会在我的身边。”许见裕顿了顿后，说，“这句话对柏副总好像同样适用吧？”

许见裕说完这句话后，没有再给柏泽清说话的机会，收回撑在栏杆上的手，像想要摆脱手心上的灰尘一般，轻拍了一下双手。

“麻烦柏副总帮我跟你的哥哥说一声，我的女朋友身体不舒服，我们就先离开了。”

柏泽清冷眼看着他，听着他的嘴里那一声又一声的“我们”，为什么“我们”会是许见裕和林颂音？

柏泽清把双手握成拳头，听着花园入口的那扇玻璃门被拉开又被关上，室内的暖风和他周身的冷风交织在一起，包裹着他。他已经看不到林颂音，眼神变得越发黯淡，心头久久地被镇压着的火山随着最后被关上的门，终于在冰面上露出一角。

这样的画面真熟悉，那天的中午，她也是这样离开自己的视线的，再然后，柏泽清就过起了极度难熬的没有她的日子。

柏泽清的血液回流，他不要再过这样的生活了。

什么哥哥的晚宴，他都不想管了。

他不懂他为什么要这样折磨自己。

为什么他一定要循规蹈矩地生活？为什么他不能时时地拥抱她？

他只是想要看到她而已。

林颂音不该出现的。因为她一出现，他就要压不住那颗跳动的心了。

柏泽清再也无法只是这样站在原地看着她和别人离开。

他离开花园，向宴会厅的大门口走去，他的脚步格外坚定。

而柏泽澈此时正站在大门口，刚刚将许见裕和林颂音送走，已经不想去管弟弟，柏泽清这个疯子早就该走了。

但柏泽澈还是忍不住提醒道：“你知不知道你今晚的这些举动已经被很多人看到了？”

“我不在乎。”柏泽清抬起手准备推开门。

他不在乎其他人，他的世界里没有那些人。

“那你也不在意这些话传进爸妈的耳朵里吗？”

柏泽清闻言，脚步有一瞬间的停滞，但是很快，他推开了眼前遮挡视线的门。

没有人能改变他的想法。

他一向如此。只要做了决定，他再也不会改变想法。那个唯一能够改变他的人已经离开了这里，他要去找她。

柏泽清这时才发现，原来从前被他用来遏制自己对林颂音的想念的诸多理由，不过只是他怯懦的借口。

他根本不在乎那些人。

“是我在意她，跟别人无关。”

柏泽澈从来没发现原来跟弟弟交流这么困难，要不是大哥柏泽潭上周就去巴黎出差到现在还没回来，柏泽澈真想把大哥拉来，让大哥好好地教育教育柏泽清。

“就算现在追上去了，你还准备干吗？人家的男朋友还在旁边。”

柏泽清没有回答这个问题。

“没能在你的晚宴上待到最后，我很抱歉。”说完这句话，柏泽清头也不回地离开了宴会厅。

他怔怔地站在道路边，看到一辆红色的跑车在自己的视野里疾驰而去。

追上去做什么？他没有想过。

他可以为她做许多事。只要追上去，站到她的面前，他就会有答案的。

其实，柏泽清已经有答案了。

柏泽澈感觉到口袋里的手机在振动，于是也没再管柏泽清。

他拿出手机，看到屏幕上的来电人是他的母亲江盈。柏泽澈记得她说今晚做完发型以后会来这里祝贺他的画廊开业了。

不过看眼下的这种情况，她还是不来为妙，免得听到什么不好的话。

柏泽澈接通了电话以后，就听到了母亲焦急的声音。

他应了几声以后，赶紧跑出了门，在道路旁的停车位上找到了正准备将车发动的柏泽清。

柏泽澈今晚喝了酒，不能开车。

他直接拉开了副驾驶座的门，坐了进去。

“回家一趟吧。”

柏泽清没有看他，很生硬地说：“下车。”

出来的时候就看到许见裕已经驾着车带着林颂音离开了，柏泽清也要去御林别墅。

见柏泽澈没有下车的意思，柏泽清不想再浪费时间，面无表情地直接将车发动，朝御林别墅的方向行驶。

柏泽澈这一晚已经为柏泽清耗尽了耐心，疲惫地将头靠在靠背上。

“就算你的眼里只有那个女人，麻烦你现在也有点儿人性吧，”柏泽澈第一次跟弟弟说了点儿难听的话，“妈刚刚打电话过来，爸今晚又犯了胃病，其间还疼昏过去了一次……”

平安夜的那天，柏父就因为喝酒犯过一次胃病，但那次胃病的发作没有这次这么严重。

虽然柏泽澈听母亲说她已经叫医生来家里了，但是不管怎么说，这时他们都应该陪在父亲的身边。

闻言，柏泽清骤然握紧方向盘，听得出来柏泽澈没有骗他。

柏泽澈看了一眼路后，说：“你分清楚事情的轻重缓急，在前面的那个路口掉头吧。医生还没到，大哥不在，妈还在家里等着我们。”

柏泽清没有说话，沉默着，死死地盯着前方的路，最后惨然地收回目光。

镜片后，他双眼里的情绪隐藏在黑夜里，柏泽清一言不发地驾车在路口掉头。

“别等医生过去了，你直接叫救护车。”他当机立断地说道。

坐上许见裕的车后，林颂音一直没有说话。

驾驶座上的许见裕也没有开口说话。

林颂音知道，他撞见她跟柏泽清一起待在花园里，当然不可能高兴到哪里去。

她还在因为今天的这个日子而情绪低落。从坐进车里以后，她就靠在座椅上，提不起任何精神。

去法国之前，林颂音去墓园里看过妈妈和姥姥。她想着回国以后再过去看她们，却一直没有去。

车内的沉默持续到许见裕将车停在了御林别墅的门口。

把车稳稳地停下后，许见裕看向林颂音。

“身体好点儿了吗？”他一上车就把暖气开得很足。

“好点儿了。”

许见裕注视着她的神情，半晌才说：“从前有人说，我没表情的时候，脸看起来很臭。”

林颂音看向他，不知道他现在是什么心情，也不知道该说什么话。

“看来这是真的。”他笑了一下，就好像刚刚车内的沉默并不存在。

林颂音犹豫了一下，思考着要不要跟许见裕解释今晚发生的事。

许见裕直接打断了她接下来要说的话。

他将两个人上方的灯打开，就这样瞧着她。

“现在坐在我的车里，你有没有想过他可能会来挽回你？”目光没有一秒离开过她的眼睛，他像是想要从中找到答案，问，“你在等他吗？”

许见裕没有忘记刚刚他带着林颂音离开时柏泽清的眼神。

许见裕一度以为柏泽清会出现在他的车后。

开车时的每一秒钟，他都在等待另一辆车的出现。

许见裕的这个问题完全不在林颂音的预料中。

她第一时间就想告诉他，她和柏泽清之间从来不是“挽回”与

"被挽回"的关系。

但是，她只是摇了摇头。

"我没有等他。"她从来不觉得柏泽清会做这样的事。

柏泽清会在有人对她出言不逊的时候站出来，那是他的教养。又或者她承认，他大概还没有走出"她的监护人"这个身份。

他入戏太深了。

她没有期待柏泽清来找她，自然更不会等待他。

许见裕不知道自己为什么明明得到了否定的答案，还是有转瞬即逝的受伤的感觉。这丝毫没有道理，许见裕更愿意把这当作一种错觉。

"但是如果他出现了，你会开心。"他说完，眼睛眨也不眨地看着她。

林颂音没有想过这种可能性。

今晚她过得太混乱了，试图给许见裕的问题找到一个答案，却发现这很难。

"我不知道。"她说。

许见裕注视着她的这双诚实的眼睛，没再说什么，低头看了一眼手机。

父亲许昌鸿打来了电话。

许见裕已经看到了窗外有父亲的车。

简单地回应了一句话以后，许见裕挂掉电话，看向林颂音。

他们都知道，今晚许昌鸿会带着私人律师一起来御林别墅里见易竞。

"我爸现在还在这里，让我们回来得早的话就一起过去。"

许见裕对林颂音说。

林颂音知道许昌鸿今晚会来，不过没有想过他们两个小辈也要露面。

她本来以为回来后就可以躺下了。

下车后，许见裕走到她的这一侧，牵着她的手朝别墅走去。

“手怎么这么凉？”他明明已经将车内的温度调得很高了。

林颂音这时才说：“经期……”

许见裕反应了几秒，怪不得她今晚的状态看起来不太好。

他用手掌包住林颂音的手，给她取暖。

“那我让老头子他们快点儿聊。”

“还好，我没那么难受了。”

林颂音知道易竞和许昌鸿会在二楼最边上的书房里谈话，带着许见裕往那里走。

还没走到书房的门口，林颂音就听到不属于易竞和许昌鸿的两个男声在不紧不慢地对话。

许见裕跟她解释：“这是我爸的私人律师和你爸公司里的法务。”

由专业的外人来谈这些涉及金钱的事，似乎更好。

虽然外人传达的依然是本人的意思，但是外人会说得不那么直接，他们也不容易觉得伤感情。

里面没人说话时，许见裕敲了敲门。

“进来。”

听到易竞的声音后，许见裕冲林颂音挑了一下眉，这是林颂音很熟悉的表情。

“送给你一个礼物。”他说。

林颂音刚想问他说这句话是什么意思，就见许见裕已经推开了门。

看到房间内的四个男人后，林颂音自然只能收回望向许见裕的目光，分别和易竞还有许昌鸿打了一个招呼。

“许叔叔好。”

“嗯，你们回来得挺早。”

许昌鸿看到许见裕很亲密地站在林颂音的身边，爱屋及乌，无比慈爱地看向林颂音。

“我在和你的爸爸聊你们结婚和彩礼的事呢，你们也坐下听听吧。”

林颂音惊讶于这个话题，但是更让她意外的是易竞的脸色，虽然他也在笑，但是这个笑容里看起来隐含着一些沉重的东西，而他望向她的目光里也暗藏着审视的意味。

林颂音没懂易竞的这个眼神。但是听到许昌鸿的律师接下来说的话后，她才明白许见裕刚刚说的送给她礼物是什么意思。

律师表述得很专业，说了很多“控股公司”“增资”“注资”之类的话，林颂音需要在脑海里把这些词过一遍才能理解。

她前一段时间已经从许见裕那里得知了易竞的公司缺钱又欠钱的事，大致懂了许昌鸿的私人律师说的话后，一脸讶异地看向身边的许见裕。

许家不会把钱直接打入易竞的账户里，而会以她跟许见裕的名义购买易竞公司的股份？

许昌鸿为人一向豪爽，本就不差钱。两个孩子结婚后，他直接将钱打进易竞的账户里也没什么，但是他的儿子劝住了他。

许见裕的意思是，易迅科技现有的债务还是可以按照最初的说法由许氏来负责，并且许氏依然会把一个亿的资金提供给对方。

但是，所有的投入资金都将在许见裕以他和林颂音的名义开设新的控股公司后，被用来购买易迅科技股份公司百分之四十的股份。

律师说完这些话后，许昌鸿想抽烟，又只能忍着抽烟的冲动。

他看见易竞犹豫的模样，声音很粗地笑了出来。

“这有什么可犹豫的，你还信不过亲女儿吗？舒语是你的女儿，我未来的儿媳妇难道不是？不会因为从小没把女儿养在你的身边，你就亲疏有别吧？”

易竞拿起水杯，杯子里的水已经凉了，但他还是喝了一口。

“这怎么会？”

许昌鸿不信易竞的话，嘴上也只是说：“你怎么都是要把未来的这些公司和财产传给她们的。我也只是想给我的儿媳一点儿保障，让她知道嫁到我们许家来不会受欺负。”

易竞没有想到许昌鸿会提出这样的要求。虽然同样都是给钱，但现在许昌鸿给这些钱明摆着是要买他公司的股份的——虽然股权所有人是林颂音和许见裕。

可易竞无法直接拒绝，正如许昌鸿所说，林颂音也是他的女儿，更不要说未来她和许见裕结婚后许见裕就是他的女婿了。如果易竞就这样断然拒绝，许昌鸿难免会多想些什么。

易竞用那双总是带着怀疑的眼睛看向林颂音，她会背叛自己吗?

易竞一旦答应条件，个人连同股东里跟随他的高管所持股的比例就只有百分之三十了……如果林颂音站在他的这边，那公司的实际控制人仍然是他，但万一她背叛了他呢?

易竞思考着，林颂音现在在许见裕的面前呈现的一切都是假的。她从前的经历是假的，学历是假的，一切都是易竞为她伪造出来的。一旦有一天这些虚假的事被拆穿了，她在许家的日子就不会好过了。

她不得不依赖他，易竞想。

更重要的是，他是她的父亲。是他赋予了她生命、给了她改变命运的机会，作为他的女儿，她该懂得审时度势。

易竞沉吟许久，终于笑着看向林颂音。

“你突然听到我们提起彩礼的事，是不是有点儿害羞了？”他没有等林颂音说话，就看向许昌鸿，“我今晚再和她聊一聊，你们在，她可能会不好意思。况且，如果要这样做，增资的事也得通过股东大会的决议，我一个人无法决断。”

许昌鸿自然没有意见，说：“钱一直为你准备着，我只等两个孩子结婚。”

许见裕看得出来易竞还有话和他的爸爸说，于是适时地将林颂音带了出来。

“你们再聊，她有点儿不舒服，就让她今晚早点儿休息吧？”他很有礼节地望向自己的准岳父。

易竞点了一下头，对许昌鸿说：“小许这孩子很有心。”

等两个人站在林颂音卧室的门前，许见裕仍然用惯常的眼神看向她，就好像没有在花园里撞见过她跟柏泽清。

林颂音这一晚真是接收了太多的信息，现在还处于震惊中。

“这是你要送给我的礼物？那么多钱？”

虽然许家只是要以她和许见裕的名义入股，但是听到那个数字的时候，林颂音还是感受到了无尽的压力和彷徨。

她这辈子就算做算术题，也没算出过这么大的数字。

许见裕笑着看向她：“小财迷。”

他说：“我们玩一个游戏吧。”

“游戏？”林颂音还记得许见裕之前说要和她打赌，但是他都还没有说过要打什么赌，现在又要和她玩游戏了吗？

“你不是讨厌你的爸爸吗？”许见裕凑近林颂音的耳朵，将这句不能被外人听到的话只说给她一个人听，这个姿势就像是他把她环抱在怀里。

许见裕说：“游戏就是，我们想办法一点儿一点儿地抢走他的公司。”

林颂音不是不心动，特别是，今天还是她妈妈的忌日。

从前易竞从来没有打扰过她的生活，她还可以假装她自幼丧父，但是，他一出现就想要利用她。

她真的很想让他付出代价。

“那需要我做什么？”

她听到许见裕的声音在耳畔响起。

“嫁给我。”

她听到他的话以后，下意识地想要去看他。

许见裕终于直面她的目光。

“你说过你结婚是为了钱。嫁给我，你以后都不用再考虑钱的问题。我知道你现在可能只有一点儿喜欢我，你更喜欢他，可是今晚的时间过去这么久了，我给了他时间，他没有来找你。嫁给我，以后，你会更喜欢我。”

因为许见裕提起了柏泽清，林颂音再一次想到了今晚的那个拥抱。

她知道自己想要的是什么，从来都知道。她不该也不会去贪恋一个偶然出现的拥抱，没有那么需要它，也不该为此舍弃她一直追求的生活。

许见裕说她不必再为钱忧心，会跟她一起慢慢地将易竞的公司抢走，让易竞受到薄情的惩罚。

她真的动心了。

只是，林颂音没有忘记许见裕说过的话，他说他不喜欢做冤大头。

如果这只是一场游戏，她可以得到这些东西，那他呢？他想得到什么东西？

他就只是为了她吗？

“你为什么要这么做？”她问。

因为她不加掩饰的问题，许见裕的眼神里也有片刻的恍惚。几秒钟后，他直视她的眼睛，很坦诚地说：

“因为我有点儿喜欢你。”

林颂音有一会儿没有说话。

“你看得出来的，不是吗？”许见裕还记得之前过节那天她爽约了，两个人打电话时，林颂音说起过对婚姻的期许。

他不会说他爱她，这只会让她倍感压力。

这原本是一件该让他觉得轻松的事。

但有那么一秒，许见裕不知道自己会不会永远像这样觉得轻松，开始产生怀疑。

不过，许见裕不觉得自己撒谎了，不觉得自己已经爱上了林颂音。

又或者说，他认为喜欢和爱没什么区别。

爱并不比喜欢神圣在哪里，爱和喜欢都只是一种感觉。

他对爱这样的情绪没有什么好奇。就算只是喜欢她，他也只对她有这样的感觉。

在许见裕的想象里，如果他一定要选择结婚才能得到父亲全部的资产，那么对象是林颂音会让他充满期待。

他其实不愿意吃亏，但是可以适当地为林颂音妥协。

原本，他不介意为了林颂音在易迅科技的身上撒钱。

但是林颂音讨厌易竞，那他就不该把这笔钱留给易竞。

“不用有压力。”他冲她轻松地眨了眨眼睛。

林颂音不清楚自己现在的心情，满脑子都是律师还有许见裕说的话。

很快，许见裕听到了许昌鸿走出来的脚步声。

“我给你考虑的时间。我们这段时间里相处得很开心，不是吗？”他用一种近似引诱的声音对林颂音说。

说完，他直勾勾地注视着林颂音的眼睛，在林颂音还在愣怔时，低头吻了一下她的额头。

“晚安，我等你的答复。”

许见裕和许昌鸿离开以后，易竞并没有来找林颂音，在书房里和法务商量着什么事。

林颂音洗完澡后，在被窝里跟池之希聊天儿。

今晚她在进书房前想过打开录音的设备，但是许见裕推门的动作太快，她没有来得及录音。

她只能尽可能地给池之希转述他们的话。

“我是不是有些事没讲清楚，你能听懂吗？”

池之希没想到林颂音把事情复述得挺全面的，说：“很清楚了。”

她挨个儿解释着林颂音不那么理解的地方。

“许见裕的爸爸讲，到时候会把之前他们说好给老东西的钱用我跟许见裕的名义注资，所以会先给我们开一个控股公司。”

听他们讲话的时候，林颂音只觉得开公司好像是一件多么简单的事，问：“开公司这么容易吗？”

池之希直接从网上找了一张写着注册公司的流程的表，把表发了过来：“很容易，现在的话，可能几天就搞定了。”

林颂音看着池之希发来的表，很认真地研究着。她这时不免感到懊恼，大学时应该选择有用的专业，应该好好地学习。她要是懂这些知识，现在就不会理解得这么累了。

有那么一秒，林颂音忽然觉得自己好像踩在了云端上，一切事情都好像被按了加速键。

虽然她从开始和许见裕交往时就已经做好了迎接这一天的打算——不对，她从被易竞的私人助理带回来的时候，就已经做好准备了。

但是这时，她还是不免感到一丝惶惑。

“我要和他结婚吗？”她不知道是在问池之希，还是在问自己。

池之希还是没有找到恰当的时机告诉林颂音，自己因为被动地和某个人有过关系，曾经见过许见裕几次。

许见裕是那个人的朋友。

池之希还记得在那几次见面里，许见裕看起来好像挺洁身自好的，身边并没有女人。

她想了想，还是说：“我感觉他这个人还不错吧，给的条件也很有诚意。他跟你合开控股公司，你们俩持股的比例也是一样的，他不算小气。”

这是一句真心话。

林颂音说：“嗯，我赚了。”

许久后，身体上的疲倦感席卷了林颂音，池之希问道：“你想跟他结婚吗？”

林颂音在被窝里换了一个姿势。

好奇怪，她小时候真的很想有一个完整的家，现在却对“完整的家”没什么特别的感觉。

林颂音并不畏惧爱，知道自己会始终保持清醒，却对婚姻没有什么神圣的想法。她没有很幸福的童年，看到过太多人的婚姻，也看到了林筝养她受了很多的苦和累，所以不喜欢小孩子。

她真的很务实。

今晚许见裕提出的价码真的很吸引她，最让她心动的是，她可以惩罚易竞。

她光是想想这件事就无法入眠。

许见裕完全满足了她的要求，也是对她有好感才想跟她结婚的，对她并没有什么要求。

他说这只是一场双赢的游戏，她还可以让易竞受到惩罚。那她为什么要拒绝他呢？

林颂音想：其他的东西都没那么重要，她没有理由拒绝的。

一周后的傍晚，御林别墅里，林颂音靠在客厅里的沙发上，看着《老友记》等别人。

再过两天就是除夕，刘妈已经放假回家了，御林别墅内只有她一个人。

门铃响了，林颂音“咦”了一声后，将平板放到一边，戴上了围巾，走到玄关处换鞋。

“来了来了。”

她换上鞋子后，将玄关处的灯关掉。

林颂音打开了门，正想说什么，就看到了门外站着的人。

没有开灯，林颂音花了好几秒钟才辨认出眼前的这个发丝凌乱、看起来狼狈不堪的人是柏泽清。

他看起来瘦了很多，没有戴眼镜，还穿着很少穿的浅色大衣，林颂音一时都没有认出他来。

他的白色大衣的袖子上沾着泥水，胸口剧烈地起伏着。

他看到林颂音以后，那双漆黑一片的眼睛里瞬间有了光。

“柏泽清？下着雪，你怎么会来这里？”

柏泽清没说话，全神贯注地注视着眼前的这个人。

他倏地抬起手，林颂音看到他的手里拿着一枝花瓣已经被打湿的粉色月季。

柏泽清站在台阶下，雪花一片一片地落在他的眼皮上，他就仰头看着她。

今天早上，柏父刚从ICU（重症加强护理病房）转到普通病房里。

一月二十五日那天，柏泽清从柏泽澈的口中得知柏应因为胃痛昏迷后，让柏泽澈叫救护车，柏泽澈想到父亲最好的朋友是邻市最好的私立医院的院长，如果父亲有什么事，他们去那里陪护父亲更方便，柏泽澈便直接打电话联系司机，让司机开车将父亲送到那家医院里。

那时，柏泽澈还以为柏应只是犯了老毛病，事情并没有那么严重。

柏泽清也赶到了邻市的医院，才得知柏应的情况不好。

急性胃穿孔，并发腹腔内感染。柏应大概一直没有把胃病当回事，延误了最佳的治疗时期，现在感染扩散了，情况不太好。

看医生的脸色，听了那些说辞，江盈几乎以为柏应坚持不下去了。

无法在ICU里陪护病人，他们就在外面守着。大哥柏泽潭得知消息后想当夜坐飞机回国，却因为天气不好根本没有办法回来。

低气压一直维持到二号的凌晨，他们才听到了好消息。

医生说手术还算顺利，柏应算是脱离了危险，可以转到普通病房里留待观察。

柏泽澈忙着找护工，而柏泽清办理完转病房的手续后，将各种病历材料递到他的手中。

“妈睡了，我回江市一趟。”柏泽清说。

柏泽澈看着他，柏泽清这几天里几乎没有合过眼，虽然这里有洗漱的地方和床，但是没有人能在医院里睡得很好。

他的眼睛周围有一片乌青，眼里也全是红血丝。

柏泽澈自然知道他回江市是要做什么。公司的会议可以在线上开，柏泽清现在回去，无非是为了一个人。

“去吧。”柏泽澈知道，就算他不让柏泽清回去，柏泽清也不会听他的话。

他们到底是亲兄弟，柏泽澈不想去指责柏泽清的行为。

“你要不要先回去睡一觉，或者找人开车？你这样开车容易出事。我给你联系一个司机？”

“我不会有事的。”

柏泽清握着车钥匙，身体极度疲惫，但他加快了脚步。

柏泽清知道，自己的父亲刚刚脱离生命危险，他就离开医院去找林颂音，这是一件很不孝的事。

这些他都知道。

但是，人在医院里待久了会有一种离死亡很近的感觉。

他急切地想要见到她。

再不见到她，他就要疯了。

他将车开得很快。父亲被送进ICU的几天里，母亲江盈担心得都吃不下饭菜。

柏泽清虽然没有表露出来担忧的情绪，但同样担心父亲。可能是因为他从小和父亲在一起生活的时间没那么久，如果父亲真的有什么事，柏泽清是愿意用自己的寿命换取父亲的健康的。可是，他知道自己不会痛不欲生。

他从前觉得自己已经做好了失去任何人的准备。

但是，他不想失去林颂音。

这种感情真可怕，毫无理智，令他无比痛苦。只有在见到她的时候，他才能感到一点儿夹杂着痛苦的快乐。

这几天里，他无数次想要给林颂音打电话，想听到她的声音，但就是硬生生地忍住了冲动。

他不希望通过打电话这种方式跟她说话，想看到她在自己的眼前。

但是在去找林颂音之前，他还有一件很重要的东西要取。

第十五章 我爱你

路上，雪下得很大，柏泽清几乎是强打精神在遍布红绿灯的道路上开车。

他开车回到家的时候是下午的六点。柏泽清记得林颂音不喜欢看见他穿深色的衣服，所以快速地换了一件白色的大衣。

他很快找到了那枚用枕形切割浓彩粉钻定制而成的钻戒。

当时他在佳士得拍下它时，它只是一枚二十四克拉的粉色钻石。

想来真是可笑，他明明已经决定不会再去打扰林颂音，却还是将这枚钻石寄到了著名的珠宝设计师 Paul Genot 的手上，让 Paul Genot 帮忙将它定制成了戒指。

林颂音说自己是月季，月季没什么不好，这枚粉钻折射出的光泽的颜色就像是月季的粉色。

柏泽清不打算再犹豫。

他拿上手机，正要离开，就看到了柏泽澈的信息。

他以为这不是什么重要的信息，却看到了屏幕上出现的名字。

“哥听舒语说，许见裕和你喜欢的那个女人好像把婚期定在了二月十四日情人节那天。”

柏泽清看着手机上的文字，感觉到后背开始发凉。

二月十四日。

他艰难地呼吸着。

他其实已经做好这样的心理准备了，但是原来事情发展得比他想象的还要快。

两周……

一切都还来得及。

又或者，林颂音见到他以后，还是会选择许见裕。她大概会怪他为什么现在才来。但是这些都不是他现在要考虑的事，他不会再犹豫了。

无论如何，他都会走到她的面前，等她做出选择。

他这时才开始恨自己的愚蠢。

柏泽清离开房子时，腿已经在打战。

雪花纷飞，江市已经接连下了三天的雪，柏泽清一直在邻市的医院里待着，不知道路面上的冰甚至还没有化开。

衣领被浸湿，他的心跳从来没有这么快过，他把手放在方向盘上，半晌才将车子发动。

窗外的雪下得好大，车窗上凝结着小水滴，柏泽清的精神高度疲惫，他只能将车窗打开，让夹杂着雪花的寒风吹到他的脸上。

林颂音，林颂音……

只有在心里默念她的名字，他才能保持清醒。

车离御林别墅越来越近，柏泽清感到口干舌燥。

胃不知怎么竟然开始紧缩，他忐忑得好像父亲的胃痛转移到了他的身上。

这是最后一个该转弯的路口，车灯闪烁着，柏泽清正准备转弯，却看到路边的花丛中有月季。

他下意识地将车往路边开，车的轮胎也因此陷进了路边的小坑里。

他打开车门，将手伸了出来。

他从前去找林颂音时曾多次走过这条路，这是他第一次注意到这里有月季在开花——在这个季节里。

衣袖被树叶上的雪与泥弄得又湿又脏，柏泽清费力地折下一枝花。

他以前从来没有做过这样的事。

他折下花的时候，花枝上的刺将他食指的指腹扎破了。

柏泽清毫无知觉地将花上的泥擦掉。

御林别墅就在前面。

他马上就要见到他想见的人了。

车还没有停稳，他就已经下了车。

易竞在不在？刘妈在不在？家里有什么人？他们都在做什么？柏泽清根本没有去想这些事。

室外冰冷的雪花往他的身体里灌，柏泽清跑到别墅的门外，因为紧张已经有了想吐的感觉。

柏泽清站在这扇门前，竟然有了一丝近乡情怯的感觉。

身体已经被冻得有点儿僵硬了。

昏黄的路灯下是他的脸，眼镜上沾满了雪花，视线变得模糊不清。

柏泽清将眼镜摘下来，把它放回了口袋里。

他按门铃时手在颤抖，心也在颤抖。

每一秒的等待都是赤裸裸的凌迟。

就在他以为不会有人开门的时候，门被打开了。

柏泽清长久地、全神贯注地凝视着来人。

站在台阶下，他近乎自虐地抑制着那股想要将她拥进怀里的强烈念头。

林颂音看到柏泽清的时候，目光有几秒钟的凝滞。

“柏泽清？下着雪，你怎么会来这里？”

林颂音自然看得到他的衣服已经湿了。

在她的记忆里，柏泽清只穿过两次白色的衣服，所以她一时都没敢辨认他。

“我没有时间去花店里买花，这是你家门前的月季。”柏泽清将花递给她，声音沙哑地说。

“我想你了。”他说。

林颂音用一种不可理喻的目光看向他：“你来这里就是为了说这件事？你……疯了吗？”

看到她的一瞬间，柏泽清已经站不稳了。

他只是看着她，低声开口：

“我好像真的要疯了。”

林颂音站在别墅内，就这样无声地看着他。

柏泽清还站在门下的两级台阶上，他的喘息声很重。

他见林颂音没有要接过花的意思，神经开始紧绷。

他已经耽误了太多的时间，不会再迟疑了。

他的胸口处涌动着只有林颂音才能带给他的激情。

“我刚刚来这里的时候一直在想，你今年过生日时，我该送给你什么礼物？你说你是月季，我送给你一家只卖月季的花店，好不好？”

林颂音没有看他的眼睛，只是注视着他已经被打湿的双肩，情绪难辨地摇了摇头。

“我不会养花，也不是很喜欢养花，养花很麻烦。”

柏泽清像是没听出她语气里的疏离感，只是胃部抽搐的感觉又出现了。

“那也没关系，我送你别的东西。”他说，喉咙格外酸涩。

他依旧将花握在掌心里，孤注一掷地将口袋里的丝绒盒拿了出来。

“其实我骗了你。我来的时候，想送给你的不是花店。”

路灯的光很微弱，外面的夜色变得浓重，柏泽清注视着她的眼睛，将黑色的丝绒盒递到她的眼前。

“你没说错。你上一次过生日的那天，我一点儿也不想把你的红宝石戒指还给你。”他凝视着她说，声音很低，“我希望你人生中收到的第一枚钻石是我送的。”

林颂音不自觉地攥紧了拳头，用一种他无法理解的眼神看着他。

“打开盒子看看吧，这是你喜欢的钻石。”柏泽清的手指很僵硬，但是他固执地想要将丝绒盒塞到林颂音的手里。

门前没有开灯，柏泽清终于情难自控地踏上了台阶，站在了她的面前。

两个人离得很近，他看向她的眼神炽热无比，但林颂音深吸了一口气，还是没有接过盒子。

柏泽清再开口时，声音里带着无尽的慌乱。

“你还记得吗？我们在里昂的时候，你看到那枚粉钻，说如果粉钻的旁边镶满三圈白色的碎钻——最贵的那种碎钻，你就会更喜欢它。我都记得的。”柏泽清这一刻才愿意把这些话告诉她，怕再迟就来不及了。

“你跟我说过的每一句话、做过的每一件事，我都记得清清楚楚。你说你像最平凡的月季，我觉得月季没什么不好，你喜欢吃不甜的甜点，不喜欢吃比萨的卷边，但是因为不想浪费食物还是会逼自己吃掉它。你看电视的时候会不由自主地跟着人物小声重复有趣的台词，睡觉的时候喜欢背对着我，但是睡熟后又会回到我的怀里。”

林颂音忽然将目光移开，出声打断了他：“不要再说了。”

柏泽清却像没有听见她的话一样，执拗地继续说：“你醒来的时候有起床气，但是只会生五分钟的气，知道有好吃的早餐就会立刻起床。在国外，你明明很紧张，还是会鼓起勇气用外语跟人聊天儿，不怕被笑话，不喜欢被教育，以后……以后，我都不会再教育你，也不会做你不喜欢的事。你不喜欢易竞，很在意朋友和妈妈，喜欢一切贵的东西。”柏泽清从来不知道自己可以说这么多话。

他说到最后，声音已经开始颤抖。他说：“我不知道为什么我会记得这么清楚，却不愿意承认……”

“不愿意承认，”他感到内心格外激荡，紧紧地握着丝绒盒，像握着最后的一次机会，终于说，“我爱你。”

他一遍又一遍地重复。

“我爱你……”

他冻僵了，嘴唇都在战栗，但他还是没有停止告白。

“可能我早就开始爱你了，只是太骄傲。”他在她的面前打开丝绒盒，“你不爱我也没关系。但是，你可不可以不要跟别人结婚？”

林颂音始终没有说话。

柏泽清终于感觉到那颗跳动的、滚烫的心脏一点点地落回原地。

“你为什么不说话？”他无措地开口，“说点儿什么吧，什么都可以。”

他想问她是不是在为他这段时间里没有来找她而生气，还是说，她现在已经不那么喜欢粉色的钻石了？

那也没关系，他的一切都是她的，他可以送给她所有她想要的东西。

他想要去拉她的手。但是，当柏泽清的目光向下移动时，他陡然间注意到林颂音的无名指上有一个小东西，它在这个昏暗的灯光下折射出光亮。

柏泽清的呼吸刹那间变得困难起来。

林颂音的手上戴着一枚钻戒。

这不是他帮她找回来的红宝石钻戒。

是另一枚钻戒。

柏泽清再一次想起柏泽澈告诉过他林颂音的婚期在二月十四日，看来他们已经提前买了戒指。

柏泽清的身体仿佛被那枚戒指和林颂音的沉默钉在了原地。

他感觉到喉头被什么东西堵住了。

其实在来这里的路上，他就已经想过这种可能性了。

他们很可能已经提前挑好了戒指，甚至可能已经选好了婚纱。

柏泽清自欺欺人地将丝绒盒打开，近乎卑微地注视着她：“这是我按照你喜欢的款式定制的，你真的不看一眼吗？”

玄关处没有灯，柏泽清想要打开一盏灯，好让林颂音看清楚她曾经想要的钻戒。

灯被打开的瞬间，他用余光看到鞋柜上有一串钥匙和一个红色的本子。

柏泽清的动作终于停住，他感觉到身体里的血液刹那间停止了流动。

雪水浸湿衣衫，钻进了他的肌肤里。

柏泽清这一次真的感觉到自己的身体在变凉。

他用一种难以置信的眼神看向林颂音，但是林颂音张了张口，最后还是什么也没有说。

柏泽清去拿那个红色的本子。

“我可以看一下它吗？”

柏泽清这样说着，却并没有等林颂音的回答。

他根本握不住这个本子。

他费力地翻了红本子几次，才将它打开。

碎发上沾着的雪花在他进入室内后化成了水，水顺着他的额头向下流淌，流进了他的眼里。

柏泽清感觉眼睛一阵刺痛，用力地揉了一下眼睛，又努力地睁开眼。

上面是林颂音和许见裕二人的合照。

柏泽清终于抬眼，本子上的红色像是流动的，映入他的眼帘。

他的眼睛通红，像是发怔一般看着林颂音。

脑袋里的各种声音“嗡嗡”地响着，柏泽清很想让自己保持冷静，但声音像是随时都会断掉一样。

“你们结婚了？”

“你们结婚了？”

柏泽清不会知道自己的声音颤抖得多厉害。

因为，他只能听到脑袋里持续不断的“嗡嗡”声，分不清这种声音是从哪里传来的，也许这只是屋外的风声。

眼睛那里传来一阵又一阵尖锐的刺痛感，他突然没有了注视林颂音的勇气。

他只是又按了按自己的太阳穴，按得很用力，试图用这种痛掩盖并抵消其他所有的痛楚。

林颂音看得出他的动作有多重，感到室外的风就这样裹挟着雪花刮进了屋内。

林颂音这时才看到伫立在屋外的人，许见裕撑着一把墨绿色的伞，就站在门外。

她不知道他是什么时候来的，也不知道他到底站了多久。

林颂音压抑住心底的那股莫名其妙的情绪。她其实已经不记得在里昂的时候，自己靠在柏泽清的肩上看到那些钻石时都说过什么话了。

她只记得自己当时看到那些价格是千万欧元的宝石，感到新奇的同时，又觉得柏泽清的生活离自己很远很远。

那时，她看到柏泽清拿回两个丝绒盒，真的很想看一眼里面的东西。她想知道实物会不会也那么闪亮。

原来，里面有一枚钻戒，他是想要把钻戒送给她吗？

但是他没有告诉她。

“对。”林颂音半天才找回了自己的声音，说，“你看起来不太好，早点儿回去吧。”

柏泽清没有听她说话，只是低下头，想要从这个本子上找出林颂音没有和别人结婚的证据。

但是他找不到证据。

此时此刻，室外没有化开的冰就像是堵在了他的喉咙中。

柏泽清已经拿不稳那本结婚证，再次看向林颂音。

明明灯已经开了，他只觉得眼前一片黑暗，他的目光已经没有了焦点。

林颂音结婚了。

林颂音和别人结婚了。

“你结婚了？”他攥着她和别人的结婚证，失了魂一般开口，“你结婚了，那我怎么办？”

“我来迟了吗？”他怔怔地问。

林颂音把嘴巴闭得很紧，没有说话。

柏泽清垂眸，丝绒盒里的戒指在灯光下折射的光泽真刺眼，他的眼睛怎么会这么痛？

柏泽清不死心地问：

“这是什么时候的事？”

林颂音看着他：“昨天下午。”

“昨天下午，昨天下午。”柏泽清只是重复着。

他不该问这个问题的。那上面有登记结婚的日期，只是他看不清了。

许见裕在林颂音回答柏泽清的这个问题时，才不紧不慢地将伞收好放到墙边，向林颂音走了过来。

他今天难得穿得很正式。今晚许家要和易家一起吃饭，因为易竞说过明天要出国陪妻子过年，她由于身体没那么好，不太方便回来。

许见裕走到林颂音的身边，揽住了她的肩，能感觉到此时她身体的僵硬。

许见裕顿了几秒钟后开口，声音很平静。

“婚礼在下个月的十四号。原本我把婚礼定在这个月举行，但是要处理的事实在太多，我到时候会记得给柏副总一家人发请帖。”

柏泽清像是听不到另一个人的声音，感觉眼前只有模糊的红色，连林颂音的脸都不再清晰。

他又用力地去按太阳穴，那里跳得像是他下一秒就会死去。

柏泽清望向林颂音无名指上的那枚钻戒，又低头看向自己的那枚钻戒。

他摘月季时手指被划破，伤口好像这时才开始疼痛，疼痛感蔓延到了全身。

“你已经有了别的戒指，”柏泽清说，眼里没有了一点儿神采，“不会想要它了，对不对？”

林颂音看见柏泽清白到发青的脸色。

她感受着肩膀上的温度，已经做了决定了。

她努力地维持着一脸不为所动的表情，说：“嗯，我不想要了。外面雪下得很大，你早点儿回去吧。”

柏泽清点了点头。

他甚至还记得将结婚证放回鞋柜上，用双手紧紧地攥着没有合上的丝绒盒。

“那，我走了。”他说。

林颂音看着柏泽清颓丧的背影。

这是她第一次看见柏泽清的这副模样。

她听到门被关上的声音。

他下台阶时的脚步很沉重，他像是被台阶绊了一下。

但是林颂音知道他会好的，他是成年人。

这只会是他的人生中的一个小插曲。

所以她只是站在原地静待他的离开。

柏泽清已经走到自己的车前。刚刚下车时，他连车门都没有关上，就这样下车了。

但是他还是来迟了。

他想要拉开车门，却只是低垂着眼帘，沉默而绝望地站在原地。

雪花还在不断落下，下一秒，他却倏地收回自己准备拉车门的手，转身朝别墅走去。

林颂音回过头，正想要和许见裕说什么话，就听到关上的门又被“哐哐哐”地敲了起来。

柏泽清去而复返了，以一种疯狂又不管不顾的姿态敲着门。

他气血上涌，眼前一片空白。他只是一声不吭地敲门，就像是要把这扇门敲碎。

林颂音听着柏泽清敲门的声音，那种动静就像是有人在敲打着她的鼓膜。

林颂音看着门前的月季花，花瓣已经变得潮湿，甚至有些发蔫。她向前走了一步。

许见裕却用力地揽住了她的肩膀。

“别去。”许见裕垂眸，眼里的情绪难辨。他只是将下巴放在林颂音的头顶上，林颂音如果仔细地听，会听出他的声音里带着很淡的央求的意味。

“你忘记我们的约定了吗？我们说好了的。”许见裕在她的耳边说。

林颂音这时仰起头，对他艰难地笑了一下。

“我没忘。”

许见裕不知道她的这个笑容是什么意思，又或者对自己的判断没那么笃定。

下一秒，林颂音拨开了许见裕揽住她肩头的手，向门口走去。

“柏泽清。”她站在门内叫柏泽清的名字。

但是她并没有开门。

敲门声在她出声之时骤然停下。

柏泽清站在门外，把手放在门把手上，没办法就这样离开。

对，林颂音结婚了。

如果他还是一个哪怕只有一点儿道德感的人，现在就应该离开，永远不再打扰她。或许这样，他还可以在林颂音的心中留下一点儿体面的形象。

但是……他还不想放弃。

他不能就这样走。

“开门吧。”他说，听到她叫他的名字时，心底竟然又浮起一丝病态的期待。

他极力地让自己的声音听起来还像一个正常人的声音。

“我想看着你。”他说。

“柏泽清，你听我说。”林颂音依然没有开门，将手放在不知是由钢还是铁制成的门把手上，触感很凉。

“谢谢你跟我说这些话。”林颂音说，能感觉到一阵凉风从门缝间透过来。

她知道许见裕在身后看着她，也清楚地知道自己应该做什么。

柏泽清听到林颂音的声音，慢慢地将额头贴在了冰冷的门上。

“我不想听你说谢谢。”

林颂音不知怎么竟然笑了一下。

她用力地眨了一下眼睛，而后用一种很轻松的语气说：“你忘了我们会遇见就是因为你要帮我变成淑女吗？我虽然死性不改，但还是要说声谢谢。”

“你爱他吗？”柏泽清问，“你不爱他。”

他难以自控地抱着一个毫无理智的念头，心想：如果林颂音不爱许见裕，那他可以带她走。

“我已经答应和他结婚了。”林颂音说。

“但是，我爱你。”柏泽清说，声音听起来压抑而痛苦。

不知道为什么，林颂音听到柏泽清说爱她，心里产生了很酸涩的感觉。

从前有些人说过爱她，妈妈和姥姥说爱她，池之希也说过爱她，她上学时谈恋爱的对象也说过爱她。那时候她听到这些字眼时，是开心的，是满足的。

可是柏泽清说爱她，却让她感觉到彷徨和苦涩。

她小时候看到了路边很美丽的花，会好奇心很重地摘下一片花瓣放进嘴里咀嚼，花很香，但是花瓣尝起来却带着涩味。

现在，她的喉咙间就是那种味道。

她说："人活着其实会有很多比爱情更重要的事。"

"我爱你。"

林颂音不可以再听他说话了。

"我知道了，"她说，"你很久不见我，很快就不会再爱我了。"

林颂音这时才意识到——原来从前每一次面对柏泽清的时候，她只要想到十岁生日的那天，想到他隔着一道欧式的铁门以一种怜悯的姿态看向自己，都会介意。

她知道他没有任何错。但是面对他的时候，她只要想到那件事，心里总是在怪他。

她甚至丝毫不怪打算将零花钱捐给她的易舒语，却怪同情她的柏泽清。

可是今天，她终于释怀了。

她再次抬起眼帘时，终于说："你刚刚是不是说想要送给我生日礼物？我好像想到想要什么东西了。"

柏泽清没有回答，看着室外的雪花，雪花就像是海边的泡沫。

他突然在这一刻和林颂音产生了令他感到绝望的默契。

他知道林颂音要说什么。

"你不用来我的婚礼，以后，也不要来——"

"以后，我都不可以来找你了吗？"

林颂音没有眨眼睛。

"嗯，我们不要见面了。"

柏泽清得到答案以后，手无力地抖了一下，那枚镶满钻石的戒指就这样从丝绒盒里掉出来，落到了台阶上，一路滚着，滚进了台阶旁的草丛里。

林颂音已经想好了。答应和许见裕结婚时，她就清楚地认识到了她该和柏泽清划清界限。

她不想让自己被他影响。

可能许见裕没说错，她从来都没在等待柏泽清做什么事。但是在内心中的那个她自己都不知道也不承认的角落里，她曾对柏泽清有过期待。

柏泽清感觉到头骨处又传来一阵钝痛，闭上了眼睛。

“那我想你了，怎么办？”

“忍一忍就过去了，很快你就不会再想我了。没什么好想的。”

她说：“我会过得很好，你也要这样。”

柏泽清终于感到一种彻骨的万念俱灰。

他已经分不清眼睫上挂着的是雪水还是泪水，擦了擦眼睛，又看到了泥土里的那枚戒指。

从在佳士得拍下它后，柏泽清就没有想过把它送给第二个人。现在它遗落在这里，他总归把它送给了林颂音。

他最后才轻声道：“我知道了。”

这一次，林颂音听到他的脚步声越来越远，知道自己在做正确的事。

爱情从来不应该是她这样的人心中最重要的存在。

它虚幻、短暂又不切实际。

现在，柏泽清也离开了。

他不会再来扰乱她的思绪。

一切都结束了，这样再好不过。

林颂音终于松开握着门把手的手。

那里竟然已经被她焐热了。

她回过头看向许见裕。

“我们不是约好了出去吃饭吗？时间差不多到了，我们不走吗？”

许见裕在原地看了她一会儿，终于叹了一口气，向她走过来。

“你不想去的话，可以不去，这本来就不是重要的饭局。”

林颂音半天没有说话，后来说：“外面的雪确实下得太大了，我不去可以吗？”

“有什么关系？交给我。”

许见裕很仔细地观察着林颂音的神色。

他刚刚像一个观众那样听着林颂音和柏泽清的对话。

许见裕该感到满意的。

林颂音的态度很果断。

不知道这是不是因为他在场。

他不打算去思考，如果他不在这里，林颂音会和柏泽清说什么话。

林颂音在一月三十日答应了他的求婚，易竞和许昌鸿也在几次交涉后达成了最终的协议。

林颂音会和许见裕结婚，前提是：易竞接受许昌鸿以许见裕、林颂音夫妻的名义购买易迅科技百分之四十的股份，股份购买成功的同一时间，许昌鸿会向易竞提供两千万元的周转资金。

林颂音得知许昌鸿还要给易竞两千万元的时候，表情都变了。

许见裕却低声安慰道：“怕什么？我会让他把吃下去的东西都吐出来。”

易竞在一月的最后一天召开了股东大会，希望大家同意增资，要给林颂音和许见裕注资的行为腾出空间。

但是大家对此抱有疑虑，一致要求许见裕至少得是易竞的家人，不然无法接受这么多股份就这样落到别人的手里。

毕竟林颂音和许见裕还没有结婚，而大家对林颂音的身份也抱有一丝疑虑。

就这样，为了让股东大会通过增资的决议，二月的第一天，林颂音和许见裕领了结婚证。

二月四日，民政局就会开始放为期一周的春节假期。为了让一切事情都能进展得很顺利、避免意外的发生，他们选择了在二月一日领证。

易竞恨不得在他们领结婚证的当天就让许昌鸿将钱打进他的账户里，只是许昌鸿坚持要在购买到易竞公司的股份后打款。

况且，在购买股份前，许昌鸿还有一些程序上的事要处理。只是人家行政机构过两天也是要放假的，许昌鸿只能等到假期结束再处理某些事。

许昌鸿看得出易竞的焦急，笑着说："你难道还怕他们领了结婚证后，我就说话不算话了？我们可是签了协议的。要不是各个办事的地方春节都要休假到十号，我也愿意早点儿买入股份，但是眼下也只能等一等了。我算过十四号这个日子了，你不是一向很信这些事吗？这个日子很适合交易的。"

易竞还能说什么？

…………

此刻，许见裕看向林颂音，很想问她有没有后悔和他结婚。但是他不会允许自己这样问。

"我是不是出现得太早了？"说出这句话的时候，许见裕都感到了一瞬间的迷惑。他出现得早吗，还是有些晚了？

"你会遗憾没能听到他的其他话吗？"

林颂音摇了摇头。她没有想过让许见裕撞见这一幕，但是现在一切也已经结束了。

"你是什么时候到这里的？"她不想再提这件事，不想再沉浸其中。

"从他说你喜欢吃不甜的甜品开始。关于你，我有很多不知道的事。"

当时许见裕甚至看着柏泽清的车就这样在昏暗的雪天里超过了他的车。

"那你怎么不进来？"

许见裕就这样瞧着她，半晌才用一种半真半假的语气说："我怕你怪我没让你听全他的告白。”

林颂音试着用一种开玩笑的语气说话，却发现这有些难度。

她挤出一点儿笑容，开玩笑地问：“你这么好心吗？”

许见裕就这样定定地看着她，忽然开口：

“他应该还没走远，不如我成全你们。”

可是下一秒，他就露出一个坏笑。

他将林颂音拥进怀里，将下颌贴在她的头顶上。

“你开始了解我了。我才没这么好心，你不要想着从我的嘴里听到这句话。”

林颂音感觉到许见裕的大衣很潮湿，却还是没有推开他。

“今晚，我留下来陪你。”他说。

柏泽清开着车往回行驶。

他的头越来越疼，眼睛也是这样。

车窗依然开着，不然他下一秒可能就会睡着。

柏泽清好像置身于无边无际的黑暗里，不知道自己是怎么回到别墅区的。

门卫张平今天值晚班，正在大门口铲雪，他一眼就看到了柏泽清的车。

别墅区里的住户少，张平记得每一个住户的车，还记得自己好像有一周没有看到柏泽清了。

张平为人热情，打了一声招呼：“柏先生？有几天没见了。”

张平下午不在这里，并不知道柏泽清回来过。

现在临近过年，张平笑着问：“我这几天没见你，你是和你的那个女朋友去旅游了吗？”

柏泽清低头，“女朋友”这三个字就像一双手，用力地掐住了他的心脏。

林颂音已经和别人结婚了。

“我没有女朋友。”他说。

张平尴尬地停下了铲雪的动作，说："哦，那天我看到那个女孩子坐在你的副驾驶座上，后来她晚上又来找你，我才误会了，多嘴了。"

他的话音刚落，地面上传来一阵急刹车才会产生的很刺耳的声音。

张平怀疑，如果这辆车下有冰，冰会碎得很彻底。

柏泽清感觉到已经冷却的血液在回流。

他只带林颂音回来过，她从没有来找过他。

"她什么时候来找过我？"

张平被柏泽清突然刹车的动静吓了一大跳。由于记性很好，他不可能记错的。

"十二月……冬至的前一天吗？"

张平记得第二天在家里吃过饺子。

不可能。柏泽清怎么会不记得那一天？

林颂音的生日是十二月二十一日，但是，柏泽清确定她当晚没有来找过他。

他想说一定是门卫记错了，那天晚上来找他的是易舒语，但是林颂音留着长发，易舒语留着短发，门卫不可能认错人。

"她来找过我？"柏泽清浑浑噩噩地开口，"不可能的。"

张平摇摇头，说："我干这行这么多年了，不可能记错的，那天晚上，她是打出租车过来的，还是我给她放行的。我怎么会记错？"

"她来过吗？"

柏泽清以为自己不会再心痛了。

雪花依然在不知疲倦地往车里钻，柏泽清不知怎么想起自己在巴黎上大学时曾去过巴黎圣母院。

门口，巴黎的学生正在聊《巴黎圣母院》这本书中印象最深的句子。

有人却提起了作者在另一本书里写下的句子。

“真爱的第一个征兆，在男孩的身上是胆怯，在女孩的身上是大胆。”

柏泽清当时没有爱过任何人，也并不认为在往后的人生里会去爱谁。

在医院里等待父亲脱离危险的时候，他想起和林颂音一起在法国度过的时光，不知怎么想到了这句话。

他以为林颂音永远都不会为了他而变得大胆的。

他以为永远都不会等到那一刻的。

但是，原来在他不知道的时间里，她主动地走向过他吗?

林颂音找过他。

在决定和许见裕见面之前，她找过他的。

但是，为什么从来没有人告诉他?

“还能看监控吗？”柏泽清问，没有想到自己的声音竟然还维持着冷静。

张平抓了抓头皮：“我们一般都只存三十天的监控，没有了。”

柏泽清低下头。

“没有了。”

柏泽清心如死灰地点了点头。

“她当时，”他许久后才出声，“看起来心情怎么样？”

张平只记得她对自己笑了一下。天那么黑，他怎么看得到她全部的表情?

他略显纠结地说：“心情应该很好吧。”

心情很好吗？柏泽清低低地“嗯”了一声。

那一天，她的心情很好吗?

回到空无一人的家里，柏泽清和衣躺在冰冷的床上。

那一天，林颂音来找他时在想什么？跟他通电话时，她让他去接她，又在想什么？她当时已经在他家的门外了吗？她对他有什么期待？离开的时候，她有没有伤心?

柏泽清很想问一问她这些问题。

但是他今天答应过她。他不该打扰她了。

闭上眼睛前，柏泽清知道，自己再也无从知晓问题的答案了。

二月四日，除夕的当天。

柏泽清慢慢地睁开眼睛，头依然疼得厉害。

等视线逐渐变得清晰以后，他才发现他并不在自己买的房子里，而是在父母的房子里。

挂着吊瓶，柏泽清听到屋外传来热闹的人声。

柏泽澈时不时地过来看一眼，这时推开门，看到柏泽清半闭着眼，柏泽清醒了，又像是没醒。

“啧啧，我们家的痴情种醒了呀。”

柏泽澈说完，端了一碗白粥进来。

柏父的胃不好，医生交代他在这段时间里一定要好好地养胃，所以家人每天都准备了粥。

柏泽澈将粥放到床头柜上：“不用我喂你吧？”

柏泽清没有什么反应。

柏泽澈昨天将父母带回了江市，柏应的手术还算顺利，但是按理说他还是应该在医院里多待几天。

但是柏应总觉得过年时一直在医院里待着太不吉利，所以在得到医生的允许以后，也就回来了，只是年后还得去检查身体。

柏泽澈回了江市以后给柏泽清打电话，却怎么也联系不上柏泽清。

一想到他前段时间里发疯的状态，柏泽澈不得不去他家找他。

柏泽澈打开密码锁，进了柏泽清的家，就看到他跟死人一样脸色惨白地躺在床上。

柏泽澈吓了一大跳，还以为他因为林颂音要跟别人结婚而殉情了……

柏泽澈叫医生来给他做了检查才知道，柏泽清是因为过度疲劳加上没及时地换下湿衣服，受凉发烧了。

柏泽澈把柏泽清接回了家，跟父母也只是说柏泽清大概是因为在医院里一直没休息才累倒了。

柏泽澈看着弟弟人不人鬼不鬼的样子，也有些于心不忍，说：“我搞错了，你喜欢的那个女人的婚礼是在三月份。”

柏泽清依旧没有什么说话的欲望。

正巧，柏应这时候进来了。

他用眼神示意柏泽澈先出去，有话要和柏泽清单独说。

柏应在孩子的面前向来是严父的形象，记忆里，柏泽清总是三个孩子中最懂事的那一个，柏应从不曾感到忧心。

但是身体开始恢复的这两天里，柏应接到了几个电话，有人明里暗里地暗示他的小儿子和易竞突然冒出来的那个女儿之间的关系似乎不那么寻常。

柏应一开始只觉得自己想多了，这实在荒谬，但是眼下看儿子的这副模样，他不得不开始相信了。

“你不要和我说你变成这样都是因为易竞的那个女儿。”

柏应昨天是和易竞通过电话，但自然不会拿林颂音的事情去问易竞。

柏泽清终于抬眼看向父亲，他的声音很沙哑。

“我现在怎样，都是我自己选的，跟她无关。”

柏应看不下去了，柏泽清竟然为了一个女孩子把自己搞成这样。

柏应说：“她和许家的儿子结婚的事看来是板上钉钉的了，你就不要再想了，我让你的妈妈留意一下，比她好的女孩还有很多，你到时候见一见她们。”

柏泽清的眼里没有任何情绪。

“不要做无谓的事。我从前不会见她们，以后也不会。”

柏应的表情变得难看了许多，他问：“你告诉我，你这是打算一辈子都不结婚了？难道说，你还打算等她离婚？我是不会允许一个离过婚的女人进我们柏家的门的。”

柏泽清听到这里垂下头，他的唇角漾起一个苦涩的笑容。

离婚，林颂音会离婚吗？或许会吧。

他竟然被拉进了父亲编织的美梦里。

“那很好，”他点了点头，“正好，她也不喜欢应付长辈。”

柏应被柏泽清的这副半死不活的样子气得不行。原本柏应听江盈和老二说过，他住院的那几天里一直是柏泽清为他跑前跑后的。但是现在，柏应只想把这个为了一个女人昏了头的儿子骂醒。

“你是不是想要把我再气进医院里？”

柏泽清这次抬起头，神情中有无尽的疲惫。

“没必要。”他说，声音里透着一股极端的冷静，“这是我的人生，我愿意等谁就等谁，这是我的选择，最后等不到她也是我咎由自取。就像你从前选择把我放在爷爷奶奶的身边，我也没有左右过你的选择。”

柏应没有想到他会这样说，顿时说不出原本想要教训他的话了。

那时候，柏应在经济上遇到了问题，老大已经在上学，转学不方便，而老二又容易生病，只有柏泽清从出生起就不哭不闹，一直很懂事，让人省心，柏应这才选择把柏泽清放在住在港城的爷爷奶奶的身边养着。

这么多年来，柏泽清从来没有提过这件事，柏应以为他理解自己的选择、没有怪过自己。

“你现在还在因为这件事怪爸爸吗？爸爸是因为信任你，最放心你，才会这样做。”

柏泽清再开口时，声音里的情绪很淡：“我没有什么感觉了，说出来也不是为了让你愧疚。”

柏应站在原地，也不知道还能说些什么话劝柏泽清。他知道自己劝不了这个儿子。

因为柏应身体的关系，大家并没有出门吃年夜饭。

江盈在饭桌上接了远在挪威的林苑和易舒语的拜年电话。挂掉电话以后，江盈说起最近才得知的易竞的另一个女儿。

“我前一段时间没有和林苑通电话，但易竞的那个女儿绝对不会是她的孩子。”

如果那是易竞亲戚的孩子，易竞为了跟许家联姻找她来冒充自己的女儿，江盈还能接受，但如果那是易竞和其他女人生下的孩子，江盈真替林苑感到不值。

江盈和林苑是高中同学，当年柏家遭遇了经济上的危机，也是林苑当机立断地拿出钱来帮助他们的。如果不是林苑，江盈倒不认为易竞这样市侩的人会伸出援手。再加上这么多年来，柏应也已经帮了易竞不少忙，就是还人情也已经还完了。

柏应用余光看了一眼柏泽清，柏泽清看起来没什么变化。

“易竞在我住院的时候给我发过消息。”柏应因为一直住在ICU里，自然并没有立即回复消息，回到家后给易竞打电话，易竞才说他想抓住一个大项目，但是手头有些紧。他本想向柏应借一些钱，但现在已经不需要帮助了。

“我听他说，他的公司年后就要增资了。他说在十四号，我也不知道他的话是真是假，许家应该是要入股了，数目不小，听他的语气，许家要买的股份起码有百分之三十。”

江盈的表情有些不屑，她问：“他竟然把这种机密的事都告诉你了？他就不怕你到时候抢先把那些股份买了？”

“我们都认识那么多年了，他还能对我不放心？再说，我去买他家的股份，能得到什么好处？亏本的买卖罢了。”

柏应原本想到易竞找自己借钱还有些奇怪，又想到他这时候增资，估计他是缺钱了。

柏应这时才品出另一层味道来，易竞把他的公司增资的事告诉自己，会不会也是为了不伤感情地让自己敲打一下柏泽清，希望柏泽清不要去搅乱林颂音和许见裕的婚约？毕竟柏应听说了一些闲话，易竞自然也会听到那些话。

江盈也咂摸出了一点儿意思，问："难道他之前去国外搞的什么自动化的项目有问题，不然他的公司怎么突然要增资？如果许家出全部的增资的钱，到时候易竞的那个女儿嫁过去，不得看许家的脸色吗？"

柏泽澈见柏泽清握着筷子，柏泽清手背上的青筋已经凸了起来，柏泽澈赶紧转移了话题。

"嘿嘿嘿，各位呀，今天聊点儿我们家的事，你们不是一直催着我找对象吗？我真找了对象，怎么没一个人关心我？"

柏泽澈以为以柏泽清为林颂音疯狂的程度，他会一蹶不振下去。但是假期结束以后，柏泽清就像没有放过那个长假一般投入了工作。

柏泽澈总是看到他在处理公事，他不是在处理父亲公司的事，就是在处理他自己的公司的事，看起来甚至比以前更忙了。

很快，柏泽澈就知道弟弟到底在忙什么了。

大年初三的晚上。

易竞和许昌鸿两家人一起吃了饭。

说是两家人，其实也只有林颂音、许见裕、易舒语连同两个男人。

许见裕的母亲去世得早，许昌鸿后来也没有再婚。

因为座位的安排，林颂音的左边坐着许见裕，右边坐着易舒语。

饭桌上，男人们在聊天儿，林颂音不想加入话题，便低下头和池之希发微信聊天儿。

她看到易竞已经开始点烟，嫌恶地皱起了眉头。

许见裕自然没错过她的这个小表情。

"为了你的健康，我准备牺牲一下。"他故意对林颂音露出一点儿委屈的表情。

"嗯？"林颂音问。

许见裕没有说话，收起面上的表情，从口袋里拿出烟盒。

许见裕不爱抽烟，只是为了应酬不得不备着烟。

“爸。”许见裕嘴甜，和林颂音领证以后就已经改口叫易竞“爸”。

他说：“我们出去抽烟？”

易竞原本不想出去吹风，只是不好意思真的拒绝许见裕，毕竟这不是自己的儿子。

“行。”

许昌鸿也跟着离席。

许见裕对林颂音使了一个眼色，便起了身：“我马上回来。”

林颂音点了一下头，低头看到池之希给她发了一张图片，易舒语本来是想要给自己盛一碗汤，不小心也看到了图片。

图上是几本企业管理入门的书。

这段时间里，易舒语和林颂音两个人因为各种事情见了三次面。大概是因为关系有些尴尬，所以她们一直相处得友好但是略有些客气。

易舒语已经听易竞说过，公司增资以后，会有百分之四十的股份属于林颂音和许见裕。

既然是他们花钱买的股份，易舒语也没有什么不满的意思，谁让她的这个废物爹只会做出一些没有脑子的赔钱决策……

一想到原本属于她的财产就这样快被他败尽了，易舒语真是想把易竞一脚踢下台。以前易舒语也以为父亲只是一个重男轻女的凤凰男，现在却得知了林颂音的年纪，易竞竟然在和她的母亲结婚前让另一个阿姨怀了孕，而且一直把这件事瞒着她的母亲……

这种既不懂忠贞又没有智商的男人还是适合被挂在墙上，易舒语怀疑她就算闭着眼睛管理公司也不会把公司搞成这样。

“你准备看这些书吗？”易舒语自然而然地问。

林颂音是一个防备心很重的人，却很难理解为什么自己面对易舒语时经常没有防备心。

她想了一下后，说："对，我对管理学不是很懂，所以想要多了解一点儿。"

易舒语直言："看这些书没用的，你要学管理学的话，应该系统地学一下。"

林颂音不是没有考虑过重新去学管理学，但是现在还不能在易竞的面前展露过多的野心，所以也不能让易竞知道自己的打算。

她要等到一切都尘埃落定以后，让易竞知道他真的打错了算盘。

林颂音考虑过以后出国系统地学习一下企业管理，但是这意味着她可能两年都要待在国外。

"我还没想好应该怎么学呢。"

易舒语说："你可以考 MBA（工商管理硕士），江大的 MBA 在全国排名前三。"

林颂音想起许见裕也曾和自己提过这件事。

她再一次感受到易舒语的好意，她们相处时都试探性地带着小心翼翼的好意。

"但是好像本科毕业三年后才可以考 MBA。"

林颂音在去年的夏天毕了业，原本在一个公司里做前台工作，但是老板作为一个已经结了婚的男人还每天时不时地对她说几句油腻恶心的话，林颂音实在忍受不了，就辞了职。

她一边投简历，一边先在奶茶店里打工，结果这时易竞找到了她。

易舒语上学比林颂音早一些，也是去年大学毕业的。

易舒语点了点头："也是。"

她有些欲言又止。她知道可以办借读证，虽然一学期的学费也要接近二十万块钱，但是林颂音现在应该不需要考虑钱的问题。

不过，由于她们之间的关系略显复杂，易舒语还是忍住了说出这些事的冲动。万一她过于热情，被认为别有用心，那就不好了。

春节的假期转眼间就结束了，林颂音听着池之希打电话跟自己抱怨上班好辛苦，心里竟然有一丝羡慕。

“我从前打工时每天面对油腻的老板都很痛苦，后来在奶茶店里打工也觉得很累，但是现在竟然很想上班。”林颂音说。

不过，她自己也懂，现在很焦虑是因为她很需要靠自己挣钱，而不是依赖易竞或者任何人，这样的感觉让她没有安全感。

她现在还住在御林别墅里。

原本，许见裕想把一套已经装修好但还没有住过的房子当作婚房，让林颂音搬进去。

林颂音已经去看过那套房子，那里的采光很好。

但是易竞却阻止了许见裕。

易竞说：“为了你们的名声，你们怎么也该在举行婚礼后再住到一起，不然被别人看到就太不像话了。”

林颂音心想：你也配说这种话？

许见裕对这个要求倒没有什么意见，反正现在离他们举行婚礼也没多久了。

股份购入成功以后，协议一生效，事情就不会再有变数了。

林颂音躺在御林别墅的床上，不去想已经成了定局的事，和池之希商量着说：“二月十四号以后，你到易迅科技来上班怎么样？”

林颂音想让公司里有几个她信得过的人。

池之希一口答应。如果能帮忙把林颂音的那个没人性的爹拉下马来，她也会很开心。

二月十三日的夜晚，林颂音躺在床上研究商务英语，今晚有些学不进去知识。

林颂音听许见裕说过，十四日的零点就是增资的时间。

现在，易竞、许昌鸿还有法务大概在一起，而她和许见裕都不必在场。

她睡觉前，许见裕给她打电话。

“喂，老婆，还没睡吗？”

林颂音发现许见裕非常喜欢这样叫她——虽然她对这个称呼还有些不习惯。

“没呢。”

“明天中午我把婚纱带来让你试穿。”许见裕今天出差了，明天上午开完会才能回来。

“好。”

再过不到两个小时，许昌鸿可能就完成了股份的购入。

林颂音挂掉电话后，也不知道自己都想了些什么，想到了妈妈，还想到了很多人，最后才带着倦意和说不清道不明的心情进入了梦乡。

第二天的早上，林颂音醒来后，看到手机里有数不清的未接来电，才意识到似乎发生了什么事。

她还没来得及看信息，就看到易竞又一次打来电话。

“你知道这件事吗？”他问。

林颂音一早醒来还有些发蒙，不懂易竞在问什么事。

“什么？”

“增资的那百分之四十的股份，许家没能买到。”易竞说，语气很沉重，“股份被别的公司抢买了。”

下一秒，林颂音从易竞的口中听到了已经好几天没被人提起的名字。

“股份被柏泽清的公司抢买了，你不知道这件事吗？”

林颂音呆呆地握着手机，半晌才说：“我不知道这件事。”

第十六章 热恋中

易竞在凌晨发现增资的股份被别的公司抢买以后，整个人陷入了强烈的焦躁不安里。

他们原本已经说定了的，零点一到，许昌鸿一旦成功地购入股份，就会给易竞转两千万元。

他们已经准备好了一切，结果零点刚过没几秒，许昌鸿那边的人正准备购入股份，证券交易所的网站上却显示股份已经被买走……

易竞简直无法相信，许昌鸿则更加吃惊，两个人的目光一相遇，他们都从对方的眼里看到了怀疑。

许昌鸿率先出声："我必须要说——我没有跟任何人说过这件事，这也绝不是我动的手脚，我根本没有必要这么做。"

上市公司一旦进行定向增资，并不会对外公告，只有知道增资的具体时间的人才有机会来买股份。许昌鸿是没有太多的文化，却并不蠢，没必要和别人说这件事。

易竞也立刻说："除了我公司的股东知道这件事，我也没和别人提起过。"

他说到这里，忽然想起柏应。他是跟柏应提过一句这件事，但也只是说了日期，而柏应是绝对不可能做这件事的。易竞怀疑自己就算倒贴钱让柏应入股，柏应都不可能这样做，到底是哪里出了问题？

法务已经开始查购入股份的公司，很快，易竞就看到了那家公司的实际控制人的名字：柏泽清。

这确实不是柏应的公司，是他的儿子柏泽清的公司。

易竞实在无法理解这对父子在做什么，给柏应打电话，电话却没有人接。

易竞不知道，柏应这几天被儿子们安排住院，做了全身的检查，依旧需要留院多观察几天，他的手机全天都保持着静音的状态。

而柏泽清的电话更是打不通了。

眼下是凌晨，易竞就是再着急也根本无济于事，而许昌鸿也不由得想起过年的时候，有人跟他说起易竞的女儿和普济医药家的儿子有些什么关系。

许昌鸿当时就问儿子知不知情，许见裕否认了这件事，许昌鸿也就以为人家说的“易竞的女儿”是易舒语。

现在，许昌鸿不知道这个人抢买股份到底是为了易舒语还是为了谁。

许昌鸿也有些生气，问题显然出在易竞的这边。

没有买到股份，许昌鸿自然不会糊涂地把两千万元转给易竞。

离开前，他让易竞自己查清楚这到底是怎么回事，如果易竞查不出来真相，他们谈的协议全都作罢。

易竞一大早就来到了御林别墅，留下一句“你赶紧联系柏泽清”就去了书房。

林颂音对着他的背影翻了一个白眼。

而易舒语也像是从哪里得知了什么八卦一般，也来御林别墅里看热闹了。

“嘿。”她笑着对林颂音打招呼。

“嘿，你吃早饭了吗？”林颂音没想到她看起来还挺开心的。

“还没呢，刘妈不在？本来我还想来吃她煮的海鲜粥。”

林颂音对易舒语说：“她的孙女这几天病了，她说下午会过来，不然我们点外卖？”

做的饭太难吃，林颂音还是不在易舒语的面前献丑了。

易舒语点了点头，说："行。"

易舒语已经知道，就易竞的手里剩下的那点儿可怜的股份，他在公司里已经做不了任何主了。

林颂音现在还在想易竞打电话时跟她说的消息，柏泽清的公司买下了那百分之四十的股份……

柏泽清到底是怎么想的？他为什么要这么做？林颂音百思不得其解。但是她还是没有给柏泽清打电话，要是她能联系到他的话，易竞早就联系上他了。

的确，易竞进了御林别墅以后，还在给柏泽清打电话，电话自然没有人接。

直到十点钟，有人来敲门，林颂音以为是她点的外卖到了。

她跑去开门，才发现来人是提着两套婚纱的许见裕。

他神色匆匆，笑容也不似往常那样不羁。

"老婆，睡得还好吗？"他问。

许见裕没有提许昌鸿已经告知自己的事，就像什么事也没有发生一般来到了这里。

林颂音不知道该说什么，只是问："你知道股份的事了吗？"

她的心也很乱。这一刻，她不禁有些怪柏泽清，他为什么要这样做？

许见裕进来以后，正准备关上门，就听到屋外有汽车停车的声音。

许见裕回过头，就看到一个完全陌生的男人拿着一份资料下了车。

那个人朝他们走来，看到林颂音以后直接开口："请问哪位是林颂音小姐？"

林颂音指了一下自己："我是。"

顾铭直接省略了自我介绍，直奔主题道："这里有一份股权赠予的协议，需要您签一下。”

许见裕猜到柏泽清的意图了。

许昌鸿给他打电话的时候，他就已经猜到了。但在这一刻真的到来的时候，他不免抬起头，扯了扯嘴角。

林颂音内心挣扎地接过了文件。她在这段时间里研究过《公司法》，这份文件对她来说不再是天书。

她自然已经看到了赠予人的名字：柏泽清。

柏泽清这是要将他从易迅科技买来的全部股份送给她……

“他为什么要这么做？”

顾铭只是扶了一下眼镜，并没有说原因。

“我只是给人打工，对老板的想法并不知情。”

林颂音只觉得手里的这份文件烫手极了。

“他送给人股份之前没有想过对方要不要股份吗？我要打电话问问他。”林颂音终于拿出手机。

“他已经出国了，你联系不到他。”顾铭没有说谎。

就他所知，柏泽清一早已经前往法国处理企业并购的事。

林颂音感觉到一阵难以言说的混乱和迷茫。她知道自己在做选择时总是很果断，在这一刻，却还是无法做出抉择。

她要接受股份吗？还是不要？

许见裕自始至终地站在她的身侧，这时才说：“不要接受。”

他甚至知道林颂音一定会想，只要她接受了股份，协议就不再生效，易竞连那两千万块钱都不会拥有。

她本来就不想给易竞钱。

许见裕想说：“我可以给你更多的钱。”

但是，许见裕从不是会给出这样的承诺的人。他只说他有信心就一定可以做到这件事，知道他或许真的可以做到，却无法接受自己只是为了和一个男人争夺一个女人这样挥霍钱。

这太愚蠢。

柏泽清是蠢人，但是许见裕不希望自己这样缺乏底线。

但是，这一刻许见裕真的开始考虑了，考虑让林颂音一脚踏过自己为所有人设置的底线。

林颂音在原地转了两圈："让我想一想，让我想一想，我去洗一把脸。"

她早上醒来后已经洗漱过，但是现在太不清醒，太需要用冷水让自己再清醒一点儿。

只不过她刚推开洗手间的门，刚刚一直在客厅里没有过来说什么的易舒语也推门进来了。

易舒语很快把门反锁。

"你在想什么？你当然要接受，那是百分之四十的股份，收下了它，你就是公司的实际控制人。"

林颂音完全没有料到有一天易舒语会对自己说这些话。

易舒语昨晚收到了柏泽清的信息，他让她不要为难林颂音，说林颂音没有跟她争抢钱财的想法。

易舒语对此不屑一顾，这种话需要他来说？男人真是自以为是。

林颂音终于对她说："易竞的公司……我其实没有想从你的手里抢走什么东西，他不找来，我根本一辈子都不想和他有关系。"

易舒语相信林颂音的话。虽然这二十年里易舒语和柏泽清不那么对付，但是她还是相信他说的话的。

他告诉她，林颂音其实是被易竞找回来的。

易舒语看得出来，林颂音对易竞的态度和她对易竞的态度没有差别，林颂音甚至还更恨易竞一点儿。

眼下，简直是易舒语把她的废物爹搞下台的最佳时机。

"听着，他之前去国外搞自动化的项目，已经借了很多钱。我已经说服了我的所有亲人，我们绝对不会给他一点儿帮助，他的决议总是老派又没有前景，这个公司在他的手上只会被毁掉。我对他没什么感情，但是不能接受公司就这样被他毁了。"

早在易竞和她的母亲说他还是需要一个儿子的时候，易舒语就对他没有什么感情了。

易舒语紧盯着林颂音："你在想什么？你不会在想他始终是你的父亲，所以下不去手吧？"

"我不会。我只想惩罚他。"

易舒语发自内心地笑了。

"那就太好了，你想惩罚他，我想踢掉他。不用担心我会倒戈，你可以录音。"

林颂音不知道自己是在问谁："我真的可以惩罚他吗？"

"当然。"易舒语真怕她不这样做。

林颂音最后并没有洗脸。

她拿着那份协议走到客厅里。

易竞不知道什么时候也已经出来了。

债权人给他的最后还款期限就在下周。

他必须要拿出钱，不然他们一起诉，他的一切资产都会被冻结。

易竞真是没想到柏泽清竟然会做出买下所有股份送给林颂音的事。

易竞不断地思考能让林颂音将这些股权转赠给自己的办法。是了，她的身份、学历等一切信息都是他编造的，她要是还想用这个光鲜的身份活下去，就必须受制于他。

顾铭看着林颂音，不知道林颂音究竟会做什么选择。

易竞笑得很慈祥："你可以收下这些股份。你不懂怎么管理公司，但是爸爸懂，你一个从小在国外无忧无虑地长大的小孩子，不需要做这么麻烦的事，只要在家里乖乖地做一个公主就好，把这些事都交给爸爸。"

顾铭想起了柏泽清对自己说过的话，想了想后，对林颂音说："如果你实在不想要股份，也可以把这些事交由你的父亲代为处理。"

他知道，这是绝对不可能发生的。

连许见裕都听得出来，这只是激将法。

婚纱被许见裕放在了沙发上，他无数次想象过林颂音穿上它们会是什么样子，现在却开始怀疑自己还有没有机会看到那些画面了。

他终于再一次走到她的面前。或许，他真的可以尝试让一个人踏过他的底线，也许那种感觉也很好。

但是林颂音却在这时看向了他，许见裕不知道他为什么第一次见到林颂音时就好像很了解她，这一次，也不例外。

他读出了那个眼神里的含义，她对他感到抱歉，在无声地对他说“对不起”。

因为，她要违背他们之间的约定了。

下一秒，林颂音终于撕下了平常对着易竞伪装出来的乖巧和憨傻的面具，看向易竞的眼神里有着没有任何矫饰的厌恶。

“你得老年痴呆症了吗？我就算把股份给狗也不会给你。”

一周以后，将股份全部赠予林颂音的人还没有回来，而林颂音在办理完各项手续以后，成了易迅科技的最大股东。

林颂音成为易迅科技的最大股东以后，易舒语作为公司的董事做的第一件事就是召开董事会，董事会通过了将现任 CEO 易竞撤职的决议。

董事会里有跟随易竞的人，也有对他的诸多决策极为不满的人，这些人听说易竞亏空了重要的资金，都很有怨言，再加上易舒语早已打通关系，最后超过半数的人同意将易竞撤职、改聘易舒语为 CEO。

部分易竞的人以及公司里的一些思想比较传统的人对董事会竟然将 CEO 的职位交给易舒语这个二十岁出头的女孩子抱有怀疑的态度，这个消息一传出去，股价也略有下跌。

但是易舒语不在意眼前的这点儿变动。想要改变易迅科技，她只有大刀阔斧地做事才能看到成效，眼下最重要的事就是把公司里的顽固党全部踢出去。

易竞在董事会上用一种仇恨的眼神看向林颂音。他原本一直以为，林颂音会想坐上CEO的位置，最后再毁掉他的公司。

但是林颂音没有这么做。

易竞怎么也想不到林颂音竟然能和他的女儿易舒语站在同一战线上，本以为她们之间只会有仇恨和嫉妒，那才是正常的。

林颂音想得更透彻。

如果一个公司有可能赚钱，她不会和钱过不去，要报复的人只是易竞。

而且，池之希的原话是：现在你是这家公司的实际控制人，无论谁做CEO，本质都是为你打工。

池之希现在也在法务组，每一天跟林颂音打电话时都要感叹一句："你的妹妹真是厉害，天生就是做企业家的命。"

林颂音笑着说："下次我帮你转达你对她的崇拜。"

林颂音发现自己在面对易舒语的时候再也没有了以前的羡慕。她知道自己不像易舒语那样从小就有很好的学习条件，但现在看着易舒语的时候，也会对自己略微迟到的未来充满了向往。

林颂音在这段时间里还报了班，上商务英语课，易舒语找朋友帮她申请到了MBA借读的名额，课程是全英文授课的。

以林颂音现在的水平，如果不狂补英语，到时候她根本不可能听得懂英语。

而且三月底还有一场面试，她必须好好地准备。

只是，每周都有让她烦心的事，易竞还在不断找各种办法骚扰她。

董事会结束以后，他就在会议厅里对她破口大骂。他不敢骂易舒语，怕他的话传到易舒语的姥姥和姥爷的耳朵里，但是林颂音什么都没有，他自然想怎么骂她就怎么骂她。

"你一个女人，已经决定和一个男人结婚了，竟然还能接受另一个男人的股份？你还有一点儿礼义廉耻吗？"

林颂音只觉得好笑得不行，他以为可以道德绑架她吗？

林颂音想：易竞一定不知道她从小到大是在什么样的声音里长大的。

“你还能觍着脸活着，别人主动地送给我股份，我没偷没抢，为什么不能接受股份？就为了你们心中的‘好女人’和‘好女儿’的名号？你觉得你也配？”

董事会结束以后，易竞依然在纠缠她。

“所以你是想要逼死我？如果不是我给你生命，不是我把你从那种乞丐才会住的地方找回来，你现在有机会站在这里跟我这样没大没小地说话？你妈就是这样教育你的？”

林颂音听不得他提起她的妈妈。

这是她第二次从易竞的口中听到“乞丐”两个字。小时候林颂音还觉得伤心，现在却发觉自己没有了一点儿感觉。

但是，她从易竞的眼神里读出了点儿什么东西。

“我在十岁生日的那一天去找过你，你那时候就知道那是我，对吧？”

易竞很残忍地看向她。

“我怎么会不知道？你的妈妈生下你之前，我就想让她打掉你，你每长大一点儿，我都怕你们会出现并毁掉我的一切。爸爸怎么会不认识你？早知道你是这样的畜生，我就不该让你出世。”

林颂音却奇异地没有感到丝毫愤怒，知道易竞现在说的每一句话都是失败者无能狂怒的表现。

她听易舒语说过，易竞现在的资产已经被冻结，他走投无路了。再过几个月，他筹不到钱，他的股份、房子就要被拍卖了。

林颂音就这样将自己专门为易竞剪的音频播放出来：“你不是想让我把你给我买的黄金和首饰全部还给你吗？不好意思了，这些都是你主动赠予我财物的证明。”

她看着易竞丑陋的眼神，笑得很真诚：“你后悔让我出生了吗？

以后你每一天都会活在悔恨里，我就是在逼你。你不是想问我你该怎么办吗？我希望你去陪我妈，希望你去死。”

林颂音是在三月的中旬才感知到春天的气息的。

她在月初时申请到了在江大里旁听经管课程的机会，这样就更能适应九月开始的 MBA 课程了。

旁听课程的机会自然也是易舒语帮她争取来的——虽然她要比在校的大学生付更高昂的学费。

自从开始上课，林颂音有几天没有去易迅科技了，也有几天没有和易舒语见面了。

从和易竞撕破脸的那一天起，林颂音就从御林别墅里搬了出来，把用易竞的钱买来的黄金卖掉了一半，在江大的附近买了一套不到七十平方米的房子。

周日的下午，林颂音在江大的图书馆里复习，看到易舒语发来消息。

“我在江大的附近谈事情，刚谈完，出来见面吧？”

林颂音正好看书看累了，也想出去呼吸一下新鲜的空气，便将东西收好出来了。

“马上。”

非本校的学生不能进入江大，林颂音也是靠借读证才进来的，和易舒语约在学校外的小亭子里见面。

林颂音向易舒语招了招手后，朝亭子小跑过去。

十岁生日那天，第一次见到易舒语的时候，林颂音怎么也没有想过自己有一天能和她约着见面。

她们现在竟然还变成了利益共同体。

“易竞还在骚扰你吗？”易舒语问。

林颂音摇了摇头：“估计他知道我油盐不进，已经放弃了。”

“他现在成了失信被执行人，连飞机都坐不了，不然肯定要想办法出国找我妈借钱了。”

易舒语打算拿出手机看一下今天的温度，不小心点到了拍照的功能，结果对着林颂音的上半身拍了一张照片。

易舒语没把这当回事，只是说："男人，你的名字叫活该。"

"今日份的好消息。"林颂音没心没肺地说。

易舒语已经接连加了好多天的班，被易竞带领过的公司里透着一股迂腐的味道，她想要改变公司的氛围还需要时间。

她伸了一个懒腰，两个人就坐在亭子里看路边的小花小草。

"对了，柏泽清还没有找你吗？"易舒语随口问道。

"没有。"林颂音低头拍了一下包上的灰尘，不知道为什么，讨厌的灰尘在春天都带着一丝生命力。声音里透着活力，林颂音说："谁要去找他？我整天学习都忙死了。"

"我看他能憋到什么时候。"易舒语幸灾乐祸地说。

她不用想都猜得到柏泽清抢买股份以后就消失的原因，他怕林颂音不收下股份。

"那你和许见裕呢？离婚了吗？"

林颂音摇了摇头："他最近一直出差，没时间，但是我跟他也快离婚了吧。"

易舒语看到了她包里的书："你快该参加 MBA 的面试了吧，不然我来充当考官问你几个问题？你的推荐信可是我托人写的，你要是回答不好问题，我就丢人了。"

"你等我准备一下，给我一分钟！"

"不给。"易舒语完全没有给林颂音准备的时间，说，"来，林颂音女士，请简要地介绍一下你目前所在企业的情况，并说出你认为的你所处行业的发展趋势。"

…………

这一天的晚上，不知道是不是因为下午刚和易舒语提到了许见裕，林颂音正奖励自己看着英剧学习英语，就接到了许见裕的电话。

"老婆，接电话这么快，你在等我的电话吗？"

“喂，你怎么还这么叫我？”许见裕对这个称呼很执着，林颂音感到一阵无可奈何，虽然他们现在在法律的层面上确实还是夫妻的关系。

“你出完差了吗？”

“你希望我出完差吗？”许见裕听到了她在电话的那头看英剧的动静，忽然想起柏泽清那一晚说过林颂音看剧的时候会跟着人物重复有趣的台词。可惜他在电话的这头静待了一会儿，并没有等到林颂音的那种举动。

他说：“可惜你是在等我跟你离婚。那你还不如不要想我。”

开过玩笑后，他问：“你明天下午有空吗？”

林颂音知道了他的意思。

“有的。”她自言自语地说，“单人照、户口簿、身份证、结婚证的原件……还需要带其他的什么东西吗？”

许见裕却在电话的那头说：“这次你不可以忘记系上我送给你的红围巾。”

第二天是周一，林颂音起得很早。

昨天，她和许见裕约好今早的九点在民政局见面。

她到得早了一些，就在民政局的门口等他。

最近天气回暖，温度很高，林颂音就没看到街道上有人围着围巾，但是这是许见裕提的唯一要求。

临近九点时，林颂音听到熟悉的脚步声，正准备回头看一看来人是不是许见裕，耳朵里就骤然间被人塞上了耳机。

她听到了有些熟悉的旋律，还没回过头，就看到许见裕已经走到她的身前。

她第一时间看到了他的脖子上系着的墨绿色围巾。

他们在这条街上看起来一定非常奇怪。

许见裕给她塞耳机的举动让林颂音想到了一部苏菲·玛索导演的电影，她其实并没有看过那部电影，只是在网络上看过那个片段。

“你在模仿电影里的人吗？”

许见裕勾了勾唇角，将她耳朵里的耳机摘下来放进了口袋里。

“被你看穿了。”

“那是什么电影来着？”林颂音问，怎么也没想起那部电影的名字。而且，她有一段时间没有和许见裕见面了，再和他见面却是为了离婚，总感觉有些尴尬，于是没话找话说。

“《初恋》吗？”许见裕说，“还是初什么？我忘了。”

林颂音也没有纠结这个问题，却看到许见裕的右手无名指上还戴着他们领证前一起买的婚戒。

她已经把自己的那枚婚戒还给了许见裕。

她刚收回目光，就听到许见裕说：

“我还以为你会睡懒觉。”

“我再过一个小时就要上课，怎么都得起床的。”她像和许久没见面的朋友聊天儿一样回答道。

她记得他们领结婚证的时候来了不少人，双方的父亲和律师都来了，但是这一次，这里只有他们两个人。

许见裕看向她脖子上系的红围巾，终于笑了。

“我们进去吧。”

走到办理离婚手续的工作人员跟前，许见裕才知道离婚原来不像结婚，他们是不需要拍合照的。

林颂音也是这时才意识到许见裕没有开玩笑，他希望他们戴着围巾拍一张合照。

结婚的那一天，许见裕给她打来电话，希望她可以围着围巾，但是林颂音想想就知道工作人员怎么都不会允许他们戴着围巾拍照的，所以也只当许见裕是在开玩笑。

“离婚只需要拍单人照？”许见裕问，似乎很难接受事实。

工作人员哪里想过有人来办理离婚手续时会纠结这种事？他只以为小两口是在这里胡闹。

“离婚都是拍单人照，你连这都不知道？”

许见裕这时又用那种眼神望向林颂音，就好像因为这名工作人员的不耐烦有些受伤似的，但是他的声音里又一如既往地带着点儿开玩笑的意味。

“我第一次离婚，不知道。”

工作人员看他的态度，更觉得他们不是认真地来离婚的，觉得他们只是来这里添乱的。

“你们要是实在没想好的话，就去旁边考虑考虑，后面还有人在等着办手续。”

许见裕也跟着回头看过去，果然有很多人在等待。

他忽然望向林颂音，笑着问：“老婆，我们要不别离婚了，把机会留给那些怨偶吧？”

只是，他迎上林颂音的目光，没有等她回答，又收起开玩笑的神色。

“结婚的时候我就说过听你的，所以，这次还是听你的。”

说完，许见裕在离婚协议上签上了自己的姓名。

他们商量后解决了财产的问题，彼此都没有任何不满。

这时“离婚冷静期”的政策还没有出台，一切都很顺利，这一天比他们注册结婚的那一天还要顺利。

他们很快就拿到了离婚证。

林颂音和许见裕一起走出了民政局。

九点多的阳光已经有些耀眼了。

许见裕转头看向林颂音：“我送你去学校。”

“没事，学校离这里很近的。”

许见裕低头望向林颂音的脖颈。

冬去春来，系围巾的季节早已过了，他甚至看到她的脖子上已经冒出了细密的汗珠。

他用那双眼睛很专注地望着她。

“我以后不能叫你老婆了，老婆老婆老婆老婆老婆。”

林颂音看到周围路人的目光，真想捂住他的嘴巴。

“许见裕。”她制止道。

“给你围巾的那天，我就说过，一定会让你围上它的。”他说。

“我的眼光很好，”许见裕这时伸出手摸了摸她脖颈处的围巾，“红色真的很衬你。”

林颂音还想说点儿什么，许见裕盯着她，忽然用双手扯住林颂音脖颈上的围巾，在林颂音的惊呼下，将她拉向自己。

下一秒，他低下头将唇覆了上去。

这是一个缠绵的、激烈的吻。

林颂音根本没想到他会这么突然地吻她，然而她的双臂被他禁锢着，无法动弹。

许见裕睁着眼，最后又在林颂音的视线里，轻轻地落下一个带着无限遗憾和柔情的吻。

吻完以后，他松开了手。

“你怎么这么看着我？”他就这样和她对视着。

林颂音像是第一次感知到了一直被他隐藏起来的真挚。

“你说过，你只有一点儿喜欢我。”

许见裕望向她的双唇：“是只有一点儿吧。”

但是，这是他的全部了。

“Goodbye kiss（吻别）。”许见裕最后又伸手捏了捏她的脸，随后又张扬地对她扬了扬手中的离婚证，“你的前夫要走了。”

“再见。”林颂音看着他说。

许见裕却没有回答。

转身的时候，他才收起唇角的笑容。

他只是想起了第一次遇见林颂音的那一天。

那时，他为了躲避许昌鸿提起的和易家女儿的联姻，以工作和旅游为借口去了法国。

而他的堂姐在那里工作，便给他做了导游。

堂姐在那段时间里沉迷于玩塔罗牌，在饭局上不断地跟他分享她的学习成果。听说他是为了躲避联姻才出国的，她主动地提出帮他算一算他什么时候能遇到自己的有缘人。

许见裕向来不信这种事，正心不在焉地听着堂姐的话，就看到一个女孩子端起了用来洗手的柠檬水。

他就这样饶有兴趣致地看着她，耳边堂姐的声音还在继续响着。

“怎么回事？你已经遇到命中注定的人了，她就在这里。”

许见裕闻言笑了，不知道是因为堂姐荒谬的话，还是因为林颂音喝了柠檬水后的那种神情。

当时餐厅里正播放着苏菲·玛索成名作的主题曲。

“Met you by surprise I didn’t realize.（偶然遇见你，但我并没有意识到。）

That my life would change forever.（我的生命将从此改变）。

…………

And may be now at last.（或许现在就是结束。）”

现在，他和林颂音的游戏结束了。

或许，这是他的现实。

许见裕第一次发现，原来每个人走进另一个人的生命里的时间点是很重要的。

原来他和她的游戏里一直有一个第三人。

那个第三人从没消失过。

许见裕在这个瞬间忽然变得有点儿脆弱，想要转过身去问林颂音。

如果那一天他不只是为她买单，而是开始追求她，他们今天会不会有不一样的结局？

她会爱他吗？

只是，许见裕永远也不会知道答案了。

三月的最后一天，柏泽清走在巴黎的街道上，准备买一杯咖啡。

他走着走着，不知道怎么竟然走到了他第一次亲吻林颂音的那条街道上。

其实，他现在都想不明白在巴黎的那个雪夜里，自己到底为什么会吻她。

这段时间里，柏泽清在巴黎忙于并购的事，易竞给他打过电话，柏泽清自然没有接电话。

他知道易竞一定会因为他抢买股份的事而生气，但是那些事早就不在他的考虑范围内了。

到了巴黎以后，他几乎不分昼夜地工作。因为他知道自己一旦停下来，就会不由自主地去想林颂音。

那时，他就会开始毫无理由地恨自己，甚至会恨她。

这段时间里，柏应也给他打来了电话。

除夕那天他们交谈过后，柏应再没有带着激烈的情绪聊起过林颂音。

只是，在父亲每一次沉默的瞬间，柏泽清总在想：这会和林颂音有关吗?

但是他没有问父亲。

因为他怕听到林颂音和许见裕幸福的瞬间。

那样的话，他会忍不住回国。

但是他不可以那样做，林颂音不是物品，她可以选择她自己的幸福。

这样想的时候，柏泽清都觉得自己伪善至极。他如果有这么好心，就不会做出抢购易迅科技的股份的事了。

他就是想让林颂音永远都不会忘记他。

她哪怕在和别人过幸福的生活，每次走进易迅科技的大楼、每次开股东大会时，都要想起他。

正如现在只要看到花就会想起她的他一般。

他从来不是什么善良的人。

他应该再早点儿变坏。

柏泽清刚买好咖啡，就接到了柏应打来的电话。

柏应说了易竞被债权人起诉的事，又说易竞最近经常喝了酒给自己打电话。

柏泽清竟然买走了易迅科技百分之四十的股份，又将股份送给了他的那个没有良心、反咬他一口的女儿，易竞对此很是怨恨。

柏应都在纠结要不要把钱借给易竞。但是柏应不久之前答应过儿子，不会借钱给易竞。

果然，柏应一说出来这件事，柏泽清的反应就是："不要把钱借给他。"

柏应略有犹豫，想了想，还是想和柏泽清说说他喜欢的那个女人，不知道儿子知不知道一些事。

按照易竞的话，林颂音从小就因为易竞没有认她而一直恨他，让柏泽清为她做这样的事也在她报复易竞的计划里。

但柏应已经知道了林颂音的情况，她并不是从小被养在国外的。

"我听易竞说，这个女孩子从很小的时候就处心积虑地要报复他了。"柏应想起易竞跟他提起的给柏泽清过生日的那件事，说，"你还记得吗？我们在御林别墅里提前给你过十三岁生日的那天，她小小年纪就一个人摸到了那里。一个小女孩忍气吞声地活了这么多年，就为了财产。她跟你承认过这件事吗？"

易竞情绪失控地提起这件事时，柏应没有回忆起一点儿关于那天的细节。

柏应的年纪渐渐地增长，记忆力也变得没有那么好了。但是如果林颂音从来没有和他的儿子提过这件事，柏应说出来，也好让儿子早点儿醒悟。虽然柏应也觉得她很可怜，但是心硬的人是不会把他儿子的真心放在心上的。

柏泽清坐在道路旁的公共长椅上，身体再一次变得僵硬了。

“你在说……什么？”

柏应也只是听易竞说过这件事，含糊地说道：“我也不记得了，反正有这么一回事。”

御林别墅、十三岁的生日、小小的林颂音。

柏泽清在脑海里拼命地搜索着和这些词汇有关的一切细节，已经再也听不到父亲说的话，而一些关于从前的、最琐碎的片段就像无数碎片一般涌入他的脑海里。

他见过林颂音。

原来，去年的十一月他们并不是初次见面。

早在林颂音还是一个小女孩的时候，他就见过她。

柏泽清在这一刻真正痛恨起自己的冷漠来。

林颂音没说错，他看起来似乎对所有人都很温和，对所有人都以礼相待，但是这是他冷漠的方式。

谁都没有走进过他的心里。

他这时才明白为什么林颂音说不想吃他的蛋糕，为什么她明明没有见过他的护照却知道他的生日快到了，还有在他们“第一次”见面时，为什么她看向他的脸后迟疑了两秒钟才露出笑容。

柏泽清从来没有想过这些事。

他们见过的。

那是柏泽清第一次在江市过生日，虽然那一天并不是他的生日，但柏泽清还记得关于那一天的很多事。

柏泽清从尘封的记忆里找到了与小小的林颂音有关的画面。

柏泽清发觉自己竟然还记得他从欧式铁门的缝隙中端出蛋糕时林颂音看向他的眼神。

他突然感到一阵心痛。

可能记忆中的林颂音的眼神，也是柏泽清以现在的情感加工而成的。

但是，他还是很心痛。

那一天，柏泽清的怜悯只为她停留了一刻。在他之后的人生里，他鲜少想起曾经遇到过一个身上沾着泥巴、眼神很倔强的小女孩。

所以，现在他被惩罚了。

他开始遭到薄情的报应了。

过去纷杂的记忆开始无情地攻击他。

有所反应的时候，他已经坐在了回国的飞机上。

下了飞机以后，柏泽清慌乱地给林颂音打电话，却得知对方已停机。

停机……

柏泽清知道林颂音现在一定不会住在御林别墅里。

或许，她和许见裕一起住在家里，柏泽清自虐地想。

能告诉他林颂音在哪里的竟然只有易舒语。

“她在哪里？可以告诉我吗？”他给易舒语发去消息。

没想到，易舒语回复得很快。

“可以，但是你先打钱。”

“多少钱？”

易舒语没想到他答应得这么爽快，一时还没想好开多高的价，于是回复了一句：

“先欠着。现在她在江大上课呢，你不知道吗？”

柏泽清收到消息以后，拦了一辆出租车，直接去了江大。

临近傍晚，夕阳暗红色的光线笼罩着江大的校园。

柏泽清就站在校门的对面无声地等待着。

过了一刻钟，学生们陆陆续续地结伴走出校园。

柏泽清始终注视着江大的校门口。

他不知道林颂音会不会在学校里吃晚饭，又或者她已经去了图书馆，他不知道，但知道自己总会等到她的。

只要她出现，他就一定可以找到她。

他这时才知道，其实自己只是需要一个借口——一个让自己来看她的理由。

易舒语还在这边犹豫要不要把柏泽清回来找她的事告诉林颂音，想给林颂音一点儿惊喜。

易舒语原本还在纠结要不要把和柏泽清的聊天截图发给林颂音，这时又看到了那天和林颂音见面时自己不小心拍到的林颂音把手覆在腰上的照片。

易舒语突然玩心大起，想先送给柏泽清一个惊喜。

她笑着将那张照片发过去。

“我忘了跟你说，她好像怀孕了。看照片是不是还看不出来？”

柏泽清低下头，夕阳的光漫过了头顶的树梢，他点开了易舒语发来的照片。

看到那行字以后，他又听到了耳朵里“嗡嗡嗡”的声音了。

“她好像怀孕了。”

柏泽清再一次陷入了可怕又绝望的境地。

林颂音怀孕了。

柏泽清从没想过林颂音会有孩子。

在里昂时，她和他说过她讨厌小孩子，不会去做任何伤害自己身体的事。

现在，她和许见裕有了孩子。

柏泽清以为自己已经不会再感到痛苦了，但是两个月前他看到林颂音的结婚证时的感受再一次席卷而来。

落在身上的余晖再也无法让他感受到一丝热意。

柏泽清忽然感觉到全身都失去了力气。

就在这时，他看到林颂音从校门口走了出来。

她穿着牛仔裤和卫衣，就和身边的学生穿得差不多。

但是柏泽清还是一眼就看到了她。

她站在校门口卖饭团的店前，买了一个饭团。

柏泽清就这样隔着一条马路注视着她。

买下易迅科技的股份时，他还抱有幻想。

或许有一天，她还是会选择他。

但是，林颂音现在有了孩子——她和许见裕的孩子。

柏泽清才两个月没有见她，她就已经和别人有了孩子。

他可能永远也等不到她了。

就在这时，买好晚饭走到树荫下的林颂音倏地转过身，像是感应到了什么一般，隔着一条马路和数不清的路人望向柏泽清。

柏泽清就在这道目光里，再一次像迷失了自我一般走向林颂音。

他不在乎。

他不在乎她是不是和别人有了孩子。

只要林颂音给他一个眼神。

他就会走向她。

林颂音站在路边看着很久没有见到的柏泽清，他跑向自己的画面和许多次他就这样突然出现在自己眼前的画面重合在一起。

林颂音握着手里发烫的饭团，感觉到呼吸也开始发烫。

她仰起头，看向树荫下的这个离自己只有两步之遥的很消瘦的男人。

“把一个烫手的山芋丢给我以后就跑到国外的人，怎么好像瘦了？”她歪着头问。

柏泽清凝视着他做梦都想看见的脸。

胸口剧烈地起伏，他像是在压抑着什么情绪。

许久后，柏泽清才说：“你也瘦了。”

“有吗？”林颂音问，“你的眼睛怎么红红的？”

柏泽清却没有回答这个问题，看到她手里的东西，心被重重地拧了一下。

“你晚上就吃这种东西？”

“对，”她面对着他，又摆出她一贯伶牙俐齿的作风，说，“不然我应该吃满汉全席吗？”

“但你需要营养。”柏泽清心疼地说，又声音涩然地问，“他呢？他不陪你吗？”

林颂音和许见裕离婚的事只有身边的几个朋友知道。

“我不用人陪。”

林颂音的手机振动了一下。

知道这个号码的只有几个对她很重要的人，所以她还是拿起手机看了一下。

她这时望向手机，看到易舒语发来的信息，这才明白柏泽清为什么会有这一系列的反应。

她无奈地笑了出来。

而这个笑容落在柏泽清的眼里，更像是扎在他心头的一把刀。

“我答应了你不再和你见面，结果又出现了，你为什么不问我为什么？”

他无措地问。

林颂音认真地点了一下头：“好，请问你为什么又出现呢？”

柏泽清发现自己已经不再懂她，他的眼睛早已发红，他突然失控地开口：

“我没有做到，不该答应你的。现在，你不会和他分开了，对吗？”

林颂音终于失笑地叹了一口气，这就是易舒语做的好事。

“我——”

柏泽清却失去了听下去的勇气，无法接受这一切。

“那天，你不是问我在发什么疯吗？”眼底的情绪看起来格外激烈，他说，“我其实还可以为你做很多疯狂的事。”

“你跟他离婚吧，我会对你很好的。”他望向林颂音的眼神里有着无尽的绵延的痛苦。

他还在做最后的挣扎，想把那一天他没能说完的话全部说完，说：“我也会对你的孩子很好。”

林颂音就这样看着他，没有再打断他了。

“以后，每一天的早上我都会送你上学，晚上接你下课。你不要总是吃没有营养的东西，我会为你做饭，可能我做的饭不如刘妈做的饭好吃……你想见我的时候，我就会出现，不会再让你等我。晚上，我们就一起在学校里散步，我会……”

柏泽清说着这些话，第一次真切地意识到，或许原本自己真的可以和林颂音过上这样的生活。

这本不应该成为奢求，但是他一次又一次地错过了这种生活。

他看向林颂音，喉咙像是被人紧紧地扼住了。

“林颂音，我应该早点儿认出你的，对不起。”

柏泽清知道自己已经回不到过去，无法为她做任何事，也无法为那个看似富有同情心实则高高在上的自己弥补什么遗憾。

林颂音一直静静地听着，这时才听出柏泽清知道了他们小时候的事。

林颂音的心里因为柏泽清的话涌起了许多情愫，半晌，她眼睛晶亮地看着柏泽清。

她说：“我告诉你一件事，好不好？”

柏泽清注视着她的眼神，却想起那一天她对他说“我们不要见面了”。

他只是喃喃地说：“跟他离婚，我会……”

林颂音忍不住打断了他。

“学校里都没有人追求我，你知道这是为什么吗？”

柏泽清摇了摇头。

林颂音这时才伸出右手。见到柏泽清以后，她就一直把右手藏在身后。

紧接着，柏泽清就看到被他遗落在御林别墅的那枚粉色的钻戒此时就戴在林颂音右手的中指上。

而她和许见裕的婚戒早已消失不见了。

“戒指……”柏泽清难以置信地看着林颂音。

林颂音迎上他的目光，这枚钻戒还是十四日的下午刘妈回来打扫花园时捡到的。

林颂音是那天晚上离开的御林别墅。

如果再迟一点儿，等她离开了那里又换了联系方式，这枚戒指可能就不会被送到她的手上了。

想到这里，林颂音有些责备地瞪向柏泽清：“你们有钱人的生活习惯怎么这么不好？你们都这么铺张浪费吗？那么贵的戒指，随手就把它扔了，你是不是想气我？”

柏泽清模糊地看到林颂音斥责自己的生动脸庞，听到了胸腔里开始复苏的心跳。

“怦”。

“怦”。

“怦”。

林颂音戴着他的戒指。

柏泽清重新燃起希望来。

“我爱你。”柏泽清望向她，小心翼翼地开口，“如果事情是我想的那样，你就向我走近一步吧。”

让他知道这不是他一个人的爱情幻境。

林颂音闻言向前踏了一步。

他们现在只有一步之遥。

只是，她还没能站稳，就踉跄着被柏泽清一把扯进了怀里。

林颂音感受着久违的温暖的怀抱，只能听到柏泽清在她的肩窝处发出来的声音。

“你跟他离婚了？你离婚了？”

林颂音正想说些什么，就感觉到脖颈间有点儿潮湿。

那阵湿意就好像透过她的肌肤流进了她的血液里。

“嗯。”她吸了吸鼻子，说，“柏泽清，我周一到周五有三天的课，八点课就开始了，你家离学校远，如果你要送我的话，我们可能要起得很早。”

她说：“但是，我在这里买了房子，你也可以住在这里，就是厨房有些小。”

“你说晚上想要和我一起在学校里散步，可是我只是借读生，可能没办法让你进校门。”

柏泽清用双臂用力地搂紧了她。

“没关系，没关系。”

林颂音忽然笑了，将脸贴在他的胸膛上。

“真不知道那些说你不爱说话的人都是怎么回事。”

柏泽清失而复得般一下又一下地啄吻着她的耳朵、脸颊。

“我只跟你一个人说。”

林颂音感受着比落日的温度更热烈的拥抱和亲吻。

夕阳下，林颂音的戒指散发着光泽。

这枚戒指最终还是回到了林颂音的手上。

它在诉说着一个故事：

热恋中。

（正文完）

后记

九月伊始，林颂音的 MBA 课程已经开始。

她报的是全日制的课程，英文授课对她来说依然有不小的难度。

但是她现在拥有攻克一切困难的勇气。

国庆节过后，林颂音上完一天的课，又在教室里和小组的同学做了好久的作业。

她收到柏泽清提醒她吃晚饭的消息时，已经临近八点。

林颂音打开手机才发现柏泽清半个小时前就已经给她发来了信息，他说他在外面等她。

他已经做好了饭。

林颂音走在校园里的道路上，树叶不知什么时候变红了，万物都透出微妙的秋意。

林颂音隔着栏杆，一眼就看到了伫立在校门外的柏泽清。

望着他颀长的背影，林颂音又一次想到她十岁生日的那一天，他站在门内，她站在门外。

那时，林颂音没有想过，他们的故事会有这样的进展。

她走出大门，脚步轻快地走到柏泽清的身后，从他的背后抱住了他。

“累不累？”柏泽清几乎是条件反射般握住了她的双手。

“不累。”

林颂音说。

林颂音和柏泽清走在回家的路上，看到周遭的建筑物里亮着灯火。

林颂音看向头顶的星星。她其实从来不相信死去的亲人会变成星星陪伴自己，但这时也不能免俗地在心里对妈妈说：我很好。

林颂音知道自己仍有独自走完所有路的勇气。但是眼下，她打算好好地珍惜牵着她的手的人。

番外一 日复一日

柏泽清坐在离许见裕两个人远的位置上，在有人对他举杯时，偶尔端起酒杯。

这是豪汽公司董事长的饭局，柏泽清代表自家的公司出席。

按照往常来说，一切与他不相干的人和事都应该被隔绝在他的世界之外。

许见裕更应该是。

柏泽清进来以后面对许见裕时，甚至没有和他打招呼。

许见裕也当作没有看见他一般，继续和身边的人有说有笑。

这个发现让柏泽清罕见地好过一点儿，至少他不是唯一一个介意对方存在的人。

出于一种微妙的心理，柏泽清极力地让自己忽视许见裕的存在，这一晚上，他的脖子和目光没有一秒往许见裕的方向倾斜，一秒都没有。

柏泽清不关心自己这样的行为是不是让他全无绅士感和不体面。

他只是不想看见许见裕，不想看见这个曾经和林颂音有过短暂婚姻的男人。

他没有看起来那么大方。

和林颂音和好以后，柏泽清从没有在林颂音的面前提起过许见裕一次，只要话题有可能涉及那个男人，涉及她和那个男人的那段婚姻时，柏泽清总是率先沉默并且转移话题。

这不是因为那已经是过去的事，而是，柏泽清很在意。

他在意到没有信心能够坦然地毫无介怀地面对过去，他不想直面林颂音对那个男人可能存在的感情。

万一，林颂音的心里还有许见裕，那他应该怎么办？柏泽清想都不愿意想这个问题。

在面对和林颂音有关的事时，他还是会有怯懦的瞬间。

觥筹交错之间，只要听到许见裕的笑声，柏泽清就感觉到胃部传来阵阵不适感。

柏泽清想起和林颂音和好以后，有一次说起他父亲的胃病，林颂音打趣他，不知道他会不会遗传他父亲的胃病。

她笑着吐槽他："如果连胃病也遗传的话，你也太像古早言情小说的男主了吧，患有胃病的不近女色的高冷总裁哈哈哈。"

想到林颂音，柏泽清内心获得了短暂的平和。

至少，她现在的选择是他，不再是别的男人。

同一时间，被柏泽清放在桌上的手机屏幕亮了起来。

他垂下视线，是林颂音发来了消息。

【你还没吃完吗？】

他今晚的饭局地点离江大很近。

【下课结束了？我去接你。】

林颂音的信息回得很快。

【两步路而已，我过来找你好了。】

她知道他在哪里吃饭。

柏泽清盯着手机屏幕上的这一行字，不知道为什么，他一点儿也不想林颂音出现在这里。

他不愿意承认自己骨子里是如此小气的人。

但是这一刻，他也只能接受自己是因为小气，才不想让许见裕看到林颂音。

他不愿意承认他的心底仍然存在不安。

和林颂音在一起的是他，他有什么患得患失的必要？

大约是酒精催化了人心底象征着软弱的一切情绪。

柏泽清在原地坐着，他原以为林颂音会在快到酒店的时候给他打电话，但是没有想到，林颂音直接被领班带了进来。

酒精让柏泽清的精神有一瞬间的迟缓。

豪汽集团董事长的女儿和林颂音是一起上 MBA 课程的同学，两个人一起进来了。

不过，柏泽清的眼里只看到了林颂音。

他一边因为心爱的人就这样出现在自己视线前而感到愉悦，一边又有隐隐的情绪让他感到微妙的不安。

许见裕不该出现在这里。

柏泽清只是不想让林颂音再见到许见裕。

许见裕的酒量还算可以。

他就算喝得再多，也不上脸。

不过，大约是因为今早刚从国外出差回来，时差还没来得及倒，休息不到位，这一晚上，他喝得不算太多，已经感到一阵乏力。

给家里的司机打了电话，许见裕就将背靠在椅背上，头挨着椅子闭目养神。

周遭的声音渐渐幻化成了很低频的类似白噪音的声音，许见裕已经可以做到自动将这种声响隔绝出去。

这里的人谁不知道原本和许见裕结婚的林颂音，后来却跟他离了婚，转而和柏泽清在一起。

饭局上的这些人的目光不时地飘向许见裕，许见裕权当看不见。

从见到柏泽清的时候，许见裕就已经有所预料，今晚他大约会成为众人眼里的弃夫，一个情感上可怜的失败者。

这二十多年鲜少拥有世俗定义上的失败经验的人，不免对这样新奇的境遇感到一丝有趣。

他很想一直以游戏的心态对待眼前的一切。

依照他一贯的个性，在看到柏泽清以后，他应该以再自然不过的态度对待这个男人，至少可以点头示意。

但是许见裕没有做到，许见裕的眼神只在最初见到柏泽清的第一眼时就挪开了。

他知道自己不想看到柏泽清。

但是他低估了他不想看到柏泽清的程度。

到了他想立刻离开的程度。

原来这就是失败者的滋味？

他自嘲地笑了笑，感受着略微陌生酸涩的情绪涌上心头。

这一晚，许见裕被动地无数次想起林颂音。

于是，这一年来被他安放在内心深处的对林颂音当下生活的好奇侵占了他的大脑。

她和柏泽清在一起，快乐吗？

比跟他在一起的时候要快乐吗？

有段时间没有这样光明正大地去想林颂音，不知道是不是遇到了她现任男朋友的关系，许见裕难得允许自己这样彻底地想念她，想起他和她在一起的短暂的点滴。

不知道是不是这个原因，他竟然真的听到林颂音的声音。

那道声音就从他不远处悠悠地传来。

“Hey!（嘿！）”

他和她领结婚证那一天，她也是这样，在他身后戳了一下。

“Hey，我在这里。”

不知道为什么，许见裕竟然感觉到肩头很浅的触感。

迷蒙地睁开眼睛，许见裕真的看到了她。

“嗯，”许见裕眨了一下眼睛，忘记自己置身何处，就好像回到了和林颂音领完证的时候，“老婆？”

声音出来的时候，他才听出自己的嗓音有些醉酒后的沙哑，头顶的灯光有些刺眼，再看过去，许见裕才看出林颂音的目光并没有落在他的身上。

这里也不是什么他们领完证并肩走出的街道。

许见裕突然意识到她视线的落点是别人。

是她现在的男朋友，柏泽清。

林颂音走到柏泽清身边，很自然地和周围的人打了招呼后，也看到了许见裕。

这一瞬间，林颂音的脚步凝滞在原地，她知道周围的人的目光为什么是这样。

她看到许见裕靠在椅背上，就这样一动不动地看着她，她想要抬起手和他打招呼，但是手却被柏泽清握住。

她最后也只是笑了一下，对许见裕说："我们走啦。"

许见裕仍旧这样笑着看着她，最后点了一下头。

一直到他们走远，两个人的背影从模糊到消失不见，许见裕重新闭上了眼睛。

不知道现在再闭上双眼，还能不能回到刚刚那个梦里。

柏泽清这晚喝了酒，自然不能开车，林颂音牵着他的手，往车库走去。

柏泽清一直没说什么话，只是安静地倾听着林颂音和他分享她今天在校园里发生的趣事。

林颂音看起来没有被刚才的插曲影响到，她兴致盎然地将柏泽清塞进了副驾驶的座椅上，自己坐上了驾驶座。

她上周刚拿到驾驶证，不过这两天，柏泽清还不放心让她晚上开车。

但是今晚，他却没说什么。

林颂音刚拿到驾驶证，每次开车都格外激动，她好心情地说："你真是赚到了，竟然有我给你当司机。"

"嗯。"

因为酒店离林颂音住的地方很近，所以没几分钟，林颂音就顺利地将车开回小区的停车场。

林颂音对自己日渐稳定的车技感到满意，她还沉浸在自己将车完美地停入库的好心情中，转头拍了一下柏泽清的手背。

“我今天是不是停得很好，比考试那天发挥好多了。”

她说完话，正想抽回手，柏泽清却将她的右手握在他的掌心里。

他的拇指指腹一下又一下地摩挲着林颂音的右手手面，最后停在了她中指佩戴的粉钻上。

柏泽清到现在还能记得去年春天，他从国外回来，在江大校园门口看到林颂音的手上戴着这枚粉钻时，他内心充盈着激烈的情绪。

然而现在，不知道是不是酒精充斥着他的整颗心脏，这一刻，无数催生的泡泡就这样堵在他的喉咙间。

他感到他的心在冷却。

为什么这枚戒指是戴在林颂音右手的中指，而不是无名指呢？

柏泽清无论如何也不可能忘记，去年 2 月的第二天，在他从他父亲的病房赶去御林别墅见林颂音时，她右手的无名指曾戴过一枚戒指的。

那是她和许见裕的婚戒。

他不愿意去回想，许见裕的右手上是不是还有那枚和林颂音手上曾戴过的一堆的婚戒。

那是她和许见裕的婚戒。

但是，他送给她的粉钻只能戴在她的中指。

柏泽清沉默地盯着她手上的戒指，那双深沉的眼睛就这样落在她的手上一秒、两秒……

久到林颂音以为，柏泽清睡着了。

她晃了晃他的手，“嗯？没睡着，那你在发什么呆？是酒喝多了不舒服吗？”

林颂音关切地问。

“是有点儿。”

林颂音无语，“那我们赶紧回家休息啊，你还赖在车上想什么呢？”

“在想，”他在仅有一束车灯的车厢里平静地说，“想你可不可以把我送给你的戒指戴在无名指。”

说完这句话，柏泽清的酒意似乎消散了一点儿。

他的人也随着这句话清醒了许多。

他看似沉静，然而手心已经开始发凉，林颂音会给他什么答案呢？

林颂音看着他，也不知道在想什么。

过了一会儿，她在他的注视下直接将中指上的粉钻戒指换到了右手的无名指上。

柏泽清的心倏地跳了一下。

但是等到他再对上林颂音的目光，他瞬间明白过来，她并没有明白他这句话的深意，她仅仅将他的话理解成了将戒指换一根手指戴罢了。

“你觉得戴在无名指会好看一点儿吗？”林颂音随口问道。

柏泽清忽然不知道该说些什么。

有那么一瞬间，他很想问一问林颂音，当初将许见裕的戒指戴在无名指上的时候，她在想什么？

两个人回了家，林颂音在书房给教授发了今晚的作业，等她回到卧室，才发现柏泽清先洗漱了。

“你怎么不等我？”

林颂音看到他脸上没什么表情地擦着头发上的水，她刚想过去搂住他的胳膊，柏泽清却抬起胳膊，擦头发上的水。

“我身上有水。”

这是无声的拒绝。

柏泽清心情不好，林颂音要是还看不出来，那她就是傻瓜了。

林颂音背靠在墙上，打量着他：“你今晚心情不好？”

因为看到许见裕了吗？

林颂音也没有想到会在刚刚那个饭局上撞见许见裕，如果说她平静到毫无感觉，那就是她骗人了。

她知道柏泽清介意许见裕，而她也不能说对许见裕毫无愧疚。

她曾经答应和许见裕结婚，最后却又毁掉了他们的约定。

面对许见裕的时候，她不可能做到毫无感觉。

她以为她揭过不提，柏泽清自然而然也就会放下。

柏泽清眼睛一眨不眨地注视着她。

很明显吗？

他其实没有想让她看出来的。

骗子。他又在说谎了。

难道他现在这副模样不就是为了让她看出来？

他那双因为洗漱有些泛红的眼睛就这样落在林颂音的眼中。

“我想跟你结婚。”他想也没想地说。

林颂音原本想要说些什么，这时也因为柏泽清的话维持着嘴巴半张的表情。

柏泽清却没有给她反应的时间，追问道：“你呢？你想跟我结婚吗？”

林颂音对上他那双深沉的眼睛，半晌不知道说什么好。

她没想过柏泽清会向她求婚，或者换句话说，她没想到柏泽清会想要结婚。

两个人在一起以后，她不是不知道柏泽清父母已经放弃对他的管束。

偶尔林颂音会听到柏泽清和他父亲打电话，有一两次，她听到柏泽清的爸爸柏应曾含蓄地提到，有空柏泽清可以带她回去吃顿饭。

林颂音那阵社恐的情绪还没能提上来，就听到柏泽清说：“不用了，她不喜欢应酬。”

只剩下林颂音在一边哭笑不得。

其实和柏泽清家人吃顿饭也没什么，但是不用进行那些很可能会让她有压力的社交那自然是最好了。

她以为他们就这样很开心地一直在一起，这样就很好。

“我们现在这样，不好吗？”

林颂音对着柏泽清，难得开始纠结措辞。

特别是今晚遇到许见裕，林颂音忍不住怀疑柏泽清是一时冲动。

“一直谈恋爱，这样不好吗？”

她拒绝了啊，柏泽清想。

她拒绝和他结婚。

“现在是很好，”许久，柏泽清落寞地点了点头，“那结婚呢？和我结婚，哪里不好？”

林颂音不知道该怎么回答这个问题。

和许见裕离婚以后，她就没有想过结婚这件事了。

以前，她会考虑婚姻，但是现在，她不需要依靠别人。

但是柏泽清今晚喝了点儿酒，她也不知道她说这些话他能不能听进去。

“其实，我想不到结婚的意义在哪里。人为什么一定要结婚呢？结婚和不结婚我们也不会有什么改变啊？”她说。

柏泽清盯着她看了许久，才出声。

“你考虑过，”他像是需要一股勇气，才让自己问下去，“你考虑过和我结婚吗？”

林颂音没有说话。

柏泽清想，有时候，沉默也是一种答案，一种善意且残忍的答案。

他扯了扯嘴角，感觉到沿着发丝落下的冰凉的水滴落在了自己的心上。

“你从来没考虑过，对吧。”

林颂音总觉得他钻进了死胡同里，明明柏泽清之前从来没有考虑过结婚的。

“我确实没有想过，因为我觉得我们现在很开心，人为什么一定要结婚？”

柏泽清点了点头，将心底那层保护膜直接撕下。

“那你为什么和许见裕结婚？”

和林颂音在一起以后，柏泽清一次也没有提到过这个人。

也根本没有提起过林颂音和许见裕那段短暂却实实在在存在过的婚姻。

这是第一次。

“我……”林颂音一时被他问住了。

“没有一点点的爱吗？那个时候，把许见裕换成任何一个人，你都会跟他结婚吗？”

他像是一定要从她口中得到一个答案。

林颂音在柏泽清的刨根究底下，第一次思考这个问题。

但是柏泽清却打断了她的思绪。

“你不会的。”他突然自嘲地笑了一下，“你是因为那个人是许见裕，才会结婚的。”

但是她会和许见裕结婚，可是却从没考虑和他结婚。

林颂音不明白柏泽清为什么在这个时候开始扯许见裕。

她原本是想要哄他的，但是柏泽清真是有些莫名其妙了。

今晚见到许见裕，就让他受到这么大刺激吗？就算许见裕是她的前任，林颂音自认为自己已经做得很好了。

她不知道已经结束了的关系还有什么回头去纠结的必要。

一时间，她的耐心也没了。

她的表情看起来有些不耐烦，人争执起来总是会怎么让人生气怎么说。

“是又怎么样？那我也不可能对方是个垃圾，我也选择和他结婚吧，我脑子又没有坏掉。”

“所以，你爱他？”

林颂音简直不想理柏泽清了。

她真是要被他气笑了，“对，我爱他，因为爱他，所以我才和他离婚，柏泽清你是不是酒喝多了智商也没了？我爱他我继续跟他在一起不就好了，我为什么要跟你在一起？结不结婚就这么重要？”

到底是她有病还是柏泽清有病？

“不重要。”他不再看她。

林颂音瞪他，“你干吗莫名其妙地突然这样？”

林颂音都不知道他到底怎么回事，见到许见裕值得他这样发疯，还是说他根本不可能放下她和许见裕结婚这件事。

“如果我和许见裕结过婚这件事让你这么在意，我们可以——”她冲动之下，几乎要说出那两个字。

柏泽清立刻就明白了，他的双眼在反应过来林颂音要说什么的瞬间就红了。

他转过身看向林颂音，恶狠狠地打断她的话，不让她说下去。

“我是在意，我在意的是你为什么让他叫你老婆？”

“什么？”林颂音开始怀疑自己的耳朵。

柏泽清吼完以后，忽然泄气了。

他双眼通红，刚刚的戾气完全消散不见，只剩下无尽的脆弱。

“他叫你老婆。”

柏泽清听到了。

他听得清清楚楚。

他从来没有这样叫过林颂音，但是许见裕就是这样叫她了。

他叫她老婆，就这样脱口而出，那么熟稔。

柏泽清眼前已经开始浮现许见裕和林颂音就像寻常夫妻一般的模样。

“你让他叫你老婆。”

林颂音就看到他把这句话颠来倒去地说了好多遍，她的头都已经大了。

许见裕叫她老婆的事已经是之前的事了，今晚他有这样叫吗？林颂音根本没有听到，只以为柏泽清是从谁的口中得知了许见裕以前爱这样叫她的事。

“喂……就算他那样叫，那也是以前的事了，柏泽清，你怎么还乱吃醋？”

她本来有点儿生气，看柏泽清这副落寞的样子，气倒是发不出来了。

她想去给他倒杯水，于是叹了一口气，转过身想要往客厅走。

只是她刚刚转过身，就被柏泽清从后边一把抱住。

柏泽清抱得很紧，紧到林颂音的肩膀已经开始产生酸酸软软的感觉。

“你生气了，生气可以对我发火，但是，不可以走。”

林颂音真是受不了他了。

“这里是我家，为什么我生气是我走？”

“不知道。”柏泽清将下颌就这样支在林颂音的肩窝，将她越搂越紧，越搂越紧。

“你刚刚想说分手。”他将脸埋了进去。

林颂音翻了个白眼。

“是你一直无理取闹。”她不知道好好的一个晚上，怎么就被柏泽清搞得这么乱糟糟的。

“气话也不可以。”

林颂音许久没说话，其实她不是那种生气就把“分手”二字放在嘴边的人，但是刚刚她就是觉得柏泽清是在借题发挥，她不知道该怎么处理。

“知道了。”

“答应我，以后不准让他叫你老婆。”

林颂音心里仍然怀疑柏泽清听错了，但是对着醉鬼也只能选择糊弄。

“知道了，你能不能松开我？我肩膀好痛。”

柏泽清终于舍得松开她，但是只是一瞬，他再一次低下头，在她的脖颈处一下一下地啄吻。

“他不可以这么叫你，我们也不会分开。”他看到她肩膀上被他捏红的地方，眼里盛满了迁就，他心疼地吻了吻那里。

“对不起，把你弄疼了，是我不好。”

“嗯，你好久没发疯了，我原谅你。”林颂音费了半天劲，才从柏泽清怀里转了个圈，面对面地看着他。

“我只是想去给你倒杯水，”她抬起手摸了摸他的脸，“你不渴吗？下次喝酒不舒服的话，就不要喝了。”

柏泽清在这样柔情的眼神里，再一次感到一阵即将溺毙的感受。

林颂音的眼里有爱。

就算她曾经和许见裕结婚又怎么样？现在，在林颂音身边的人是他。

但是许见裕说的那两个字还是一遍又一遍地卷入柏泽清的耳朵。

老婆。

老婆。

老婆。

他还是控制不住地想：林颂音也曾在许见裕喝多了的时候，这么温柔地对着他吗？

在他叫她老婆的时候，她是笑着的，还是不耐地抗拒？

还是说，她也会给他回应。

种种念头像是吐着芯子的蛇一般扒着他的耳朵，钻进他的大脑，让他难以逃脱。

“你叫过他老公吗？”

他忽然脆弱地问，就在林颂音无奈地要回答的时候，柏泽清却低下头，堵住了她的嘴唇，将他此时所有的情绪都从这个吻中传递给她……

第二天清晨，林颂音起床的时候，柏泽清早已经醒来。

她原本惯性地想要过去抱他，但是大脑浮现起昨晚那个插曲。

谁知道，柏泽清像是什么也没有发生一样地回头，对她笑了一下。

“今天早上想吃什么？”

大约是他的样子看起来实在是再自然不过，好像昨晚醉酒后的不安只是酒精在作祟，林颂音松了一口气。

柏泽清对林颂音张开双手，抱住了她。

他只是记得昨天深夜，林颂音在他耳边说了三个字。

那道声音听起来有些无可奈何。

她说：我爱你。

这一天和往常没什么区别，柏泽清将林颂音送去江大，日复一日地看着她进入校园的背影。

他不知道自己有一天看着一个人的背影也可以感到满足。

柏泽清想，他还是想和林颂音结婚。

这一刻，林颂音像是感应到什么一般，回过了头，对上柏泽清灼热的眼神。

她在人群中对他挥了一下手。

柏泽清知道，总有一天，林颂音会答应他。

他会等。

番外二　每天多爱一点点

2 月 1 日这一天，许见裕醒得很早。

前些日子，大约是过年，许昌鸿不知道又在哪里受了刺激，又开始催起他的婚来。

许见裕当着他的面说："这么想结婚，你结咯，我把机会让给你。"

他这一句话气得许昌鸿差点儿没拿烟灰缸砸他。

恰逢许见裕的堂姐生了个女儿，许见裕寻了个借口又去了趟巴黎。

冬天，落叶混杂着湿意落在街道上，踩在脚下是绵软的触感。

许见裕和堂姐约好的是下午六点。

走出酒店时堪堪三点。

平常他出国，光是倒时差就能睡到第二天下午，但是今天早上，他就是醒得很早，醒来后，就再也没有睡下了。

今天到底是什么日子，他直到走在冷峭的巴黎街道上依然没有想起。

他因为出发得突然，再加上缺乏给刚出生的小婴儿买礼物的经验，于是漫无目的地在路上闲逛着，打算到邻近的店里买点儿礼物带过去。

他在这条路上走了一阵，风声簌簌，只是这里除了冬日肃穆的气氛，还能闻到风中带咖啡和羊角面包的香甜味。

许见裕不知道自己怎么已经走到了广场周围。

许见裕看到一家开在广场转角的甜品店，几步之遥已经闻到橱窗口香味四溢。

他并不感到饥饿，还是鬼使神差地走了过去。

店员在看到他以后，很热情地问他需要什么。

许见裕穿得不算多，在这样的温度下甚至有些奇怪。

店员下意识地以为他是想要一份热饮或者热的点心，但是却看到他的目光落在了边上的手指泡芙上。

这家店即使在国内也小有名气，夏天的时候很多来这里旅游的人都说这里的泡芙酥皮多么酥脆，而内里的冰激凌又很是醇厚。

店员见他的目光落在了一旁的手指泡芙上。

她犹豫了一下后用英文说："里面的馅是冰激凌，凉的。"

说完，她又用身体强调了一下"凉"这个字眼。

夏天的时候，这样的泡芙都是限定，刚摆出来没多久就售罄了，但是现在这样的季节，来买的人少了很多。

许见裕面上流露出一丝笑意，"有巧克力味的吗？"

"还剩下一个，这个是巧克力味的，那个是香草味的。"

许见裕没想什么，只是说道："都给我装起来吧。"

最后，他在店员奇怪的眼神里，将五根手指泡芙带走了，带走前又买了一杯热巧克力。

他将随身的零钱都留给店员当作小费。

提着泡芙的纸袋子，再一次走在街道上，许见裕难得感到微妙的好心情。

直到这个时候，他终于觉得这样的场景似曾相识，只是那一天，他的身边还站着一个人。

原来今天，是他和林颂音领结婚证的纪念日。

现在那个人的身边已经站着另一个男人，而值得她留念的纪念日也随着身边人的更换换了一些。

所以，今天这个日子大约只有他记得了。

许见裕就这样走到广场的木质座椅前，往地上撒了一点泡芙酥皮上的屑，周围的鸽子不怕人地围了过来。

“你们在陪我庆祝我的领证纪念日吗？”他笑着问。

而鸽子们很快分食了酥皮，口中叽叽喳喳的。

许见裕在大冷的天咬了一口泡芙。

不管吃多少次，他都不知道林颂音为什么会这么爱吃它。

巧克力馅不是很甜，林颂音应该会很喜欢，但是真的太凉了。

她是他认识的唯一一个冷天还喜欢吃凉的甜品的人。

许见裕还记得她答应他结婚的那一天，是1月30日。

其实那天晚上，许见裕看似自信地对着林颂音求婚，他猜自己看起来一定游刃有余。

但是只有他自己知道，并不是那样。

他向她求婚时，手心有些许颤抖，这种情绪格外陌生，陌生到他说他会给她时间做出决定后，低头去吻她时吻错了地方。

他该吻她的嘴唇，而不是额头。

那一天离开御林别墅后，他的不对劲一下子就被好友韩润发现了。

“你今天怎么魂不守舍的？”

许见裕难得懊恼。

他该给出一个她思考的期限的，又或者他就不该那么善解人意，他应该在御林别墅待着，他就应该给她十分钟，十分钟做出决定。

不然，现在也不会让他如坐针毡。

他不知道自己是不是过于心急，许见裕只是一贯追求效率，但是追求效率的后果是他没有料到的。

接到林颂音那通电话的时候，他人生第一次顿了几秒才接通电话。

这样做以后，他又笑自己的夸张。

“许见裕，你现在方便接电话吗？”

许见裕到现在还记得她的开场白。

她的声音虽然依旧平静，但是许见裕还是听出了她声音里的一丝颤抖。

"方便。"

他说。

"前天你说要和我结婚的事。"林颂音顿了一秒，下一秒，许见裕听到了她的话。

"我愿意。"

她说她愿意。

那一刻，许见裕想林颂音是真心想要和他结婚的，尽管是她权衡利弊以后的结果，但是他不在乎。

领证的日子定在了 2 月的第一天。

原本说好的，许昌鸿和易竞都会一同出现，但是真的到了那一刻，许见裕还是觉得他们有些碍眼。

他总觉得，至少这一刻应该只有他和林颂音两个人，因为这是他们两个人的事。

好在领完证以后，跟来的人都识相地离开了。

许见裕说要带林颂音去吃午餐。林颂音没有拒绝。

"这条路上有一家做甜品很好吃的店。"他对她说。

林颂音问："真的吗？"

"真的，我带你去。"

他自然而然地牵起她的手。

到了店门口后，他让林颂音随意点些她喜欢吃的甜品，他自己只点了一杯茶。

林颂音其实没有一大早吃甜品的习惯，她大约还沉浸在刚刚和许见裕领了结婚证这件事上，随手点了一些自己平常爱吃的。

只是在点餐的时候，她才发现许见裕看起来有些紧张。

只是，在她点完手指泡芙后，他看起来眉目有些舒展。

她突然福至心灵，指着甜品台边上的巧克力泡芙问道："你不要告诉我，你把戒指藏在泡芙里了？"

许见裕在她说完这句话以后，笑意更深了。

他从来不相信命运，但是因为林颂音，他一次又一次地开始忍不住相信起来。

“那么多的甜品，你独独选中了我提前准备的。”

谁说他们不是天生一对？

他开始相信堂姐的话，他们就是命中注定的人。

他眼里的情绪让林颂音难以招架：“那是因为你知道我喜欢吃巧克力泡芙。”

她煞风景地回道。

许见裕毫不在意：“那晚向你求婚时就应该准备好的，但是我没有向别人求过婚，没有经验。”

等到林颂音看到泡芙里的戒指，许见裕又对着林颂音露出那副好像有点儿可怜，但是又有点儿可爱的表情。

“你喜欢吗？”

林颂音很认真地看着：“好闪，看起来很贵，喜欢。”

许见裕笑了。

“等到婚礼那天，会有更好的给你。”

林颂音惊讶地看着他：“还有？这不是我们的结婚戒指吗？”

许见裕被她口中的“我们”取悦到：“你不是喜欢吗？喜欢的话，以后每年的今天我都送你一枚新的。”

他一边说，一边不由分说地将擦去巧克力的戒指戴在了林颂音的无名指上。

林颂音眼睛眨了眨。

“这样看着我做什么？”许见裕好笑地问。

“被你的财大气粗吓到了。”

“吓到之前，”许见裕从口袋里拿出和林颂音手上配对的戒指，“先给我戴上。”

林颂音犹豫地看着他，他们真的非要在甜品店门口戴戒指吗？她好像也没有那么着急。

但是许见裕的眼神看起来不容拒绝，最后，她只好不熟练地往他手指上套戒指：“所以，等到下个月，我们还要再换一枚？你不嫌麻烦吗？”

许见裕看着日光下闪烁着夺目光泽的戒指，心情大好地说道：“不麻烦，老婆。”

“喂，干吗……叫这个，好奇怪……”

他看到林颂音翘起的唇角，问道：“哪里奇怪啊，老婆？”

这一天的最后，许见裕将林颂音送回了家。

林颂音临下车前，许见裕却开玩笑似的将副驾驶的车门锁了起来。

林颂音一脸茫然地看向许见裕。

“怎么了？”

许见裕终于问出从林颂音答应要和他结婚以后，就一直想说的话。

“告诉我，你不会后悔。”

林颂音有两秒钟的犹疑，但是还是很快说：“我为什么要后悔？”

“为什么吗？”许见裕却不想要挑明，她心里装着别人啊。

林颂音知道他在指什么，她自做出决定以后就已经把柏泽清从自己的头脑里抛开了，不，应该说更早，早在她决定和许见裕见面时，她就已经把自己一时的心动给丢掉了。

像是为了证明自己已经忘记了不该记得的人，她在许见裕的视线下慢慢靠近他。

就在四片唇瓣就要触及的瞬间，许见裕却忽然偏开了脸，留下林颂音茫然地看着他。

许见裕的脸虽然偏了过去，但林颂音的唇几乎擦在他的脸颊。

许见裕很轻柔地摸了摸自己的脸颊，再次看向林颂音的眼神里有了笑意。

下一秒，他双手掌心的温度很热，就这样捧着林颂音的脸。

“下一次，你再这么主动，我可不会这么君子了。”许见裕说。

他只是想要林颂音是因为喜欢他而吻他，而不是为了证明什么。

林颂音看着他，没有说话。

“知道了吗？老婆。”

林颂音最后点了一下头。

第二天傍晚，许见裕要去御林别墅接林颂音吃晚餐。

不知道什么缘故，许见裕从出发时就诸多不顺，但是即将和林颂音一起吃饭的好心情还是占据了上风。

只是这份好心情在见到柏泽清那一刻起就荡然无存了。

许见裕是看着柏泽清的车超了他的车。

他面无表情地开着车，看到了柏泽清的车进了御林别墅。

其实许见裕已经没必要在乎，他和林颂音既成定局，没有什么会改变。

他看着柏泽清踉跄着去敲门。

林颂音开门了。

他们会说些什么呢？许见裕撑着伞，站在皑皑的雪地里。

有那么一瞬间，他很想走进去。

现在，他已经是林颂音的丈夫了。把来打扰自己妻子的男人赶走是再寻常不过的事。

柏泽清有那么多的时间可以向林颂音示爱，但是偏偏他错过了。

又或者，许见裕认为自己什么都不必做，只要走进去，站在林颂音的身边就好。

但是，他的脚步像是被漫天飘舞的雪花定在了原地似的。

有那么一秒，他有些迟疑，如果他现在进去的话，林颂音会感到尴尬吗？

许见裕只是无声地待在原地，低头看着手上林颂音亲手为他戴上的钻戒，听着不远处柏泽清诉说着对林颂音的了解。

大约是手上用了点儿力，切割完美的钻石竟然会让他按在上面的指腹感到一丝疼痛。

就算柏泽清知道得更多，那又怎么样呢？

他有那么多的机会可以抓住，但是，迟了就是迟了。

现在，这样落魄地表白，是为了让林颂音同情他、可怜他吗？

柏泽清说爱她。

这样的话，许见裕从来没有和林颂音说过。

其实许见裕真的不认为爱比喜欢更神圣。

有目的的喜欢难道不比漫无目的的爱持久而坚定？

许见裕仍旧坚信，比起柏泽清，他会是林颂音更好的选择，但是他还是想知道，在柏泽清说爱她的瞬间，林颂音在想什么？

她也爱他吗？

林颂音终于看到了许见裕。

在她的眼中，许见裕看到了她一瞬间的迟疑。

但是还好，她看到他了，那么他也就找到了走上前的理由。

站在外面，真的有点儿冷。

他像个男主人一般揽住了林颂音的肩。

她知不知道自己的身体在颤抖呢？

许见裕竟然感到一丝淡淡的伤心，伤心之余，他不知道自己在生什么气。

他没有对着女人生气的爱好，他是在气自己。

气他永远不可能像柏泽清一样，看起来只为得到林颂音爱一般，落魄地举着自己的心，好像全世界只有她的爱对他来说最重要。

他做不到这样不顾一切。

柏泽清为什么这么做？他看不起。

而他，为什么又做不到呢？

这一晚，他没有离开。

他想知道，林颂音坚定选择的依然是他。

而林颂音给他的答案是：是。

许见裕想，渐渐地，他真的可以将柏泽清从林颂音的心里连根拔起。

他知道自己只有一点爱，但是他可以给林颂音很多很多。

他喜欢看到她笑的样子，他会做很多让她开心大笑的事。

他会让她做自己。

然后，她会像从前爱柏泽清一样，一天比一天喜欢他，一天比一天爱他。

他不需要她很爱他，她只要一天比一天爱他，那样就够了。

他们会是最般配的一对。

只是，最后，柏泽清对林颂音的感情超出了他的想象。

许见裕拖着不提离婚的事，林颂音也不催他。

有一天，许见裕忽然明白这是林颂音的愧疚。

他忽然不想拖着她了。

许见裕的人生还没有认输的时候。

在林颂音说对不起的那一刹那，他还在想，没关系，他还是可以挽回她。

虽然他还没有想到办法。

如果一定要结婚，他还是想和林颂音结婚。

只是就算无法挽回，许见裕有信心自己的人生大约也不会有什么改变。

大约。

那时他是这样想的。

在民政局门口放开她的时候，许见裕有很多问题想问。

想问，和我离婚以后，你就要去找他了吗？

想问，和一开始相比，你现在有一点喜欢我吗？答应和我结婚的时候，有那么一点理由是出于喜欢吗？

如果第一次见面时，我走到你面前，说，坐在我对面的不是我的女友，开始追求你，今天，我们会不会不用离婚？

但是许见裕都没有问，那个时候，他真的以为自己很快就会好。

只是爱情而已。

他只是要回到没有林颂音的起点而已。

他从前一个人也过得很好。

许见裕依然觉得自己没有很爱林颂音，但是原来，有些人在感情上是钝的。

许见裕看着广场上已经吃完酥皮的鸽子，似乎被边上的一个小女孩吸引，这个小女孩在吃一个比她的脸盘还大的泡芙。

他忽然想起林颂音的小时候。

易竞说林颂音小时候是养在国外，许见裕不知道真假。

许见裕安静地看着那个小女孩，这一刻，如果真的还可以问林颂音一个问题，许见裕很想问她，她的童年有没有像这个小女孩一样可以吃到好吃的泡芙吗？

许见裕忽然前所未有地想念她。

他不知道原来这个世上，有人敏锐地可以在只对一个人有好感的时候就向她求婚，却在失去她以后，才开始爱她。

人这样懂得权衡利弊的生物，怎么会在失去一个人以后才开始爱，一天比一天更爱呢？

许见裕想，不会有这样傻的人。

所以，他一定不爱林颂音。

是他搞错了。

他一言不发地看着鸽子，终于将那一个泡芙吃完。

巧克力很苦。

许见裕就这样坐在广场上，低下头，看到了自己左手无名指上的戒指，这是他和林颂音的婚戒，现在只有他一个人戴了。他静静地想：这一次，他和林颂音大约不会再像从前那样不期而遇了。

番外三　平行时空之如果他们一起长大

“林颂音，我今早看到的跟你一起上学的男生是你哥吗？”

“不是。”

晨读以后，林颂音前座的女生转过头跟林颂音说话。

林颂音的同桌也在这时加入了话题：“哈哈柏泽清你都不认识吗？他跟林颂音都不是一个姓。他们怎么可能是兄妹？”

“竟然是柏泽清！”

林颂音在她们的注视下点了一下头。

林颂音今年初入高一，而柏泽清是她同校的高三学长，不久前的入学典礼上，柏泽清就作为上上届的优秀学生代表发表了演讲。

“你们住得很近吗？他人怎么样？对你好吗？”

林颂音听到这个问题的时候，恍惚了一瞬间。

她还记得自己十岁生日那一天，站在御林山庄的门口，看着一门之隔的人，那个时候她根本无法想象有一天她会和柏泽清同在江市最好的高中上学，她更不会想到她会和柏泽清成为邻居。

一切都要从林颂音被易竞带回家说起，那时林颂音的母亲林筝因为车祸去世。

或许“易竞主动将林颂音带回家”这个说法不太对，据林颂音所知，是她的姥姥找到易竞，林颂音想象不出姥姥是怎样和易竞对话的。

林颂音不知道自己是不是属于孩子中较为早熟的那一类，和姥姥分开的时候林颂音很舍不得。她已经失去了妈妈，一点儿不想跟自己的姥姥分开。

但是，她清楚地知道姥姥为什么这么做，姥姥想要她拥有更好的生活。

林颂音也明白，如果她继续跟姥姥生活在一起，她未来的开销会是姥姥的负担。

姥姥的年纪大了，林颂音不想她再因为自己而奔波。

因此，林颂音选择接受姥姥对她的安排。

这些年，林颂音其实已经很少主动回想刚被易竞领回家时的生活了，起初真的很不自在，那里有她的父亲和他的家人。

而她正是他曾经不忠的证明。

如果有人问林颂音，她刚回到那个家时，是否曾经有过幻想，幻想和易竞建立像其他父女一样寻常的关系。

林颂音的答案是有过。那个时候她年纪那么小，但是后来，这些象征着软弱的情绪被她从自己的心里抽走了，荡然无存。

林颂音还记得，她刚回到易竞家时，易竞的妻子借口旅游并不在家里，易舒语也跟着妈妈出去旅游了。

林颂音是一周之后才得知隔壁住着柏家一家人。

林颂音原本是活泼的性子，只是初入新环境，她不肯说话，一是怕说错话被人嘲笑，二是怕招人讨厌。

那时正值寒假，柏泽澈跟柏泽潭放假回家休息，得知隔壁多了一个跟易舒语差不多大的女孩子，知道林颂音的身份后，有些同情她，偶尔逗她玩。但是他们正是爱玩的年纪，过了一阵子后，便很少带着林颂音玩。

林颂音也不在意，就在柏家和易家之间的树下发呆。

她待在易家总是感觉紧张。

有一天，她在院子里看到一个少年穿着并不算厚重的黑色防风服坐在凳子上看书，林颂音好奇地走过去。

“柏泽澈哥哥。”

等到被叫的人回了头，林颂音才发现他并不是柏泽澈，而是那一天，隔着一扇门给她递蛋糕的那个人。

这段时间，林颂音并没有在这个家里见过他，自然没有想到那一天看到的那人就是她的邻居。

被易竞当成小乞丐的记忆再一次席卷她的全身，林颂音无措地将衣服抓紧，面上却孩子般不愿意暴露出自己的难堪。

被叫错名字的人的目光只在她的脸上停了几秒，林颂音又想，或许他根本没有认出她。

那一天她因为摔了一跤浑身很脏，现在她穿着价值不菲的衣服。

他说："我不是柏泽澈。"

他说这句话的时候眉头不经意地蹙了一下，很快又松开。

林颂音没说话，他大概在等她问他叫什么名字。

但是林颂音不想问。

她发现自己回到易竞家里什么也没有拥有，就是那点儿可怜的自尊心变多了。

"看来你那天平安到家了。"

他说完这句话以后，收回了落在她面上的目光。

原来他认出来她了，林颂音还以为，她看起来变化很大呢。

她听到他这句话，脸却孩子气地皱了起来。

她是平安到家了，可是她没有妈妈了。

想到妈妈后，林颂音觉得喉咙有点儿堵，担心被柏泽清看到就要流泪的眼睛。林颂音狼狈地将头转了过去。但是她还是站在柏泽清身侧，就好像被罚站一般。

过了一会儿，柏泽清的目光停在了自己的书上，

他的余光可以注意到林颂音还站在他的旁边，他应该让她站到别处的，至少她不要站在他的身边，柏泽清说不清楚自己为什么没有说。

可能就像那天他给她递蛋糕时的心情差不多，他就像在照顾一

只突然进入自己视线的流浪猫，没有办法狠心地将它赶走。

最后，柏泽清身体前倾，将对面的椅子拿了过来，放到自己的身边。

“不累吗？”他问，“累的话，就坐下吧。”

柏泽清想，或许这一次，林颂音会像拒绝他的蛋糕一样拒绝他，这样最好，其实他并没有做好事的爱好。

他有预感，一瞬间廉价的好心最后会变成麻烦，他最怕麻烦。

但是，他看到身旁的人慢吞吞地在他的身边坐下了。

林颂音的想法很简单，比起在易竞家里，还是这里她觉得舒服自在许多。

她还处在对什么都充满好奇的年纪里，虽然忍着没有跟柏泽清说话，但是她的头小幅度地移向一旁，和柏泽清一起看他的书。

林颂音这一移完头，有些后悔了。

书上面全是英文。

她已经四年级了，也确实早开始上英语课了，但这绝不意味着她能看懂上面那些长长的英文句子。

柏泽清感觉到她的目光，他其实并不喜欢这样跟人共看一本书，阅读应该是私密的，但是考虑到种种事情，他难得友好地将书往林颂音的方向拿了拿。

“能看见吗？”

…………

林颂音原本想把头缩回来，最后因为柏泽清的动作只能选择继续硬着头皮看下去。

“能……”

她是能看见书，就是看不懂而已。

柏泽清没有再说什么，只是等到他看完一页正想翻页时，林颂音坐在他的身边开始打盹。

她对这本书并不感兴趣，柏泽清注视着她近在眼前的眼睫，她的眼睛因为困意小幅度地眨着。他忽然意识到一件事，她会待在这里，仅仅是因为她无处可去。

柏泽清安静地继续按照自己的节奏看书。

不知过了多久，那颗脑袋最后稳稳地落在了柏泽清的左胳膊上。

柏泽清在叫醒她和直接把胳膊从她的脑袋下抽出来这两件事上犹豫了一会儿，最后选择什么也不做，毕竟他还剩下一只手可以翻页。

那一天下午，柏泽清在院子里一直看书看到太阳落山，林颂音睡到了那个时候。

那时是冬天，江市的冬天太阳落得早，到了傍晚，易竞家中的用人开始找林颂音用晚餐。

林颂音这个时候醒来，揉完眼睛才发现自己刚才一直枕着柏泽清的胳膊睡觉，一时有些难为情。

柏泽清只是垂着眸，手按着已经被林颂音枕僵了的胳膊。

“你平常晚上不睡觉，出门当贼吗？”

林颂音下意识地反驳：“我现在正是需要睡觉长身体的时候呢。”

柏泽清在林颂音看不到的角度笑了一下。他都不知道这有什么好笑的。

看到林颂音不情不愿地起了身准备回去吃饭，他忽然想，她如果在易叔叔家里吃不下饭，这样的话会不会她长身体？

“要不要留在我家里吃晚饭？”柏泽清这样想着，话已经问了出来。

问完以后，柏泽清感觉到淡淡的后悔。

但是林颂音没有给他后悔的时间，她说：“要。”

柏泽清一时不清醒的提议让林颂音跟着他走进了他的家。在随后的时间里，他们走得越来越近。

高一寒假前，林颂音接到了易舒语的电话。

易舒语在港城上学，问要不要给林颂音带点儿东西，林颂音一时想不到什么想要的东西。

刘妈远远地看到她在打电话，笑容格外慈祥。

其实林颂音并不是刚来到这里就跟易舒语建立了很好的关系的。

有那么一两年，她们见面并不说话，原因很简单：关系很尴尬。

易舒语朋友多，就算不上学的时间里也很少在家里，林颂音很少看到她。

一直到她上了初中，一天，家里的大人都出门应酬了。

林颂音晚上有点儿口渴，便找水喝，刚出房间就听到易舒语的房间里传出一声尖叫声。

她第一时间想到是不是有人入室抢劫，因为易舒语叫得太惨了。林颂音刚想从厨房找把菜刀，就看到易舒语光着脚跑了出来。

"怎么办？房间里有东西……"

林颂音注意到她面上的惊恐。她被易舒语的恐惧感染，但是一时间说不清自己的心理，跟着易舒语进了房间。

林颂音后背冒冷汗，顺着易舒语手指的方向，看到了墙壁上的一只壁虎。

林颂音不敢相信地看向易舒语："你刚刚尖叫得那么大声，是因为它吗？"

易舒语缩在林颂音的身后，闻言直点头："好可怕、好恶心啊！它还在动。它会不会爬过来？"

林颂音忍不住笑了。她第一次看到易舒语的脸上流露出这样的表情。

"壁虎是益虫嘛，不可怕。"林颂音安慰她。

"益虫也可怕。"

"那我帮你把它拿走吧。"

这下换易舒语惊讶了："你不害怕吗？"

林颂音摇头，她才不怕呢，之前她在家里也见到过壁虎。

林颂音抽了几张纸巾，耗时三分钟才将易舒语房间墙上的壁虎包了起来，本来她可以动作很快，只是易舒语看到她抓壁虎的动作时尖叫不断，加大了她的“工作”负担。

将壁虎放生以后，林颂音想回房间休息，走到一半才发现易舒语还跟在她的身后。

“我不想睡在我的房间里了，万一还有壁虎在爬怎么办？”

林颂音歪着头想了一下：“那你要跟我睡吗？”

易舒语点了一下头。

两个女孩子第一次缩在同一床被子里，激动的同时还有淡淡的尴尬。

易舒语在被子里很快想到了和林颂音拉近距离的办法，那就是说柏泽清的坏话。

“你觉不觉得柏泽清这个人特别自大，还目中无人？”

林颂音只愣了一秒钟，在心里跟柏泽清说了一声“对不起”后，对着易舒语点了一下头：“我也觉得。”

…………

林颂音每次一想到自己跟易舒语破除尴尬的那晚说了好多柏泽清的坏话就很想笑。她刚想问易舒语她高中作业多不多，就听到易舒语提到了柏泽清的名字。

“对了，我听泽澈哥说柏泽清大学会去法国，他报的哪个大学？”

林颂音忽然听到柏泽清要出国的消息，有些反应不过来。

“他没跟我说过。”

“好吧。”

挂掉电话以后，林颂音心里涌上了莫名的失落感。

她不知道这种失落源自什么。

可能只是因为她以为她跟柏泽清已经很熟悉了，熟悉得就像是真的兄妹，但是他竟然没有告诉她他要出国。

一直到下午上体育课，林颂音还在思考柏泽清出国这件事。

球场上的人正在踢足球，林颂音刚要跟池之希找个空地坐下来，一个球就径直地砸向了她的小腿。

一个个子只比她高一点儿的男生冲她“喂”了一声。

“把球丢过来。”

林颂音被这个人颐指气使的态度气到，抱着球就想扔到更远的地方。

这时，一个高个子的男生从边上跑了过来，跑进了她的视线里。

“等一下。”他笑着制止林颂音的行为。

林颂音停下了动作：“干吗？”

说话的男生大概习惯了别人对着他好声好气的模样，见到林颂音不为所动的样子，一时忘记了要说的话。

“球被踢得有些脏了，你这样抱着，衣服会脏。”他神色依旧和煦，不见丝毫不耐。

伸手不打笑脸人，林颂音也不再凶巴巴的。

“好烦，就是会脏我才要把球丢出去啊。”

她原本不那么得理不饶人，但是忽然遇到一个没礼貌的人，火到了喉咙这里。

“我很烦吗？”许见裕想了想后说，“那你把球往我这个方向丢吧，不然——”

许见裕原本想说的话还没说完，刚刚把球砸向林颂音的人已经耐不住性子了。

“许见裕你怎么磨磨蹭蹭的？你不会对人家有什么吧？”

正值青春期的男生，因为一句玩笑话，开始发出此起彼伏的起哄声。

林颂音原本打算把球踢回给许见裕，听他们开起了她的玩笑，最后，在许见裕的目光里，她把球丢到了另一个方向。

“不然什么？”林颂音不高兴地看了一眼许见裕，以为他是要放什么狠话。

许见裕看了她丢球的全过程，失笑地说："不然，我可能会记住你。"

他最后看了一眼林颂音离开的方向，回过头继续踢球。

林颂音没有把这件事情放在心上，晚上回家时，遇到了正要出门的柏泽清。

林颂音原本想要直接进门，柏泽清叫住了她。

"站住。"

"你让我站住我就非要站住吗？"

柏泽清不知道她这脾气为什么来得这么突然："你这不是站住了吗？"

林颂音瞪了他一眼，转身要走，她头脑坏了才会跟柏泽清在家门口抬杠。

柏泽清却几步走到她的面前，指着她的衣服问："你的衣服怎么回事？"

林颂音看向衣服上的灰尘，这才想起下午抱着人家足球的事，没想到衣服真的蹭上灰了。

"心情太好，所以在地上滚了一圈。"她说。

柏泽清将目光落在林颂音的脸上："你觉得我会相信？"

他已经在脑补林颂音在学校里被人欺负的事了，他想，像她这样要强的人就算被人欺负了，也不会告诉他。但是柏泽清没有想过，林颂音这样个性的人怎么会任人欺负呢？

"我的衣服稍微脏了一点儿，你都要管吗？我们很熟吗？"

"我们不熟吗？"柏泽清也被林颂音的话激起了脾气。

等到说完这句无意义的气话后，柏泽清才意识到林颂音在跟他闹脾气。

他平常性格温和，那是他和众人保持距离的习惯。

他这个时候也不免缓和着语气跟林颂音说话。

“你在不高兴什么？谁惹你生气了？总不会是我。”

林颂音一向是吃软不吃硬的性格，如果柏泽清一直端着架子，她会对他爱答不理，但是他一旦对她温柔起来，她就无处发作了。

“没什么。”她故作轻松地说，“你也管太多事情了，你出国以后，我看你还怎么管我。”

林颂音回家了。

柏泽清站在原地，他不记得自己跟林颂音说过出国的事。

其实，他还没有做好决定。他也不知道他该不该出国。只是，他留下来的话又是为什么呢？

但是，有句话林颂音说得没有错，他似乎管她管得太多了。

他到底是怎么开始的？柏泽清已经忘记了。

不过林颂音是一个忘性极大的人，第二天上学时，她就忘记了这件事。她觉得自己有点儿矫情，柏泽清不过是要出国上学，她也不过是他的邻居妹妹，她为什么占有欲至此，要把人绑在身边。

想开以后，她对柏泽清又恢复了往日的态度。

有那么一瞬间，柏泽清怀疑自己被林颂音驯化了。

明明是她无端发脾气在先，现在她只是恢复正常，柏泽清就松了口气，好像林颂音不高兴这件事也会影响到他的心情一般。

两个人如常地进入校园，柏泽清是外语部的部长，林颂音早已习惯了跟他走一路听到人跟他打招呼打一路。

“学长。”

“嗯。”柏泽清打完招呼后继续往前走。

林颂音原本没有在意，只是下意识地看了一眼和柏泽清打招呼的人。

这个人是韩润，林颂音知道他。之前学校有一次文娱晚会两个人的节目靠得很近，所以他们一起在后台候场。她礼貌地点了一下头，正想收回目光，就注意到韩润身边那个没有说话的男生的目光仍旧停留在她的脸上。

林颂音这时候看过去只觉得他异常眼熟，盯着人看了大约十秒后，林颂音终于想起来了！

那个踢足球的人！

当然不是把球踢到她腿上的那个人，而是后来一直跟她交涉的许见裕。

见他眼含笑意地看着自己，林颂音没有说话的意思，毕竟他们根本算不上认识。

只是连柏泽清都看出来了，她盯着那个人的时间久了些："你走路的时候，不看路看什么？"

林颂音这时才收回目光："想看什么看什么。"

柏泽清不经意地往许见裕的方向看过去。

韩润后知后觉地撞了一下许见裕，等到柏泽清走远后，韩润才神经大条地问："你刚刚盯着那个女孩子太久了吧。"

许见裕随口说道："她也在看我。"

韩润嗤笑了一声，他知道许见裕在女生中人气很高，许见裕这并不是无缘无故自信，只是两个人互相奚落已经成了习惯。

"你盯着人家看半天，人家看你很正常吧，她说不定想着，这个人有什么毛病，还是他这辈子没见过美女？"

许见裕笑了一声："神经。"

笑完，许见裕正色道："你觉得她记得我吗？"

韩润不知道他在发什么疯："记得你什么？记得你没见过美女？"

许见裕说："只有我记得她，不太公平啊。"

"你在说什么鸟语？我怎么听不懂？"

韩润不知道许见裕昨天打球遇到林颂音的事，自然不知道他在说什么。许见裕抬脚做出要踢他的样子，被韩润躲开了。

许见裕没有想到自己会这么快跟林颂音第三次见面。

那天傍晚，林颂音上了一节晚自习后才发现自己下午的练习册好像丢在操场上了。

她跑到操场找，走到楼下，经过洗水池顺路洗了个手。

等到转过身往前走几步，她就看到路灯下有个男生正背靠着墙坐着。

林颂音正要收回目光，就看到他那张有些熟悉的脸上像是布满了泪水。

“你发生什么事了吗？”林颂音好意地问道。

她原本并不想多管闲事，只是对方在看着她。

被问的人因为她的话一瞬间愣住后，很快垂下了眼睛：“嗯。”

“有人欺负你吗？”

对方没有说话。

“为什么呢？”林颂音不懂。

他说：“因为我爸爸是暴发户吧。”

林颂音刚想问，暴发户怎么了？这怎么能成为一个人被欺负的理由呢。

说话的男生像是笑了，很快他的笑声越来越大，像是忍不住了。

林颂音终于明白过来，她被骗了！

这个人根本没哭。

许见裕深深地吸了一口气，终于调整好表情，看到林颂音气得转身要走，他连忙抬手拉住了她校服的一角，从地上站了起来。

“对不起，骗了你。”

他站了起来，林颂音才认出站在自己面前的人是许见裕。

“骗人很好玩吗？无聊。”

“嗯，看你担心我，很好玩。”

林颂音搞不懂他为什么这么自来熟，很快保持距离说：“我不是担心你，只是担心受欺负的同学。我又不认识你。”

“我是许见裕。”

“啊？”

“你不是说你不认识我吗？”他嘴角噙着淡淡的笑，“我在让你认识我。”

林颂音看到他脸上的水，依旧不懂他这是在干什么：“你的梦想是当演员吗？”

许见裕笑了，走到洗水池边，洗了洗手，很快将手上残留的水滴玩闹似的往林颂音的面前洒了洒。

林颂音连忙退后了一步：“喂！”

“逗你呢。”许见裕笑着将手上的水擦干净。

其实他只是跟朋友打完篮球来这里洗了个脸，远远地看到林颂音走过来，便在那里坐下了。

他有想过林颂音经过时，他该怎么跟她打招呼，但是没想到，林颂音率先开了口。

许见裕问：“手上的水不擦擦吗？”

林颂音说：“没带纸。”

而且这点儿水马上要干了。

许见裕却在这时将他的校服外套递过来：“给你擦手。”

“我才不要。”

“哈哈。”

“逗我很好玩吗？”

“嗯，好玩。”许见裕说，“我教你投篮怎么样？”

“我干吗要学？”

“你刚刚不是一直在看那边的人投篮吗？”

“……”

柏泽清意识到这一周，林颂音放学回家的时间都比平常晚半个小时。

一开始，他不知道林颂音在干什么。

直到有一天他跟人路过操场时，看到林颂音在篮筐下投篮，而她的身边站着一个男生。

柏泽清应该放任少男少女在那里做些有益健康的活动，但是他抬脚走了过去。

可能是因为，从林颂音十岁开始，她就一直跟在他的身后，柏泽清已经习惯了。

他习惯了林颂音的目光里是他。

那个人在替林颂音捡球，但是事实上，这么多年，林颂音只依赖他一个人。

柏泽清不能接受有一天林颂音的身侧站着的人变成了别人。

原来这么简单的事他需要这样的画面才能懂。

柏泽清走到了操场上，林颂音已经看到了他。

她将球抱在怀里，神情有做错事被老师抓住的尴尬："晚自习的作业我已经写完了。"

许见裕站在她的身侧，安抚地笑了笑："没什么。"

柏泽清像对此熟视无睹。他对林颂音抬了抬手："过来。"

林颂音没搞清状况，但是还是走了过去。

就在她等待柏泽清批评她这个时间在操场上打篮球时，柏泽清头微微地低了下来。

"我不出国，好不好？"

林颂音讶异地看着柏泽清。

她身后的许见裕同样看着他。

柏泽清无视旁人的目光，只注视林颂音一个人："你说你不想我走，我就留下来。"